TOP HORROR

Herausgegeben

von

Josh Pachter

Deutsche Erstveröffentlichung

WILHELM HEYNE VERLAG
MÜNCHEN

HEYNE-BUCH Nr. 11/20
im Wilhelm Heyne Verlag, München

Titel der amerikanischen Originalausgabe
TOP HORROR

Printed in Germany 1984
Umschlagfoto: Photodesign MALL, Stuttgart
Umschlaggestaltung: Atelier Ingrid Schütz, München
Gesamtherstellung: Ebner Ulm

ISBN 3-453-44074-9

Inhalt

Danksagung

Wenn ich alles selbst hätte schreiben müssen, wäre ›Top Horror‹ gar nicht zustande gekommen. Gott sei Dank gab es Menschen, die mir unter die Arme griffen. Ihnen möchte ich danken. In erster Linie gebührt mein Dank den Autoren, die ich gebeten hatte, die besten Stories aus ihrem Schaffensprogramm auszuwählen und in dieses Buch einzubringen. Jeder hat außerdem eine Einführung zu seiner Geschichte geschrieben, in der er sich dem Leser vorstellt, er hat Zeit und Energie geopfert, damit etwas Schaurig-Schönes entstehen konnte.

Es gibt eine Reihe von Literaturagenten, die zum Entstehen von ›Top Horror‹ beigetragen haben, ich möchte hier Virginia Kidd, Don Congdon, Leslie Flood von der E. J. Carnell Literary Agency und Russell Galen von Scott Meredith nennen. Ihnen allen gebührt Anerkennung, ebenso wie ich Peter Pautz, Edward D. Hoch und Ramsey Campbell danke, die mir bei der Vorauswahl von über 100 Autoren halfen, so viele nämlich waren es, die wir aufgefordert hatten, ihre Geschichten einzusenden. Nicht nur bei der Herstellung der Kontakte waren mir Peter, Edward und Ramsey behilflich, sie gaben auch eine Fülle wertvoller Anregungen.

Danken möchte ich schließlich für ihre Unterstützung meinen Freunden John Bunch, Dennis Puisto und Frank Williams an der *Bahrein School* und – last, not least – Vicki und Martha Jones, zwei reizenden Damen, die in ihrer sanften und doch bestimmten Art dafür sorgten, daß ich inmitten des ganzen Horrors meinen klaren Kopf behielt.

Vorwort

Fürchten Sie sich im Dunkeln?

Mit jeder Seite, die Sie in diesem Buch lesen, begeben Sie sich tiefer in ein Dunkel hinein, wohin weder ich noch irgendein anderer Mensch Ihnen folgen kann.

Haben Sie Angst vor Spinnen? Erschaudern Sie, wenn Sie ein düsteres, naßkaltes Haus betreten, das seit Jahrzehnten ›unbewohnt‹ ist? Kriecht die Furcht an Ihnen hoch, wenn Sie in der Stille der Nacht von ungewohnten Geräuschen aufgeschreckt werden?

Dann sollten Sie dieses Buch jetzt schließen, ins Regal zurücklegen und vergessen, daß Sie es je in der Hand gehabt haben.

Wenn es dazu nicht schon zu spät ist.

Ich meine es ehrlich, wenn ich Sie vor der Lektüre der folgenden Seiten warne. Sie werden den Spinnen begegnen, vor denen Sie Angst haben. Sie werden durch die verwunschenen Häuser irren, die zu meiden Sie sich so fest vorgenommen hatten. Sie werden das Stapfen von Schritten auf dem Dachboden vernehmen, obwohl Sie doch so sicher waren, daß sich dort niemand aufhält.

Der Stoff, aus dem die Alpträume sind... Jeder kennt Dinge, Wesen oder Situationen, vor denen er Angst hat. Das Besondere an ›Top Horror‹, was mich veranlaßt, Ihnen vom Weiterlesen abzuraten, ist die Tatsache, daß Sie in diesem Buch mit einer Art von Grauen konfrontiert werden, das nur wenige Menschen ertragen können.

Vampire werden Ihren Weg kreuzen und Hexen, Besessene und Wiedergeborene – und leider nicht nur in Ihrer Vorstellung, sondern in Wirklichkeit. Die blutgierigen Bestien, die nach Ihnen schnappen, das Monstrum, das sich dem Morast entwindet, um Ihnen zu folgen, die Geschöpfe Satans, die von der Vorsehung mit dem Auftrag ausgestattet wurden, Ihnen die furchtbaren Wonnen der Hölle schmackhaft zu machen – sie alle sind Wirklichkeit. Es gibt den Mörderwurm, von dem die Wissenschaftler uns versichern, daß es ihn nicht geben kann. Es gibt Jack the Ripper, auch wenn sich hinter dieser Gestalt ein Wesen verbirgt, das Verbrechen begeht, zu denen Jack the Ripper nie fähig gewesen wäre. Und natürlich gibt es Frankenstein, von dem Sie glaubten, es handele sich um eine Sagengestalt wie Doktor Eisenbart.

Bin ich taktlos, wenn ich sage, daß einige von Ihnen die Lektüre dieses Buches nicht überleben werden?

Horror ist ein gefragtes Genre geworden. Warum? Darüber ließen sich Bücher schreiben, um große Bibliotheken zu füllen.

Ich aber will Sie nicht in Bibliotheken führen, deren Bücher Ihnen trügerische Sicherheit einflößen. Es ist leider so – und zu den Pflichten eines Herausgebers gehört die Ehrlichkeit gegenüber dem Leser –, daß es diese Sicherheit im Leben nicht gibt. Was es gibt, das ist die Welt, die einige der besten Autoren des Genres hier vor Ihnen ausbreiten.

Meine lieben Leser, ich überlasse Sie jetzt der Obhut jener Zauberer, die sich im Dschungel des Unheimlichen besser auskennen als ich, angesehenen und gefürchteten Experten des Makabren wie Robert Bloch, Ramsey Campbell, David Ely, Dennis Etchison, Howard Goldsmith, Hans Holzer, Brian Lumley, Karl Edward Wagner, Manley Made Wellman und anderen Autoren, sie alle Hohepriester des Bösen, die uns auf den ersten Seiten ihrer Geschichten um die gute Laune bringen – und dann, wenn es kein Zurück mehr gibt, um den Verstand...

Josh Pachter
Manama, Bahrain
Im Jahre 1985

Die Kraft und die Herrlichkeit

Joan Aiken

Ich hasse Maschinen. Wirklich. Maschinen haben die Aufgabe, uns das Leben leichter zu machen, statt dessen machen sie uns das Leben schwerer. Du stehst vierzig Minuten lang über den Rasenmäher gebeugt und versuchst, das Ding zu starten, indem du an dem verdammten Strick ziehst. Du ziehst so lange, bis du keine Luft mehr kriegst und dein Kreuz nicht mehr spürst. Nehmen wir an, du bringst den Rasenmäher wirklich zum Laufen. Wenn die Wiese halb gemäht ist, bleibt er wieder stehen. Er bleibt stehen, oder ein Rad fällt ab, oder das ganze Ding fliegt in die Luft. In der gleichen Zeit hättest du den Rasen mit der Sense dreimal schneiden können.

Da ich eine Frau bin, habe ich den ganzen Tag mit Maschinen zu tun. Mit einer Waschmaschine, die leckt, die ihre Haube absprengt, die Bettücher zerfetzt. Mit einer Nähmaschine, bei der die Nadel abbricht, und wenn die Nadel nicht abbricht, dann näht sie die letzten Zentimeter, als litte sie an einer besonders schlimmen Form von Orientierungslosigkeit. Mit einem Fotokopiergerät, das statt Kopien triefendes, schwarzes Papier produziert, und das, wenn die Kopien binnen zehn Minuten bei der Post sein müssen. Mit einem Mixer, der eine Drachensaat aus kleinen, scharfgeschliffenen Stahlstückchen in die Suppe rührt. Mit einem Plattenspieler, der nicht spielt oder nicht zu spielen aufhört. Mit einem Wäschetrockner, der sich nicht mehr öffnen läßt, sondern immer weiter schleudert, obwohl deine Wäsche schon zu einer Handvoll Pappmaché zusammengeschrumpft ist. Mit einem Auto, das ... Ich könnte ein ganzes Buch über die hassenswerten Attentate schreiben, die Autos auf uns verüben.

Dann gibt es noch die gesellschaftliche Maschinerie. Meine nächste U-Bahnstation ist Shepherds Bush. Um den Eingang zur Station zu erreichen, muß man eine Fußgängerbrücke überqueren. Diese Fußgängerbrücke wird mit Rolltreppen bedient, auf beiden Seiten. Vier Rolltreppen insgesamt. Nie in fünfzehn Jahren, ich schwöre es, waren alle vier Rolltreppen in Funktion. Und natürlich war auch der Fahrstuhl, mit dem man von der Straßenebene zum unterirdischen Bahnhof hinunterfahren kann, meistens ka-

putt. Ich will hier, weil das zu lang werden würde, nicht über die Fahrkartenautomaten sprechen.

Tatsache ist, daß die Maschinen uns hassen. Warum auch nicht? Wir haben sie dazu bestimmt, uns als Sklaven zu dienen, es ist nur logisch, daß sie uns böse sind.

Von solchen Maschinen handelt meine Geschichte.

Der Wind war wie ein flatterndes Tuch, er schlug und peitschte, er stieß und hämmerte, er zog und rüttelte, er ließ die Türen erzittern und die Fensterflügel ächzen. Der Wind heulte im Kamin wie eine verwunschene Seele, er sang sein Lied in den Leitungen, die in den Wänden verborgen lagen, er zerrte an der Fernsehantenne auf dem Dach des Hauses. Regen ergoß sich auf das Schieferdach und rann in Kaskaden an den Scheiben herunter. Das Landhaus war massiv gebaut, es stand in Cornwall, und die Wände waren zwei Fuß dick, sie bestanden aus Felsgestein. Es war ein Haus, das keine Angst zu haben brauchte vor dem Sturm. Aber die Luft im Inneren des Hauses war in Unruhe geraten, es gab Luftlöcher und Wirbel, und obwohl alle Türen fest geschlossen waren, obwohl die Läden vor den Fenstern verhakt worden waren, schien das Unwetter durch das Haus hindurchzufegen, als sei es ein Skelett. Thomas legte seine Hand auf die Wand. Die Wand fühlte sich schwer und fest an, allerdings auch kühl und feucht. Er hob die Hand, und sofort waren die Luftwirbel wieder da, und Thomas kam sich vor, als stünde er mitten im sturmumtosten Moor.

Oder am Ende der Welt.

Er rief: »Celia, wo bist du?«

Die Antwort kam über die Treppe. »Ich bin oben. Ich stelle die ganzen Heizgeräte an. Ich lüfte die Laken aus. Hier ist alles fürchterlich feucht. Warum ist diese verdammte Mrs. Tredinnick nicht gekommen und und hat die Nachtspeicherheizung angestellt, wie ich es ihr gesagt habe ... Würdest du bitte den Heizlüfter im Wohnzimmer anstellen?«

»Mach' ich.«

Er tastete sich an der Küchenwand entlang, ließ die Hand über das glatte Metall gleiten, orientierte sich an den Kanten der Geräte. Kühlschrank, Herd, Waschmaschine, Wäschetrockner, Geschirrspülmaschine, zwei Spülen aus rostfreiem Stahl (unter einer befand sich der Mülleimer), elektrischer

Backofen, dann ein Schrank. Er überschritt die Schwelle zur Wohnhalle. In London war alles anders, da brauchte er sich nicht so an den Wänden entlangzutasten. Sie wohnten seit zwanzig Jahren in ihrem Stadthaus, so daß er sich in den Räumen bestens auskannte. Aber das Landhaus in Cornwall war Neuland. Er hatte seit sieben oder acht Jahren keinen Fuß mehr in dieses Haus gesetzt. Hatte keine Lust dazu gehabt.

Als sie das Landhaus kauften, war es eine heitere Zufluchtstätte gewesen, ein Haus, wohin man sich vor der bösen Welt zurückziehen und seine Wunden lecken konnte. Gewiß, alles war zunächst etwas primitiv, arg einfach gewesen. Wenn man aus dem Fenster schaute, sah man auf Grasland und Heide. Sie waren damals nur zum Wochenende hergekommen und in den Ferien, mit den Kindern. Sie hatten ein bißchen Camping gespielt. Sie hatten Würste gebraten am offenen Feuer. Damals ... Sie hatten in der Quelle gebadet, der die Kinder den Spitznamen ›Der Unendliche Brunnen‹ verpaßt hatten, die Kinder hatten Schwimmwesten getragen, wenn sie in die Quelle stiegen, für den Fall, daß sie einen Wadenkrampf in dem eiskalten Wasser bekamen. Eltern und Kinder hatten am Strom geangelt und lange Spaziergänge durchs Moor gemacht.

Dann war das Haus zu einem Versteck umgemodelt worden, die Eltern versteckten sich vor ihren Kindern, vor Kindern, die keine mehr waren. Während sie nach Cornwall auswichen, nahmen die Freunde ihrer Kinder von dem Haus in London Besitz wie ein Expeditionskommando von einem feindlichen Stern. In jener zweiten Phase hatte Celia das Haus wohnlich gemacht, er selbst hatte für solche Arbeiten wenig Sinn. Elektrisches Licht war verlegt worden, das Haus war mit allen Annehmlichkeiten ausgestattet worden, die der elektrische Strom uns zugänglich macht, mit einem Radio, mit einem Fernsehgerät, mit einer Tiefkühltruhe, mit schöneren Möbeln und Teppichen. Celia hatte auch für eine neue, ansprechende Abstimmung der Farben im Haus gesorgt.

Celias Freund, der Innenarchitekt Gerard Barron, hatte sich die neuen Farben ausgedacht. Das Haus wurde so schön, daß es in der Farbbeilage einer Zeitung eines größeren Berichtes für würdig erachtet wurde.

Dann kam die Zeit, wo Celia an den Wochenenden allein

nach Cornwall gefahren war oder nur mit Gerard Barron, ohne Thomas.

Es folgte die Zeit, in der das Haus, theoretisch, Simon, dem ältesten Sohn, gehörte. Theoretisch hatte Simon Miete für das Haus gezahlt. Diese Phase hatte drei oder vier Jahre gedauert, und es hatte reichlich Zank gegeben.

»Wann hat der Junge dir eigentlich die letzte Miete gezahlt? Nun sag schon, hat er dieses Jahr überhaupt schon mal Miete gezahlt?«

»Nun ...«

»Nun was?«

»Er hat mir zwei Bilder an Zahlungs Statt gegeben. Er hat gesagt, die Bilder würden, wenn er sie einer Galerie verkaufte, wenigstens hundert Pfund bringen ...«

»An welche Galerie will er sie denn verkaufen? Wer nimmt diese Schmierereien denn? Booker hat sich die Bilder angesehen, er sagt, das ist von einem geisteskranken Vierjährigen gemalt worden. Die Miete muß in bar bezahlt werden, oder er fliegt raus, mitsamt seinen fabelhaften Freunden. Gott weiß, was die in dem Haus dort treiben.«

Dann war Celia von dem Wochenende in Looe zurückgekehrt; Thomas hatte nicht in Erfahrungen bringen wollen, mit wem sie dort gewesen war, mit Gerard Barron jedenfalls nicht, die Sache war längst vorbei. Celia hatte auf der Rückfahrt das Landhaus aufgesucht, der Sohn, der das Haus, theoretisch, gemietet hatte, war nicht dagewesen, und auch sonst niemand. »Aber ein Durcheinander, Thomas! Ich habe die Hände über dem Kopf zusammengeschlagen! Sie haben unsere farblich aufeinander abgestimmten Tapeten mit wirren Zeichnungen übermalt. Dreck und Zigarettenkippen auf den Teppichen. Die Teppiche kannst du vergessen. Schmutz überall. Die Scheiben haben sie mit Silberbronze bemalt, damit man nicht mehr raussehen kann. Die Möbel in der Wohnhalle sehen aus wie Sperrmüll. Der schöne Tisch aus Rosenholz! Ich hätte weinen können. So etwas ist mir in meinem ganzen Leben noch nicht passiert.«

Simon wurde wütend, als sie ihn darauf ansprachen.

»Ihr habt gesagt, ich kann in dem Haus machen, was ich will. Ihr habt gesagt, das Haus gehört jetzt mir.«

»Wir haben nicht gesagt, daß du unsere teuren Möbel ruinieren kannst. Wir haben auch nicht gesagt, daß du das

Haus auf den Kopf stellen kannst. Auf dem Boden essen! Ihr habt den Geschirrspüler offenstehen lassen, bis er eingerostet ist. Und die Mattscheibe vom Fernseher habt Ihr auch zerdeppert!«

»Das ist nun mal die Art, wie meine Freunde und ich gern leben. Wir brauchen den ganzen Luxus nicht. Ein Anrufbeantworter in Bodmin Moor, da faßt man sich doch an den Kopf!«

Sie hatten Simon gesagt, daß er dann eben wieder ausziehen müsse aus dem Landhaus. Nach einigem Hin und Her hatte er das auch getan, er hatte Celia allerdings wissen lassen, daß er ihr das nie vergeben würde. Das Haus war, aus steuerlichen Gründen, auf Celias Namen erworben worden.

Sie hatte das Haus aufgeräumt, gereinigt, die Räume neu eingerichtet. Nicht mehr mit dem gleichen Schwung wie beim erstenmal.

Einige Jahre waren vergangen, sie waren nur noch sehr selten nach Cornwall gefahren.

Und dann ...

Er hatte den Heizlüfter in der Wohnhalle angestellt, und alsbald hatte sich ein deprimierender Geruch nach Moder verbreitet. Danach war Thomas in die Küche zurückgekehrt. Hier gab es, im Unterschied zur Wohnhalle, eine Zugklappe im Kamin, so daß der Sturm in der Küche nicht so laut zu hören war.

»Noch was?« rief er hinauf.

»Nein, nein ...« Celias Stimme klang mißgestimmt. »Oder warte mal, doch ... Stell die Kochplatten an, das hilft die Wohnung austrocknen.«

Er tastete sich zum Herd und betätigte die Knöpfe. Er hielt die Hände über die Platten und spürte die Wärme aufsteigen.

Sie waren ins Landhaus gefahren, um ihre Ehe zu flicken. Ein fast aussichtsloses Unterfangen. Das Wetter war jedenfalls nicht gerade hilfreich. Anfang Juni, und dann so kalt. Sie brauchten Ruhe, um Simons Tod zu verkraften. Sie würden zugleich versuchen, die Gefühle füreinander zu ordnen. Sie würden das Haus aufräumen und zum Verkauf herrichten. Jawohl, das Landhaus würde verkauft werden, und damit würde auch die Erinnerung an Simon begraben werden.

»Ich will den Jungen keinen Tag mehr im Haus haben, das sage ich dir.«

»Aber Thomas, der Junge ist krank. Er sieht aus wie ein Geist. Wenn du ihn nur sehen könntest...«

Damit hatte Celia einen taktischen Irrtum begangen.

»Ich brauche ihn nicht zu sehen, bitte nicht. Ich kann ihn riechen, sobald er das Zimmer betritt. Er stinkt nach Hasch drei Meilen weit. Und hören kann ich ihn ja auch. Wenn er diese Platte noch einmal auflegt... *Gimme, gimme, gimme all you promised me!*«

Dann war die Polizei gekommen. Sie hatten ein Pfund Cannabis in Simons Zimmer gefunden.

»Nein, ich denke gar nicht daran, die Kaution für ihn zu stellen. Laß ihn doch im eigenen Saft schmoren. Ich wasche meine Hände in Unschuld. Du hast den Jungen sträflich verwöhnt... Hast ihm alles gegeben, was er wollte.«

»Weißt du, was du bist? Ein kaltherziger, rachsüchtiger Scheißkerl. Du wirfst ihm tatsächlich noch vor, was vor zwanzig Jahren geschehen ist...«

Seit zwanzig Jahren war Thomas blind. Glaubte sie etwa, daß er sich in diesen zwanzig Jahren an den Verlust seines Sehvermögens gewöhnt hatte? Es war jetzt zwanzig Jahre her, daß er zum letztenmal den schwarzblauen Sturmhimmel bewundert hatte. Seitdem mußte er sich *vorstellen,* was dort oben am Firmament vorging. Wenn er das Gemisch aus Stahlblau und Bernsteingelb sehen wollte, das die Wolken über Cornwall einfärbte, mußte er es sich *vorstellen,* und er mußte sich die Regenschauer *vorstellen,* die über das Moor jagten.

»Mein Gott, der Junge war doch damals erst vier Jahre alt, er wußte doch gar nicht, was er tat...«

Ein verwöhnter, starker, tyrannischer Vierjähriger, der schlechte Laune hatte und mit einer Dose Backofenspray durchs Haus pirschte...

Ein hartes, deutliches Klopfen war zu hören. Das Geräusch kam von der Hintertür, es war so laut, daß es das Heulen des Sturms übertönte. Nach einer Pause wiederholte sich das Klopfen. *Bäng-bäng-bäng!*

»Celia!« rief er. »Da ist jemand an der Tür.«

»Dann mach doch auf! Tu nicht so verdammt hilflos.« Ihre Stimme ließ Ungeduld und Zorn durchklingen. »Ich bin mitten beim Bettenmachen.«

Er tastete sich aus der Küche in den Flur, der zum rückwärtigen Teil des Hauses führte. In diesem Teil hatten sie die Wände gelassen, wie sie waren. Granit. Er konnte den rauhen Stein spüren. Er konnte ihn auch riechen. Er zwängte sich an den Mänteln der Garderobe vorbei. Die rückwärtige Tür war verschlossen. Er mußte beide Hände benutzen, um den Schlüssel in dem rostigen Schloß zu bewegen. Die Tür schwang auf, ein Regenschleier wurde ihm ins Gesicht geweht. Es war, als hätte der Sturm nur auf die Gelegenheit gewartet.

»Ja?« sagte er. »Wer sind Sie?« Celias Nervosität hatte ihn angesteckt.

Er erkannte sofort die brüchige, alte Stimme, obwohl er sie längere Zeit nicht mehr gehört hatte. »Ich bin Anna Tredinnick, Mr. Michaels. Ich komme, um meine Katze zu holen.«

»Guten Abend, Mrs. Tredinnick. Warum...«

Warum zum Teufel haben Sie die Nachtspeicheröfen nicht angemacht, wie meine Frau gesagt hat? Das war die Frage, die er ihr am liebsten gestellt hätte, aber er überlegte es sich anders. Es hatte keinen Sinn, die alte Jungfer gegen sich aufzubringen. Sie war ihr einziger Nachbar, sie war zugleich die einzige Frau, die als Hilfe zur Verfügung stand, wenn sie jemanden brauchten. Er änderte seine Frage in »Warum kommen Sie nicht herein?«

»Nein«, sagte sie. »Auf keinen Fall. Ich bin völlig durchnäßt – völlig durchnäßt.« Sie wiederholte in ihrem merkwürdigen Singsang, daß sie völlig durchnäßt sei. »Fühlen Sie nur, wie durchnäßt ich bin, Mr. Michaels.« Ehe er einen Schritt zurück machen konnte, hatte sie seine Hand gepackt und gegen ein weiches, filzähnliches Material geführt, aus dem der Regen heraustropfte. Er entzog ihr die Hand, sobald ihre kalte, knochige Klaue seine Finger freigaben.

»Nun«, sagte er irritiert, »was war das mit Ihrer Katze?«

»Der junge Herr Simon. Als er neulich hier war. Er hat sich die Katze ins Haus geholt. Er mochte Katzen ja so gern, der junge Herr Simon.«

»Simon war hier? Aber wir haben Ihnen doch gesagt, Mrs. Tredinnick, daß Sie Simon unter keinen Umständen mehr den

Schlüssel fürs Haus geben dürfen. Wir haben Ihnen auch erklärt, warum. Nach allem, was er und seine Freunde hier angerichtet haben.« (*Wann* war er eigentlich hier gewesen?)

»So hab' ich's ihm auch gesagt, Mr. Michaels. Ich hab' ihm gesagt, Sie dürfen da nicht mehr rein, Mr. Simon. Und wenn Sie nicht verschwinden, ruf' ich die Polizei, hab' ich gesagt, so wie's Mr. Michaels mir befohlen hat. Und er hat gesagt, kümmere dich um deinen eigenen Dreck, du alte Hexe. Er war richtig grob, wissen Sie. Er hat sich überhaupt nicht um das gekümmert, was ich gesagt habe, aber den Schlüssel habe ich ihm trotzdem nicht gegeben, er hatte seinen eigenen Schlüssel mitgebracht, Mr. Michaels. Ich konnte gar nichts machen, er ist einfach in Ihr Haus reingegangen, und meine Katze hat er auch mitgenommen, die war ja vorher auch bei ihm, immer ist sie in dieses Haus gegangen, wenn der junge Herr Simon da war. Und deshalb hab' ich auch die Polizei gerufen. Sergeant Pollard ist extra aus Bodmin gekommen. Ich hab' ihm meinen Schlüssel für das Haus gegeben, aber als er hinkam, war der junge Herr Simon nicht mehr da. Vielleicht ist er nur gekommen, weil er was vergessen hat im Haus. Aber die Katze ist nicht mehr heimgekommen, und den jungen Herrn Simon hab' ich danach nie mehr wiedergesehen.«

»Es tut mir leid, Mrs. Tredinnick, aber wir haben Ihre Katze nicht. Sie können gern hereinkommen und sich umsehen ...«

Er hoffte sehr, daß die Alte das nicht wörtlich nahm. Die Frau roch entsetzlich nach nasser Wolle, sie roch, wie alte Menschen riechen, die sich ein Jahr nicht gewaschen haben.

»Wenn Ihre Katze hiergewesen wäre, die wäre uns ja entgegengesprungen, als wir das Haus aufmachten ...«

Oder auch nicht. Es kam darauf an, wie lange ... Er mußte würgen, weil der Sturm den Gestank aus ihren Kleidern ins Haus wehte.

»Wann genau, sagten Sie, war Simon hier, Mrs. Tredinnick?«

Denn es war jetzt fünf Wochen her, daß Simon tot aufgefunden worden war. Er hatte eineinhalb Jahre im Gefängnis gesessen, war entlassen worden, und dann war er in einer Scheune verbrannt; er war verbrannt, die Scheune war verbrannt, alles war verbrannt. Leichtsinn beim Rauchen, hatte die Polizei bei ihren Ermittlungen festgestellt, ein Unglücksfall. Wie es schien, war Simon kurz vorher bei Mrs. Tredinnick aufgetaucht, er war ins Landhaus gegangen, zu dem er sich einen Schlüssel verwahrt hatte. Offenbar hatte er hier etwas versteckt gehabt, was er sich holen wollte. Oder aber er hatte sich in dem Landhaus einnisten wollen, nachdem ihm der Vater in London kaltblütig die Tür gewiesen hatte.

»Nein, Simon, du kommst mir nicht mehr ins Haus. Tut mir leid.«

Es hatte ihm nicht leid getan. Er war sehr erleichtert gewesen.

Aber wenn die Katze fünf Wochen im Haus eingeschlossen gewesen war, dann lebte sie nicht mehr.

»Celia?« Er hatte sich umgewandt und die Hände an den Mund gelegt. »Mrs. Tredinnick ist hier, sie fragt nach ihrer Katze. Hast du irgendwo im Haus eine Katze gesehen?«

»Was? Ich kann dich nicht verstehen.«

Er tastete sich bis zum Treppenhaus und wiederholte seine Frage. Wenig später kam Celia die Treppe heruntergelaufen.

»Verdammt noch mal, mach doch die Haustür zu!« schrie sie ihn an. »Der halbe Atlantik weht uns ins Haus, im Flur ist schon eine richtige Überschwemmung!«

Voller Ungeduld drängte sie sich an ihm vorbei. Sie warf die Tür ins Schloß.

»Aber Mrs. Tredinnick steht doch vor der Tür!«

»Niemand steht vor der Tür, keine Mrs. Tredinnick und niemand!«

»Bist du sicher?«

»Ganz sicher.«

»Nun ja«, sagte er, »sie ist wahrscheinlich wieder weggegangen, nachdem ihr klargeworden ist, daß wir ihre Katze nicht haben. Ich hoffe doch, du hast *wirklich* nirgendwo eine Katze gesehen. Mrs. Tredinnick klang sehr beunruhigt. Ich hoffe, das Tier ist nicht in irgendeinem Zimmer eingeschlossen.« Er schnüffelte. »Ich kann den Geruch dieser Frau nicht ertragen.«

»Thomas.« Celias Stimme klang wie im Traum.

»Ja?«

»Simon muß hiergewesen sein. Er muß hiergewesen sein, bevor ... Sein Bett ist benutzt. Er muß eine Nacht hier verbracht haben.«

»Ja«, sagte er. »Das gleiche habe ich eben von Mrs. Tredinnick erfahren. Simon hatte einen Schlüssel, von dem wir nichts wußten. Aber sie hat dann die Polizei gerufen. Als die Polizei das Haus durchsuchte, war er schon wieder weg.«

»Oh, mein Gott. Oh, mein *Gott!*« Dem Geräusch nach zu urteilen, hatte sich Celia an den Küchentisch gesetzt. Sie hielt ihren Kopf mit den Händen umfangen. »Der arme Junge... Gehetzt wie ein Verbrecher, als ob er ein Monstrum gewesen wäre... Und dann ist er jämmerlich in der Scheune verbrannt...«

»Er *war* ja auch ein Monstrum«, sagte Thomas kalt. »Er hat planmäßig alle Regeln des zivilisierten Zusammenlebens verletzt.«

»Und du? Was hast du getan? Du hast dein eigenes Kind verstoßen!«

»Halt den Mund, Celia! Das haben wir doch alles schon einmal durchgekaut. Ich sehe keinen Sinn darin, das noch einmal durchzuhecheln. Nimm dich doch ein bißchen zusammen. Wir sind hier in unserem Landhaus, mitten im Moor, draußen tobt ein Sturm, das ist wirklich nicht die Gelegenheit für hysterische Anfälle.«

»Ich weiß nicht, warum wir überhaupt hergekommen sind«, sagte sie schroff. Das Rücken des Stuhls war zu hören. Ihre Stimme veränderte sich, sie war aufgestanden. »Es ist alles so sinnlos. Dieses Haus ist verflucht. Es war eine verrückte Idee, herzufahren...«

»Irgendwann *mußten* wir ja herfahren«, sagte er, betont sachlich. »Wenn wir das Haus verkaufen wollen, müssen wir es zum Verkauf herrichten, sonst finden wir keinen Interessenten. Komm, nimm dich zusammen. Du kannst solche Probleme nicht lösen, indem du vor ihnen davonläufst.«

»Vor Problemen davonlaufen? Das hast du dein ganzes Leben lang getan«, sagte sie wütend. »Du hast nicht ein einziges Mal... *Oh!*«

»Was ist denn *jetzt?*« fragte er. Ihr Ausruf war ihm unverständlich.

»Alle Lichter sind ausgegangen. Wahrscheinlich hat der Sturm die Überlandleitung weggefegt. Und damit sitzen wir ganz schön in der Tinte. Wir können nicht hierbleiben, in einem Haus, wo nichts funktioniert.«

»Warum denn nicht? Die Leitung wird sicher bald wieder

repariert. Wir können ja Kerzen anzünden, und für den Kamin nehmen wir Torf, ich hoffe, es ist noch etwas Torf im Schuppen.«

»Red doch keinen Unsinn! Wir würden erfrieren. Das ganze Haus ist klitschnaß. Wir können nicht kochen, wir können kein Wasser erhitzen, wir haben nicht einmal Wasser, weil die elektrische Pumpe nicht geht...«

Strom, dachte er. Der Zauber, der ein totes Haus zum Leben brachte. Strom.

Eine Schublade wurde geöffnet. Er hörte, wie Celia nach Kerzen zu suchen begann. Als sie sprach, war Panik in ihrer Stimme. »Mein Gott, wie *dunkel* das ist! Ich hatte ganz vergessen, wie dunkel es im Moor ist.«

Jetzt weißt du, wie dunkel es in meiner Welt ist, dachte er.

»Ich finde keine Kerzen«, sagte sie. »Simon muß sie alle aufgebraucht haben.«

Vielleicht hat er sie mitgenommen, um die Scheune damit in Brand zu setzen, dachte er.

»Ich werde Mrs. Tredinnick anrufen und sie fragen, ob sie uns mit ein paar Kerzen aushelfen kann«, sagte er.

Aber das Telefon im Wohnzimmer war tot. Offensichtlich hatte der Sturm auch die Telefonleitungen zerstört. Als er den Hörer auf die Gabel zurücklegte, stieß er mit dem Ellenbogen an den Anrufbeantworter. Das war ihm schon oft passiert. Irgendwie hatte er sich die Stelle, wo das verdammte Ding stand, nie merken können. Er rieb sich die schmerzende Stelle und fluchte. Plötzlich war ein Rauschen zu hören. Er mußte wohl, als er an das Gerät stieß, an die Funktionstaste geraten sein. Und jetzt kam seine Stimme aus dem Lautsprecher, unmittelbar über seinem rechten Ohr.

»Simon, hör gut zu, was ich dir sage. Ich habe dies auf Band gesprochen, um dich zu warnen. Wenn du dieses Haus betrittst, dann wird Mrs. Tredinnick die Polizei rufen. Ich verbiete dir, dieses Haus zu benutzen, du hast hier nichts mehr zu suchen. Ist das verstanden?«

Die Stimme, durch die Kraft der Batterien auf die doppelte Lautstärke gebracht, klang hart und nervös. Zugleich war da ein Flehen, ein Anflug von Wahnsinn, eine Angst, die nicht zu dem drohenden Ton paßte.

Und dann war die Stimme seines Sohnes zu hören, spöttisch, ironisch und ätzend.

»Hallo, Pappi? Hörst du mich, mein lieber Pappi? Wenn du deinen fabelhaften Anrufbeantworter in Gang setzt, bin ich schon wieder weg. Du kannst dann in aller Ruhe die Annehmlichkeiten deines Hauses genießen. Ist das nicht herrlich, Pappi? Die Kraft fließt in alle Geräte, die es in deinem wunderschönen Haus gibt, du kannst mit der Küchenmaschine herumspielen, mit dem Mixer und dem Staubsauger, mit der Geschirrspülmaschine, mit dem Abfallzerkleinerer, und den wirst du wirklich brauchen, Pappi, den Abfallzerkleinerer, du kannst den Fernseher anstellen, und wenn du dir was Gutes tun willst, kannst du sogar eine meiner Platten auflegen? Na, ist das nicht phantastisch? Du kannst dir tiefgefrorene Lasagne zubereiten, du brauchst die Packung nur in den elektrischen Heißluftherd zu schieben, und abends dann kannst du dich in deine elektrisch geheizte Bettdecke kuscheln, aber vorher willst du ja sicher noch zu Abend essen, und bevor du zu Abend ißt, würde ich dir empfehlen, die Geschirrspülmaschine einer näheren Untersuchung zu unterziehen, du wirst verstehen, daß Mrs. Tredinnick ihre Katze wiederhaben möchte, und wie's der Teufel will, hat sich die Katze vielleicht in der Geschirrspülmaschine versteckt. Du weißt ja, wie Katzen sind, Pappi, oder? Das war's schon, Pappi. Ich liebe dich. Simon.«

Das Band war zu Ende, der Lautsprecher begann zu piepsen. Dann schaltete sich die Spule ab.

Das bilde ich mir alles nur ein, dachte er. Ob das Gerät mit Batterien lief? Er wußte es nicht. Wahrscheinlich waren seine Nerven überreizt. Seine Phantasie war mit ihm durchgegangen.

Er tastete nach dem Telefon und hob den Hörer ab. Immer noch tot. Er tastete sich zur Küche.

Er rief: »Celia! Celia!«

»Was ist?« Ihre Stimme kam vom rückwärtigen Flur, sie klang gedämpft. Wahrscheinlich hat sie sich einen Mantel mit Kapuze übergezogen, dachte er.

»Ist immer noch kein Strom?«

»Nein. Ich hole ein paar Kerzen von Mrs. Tredinnick.«

»Zu Fuß?«

»Bei dem Wetter? Du machst wohl Scherze. Nein, ich nehme den Wagen. Wenn Mrs. Tredinnick keine Kerzen hat, hole ich den Kramladenbesitzer aus dem Bett.«

»Kommst du auch bestimmt zurück?« Er haßte sich für den bittenden Unterton, den er seiner Frage gegeben hatte.

»Ja.« Ob sie das auch so meinte, wie sie's sagte? Thomas war sich da nicht sicher.

Die vordere Haustür fiel ins Schloß. Kaum war der Hall im Eingangsgewölbe verklungen, da vernahm Thomas ganz andere Laute. Das Jaulen einer Katze war zu hören, das verzweifelte Miauen eines Tieres, das irgendwo eingeschlossen war. Das ganze Haus schien von diesem furchtbaren Jaulen erfüllt.

Er haßte Katzen. Er mied Katzen. Er mochte sie weder im Haus noch im Freien. Er mochte sie überhaupt nicht. Es war gar nicht so einfach gewesen, das den Kindern klarzumachen. Als sie klein waren, hatten sie gebettelt, er sollte ihnen doch die Katzenjungen lassen, die idiotische Nachbarn ihnen geschenkt hatten. Simon hatte sogar einmal eine Katze in seinem Zimmer versteckt. Sein Vater hatte dafür gesorgt, daß das Tier wieder verschwand.

Thomas tastete sich bis zur vorderen Haustür. Er öffnete die Tür und rief: »Celia! Celia! Warte noch! Die verdammte Katze ist irgendwo hier im Haus. Komm zurück!«

Aber Celia gab keine Antwort. Das Motorengeräusch des Wagens war zu hören, leiser werdend, und dann nur noch das Heulen des Sturms.

Er ging in die Küche zurück. Das Miauen war lauter geworden. Es schien aus einer ganz bestimmten Ecke zu kommen. Thomas tastete sich an der Stoßkante des Kühlschranks entlang, am Herd, der inzwischen wieder kalt geworden war, an der Waschmaschine, an der Trockenmaschine, und dann stand er vor der Geschirrspülmaschine. Das Gerät zitterte und dröhnte, weil sich die gefangene Kreatur mit wilden Sprüngen aus der Trommel zu befreien suchte. Die Katze hat Glück gehabt, dachte Thomas. Sie hat Glück gehabt, daß niemand die Maschine eingeschaltet hat.

Aber wenn es wirklich die Katze war, was da einen solchen Spektakel aufführte, warum war sie vorher nicht zu hören gewesen? Wie hatte sie fünf Wochen in ihrem winzigen Gefängnis überleben können?

Wer sie da eingeschlossen hatte, war ja klar. Thomas packte den Griff der Tür und öffnete das Gerät.

Er hatte erwartet, daß die Katze ihr Gefängnis mit einem Sprung verlassen würde, sie würde an ihm vorbeischießen und das Weite suchen. Aber er hatte sich getäuscht. Das Miauen, das aus den Tiefen des Geschirrspülers zu kommen schien, ging weiter. Hatte Simon das Tier etwa in der Maschine festgebunden?

Behutsam, voller Widerwillen steckte Thomas seine rechte Hand zwischen die Rollgitter – und zog sie mit einem Aufschrei wieder zurück. Der Schrei war lauter gewesen als das Miauen der gefangenen Katze. Er hatte eine glitschige Masse aus Fleisch, Knochen und Fell berührt, eine kalte, klebrige Substanz, und der Ekel, der ihn überkam, war so intensiv gewesen, daß der Schauder auf seinem Rücken wie tausend Nadelstiche brannte.

Er fluchte und tastete sich zur Spüle. Er drehte den Hahn auf, um sich den widerlichen Schleim von den Fingern zu spülen. Aber es kam kein Tropfen Wasser aus dem Hahn. Erst nach einigem Suchen fand er ein Tuch, mit dem er sich die Finger rieb. Er rieb, rieb und rieb, aber die Erinnerung an das Gefühl, als seine Fingerspitzen in das faulende Fell und in das triefende Mark der Knochen stießen, war nicht wegzuwischen.

Inzwischen erfüllte der Gestank nach Fell und Katzenurin die ganze Küche. Thomas verstand jetzt, was sein Sohn gemeint hatte, als er sagte: ›Den Abfallzerkleinerer, den wirst du wirklich brauchen, Pappi.‹

Wie hatte Simon so etwas tun können! Er, der Katzen liebte!

Das Dorf war stockdunkel, auch dort gab's keinen Strom, und als Celia an Mrs. Tredinnicks Tür klopfte, öffnete ihr niemand. Nach einer Weile kam eine Nachbarin, mit einer Taschenlampe in der Hand. »In diesem Haus wohnt niemand mehr, Lady. Haben Sie denn nicht davon gehört? Mrs. Tredinnick ist vergangenen Freitag im Moor ertrunken, es war eine stockdunkle Nacht und neblig, und die Leute sagen, sie hat dort ihre arme Katze gesucht...«

Auch in der Küche des Landhauses war es stockdunkel. Thomas stand da, das Grauen, das ihm bei der Berührung des Kadavers in die Knochen gefahren war, wurde zu einer dunklen Zwinge, die sich um seine Stirn legte. Er hörte, wie der Sturm abebbte, aber in die Stille, die sich auszubreiten begann, schnitt der Lärm, den Maschinen machen, die vom

Menschen geschaffene Sklaven, die Kraft und die Herrlichkeit durchflutete das Haus, der Kühlschrank begann bedrohlich zu summen, die Trommel des Wäschetrockners drehte sich und surrte, der Staubsauger heulte auf, das Telefon läutete wie verrückt, der Fernseher blökte, das Mixgerät klapperte, der Abfallzerkleinerer gurgelte, und nachdem sich die Nadel des Plattenspielers in die Rille gesenkt hatte, dröhnte aus den Stereolautsprechern eine Melodie, die Thomas mindestens so fürchtete wie die Trompeten des Jüngsten Gerichts:

»Gimme, gimme, gimme all you promised me ...«

Er stieß die Haustür auf und rannte in die Nacht hinein, umschwebt von den Schatten seiner Seele.

Übersetzt von Rolf Jurkeit

Veilchen

Michael Avallone

›Veilchen‹ – der englische Titel ist ›Sweet Violets‹ – wurde zuerst in der britischen Ausgabe von ›The Saint Magazine‹ *veröffentlicht, im Jahre 1962. Achtzehn Jahre später erlebte die Geschichte eine Reinkarnation im* ›Mike Shayne Mystery Magazine‹. *Beide Herausgeber, Hans Stefan Santesson und Charles Fritch, hatten meine Story ohne jeden Vorbehalt ins Heft genommen, vielleicht weil auch sie Veilchen mochten. Nicht so romantisch veranlagt waren die Herausgeber des* ›Ellery Queen's Mystery Magazine‹, *mit denen ich über einen Abdruck verhandelte. Sie fanden, ›Sweet Violets‹ sei ›zu schockierend für die Leser unserer Familienzeitschrift‹. Es gab dann noch die Herausgeber von Auswahlbänden in den Vereinigten Staaten, literarische Experten, die sich zum Ziel gesetzt hatten, die amerikanischen Leser mit abgefeimten Horrorstories zu beglücken. Sie fanden meinen Veilchenmörder* zu *abgefeimt, die Story hätte ›sexistische Untertöne‹! Ein Herausgeber, dessen Namen ich hier nicht erwähnen darf, sagte mir, Robert Bloch, der berühmte Horror-Autor, hätte eine ganz ähnliche Geschichte geschrieben. Ich bin ein großer Bewunderer Blochs, aber ich habe in seinem Œuvre keine Veilchen entdecken können. Er selbst übrigens auch nicht.*

Und so steht mein kleiner Veilchenstrauß heute vor Ihnen.

Wahrer Horror ist unsterblich.

»Ich weiß, wer Jack the Ripper ist«, sagte Mollie Lamkin nicht ohne Stolz. Sie legte die Gabel auf den Tisch zurück, und das Geräusch war so laut, daß es das Baby im Raum nebenan wecken konnte.

John Lamkin betrachtete nachdenklich seine Hammelkeule. Er tupfte sich die Lippen mit der Serviette ab. »Wer denn, mein Schatz? Ach so, ich kann's mir schon denken. Der Briefträger. Der junge Mann, der dir immer so schöne Augen macht.«

»Lachen Sie nur, Mr. Lamkin. Lachen Sie nur. Ich spreche nicht von unserem Briefträger, ich spreche von Sutter, dritter

Stock, die hintere Wohnung.« In Mollie Lamkins Augen leuchtete die göttliche Weisheit.

Ihr Gemahl wand sich auf seinem Stuhl. »Jetzt komm aber mal wieder auf den Boden, Mädchen. Sutter würde seine schönen Handschuhe doch nicht einmal mit Ketchup beschmutzen, geschweige denn mit Blut, wie es dieser Jack the Ripper tut, ich meine, so ein Messergriff ist ja hinterher ziemlich blutig, oder?«

»Mein lieber Johnnie, wie man sich täuschen kann. Sutter macht lange Spaziergänge nach Sonnenuntergang. Tagsüber schließt er sich in seinem Zimmer ein. Er wohnt jetzt eine Woche hier, und nieman hat ihn bisher zu Gesicht bekommen. Gibt dir das nicht zu denken?«

John Lamkin holte sich die Abendzeitung heran, die er in Reichweite auf dem Tisch liegen hatte. Es war eine tröstliche Aussicht, dem Gespräch mit Mollie durch einen Blick in die Zeitung zu entrinnen. Vor vier Wochen hatte es angefangen. Die Sache in Whitechapel war eine ziemliche Schlächterei gewesen. Ganz London sprach von dem Ripper, es schien gar kein anderes Thema mehr zu geben. Die Leute zerbrachen sich den Kopf. Wer war der Ripper? Wo verbarg er sich? Wann würde er das nächste Mal zuschlagen? Es war so weit gekommen, daß ein hart arbeitender Ehemann, im Falle von John Lamkin sogar ein äußerst hart arbeitender Ehemann, nicht mehr nach Hause kommen und seine Hammelkeule essen konnte, ohne daß ihm die Dame des Hauses mit ihren Mutmaßungen über den teuflichen Ripper zusetzte.

»Also gut, mein Schatz«, sagte Lamkin, und ein sarkastisches Lächeln entstellte seine Züge, »du rufst jetzt die Bobbies an und sagst ihnen, was du rausgefunden hast. Wenn Sutter der Ripper ist, muß man ihm das Handwerk legen.«

Mollie Lamkin umfing ihren Oberkörper mit beiden Armen, es war eine dramatische Bewegung, die sie bei solchen Gesprächen recht gern dazwischenmischte. »Du würdest nicht mehr so ironisch daherreden, wenn der Ripper jemand in diesem Haus umgebracht hätte, Johnnie Lamkin!«

Mollies Gemahl quittierte die Rüge mit einem verächtlichen Schnaufen. Er zog seine Pfeife aus der Tasche. Die Geographie ist auf meiner Seite, dachte er. Der Ripper mordete immer nur in Whitechapel. Hier in Soho Square waren sie sicher vor seinen furchtbaren Anschlägen. Es war nicht schlimm, wenn die gnädige Frau sich in der Richtung etwas Sorgen machte, dann war sie wenigstens beschäftigt. Eine wirkliche Gefahr bestand nicht. Andererseits war es schon etwas komisch, daß sich eine Frau, die immerhin ein Kind zu versorgen hatte, mit solchen Grübeleien schier zu Tode ängstigte, statt erst einmal ihren Verstand zu gebrauchen.

Der kleine Johnnie im Nebenraum war aufgewacht. Mollie Lamkin vergaß Jack the Ripper, sie vergaß ihren wütenden Mann, sie war jetzt nur noch Mutter. Sie wechselte dem Kind die Windeln.

Im Herzen wußte sie, daß John Lamkin einen Fehler machte. Alles Übel dieser Welt erwuchs aus der Tatsache, daß die Männer nicht taten, was die Frauen ihnen sagten.

Mr. Sutter befand sich – Mollie hatte das ganz richtig beschrieben – in einem Raum im dritten Stock, die hintere Wohnung. Es war ein kleiner Raum, und Mr. Sutter war schwer beschäftigt. Hätten die Lamkins ihm jetzt zusehen können, Mollie hätte einen Schrei des Entsetzens ausgestoßen, und John hätte auf der Stelle einen Schwur abgelegt, seiner Frau nie mehr zu widersprechen. Nie mehr.

Mr. Sutter zerstückelte einen Leichnam.

Die Tür zu seinem Zimmer hatte er verriegelt, und damit war der kleine Raum luftdicht abgeschlossen wie ein Schrank. Das Rollo vor dem Fenster war heruntergezogen, und die einzige Beleuchtung bestand aus zwei hohen dünnen Wachsstöcken, die Mr. Sutter auf zwei Stühle gestellt hatte. Die Stühle standen soweit wie möglich voneinander entfernt, einer an jedem Ende des länglichen Raumes.

Mr. Sutter kniete auf dem Boden, zusammengekrümmt in der Weise, wie teuflische Wesen sich bei ihren Unternehmungen zusammenkrümmen. In seiner Hand lag das Skalpell eines Chirurgen. Er trug Handschuhe, die ihm bis zu den Ellenbogen reichten. Er trug außerdem einen weißen Metzgerkittel, der seinen kleinen, dicken Körper irgendwie viereckig aussehen ließ. Sein Gesicht war genetzt vom Schweiß des Wahnsinns. Sein kahler Schädel erglühte im stetigen Schein der Kerzen.

Die Leiche, auf der sich Mr. Sutter rittlings niedergelassen hatte, war die Leiche einer sehr jungen Frau. Die Frau war seit zwanzig Minuten tot. Mr. Sutter hatte sie mit dem Versprechen, daß er ihr für ihre Dienste fünf Pfund geben würde, in sein Zimmer gelockt. Er hatte ihr den Schädel zerschmettert, mit dem gleichen Bügeleisen, das er zum Plätten seines schmutzfarbenen Anzugs benutzte.

Mr. Sutter brauchte zwei volle Stunden, um sein Werk zu vollenden. Das Wachs der Kerzen floß über die Messingständer, und als die zwei Stunden zu Ende gingen, hatten die beiden Flämmchen zu flackern begonnen.

Als sein Werk vollbracht war, stand Mr. Sutter auf, er rührte jetzt nichts mehr an in seinem Zimmer, er zog sich nur seinen schweren Regenmantel aus imprägniertem Baumwollstoff an. Er verließ den Raum und schloß von außen sorgfältig zu.

Er ging die spärlich beleuchtete Treppe hinunter, ohne irgend jemandem zu begegnen.

Als er auf die Straße trat, waren die Gaslaternen bereits angezündet. Ein dicker, suppiger Nebel quoll über die Bürgersteige, Nebel nach Londoner Art.

Ein Polizist in Uniform löste sich aus dem Nebel, großgewachsen und stramm.

Mr. Sutter bedachte ihn im Vorbeigehen mit einem höflichen Senken des Kopfes. »Guten Abend, Constable.«

Als Constable Briggs am nächsten Morgen von seinen Vorgesetzten zur Person des Mannes befragt wurde, der ihn so höflich gegrüßt hatte, gab er zu Protokoll, der Mörder Marcia Wooleys sei ein Mensch, der Herzlichkeit und Frohsinn ausstrahlte. Nicht einmal seine eigene Mutter, so beschrieb es Briggs, sei so nett und freundlich wie dieser Mann.

Nein, Mollie Lamkin dachte gar nicht daran, zu Kreuze zu kriechen. Nicht vor ihrem Gemahl. Gerade vor ihm nicht. Der Schreck war ihr in die Glieder gefahren, soweit dort noch Schreck Platz hatte. Der Ripper hatte zugeschlagen, in unmittelbarer Nähe. Mollies Lippen waren versiegelt. Sie war so still, daß ihr Mann sich richtig Sorgen machte. John Lamkin war seit einigen Minuten dabei, seine erkaltete Pfeife anzuzünden, aber so oft er es auch versuchte, die Pfeife brannte nicht. Er verbrauchte ein Streichholz nach dem anderen. Es war zum Verzweifeln.

»Mollie, nun sag doch etwas. Du hast dir doch schließlich nichts zuschulden kommen lassen in der Sache. Im Gegenteil.«

Mollie Lamkin wippte mit ihrem Schaukelstuhl und schwieg.

»Wenn überhaupt, dann bin ich schuld. Ich hätte auf dich hören sollen.« Er erschauderte. »Der Mann wäre festgenommen worden, und damit hätte die furchtbare Metzelei ein Ende gehabt. Wenn ich mir vorstelle, daß er die ganze Zeit mit uns unter einem Dach gelebt hat, daß er spät in der Nacht die Treppe hinaufgestapft ist, nachdem er sein blutiges Handwerk verrichtet hatte...«

Seine Gemahlin hatte ihrem Schaukelstuhl einen neuen Stoß versetzt. Sie war drauf und dran, einen erstickten Schrei auszustoßen.

»Mein armer kleiner Liebling«, sagte John Lamkin. Er betrachtete sie mit zärtlicher Besorgnis. »Du darfst dir das nicht so nahegehen lassen. So wie jetzt kannst du nicht weiterleben. Denk an das Baby und überhaupt...«

Sie schüttelte den Kopf. Ein glasiger Schimmer stand in ihren Augen. Ihre Lippen formten sich zum Schrei.

Aber dann bezwang sie ihren Schmerz. »Nicht«, sagte sie leise. »Bitte, nicht, John. Du darfst nie wieder mit mir darüber sprechen. Nie wieder, sonst verliere ich den Verstand.«

Ihre Stimme war ein Wimmern, das wie der Schatten des Todes durch die gemütlich eingerichtete Wohnung irrte.

Mr. Sutter hatte ein neues Domizil gefunden, nur zwei Meilen von dem Haus entfernt, wo er Marcia Wooley ermordet hatte. Seine neue Zimmerwirtin fand, Mr. Sutter war ein würdiger, netter Herr, sie hatte ihm den Raum im rückwärtigen Teil ihrer großen Wohnung zugewiesen, dies war ein ruhiges Zimmer, wo der Mieter durch die Geräusche im Wohnzimmer nicht beeinträchtigt sein würde.

Der Mann der Zimmerwirtin las gerade in der *Times*. Er faltete das Blatt zusammen und grunzte. Seine Frau war in die Küche gelaufen gekommen. Sie hielt eine knisternd neue Fünfpfundnote in der Hand.

»Das nenne ich einen anständigen Mieter, Harold. Er hat die Miete einen Monat im voraus bezahlt. Bar in die Hand.«

Harold tarnte seine Befriedigung über die Transaktion mit einem zweiten Grunzen. »Ein anständiger Mieter?«

»Aber ja! Vollendete Manieren, Harold. Wirklich. Madame vorne und Madame hinten, und hätten Sie was dagegen, wenn ich mein Frühstück schon um neun einnehme, besser kann man's gar nicht antreffen. Ich glaube, er ist Professor. Irgendeine Art von Professor.«

Es war zum erstenmal in dieser Woche, daß Harold seine Lippen zu einem Lächeln verzog. »Freut mich, das zu hören. Die letzten Mieter waren nicht gerade erste Garnitur, wenn ich das mal so sagen darf. Und unser Haus ist ja auch nicht so, daß der Herzog von Edinburgh hier absteigen würde. Ein Wunder, daß der Ripper hier noch nicht aufgetaucht ist, Ellie. Das wäre doch der ideale Unterschlupf für ihn.«

Ellie gab sich schockiert. »Du solltest dich schämen, so etwas zu sagen, Harold. Der Ripper als möblierter Herr in unserem Haus. Also wirklich ...« Sie warf ihrem Mann einen feindseligen Blick zu. Er verbrag sich hinter seiner Times. Es kam jetzt darauf an, das Gesicht zu wahren.

»Wie auch immer, Ellie. Professor oder nicht, man kann heutzutage nicht vorsichtig genug sein.«

Mr. Sutter hatte es sich in seinem neuen Heim gemütlich gemacht. Ein Sträußchen mit den Blumen, die er so liebte, stand auf dem Tisch. Veilchen. Er stand da und sog den Duft ein. Er schloß die Augen. Neben der Vase mit den Veilchen lag Mr. Sutters schwarze Tasche. Der Tisch stand an der Wand. Auf der anderen Seite war das Bett. Mr. Sutters Finger glitten über die glitzernden Instrumente. Er legte die Skalpelle in Reih und Glied. Ordnung und Harmonie, Hoffnung und Zukunft. Es war Zeit, neue Pläne zu schmieden. Es galt, ein neues Opfer im Nebel zu finden.

Er hob die Hände und führte die abgespreizten Finger an seine Schläfen. Der kahle Schädel schimmerte im Licht der Kerzen. Er verstärkte den Druck der Fingerspitzen, bis sich die Schädeldecke hob. Langes, dunkles Haar quoll hervor, legte sich in üppigen Locken um Mr. Sutters Gesicht. Mr. Sutter war nicht mehr kahl.

Mr. Sutter hatte aufgehört, ein Mann zu sein ...

Sie stand vor dem zerbrochenen Ankleidespiegel und betrachtete die Fülle ihrer Haare. Ein geisterhaftes Lächeln spielte um ihre schönen Lippen. Das Skalpell des Rippers würde ein neues Opfer finden. Gab es eine bessere Tarnung, als wenn sie so durch die Londoner Nacht ging, wie Gott sie geschaffen hatte?

Übersetzt von Rolf Jurkeit

Zeit zu glauben

Michael Bishop

Soll man Kindern Geschichten erzählen, die ihnen Angst machen? Wenn Sie, der Leser, auf diese Frage mit einem kompromißlosen ›Nein‹ antworten, dann habe ich gesündigt.

Ich weiß mich allerdings in guter Gesellschaft. Die bekanntesten und beliebtesten Geschichten für Kinder, nennen Sie sie meinetwegen Märchen, sind Geschichten, die Angst machen. Ich nenne Hänsel und Gretel, die Söhne und das Biest, Schneeweißchen und Rosenrot und den Klassiker Goldilocks mit Vaterbär, Mamabär und Babybär. Wir finden in diesen Geschichten jede Menge schaurige Schauplätze, es gibt Giftmorde und entsetzliche Phantasiewesen, die archetypischen Gestalten des Bösen treten auf. Ein empfindsames Kind, das solche Geschichten liest oder erzählt bekommt, dehnt sein Mißtrauen auf die Eltern aus. Vielleicht sind die Eltern Vampire, die sich in der Gestalt lieber Angehöriger bei ihm eingeschmeichelt haben. Sobald die Nachttischlampe erlöscht, werden die Vampire ihre Maske ablegen und dem Kind die Seele aus dem Leibe saugen.

Und doch haben Kinder einen geradezu unstillbaren Hunger auf Bilder von Monstern, einen Hunger, den sie mit Büchern oder Filmen befriedigen. Sie gieren nach gefährlichen und grotesken Situationen, wie wir Erwachsenen nach Ruhe und Harmonie gieren.

Ob das gut ist? Seien wir ehrlich. Die Welt ist, alles in allem, ein gefährlicher Ort. Horrorgeschichten, auch solche, die beim jugendlichen Leser einen Zweifel an der Allgewalt der Eltern und an ihrer Gutwilligkeit zurücklassen, können dem Kind helfen, sich mit den Gefahren, die es nun einmal gibt, vertraut zu machen, und das, ohne ein körperliches Risiko einzugehen.

Den Gritter, die Hauptperson der folgenden Geschichte, habe ich ursprünglich für meine Kinder erfunden. Ich habe ihnen die Story im Warteraum einer Klinik erzählt, meine Frau besuchte dort eine Freundin, die Kinder und ich mußten draußen warten. In der gesprochenen Version habe ich die Handlung ziemlich bombastisch aufgebaut, ich wollte die erzeugte Angst gleich wieder ad absurdum führen. In der geschriebenen Version habe ich diesen Verfremdungseffekt etwas zurückgenommen.

›Zeit zu glauben‹ heißt die Geschichte, weil es im Leben eines jeden Menschen eine Zeitspanne gibt, in der er glaubt. Schriftsteller bleiben vielleicht länger Kinder als andere, weil sie die Zeit zu glauben hinauszögern möchten. Mit der Unbefangenheit eines jungen Menschen entlarven sie die Schatten, die sich hinter der Fassade des Alltags verbergen.

Es war im tiefsten Winter, in einem zugigen, ziemlich verschachtelten Haus, die Familie saß in einem Raum mit hoher Decke, man hatte zu Abend gegessen, draußen senkte sich die Dämmerung auf das Land. Der Vater las in einem Buch, die Mutter hielt ihren Stickrahmen in der Hand, und die Kinder lagen vor dem kupferfarbenen Heizgerät, sie hatten ein paar Zeitungen auf dem Boden ausgebreitet und bemalten die Bögen mit ihren Buntstiften.

Sie würden bald zu Bett gehen, die Kinder und auch die Eltern. Ein dickes, wattiges Schweigen hing im Raum, so schwer und ernst wie die Schneedecke, die sich auf die Giebel und Gesimse des Hauses gelegt hatte. Alle scheuten sich, das erste Wort zu sagen, das erste Wort würde im Raum explodieren wie ein Knallfrosch beim Feuerwerk, so oder ähnlich waren die Gedanken der Menschen in dem Raum mit der hohen Decke.

Mit einer Ausnahme. Stefa. Sie war jemand, der sich nicht scheute, das erste Wort zu sagen. Stefa war fünf. Und sie war es leid, Bäume auf das gelblich-graue Zeitungspapier zu malen. Sie war es leid, den anderen zu erklären, daß dies wirklich Bäume waren. Stefa fand es sehr frustrierend, wie schwer sich die Familie beim Betrachten von gemalten Bäumen tat. Vater hielt die Bäume für Menschen, Mutter für Tornados oder große, grüne Bananenstauden, Jimbo fand, das sei überhaupt nichts, nur Gekritzel.

Stefa war es auch leid, ihre Stifte mit anderen zu teilen. Zwar war die Kiste, die vor ihr stand, bis zum Rand voll mit Stiften, es gab mindestens hundert Stück in der Kiste. Aber es gab nur wenige Stifte mit guten, ehrlichen Farben wie Rot, Gelb, Blau, Grün und Orange. Der Rest, das waren betrügerische Farben wie Ocker, Aquamarin, Umberbraun, Goldrute und ähnliche Schattentöne. Wozu, verdammt noch mal, waren solche betrügerischen Farben gut?

Stefa warf ihren ehrlichen grünen Farbstift auf den Boden und sah ihm nach, wie er unter den Heizapparat rollte.

»Erzählt uns eine Geschichte«, sagte sie, zu ihren Eltern gewandt.

Ihr Bruder Jimbo, er war sieben, begann in dem Raum mit der hohen Decke herumzuhüpfen, er tat gerade so, als sei der Knallfrosch, an den alle gedacht hatten, wirklich explodiert. Plötzlich blieb er stehen. Er warf Stefa einen mißbilligenden Blick zu, und dann sagte er zu seinen Eltern: »Jawohl, erzählt uns eine Geschichte. Wir sind das Malen leid.«

»Du bist dran«, sagte die Mutter. Sie sah ihrem Mann in die Augen. »Ich habe gestern abend die Geschichte erzählt, wie jemand auf Rollschuhen zum Zirkus gefahren ist, heute abend bist du dran.«

Die Kinder kamen zu ihrem Vater gerannt, sie drängten sich in seinen Schoß, wobei sie die Seiten seines Buches zerknitterten. Sie kletterten auf seine Knie, und schließlich saßen sie links und rechts von ihm in dem großen, grünen Sessel.

Stefa sagte: »Eine Geschichte zum Fürchten, bitte.«

»Also gut«, sagte der Vater. Er hatte sich damit abgefunden, daß er jetzt nicht weiterlesen konnte. »Ich werde euch die Geschichte vom Gritter erzählen, nachdem Stefa ja etwas zum Fürchten hören möchte.«

»Was ist das, ein Gritter?« fragte Jimbo.

»Ein Gritter ist eine Kreatur«, sagte der Vater, »die auf einem aufgegebenen Postschiff haust, auf einem Schiffswrack, das in den eisigen Fluten der Antarktis dahintreibt. Es gibt auf der ganzen Welt nur einen einzigen Gritter, und wenn der Gritter herausfindet, daß irgendein Mensch seinen Namen ausgesprochen hat, verläßt er sofort sein Postschiff und macht sich auf die Suche nach diesem Menschen, er findet ihn und trifft dann die nötigen Vorkehrungen, daß der Betreffende nie wieder seinen Namen in den Mund nimmt. Der Gritter hat sehr, sehr gute Ohren, wirklich, und er kann es nicht zulassen, daß man über ihn klatscht.«

»Erzähl uns diese Geschichte bitte nicht«, warnte Stefa ihren Vater. »Ich mag die Geschichte nicht.«

Die Mutter sah von ihrem Stickrahmen auf. »Vater kann jetzt nicht mehr zurück, Stefa«, sagte sie. »Er hat den Namen des Gritters ja schon ausgesprochen, und die Kreatur ist in diesem Augenblick höchstwahrscheinlich schon hierher unterwegs.«

»Er ist eben erst losgezogen«, sagte der Vater. »Es dauert eine Weile, bis er hier ankommt, und außerdem werde ich die Geschichte kurz machen, wenn der Gritter unser Haus erreicht, bin ich schon längst mit dem Erzählen fertig. Der Gritter muß seinen Namen ein paarmal hören, sonst kann er den Menschen, der den Namen gesagt hat, nicht finden.«

»Bitte, hör auf«, sagte Stefa. Sie war sehr aufgeregt, weil sie hoffte, ihr Vater würde die Geschichte noch ein bißchen weitererzählen, aber rechzeitig abbrechen, er konnte ja kein Interesse daran haben, daß der Gritter ins Haus eindrang und alle verschlang.

»Wißt ihr, warum der Gritter Gritter heißt?« fragte der Vater. Er sah zuerst Stefa an, dann Jimbo.

»Warum?« kam es wie aus einem Munde.

»Weil die Fäuste des Gritters groß wie Basketbälle sind, und die Arme sind so lang wie eine ausgewachsene Boa Constrictor. Wenn der Gritter den Schwätzer aufgespürt hat, der mit seinem wunderschönen Namen Schindluder getrieben hat, dann läßt er seine Schlangenarme hervorschießen und grittert den Schuldigen zu Tode, jawohl, Stefa und Jimbo, es sieht ungefähr so aus, als wenn bei einem Familienfest ein Onkel seinen Neffen ans Herz drückt, nur daß die Umarmung eben tödlich verläuft, der Gritter grittert den Schuldigen zu Tode.«

Jimbo und Stefa erschauderten. Sie schmiegten sich voller Angst an ihren Vater.

»Hat der Gritter große Füße?« fragte der Junge.

»Nein«, gab der Vater zur Antwort. »Der Gritter hat keine großen Füße, er ist auch kein Yeti, er ist kein Monster von der Art, wie manche Leute Monstren beschreiben, die sie nie gesehen haben. Kein menschliches Auge hat den Gritter je erblickt, mit Ausnahme jener Menschen, die der Gritter dann zu Tode gegrittert und verschlungen hat. Diese Menschen können leider zu niemandem mehr Zeugnis darüber ablegen, wie der Gritter aussieht.«

»Wie sieht er denn aus?« fragte Jimbo.

»Ich nannte schon die basketballgroßen Fäuste und die Boa-Constrictor-Arme. Die Körpergröße und die Biegsamkeit des Rumpfes könnte man mit einer Pappel vergleichen. Man kann durch den Gritter übrigens hindurchsehen wie durch Gelatine. Er sieht ein bißchen wie eine Straßenkarte aus Plastik aus, innerhalb der Gelatine sieht man nämlich die roten und blauben Adern, die ihn mit Kraft versorgen. Diese Adern reichen in die Brust und ins Gesicht, aber auch in die Arme und Beine des Gritters. Die blauen Adern leiten die Angst, und die roten Adern den Zorn, und mit diesen beiden Gefühlen hält er sich warm. Ihr könnt euch ja vorstellen, daß es auf einem Postschiff, wenn es erst einmal im Packeis gefangen ist, sehr kalt wird, viel kälter als hier in unseren Breiten.«

»Wenn es dort so kalt ist, warum geht er nicht dort weg?« fragte Stefa.

»Er geht ja dort weg«, sagte der Vater. »Jedesmal, wenn auf der Erde jemand laut seinen Namen ausspricht, verläßt der Gritter sein Postschiff. Als ich vorhin mit dieser Geschichte anfing, ist er vom Wrack aufs Packeis gesprungen, über die Schiffsplanke hinweg, und jetzt schreitet er durch die blauweiße Wüste der Arktis, folgt dem Klang unserer Stimmen. Er mag es nicht, daß man über ihn klatscht, aber wenn das geschieht, dann tut er mit Genuß das Notwendige, um den Klatsch zu unterbinden. Er ist schon unterwegs, ihr könnt bereits seine Schritte hören.«

»Nein!« schrie Stefa. Sie hatte die Augen geschlossen und hielt sich die Ohren zu. Aber das Seufzen des Windes in den Zweigen der Eichen war so laut, daß es durch ihre Hände drang, es erinnerte Stefa an den mitternächtlichen Gesang einer Sirene.

»Wo ist er jetzt?« fragte Jimbo. Er starrte auf das mit Eisblumen übersäte Fenster, von dort glitt sein Blick über die Tür zu der Decke des Raums, die nun wirklich unschuldig war.

»Schwer zu sagen«, antwortete der Vater. »Ich weiß nur eines, wenn der Gritter zu jenen unterwegs ist, die seinen Namen mißbraucht haben, singt er ein Lied, immer das gleiche.« Die Augen des Vaters wurden zu Schlitzen, und seine Stimme war seltsam verändert, als er sang:

Ich bin der grausame, hungrige Gritter,
Jetzt komme ich, Leute,
Ich ziehe entsetzliche Fratzen,
Ihr könnt mir nicht entrinnen – das ist unmöglich.
Versucht es erst gar nicht,
Ich bin der Gritter, rauh und grausam,

Es ist sinnlos, wenn Ihr um Gnade fleht,
Eure Gebete sind sinnlos,
Und daß ihr Hasenfüße habt, hilft euch nicht.
Der Gritter kennt nur einen Gedanken,
Er will euch das Maul stopfen, Leute.
Und deshalb heißt es in diesem Lied:
Eure Tage sind gezählt.
Ich leide mit euch, von Herzen,
Ich leide mit euch, von Herzen,
Und ich bitte euch,
Vergebt mir.

Stefa war ebenso erschrocken wie überrascht. Das Lied gefiel ihr ganz und gar nicht. »Es reimt sich ja nicht einmal. Keine Zeile endet auf den gleichen Laut!«

»Auf die gleiche Silbe«, korrigierte sie ihre Mutter.

»Keine Zeile endet auf der gleichen Silbe«, sagte Stefa.

»Das stimmt«, sagte der Vater. »Und der Gritter singt auch nicht besonders gut.«

»Aber wo ist er jetzt?« bohrte Jimbo.

Der Vater wiegte den Kopf und lauschte dem Lied, das vom Winterwind in die Zweige und Äste über dem Haus getragen wurde.

»In Maine«, sagte er. »Der Gritter ist bereits in Maine, er geht zielstrebig Richtung Süden und nimmt alle Abkürzungen, an die er sich überhaupt erinnern kann.«

»Hör auf!« schrie Stefa. »Ich will nicht, daß du weitererzählst.«

»Man darf bei solchen Dingen nicht mogeln«, sagte der Vater. »Eine begonnene Geschichte muß man zu Ende erzählen. Wir müssen dabei nur auf eines achten, wir müssen mit der Geschichte fertig sein, bevor der Gritter das Haus betritt. Jetzt, wo sich der Gritter schon auf den Weg gemacht hat, wäre es fürchterlich unfair, wenn wir ihn in Bangor sitzen lassen. Er mag keine kurzen Reisen, müßt ihr wissen.«

»Und gegenüber den Menschen in Maine wär's auch unfair«, erklärte die Mutter. »Der Gritter muß jedesmal quer durch Maine, einmal beim Hinweg, dann wieder beim Rückweg, und wir sollten nichts tun, was dazu führen könnte, daß er ihre Gastfreundschaft noch mehr strapaziert, als er es schon tut.«

»Nein, das dürfen wir nicht«, stimmte ihr der Vater zu.

»Na gut«, sagte Stefa ungeduldig, »dann mach schnell und erzähl uns die Geschichte zu Ende.«

»Ja«, sagte Jimbo. »Vielleicht kannst du's so einrichten, daß der Gritter in New Jersey oder in Virginia steckenbleibt. Virginia ist ein hübscher Staat.«

»Das ist eine Idee«, sagte der Vater mit verträumtem Blick. »So, und jetzt mach ich weiter mit der Geschichte. Ihr habt euch vielleicht schon gefragt, wie der Gritter auf das Postschiff kam, woher er überhaupt stammt. Nun ...«

In diesem Augenblick begann das Telefon zu läuten. Es war ein Wandtelefon, und dieses Wandtelefon war in der Küche angebracht, in der Nähe der Tür, die zur Vorratskammer führte. Was das Klingeln anging, so ließ es Stefa an die Statuen im Park denken, wie sie inmitten der Winterkälte auf ihren Sockeln standen und froren, wenn jene Statuen ein Geräusch machen könnten, dann würde es sich so ähnlich anhören wie das Telefon.

»Wärst du so nett und gehst hin?« sagte die Mutter zum Vater. »Ich bin gleich mit dem Sticken fertig.«

»Oh, wie schade!« schrien Jimbo und Stefa.

Ihr Protest bezog sich auf die Unterbrechung. Der Vater machte eine bedauernde Geste. Er erhob sich aus seinem Sessel und verschwand in der Küche. Gleich darauf hörte das Telefon zu läuten auf. Es hatte sechs- oder siebenmal geklingelt.

Stefa und Jimbo saßen da, zwischen ihnen war die warme Stelle, wo ihr Vater gesessen hatte. Auf ihren Gesichtern malte sich Besorgnis ab. Ihr Haus lag im Süden der Vereinigten Staaten, aber nicht so sehr im Süden, und der Gritter kam von Norden auf sie herab wie eine verheerende Lawine. Stefa verstand nicht, daß ihre Eltern angesichts der Gefahr so ruhig blieben, sie waren doch sonst so empfindsame Naturen.

»Wo ist er jetzt?« stöhnte sie. »Wo ist er jetzt?«

»Vielleicht in Boston«, sagte die Mutter, ohne von ihrem Stickrahmen aufzusehen. »Oder über Philadelphia, falls er geflogen ist.«

»Falls er geflogen ist?« fragte Jimbo. »Wie denn das?«

»Na ja«, sagte die Mutter und stach die Nadel durch den Stoff, »die Ohren des Gritters, die zunächst so klein sind, daß man sie überhaupt nicht sieht, werden größer und größer mit jedem Mal, wo jemand seinen Namen ausspricht. Wenn der Name zehn- oder zwölfmal gefallen ist, sind die Ohren so groß, daß er mit ihnen fliegen kann, sie tragen ihn, wohin er will, es sind Wunderohren, durchsichtige Wunderohren.« Die Mutter führte ihren Daumen zum Mund und lutschte den Blutstropfen ab, dann zupfte sie nachdenklich an ihrem Ohrläppchen. »Ich würde sagen, unser Gritter ist jetzt über Philadelphia oder über Baltimore. Er müßte inzwischen extrem hübsche Flügelohren haben, wir sprechen ja schon eine ganze Weile über ihn.«

»Daddy!« schrie Stefa. »Daddy!«

Der Vater kam ins Wohnzimmer zurück, die Hände in den Hosentaschen. »Hier bin ich«, sagte er. Er nahm wieder in dem Sessel, zwischen den Kindern, Platz.

»Schnell«, sagte Stefa, »erzähl uns die Geschichte zu Ende.«

»Wer war dran?« fragte Mutter. Sie machte eine Kopfbewegung zur Küche und zum Telefon.

»Ich weiß es nicht«, war Vaters rätselhafte Antwort. (Stefa war nicht sicher, ob er Mutter das Auge zugekniffen hatte oder nicht.) »Jemand, der uns kennt und sich erkundigen wollte, ob wir zu Hause sind. Ich habe natürlich gesagt, ja, wir sind zu Hause.«

»War's vielleicht der Gitter?« fragte Jimbo. Auf seinen Zügen mischten sich Angst und Erregung.

»Das weiß ich nicht. Schau mal, Jimbo, der Anrufer hat nicht gesagt, wer er ist, und ich habe noch nie zuvor mit dem Gritter gesprochen. Wie könnte ich ihn denn an der Stimme erkennen, wenn ich noch nie mit ihm gesprochen habe? Wie stellst du dir das vor?«

»Du hast aber dieses alberne Lied gesungen«, warf Stefa ein.

»Das habe ich«, sagte der Vater. »Aber nur aus der Erinnerung.«

Weder Stefa noch Jimbo verstanden, was er damit sagen wollte, aber die Entgegnung hielt sie davon ab, weitere Fragen bezüglich der Stimme des Gritters zu stellen. Allerdings änderte die Entgegnung nichts an der Angst, die sie wegen des Telefonanrufs empfanden. Stefa hatte die Beine hochgezogen, sie bearbeitete ihre Kniescheiben mit beiden

Fäusten. Sie drängte den Vater, die Geschichte zu Ende zu erzählen.

»Washington, D. C.«, sagte Mutter, ganz unverbindlich. »Ich denke, er ist jetzt über Washington.«

»Bitte«, sagte Stefa.

»Also dann«, sagte der Vater, er hatte nachgedacht und nahm den Faden wieder auf, wo er ihn beim Läuten des Telefons hatte fallen lassen, »der Gritter begann zu existieren, als die Besatzung eines ganz bestimmten Postschiffes starb, es handelte sich um ein Königliches Postschiff, das von Boston, Massachussetts, nach Portsmouth, England, unterwegs war, und das Schiff war durch einen Sturm lächerlich weit vom Kurs abgekommen, die Strömung zog es in die Baffin-Bucht hinein und von dort zum Nordpol. Niemand an Bord überlebte, aber bevor die Menschen ertranken oder erfroren, erhoben sie ihre Stimmen gegen den Sturm, um den Himmel daran zu erinnern, daß sie unter dem Schutz des Königs standen. Aus der Angst, der Wut und Enttäuschung der Sterbenden entstand der Gritter. Er kennt keine Gnade gegenüber jenen, die seinen Namen aussprechen, weil der Sturm keine Gnade gegenüber jenen gekannt hat, die sterben mußten, damit er sein Gritterleben beginnen konnte.«

»Ist das alles?« fragte Stefa.

»Richmond, Virginia«, sagte die Mutter. »Jetzt fliegt er über Richmond dahin, Richtung Winston-Salem.«

»Nein«, sagte der Vater und sah seiner kleinen Tochter in die Augen, »das ist nicht alles. »Es heißt, der Gritter wird erst zu existieren aufhören, wenn . . .«

An der Tür war ein lautes Klopfen zu hören. Die Mutter warf dem Vater einen Blick zu. Stefa und Jimbo sahen sich an. Der Wind fing sich in den Giebeln des Hauses, er war so stark, daß die Wände und der Fußboden zu ächzen begannen. Die Glühbirne, die in der Mitte des hohen Raumes von der Decke hing, begann zu tanzen.

Und jenseits der Tür sang eine Stimme das Lied:

Der Gritter kennt nur einen Gedanken,
Er will euch das Maul stopfen, Leute.
Und deshalb heißt es in diesem Lied:
Eure Tage sind gezählt.
Ich leide mit euch, von Herzen,

Und ich bitte euch,
Vergebt mir.

Das Lied endete, das Klopfen an der Tür wurde lauter.

»Wer geht hin?« fragte der Vater.

Stefa und Jimbo drückten sich in die Kissen des Sessels, sie musterten ihren Vater mit ungläubigem Blick.

»Es tut mir leid«, begann er zerknirscht. »Es ist nur, weil...«

Aber die Tür wurde aufgestoßen, es gab einen gewaltigen Krach, eine große, mit Pelzen bekleidete Gestalt kam hereingesprungen, arktische Luft wirbelte herein, der Sturm brüllte, und die Doppelreihe der kleinen blauen Flämmchen im Heizgerät erzitterte, als die gleiche Stimme, die vorher das Lied gesungen hatte, hämisch schrie:

»Jetzt hab' ich euch!«

Die Familie war so erschrocken, daß alle nach Luft schnappten. Der Vater sprang sogar hoch.

Dann sahen sie, daß der Mann, der hereingekommen war, der Großvater war, der sich wegen der großen Kälte um diese Jahreszeit einen Mantel aus Waschbärpelz angezogen und eine russische Kopfbedeckung aufgesetzt hatte. Nach ihm betrat Großmutter den Raum mit der hohen Decke. Sie war eine Frau von praktischem Sinn und so geistesgegenwärtig, daß sie die sperrangelweit offenstehende Haustür hinter sich schloß.

»Großvater macht manchmal Sachen...«, sagte sie. »Sachen...« Sie sagte es in entschuldigendem Tonfall.

»Ich habe angerufen und gesagt, daß wir kommen«, sagte Großvater. Er schien keine Reue zu spüren und kniff der Mutter ein Auge zu. »Hat dein fabelhafter Mann den Kindern nicht gesagt, daß wir kommen?«

Der Vater stand da mit offenem Mund. Er sah ein bißchen komisch aus, und er war nicht so geistesgegenwärtig, den Mund schnell wieder zu schließen.

»Ich hab's fertig«, sagte die Mutter. Sie stand auf. Sie hielt ihren Stickrahmen in der Hand. »Gehen wir in die Küche, ich habe Kaffee für euch und Krapfen.« Sie führte Großmutter und Großvater in die Küche, die beiden gingen vor ihr her und sahen sich vorwurfsvoll an, dann wieder lachten sie. Die kleine Gruppe verließ das zugige Wohnzimmer und verschwand in der gemütlichen Küche, wo es einen Tisch gab.

»Wo bleibt der Gritter?« fragte Stefa ihren Vater. Sie wischte sich die Tränen aus den Augen. »Wo bleibt der richtige Gritter?«

»Ja«, sagte Jimbo. »Du hast uns die Geschichte nicht zu Ende erzählt.«

Der Vater schloß den Mund und schob die Hände in die Hosentaschen. Dann öffnete er den Mund wieder und sagte sehr langsam:

»Ich hoffe, keiner von euch glaubt an den Gritter. Ihr glaubt doch nicht an den Gritter, oder?«

»Nö«, logen die Kinder.

»Sehr schön«, sagte der Vater. Er strahlte. »Wenn man nicht dran glaubt, kann er einem auch nichts tun, habe ich recht?«

Stefa und Jimbo wechselten einen raschen Blick. Irgendwie machte ihnen diese Verständigung soviel Mut, daß sie den Kopf schüttelten.

»Es ist jetzt bald Bettgehzeit. Kommt jetzt in die Küche, ihr bekommt noch etwas Milch und ein paar Krapfen, und dann geht's in die Federn.« Er stand im Flur, der zur Küche führte. Er warf einen Blick auf den Fußboden im Wohnzimmer. »Aber erst müßt ihr noch eure Buntstifte zusammenräumen, bitte.«

Stefa und Jimbo blieben allein in dem Wohnzimmer mit der hohen Decke zurück. Sie setzten sich vor das Heizgerät und sammelten die Buntstifte auf, die aquamarinfarbenen, die goldrutefarbenen, die roten und die blauen.

»Winston-Salem ist nicht sehr weit von hier«, sagte Jimbo, während sie die Buntstifte in den Kasten legten. »Ich hab' den Ort neulich auf der Landkarte gesehen, in der Schule.«

Und Stefa flüsterte ganz ängstlich: »Ich frage mich, wo sich der Gritter in diesem Augenblick befindet.« Denn Stefa glaubte an den Gritter, und weil sie dran glaubte, konnte er ihr auch etwas tun, oder etwa nicht?

»Schau«, sagte Jimbo und deutete auf das reifbedeckte Fenster. Draußen war jetzt fast Nacht, und im Licht der nackten Glühbirne, die sich in der Scheibe spiegelte, waren die roten und blauen Linien des Fensters wie Adern, die

Scheibe schien zu schmelzen wie Wackelpudding, wenn man ihn nicht aufißt und die Reste auf dem Küchentisch stehen läßt.

Aber da sie nicht im geringsten überrascht waren, stießen Stefa und Jimbo nicht einmal einen Schrei aus...

Übersetzt von Rolf Jurkeit

Das Meisterwerk

Robert Bloch

Ich bin im Jahre 1917 in Chicago geboren. Meine Laufbahn als Schriftsteller begann 1934. In den vergangenen fünfzig Jahren habe ich dramatische Veränderungen an der äußeren Form von Horrorgeschichten beobachten können. Die Grundregeln für das Genre sind jedoch die gleichen geblieben.

Horror hat seine Wurzeln in der archaischen Angst des Menschen. Wie exotisch die Blumen auch immer blühen mögen, ob die Geschichte als Buch, als Theaterstück, als Fernsehfilm oder als Kinofilm verwirklicht wird, immer reichen die Wurzeln tief hinab ins Unterbewußtsein, in jene Gebiete, in denen die Angst zu Hause ist.

Über die Jahre hinweg habe ich mich recht oft dort aufgehalten, um meine Samenkörner, meine Geschichten auszustreuen. Ich habe dabei den Boden, aus dem Horror erwächst, ganz gut kennengelernt. Angst vor dem Tod, Angst vor Schmerzen, Angst vor Gewalt, auf diesem Grund züchten die Gärtner des Schreckens ihre Pflänzchen. Besonders üppig blüht die Teufelsblume, wenn der Boden durch die tieffließenden Urströme, die Ängste unserer Vorfahren, bewässert wird.

Erinnerungen an die Urzeit, der Instinkt des Primitiven, Atavismus, man kann diesen Dingen alle möglichen, auch hochwissenschaftliche Namen geben, aber man kommt nicht umhin, die Existenz dieser Ängste anzuerkennen. Immer noch haben wir Angst vor dem Dunkel und vor der Nacht, genauer gesagt vor jenen Dingen und Wesen, die sich dort verbergen. Zwar sitzen wir nicht mehr in Höhlen, wo wir in das Feuer starren, aber wir sehnen uns nach Wärme und Licht, wir schützen uns vor der Gefahr, indem wir uns in unsere vier Wände zurückziehen. Der Psychologe spricht bei manchen Ängsten von Phobien. Ein kluges Wort, doch die Angst bleibt: Angst vor Schlangen, Angst vor Fledermäusen, Angst vor allem, was flattert und kriecht, was seine Fangzähne in unser Fleisch oder in unser Gehirn schlägt.

Die folgende Geschichte ist eine Blume des Bösen, die ein uralter Fluch in die Schrecken des Heute hineinwachsen ließ.

Die Rede ist von Meisterwerken, meine Herren.

Auch ich habe ein Meisterwerk geschaffen.

Damals.

Sie brauchen gar nicht zu lachen. Ich weiß, was Sie denken. Der Wein hat ihm die Zunge gelöst. Sie haben sich mit mir einen kleinen Scherz machen wollen. Die feinen Herren haben ihr Herz für die Ärmsten der Armen entdeckt. »Wer ist der merkwürdige Alte, *le pauvre,* der jeden Abend in das Café kommt, um Schnürsenkel und Papierblumen zu verkaufen? Rufen Sie ihn doch bitte an unseren Tisch, wir geben ihm zu trinken, bis er beschwipst ist, und dann können wir unser Spiel mit ihm treiben.«

Sehen Sie, ich verstehe, was Sie vorhaben, ich bin nicht einmal beleidigt. Ich habe es früher ja genauso gemacht wie Sie, damals, als ich mit meinen Freunden in den Boulevard-Cafés von Paris herumsaß. Hier, in Buenos Aires, ist es ganz ähnlich wie in Paris vor dem Krieg. Aber damals war ich jung, so jung wie Sie. Und ich war Künstler, wie die meisten von Ihnen.

Sie schauen mich an, und ich weiß, Sie glauben mir nicht. Sie glauben mir nicht, weil ich ein alter Mann bin, weil ich Schnürsenkel verkaufe, weil ich ein Fremder in Ihrem Lande bin, ein Ausländer. Aber ich war ein Künstler. Einer, dessen Namen Sie sehr gut kennen. Sie finden meine Signatur auf einem Gemälde, das im Louvre hängt.

Jetzt lachen Sie wieder. Aber ich habe die Wahrheit gesagt. Ich habe ein Meisterwerk geschaffen!

Von welchem Gemälde ich spreche? Es war das letzte Bild, das ich malte, ein lebensgroßes Porträt.

Sie rümpfen die Nase, ich weiß, warum. Gegenständliche Malerei ist aus der Mode. Aber *Mädchen mit Blumen* hängt im Louvre, meine Herren, es ist *nicht* aus der Mode. Es ist noch so gültig, so lebensecht und so überzeugend wie in dem Augenblick, als ich den Pinsel aus der Hand legte. Vivienne hat gesagt... Wer Vivienne ist? Sie hieß Vivienne Surlac, meine Freunde. Sie war mein Modell, ein großgewachsenes, dunkelhaariges Mädchen aus Bordeaux. Sie war wie der Wein, der aus jener Gegend kommt: reif und voll, von verschwenderischer Süße – und heimtückisch.

Als ich an dem Bild arbeitete, wußte ich das noch nicht. In meiner Einfalt glaubte ich, daß ich sie und ihre Geheimnisse kannte. Man kann nicht ein Jahr mit einer Frau zusammenleben, ohne in gewisse Mysterien eingeweiht zu werden. Man wird gewahr, daß sie ein Muttermal auf dem linken Schenkel hat, daß sie einen Herzfehler hat, daß sie Unmengen von Süßigkeiten und Pasteten verschlingt, daß sie eine panische Angst vor Insekten hat. Man lernt ihr Lieblingslied kennen...

Vielleicht finden Sie die Schilderung, die ich von diesem Mädchen gebe, langweilig. Das Jahr, das ich mit ihr verbrachte, war nicht langweilig, das versichere ich Ihnen. Denn ich liebte Vivienne. Das Meisterwerk, das ich schuf, war mit der ganzen Liebe meines Herzens gemalt. Ich hatte vor, Vivienne einen Heiratsantrag zu machen, sie sollte in allen Ehren meine Frau werden.

Sehen Sie, ich hatte damals noch nicht den geringsten Verdacht, daß sie mich verraten würde.

Als mich die Geschäfte zwangen, Paris für eine Woche zu verlassen, schied ich mit leichtem Herzen. Mit leichtem Herzen kehrte ich zurück. Aber dann... Mein Atelier war leer, Vivienne war verschwunden. Von der Concierge erfuhr ich, daß sie von einem vornehmen Herrn abgeholt worden war! Die Beschreibung, die mir die alte Frau gab, beseitigte die letzten Zweifel. Sie war mit Dobrieux durchgegangen. Max Dobrieux, der fette Max, der nicht einmal genügend Talent hatte, um die Wand eines Pissoirs zu bemalen. Der fette Max, der schweigend in meinem Atelier gesessen hatte, um mich und Vivienne bei der Arbeit zu beobachten. Oft hatte Max Champagner mitgebracht, denn Max war nicht nur fett, er war auch reich.

Und deshalb ist sie auch mit ihm mitgegangen. Weil er reich war, weil er eine hübsche kleine Villa bei Versailles besaß.

Nun, als es als *fait accompli* bekannt war, kamen die Freunde zu mir, die schon alles gewußt hatten. Alle hatten es gewußt, daß sie mich betrog, nur ich nicht. Wie das Sprichwort sehr richtig sagt: Liebe macht blind.

Auch die Dame Justitia ist blind, und der Zorn ist blind. Als ich in mein Atelier zurückkehrte und feststellen mußte, daß mein Modell verschwunden war, da war mein erster Impuls, das Gemälde zu zerstören. Aber dann gewann die Vernunft die Oberhand. Es war ein Porträt ohne Fehl und Tadel. Wie ich vorhin sagte, lebensecht und überzeugend. Nicht das Gemälde war falsch und verlogen, sondern das Modell. Ich mußte also nicht das Bild vernichten, sondern das Mädchen. Im Namen der Liebe und im Namen der Gerechtigkeit, ich würde Vivienne töten.

Aber nicht im blindwütigen Zorn. Ich mußte die Augen offenbehalten, wenn ich die Rache genießen wollte.

Zunächst einmal ließ ich mich in die Nähe der Villa bringen, in der sie sich mit ihm versteckte. Ich beobachtete die Villa aus der Ferne und konnte mich überzeugen, daß sie und Max in der Tat zusammenlebten.

Das nächste war der Telefonanruf. Ich ließ einen Telefonanruf arrangieren, Max sollte sofort nach Paris zurückkommen, sein Bruder sei plötzlich erkrankt.

Das dritte waren die Schläger. Ich heuerte ein paar Schläger an, die den dicken Max grün und blau schlugen. Er sollte etwas haben, worüber er nachdenken konnte, wenn er im Hospital lag.

Das ›Pünktchen auf dem i‹ war dann meine Rückkehr zu der Villa bei Versailles, noch am gleichen Abend. Niemand beobachtete mich. Meine Taschen waren schwer vom Stahl. Ich hielt einen Karton in der Hand. Wie es in meinem Herzen aussah, davon möchte ich nicht sprechen.

In die Villa hineinzukommen, war kein Problem. Die Gerechtigkeit ist blind, und doch kann sie im Dunkeln sehen, wenn es notwendig ist. Ich ging den Flur entlang. Ich betrat das abgedunkelte Schlafzimmer.

Sie lag nackt auf dem Bett, in der Pose von Goyas *Maja*, und als sie mich hereinkommen hörte, sagte sie: »Max, mein Liebling, ich hatte schon solche Sehnsucht nach dir.«

»Deine Sehnsucht soll gestillt werden«, sagte ich. Vielleicht hat sie meine Stimme erkannt, aber das half ihr nichts, ich stand bereits hinter ihr, im schützenden Dunkel. Mit der linken Hand erfaßte ich ihre beiden Handgelenke, mit der rechten holte ich den Stahl aus der Tasche. Dann schlossen sich die Handschellen, das Klicken verklang in der Düsternis wie ein Vogel, der in die Nacht fliegt, und Vivienne war wehrlos, war an das Kopfende des Bettes gefesselt.

Ich knipste die Lampe an, so daß meine Geliebte mich sehen konnte. Wichtiger noch, *ich* konnte *sie* sehen. Einen Augenblick lang zögerte ich. Die Furcht in ihrem Blick war so schön wie die Liebe, die sie mir gegeben hatte, sie war schön, weil sie echt war. Man zerstört nicht leichten Herzens etwas Echtes.

Aber auch meine Liebe zu ihr war echt gewesen. Vivienne hatte diese Liebe zerstört. Und dort, über dem Bett, hing das Gemälde. Ein häßliches, ein groteskes Bild. Die Art von Kunstwerk, wie reiche Idioten es gern mögen, Idioten wie Max, weil sie ja *Connaisseurs* sind, die das Talent des abbildenden Künstlers verschmähen, sie verschmähen ihn, weil er die Wahrheit malt, und Wahrheit ist das letzte, was sie ertragen können. Wir sind *démodé,* sagen sie und machen sich über unsere Werke lustig. Nun, ich würde Max und Vivienne zeigen, daß ich ihnen in puncto Heimtücke und Falschheit gewachsen war.

Sie las in meinen Augen, daß sie sterben mußte. Sie begann zu wimmern. Was mich nicht weiter störte, die Villa lag weit von der Straße entfernt, in einem Park. Vivienne verfolgte jede meiner Bewegungen, als ich den Karton ergriff und öffnete. Ich hielt den Karton gegen das Licht, über ihren Kopf.

Ich weiß nicht, was sie erwartet hatte. Vielleicht dachte sie, ich hätte in dem Karton eine Pistole, ein Messer oder eine Flasche Vitriol verborgen. Wie töricht, so etwas anzunehmen. Wer Schönheit liebt, zerstört sie nicht. Ihr Körper würde unverletzt bleiben.

Ich senkte den Karton, so daß sie den Inhalt betrachten konnte. Das war der Augenblick, wo sie zu schreien begann.

Sie schrie, als sie die zappelnden, zuckenden Wesen am Boden des Kartons sah, dunkel und glänzend wie behaarte Affenfingerchen. Sie schrie, als ich die Schachtel über ihrer Nacktheit ausleerte, und sie schrie, als sie das Unglückssymbol, das Stundenglas auf dem Bauch der Spinnen, sah.

»Schwarze Witwen!«

Das waren die einzigen Worte, die ich verstehen konnte, denn als die Spinnen ihre Haut berührten, steigerten sich die Schreie zu einer Melodie des Wahnsinns. Wie eine dunkle Todeswolke schwärmten die Tiere auf ihrem makellosen Leib aus, schändeten das Lilienweiß ihrer Nacktheit mit ihrer Schwärze. Ich sah, wie sie an Viviennes Formen Halt gewannen, wie sie über ihren Bauch krabbelten.

Ich schaltete das Licht aus, und dann war nur noch die Düsternis da und das Schreien. Es dauerte nicht lange, bis das Schreien erstarb.

Ich knipste die Lampe wieder an. Vivienne war tot.

Ich tat, was zu tun blieb. Ich löste ihr die Handfesseln. Ich ordnete das Bettlaken und die Kissen. Ich sammelte die zuckenden kleinen Bestien wieder ein, weil sie die Lieblichkeit ihrer Gestalt beschmutzten. Ich verließ das Haus unbemerkt und fuhr sofort zum Flugplatz. Niemand wußte, daß ich sie getötet hatte. Niemand würde es erfahren. Und heute *kann* es jeder erfahren. Ich bin ein alter Mann. Und es gibt kein Auslieferungsabkommen zwischen Argentinien und Frankreich.

So, meine Herren, es ist spät geworden, ich werde Sie jetzt verlassen. Ich hoffe, ich habe Ihre Geduld nicht mißbraucht mit meinen Schwärmereien von einem geheimnisvollen Meisterwerk, das drüben in Europa hängt. Aber Sie sind ja auch Maler, die meisten von Ihnen, und so können Sie die Gefühle eines Künstlers nachempfinden, seine Schmerzen und seinen Stolz.

Mädchen mit Blumen? Ganz recht, das ist der Titel des Gemäldes, und ich versichere Ihnen, es hängt im Louvre. Wenn es ein Meisterwerk wäre, würden Sie in diesem Bild die Vivienne wiedererkennen, die ich kannte, das dunkelhaarige Mädchen mit dem Schönheitsfleck auf dem Schenkel, das Geschöpf mit dem Herzfehler, das arme Wesen, das sich so sehr vor Insekten fürchtete. Aber *Mädchen mit Blumen* ist kein Meisterwerk, es ist nur ein gelungenes Porträt.

Jawohl, Sie haben richtig gehört. Wenn ich von einem Meisterwerk spreche, dann meine ich das letzte Gemälde, das ich gemalt habe, das Bild der Schwarzen Witwen, auf deren Bauch, zuckend, atmend, schrumpfend, das furchtbare Symbol des Stundenglases zu erkennen ist.

Übersetzt von Rolf Jurkeit

Der Sendbote

Ray Bradbury

DER SENDBOTE ist eine meiner Lieblingsgeschichten, denn damit gelang es mir im Alter von 22 Jahren zum erstenmal, einen Schauer des Gruselns über den Rücken laufen zu lassen.

Von jeher auf Hunde und den Herbst versessen, war es nur natürlich, daß ich mich eines Tages erinnerte, als Kind Keuchhusten gehabt zu haben, wobei ich meinen hündischen Herumtreiber mit Freudenschreien begrüßte, wann immer er das Herbstlaub des Oktobers in seinem Fell ins Haus hereinschleppte.

Ich begann diese Story mit genau diesen Elementen, ohne zu wissen, wie sie enden würde. Als das Finale kam, überraschte und erschreckte es mich gleichzeitig.

Wie glücklich ich war, solche Angst zu haben – vor mir selbst!

Martin wußte, daß wieder Herbst war, denn der Hund kam ins Haus gerannt und brachte Wind, Frost und den Geruch nach faulenden Äpfeln unter dem Baum mit sich. In dem dunklen, an eine Wildnis von Uhrfedern erinnernden Fell brachte Dog Goldrauten mit, den Staub des vergehenden Sommers, Eichelhülsen, Eichhörnchenhaare, Federn eines fortgeflogenen Rotkehlchens, Sägemehl von frisch gesägtem Klafterholz und Blätter, die wie ausgeglühte Holzkohlen von den Ahornbäumen herabgeweht worden waren. Dog sprang hoch. Ein Schauer brüchiger Farnfragmente, Brombeerranken und Sumpfgräser sprühte über das Bett, in dem Martin lag und jubelte. Es konnte überhaupt keinen Zweifel geben – diese unglaubliche Kreatur war der Oktober selbst!

»Hierher, Dog, hierher!«

Und Dog schmiegte sich warm gegen Martins Körper, mit all den Freudenfeuern und feineren Brandgerüchen der Jahreszeit, um das Zimmer mit sanften oder schweren, nassen oder trockenen Düften des Weitgereisten zu erfüllen. Im Frühjahr roch er nach Flieder, Iris und frisch gemähtem Gras; im Sommer, mit einem Eiscremeschnurrbart versehen, stank er nach Knallfröschen, Leuchtkugeln und Feuerrädern, ausgedörrt von der Sonne. Aber im Herbst ... Der Herbst!

»Dog, wie ist es draußen?«

Und während er dalag, erzählte Dog, wie immer. Und Martin erlebte den Herbst wie in den früheren Tagen, bevor die Krankheit ihn im Bett weißgebleicht hatte. Hier war seine Verbindung, sein Gefährt, der wieselflinke Teil seines eigenen Ichs, den er mit einem Zuruf zum Weglaufen und Wiederkehren bewegen konnte, der ihn umkreiste, herumschnüffelte und ihm die Tageszeiten und die Stadt- und Landwelt, die Welt am Bach, am Fluß, am See, im Keller, in der Dachkammer, in der Kleiderkammer oder im Kohlenverschlag vermittelte. Hundertmal am Tag wurde er mit Sonnenblumenkernen, Aschenbelag vom Weg, Roßkastanien oder dem Flammengeruch der Kürbisse beschenkt. Dog pendelte als Schiffchen im Webstuhl des Universums hin und her; das Muster war in seinem Fell verborgen. Man brauchte nur die Hand auszustrecken, es war da...

»Und wo warst du heute morgen?«

Aber Martin wußte, ohne es zu hören, wo Dog die mit frischen knisternden Herbstflocken bedeckten Hügel hinabgerast war, wo Kinder auf aufgerichteten Begräbnisscheiterhaufen aus raschelndem Laub über den in Blättern begrabenen, aber lauernden Toten lagen, während Dog und die Welt vorbeistürmten. Martin zitterte, während seine Finger das dichte Fell durchtasteten, die lange Reise erforschten. Über Stoppelfelder, durch die glitzernde Schlucht des Bachs, hinab über die marmordurchzogene Fläche des Friedhofs, hinein in die Wälder. In der herrlichen Jahreszeit der Gewürze und Weihrauchdüfte rannte Martin nun durch seinen Sendboten hierhin, dorthin – und nach Hause!

Die Schlafzimmertür öffnete sich.

»Dein Hund hat wieder Scherereien gemacht.«

Mutter brachte ein Tablett mit Obstsalat, Kakao und Toast herein, ihre blauen Augen gleißten.

»Mutter...«

»Immer scharrt er irgendwo. Heute morgen hat er ein Loch in Miß Tarkins Garten gegraben. Sie ist fuchsteufelswild. Das ist das vierte Loch, das er in dieser Woche bei ihr gegraben hat.«

»Vielleicht sucht er was.«

»Quatsch, er ist einfach zu neugierig, verdammt noch mal. Wenn er sich nicht besser benimmt, wird er eingesperrt.«

Martin blickte auf die Frau, als wäre sie eine Fremde. »Aber das wirst du doch nicht tun! Wie soll ich sonst was erfahren? Wie soll ich sonst was erzählt kriegen, wenn's Dog nicht tut?«

Moms Stimme wurde ruhiger. »Tut er das – erzählt er dir was?«

»Es gibt nichts, was ich nicht weiß, wenn er rausgeht und rumläuft und zurückkommt – nichts, was ich aus ihm nicht rauskriege!«

Die beiden blickten auf Dog und die verstreuten Reste von Schmutz und Samen auf der Bettdecke.

»Na ja, wenn er bloß aufhören würde, dort zu graben, wo er nicht darf, könnte er ja rumrennen, wo er will«, sagte die Mutter.

»Komm her, Dog, komm.«

Und Martin befestigte ein Blechplättchen am Halsband des Hundes, auf dem stand: ›ICH GEHÖRE MARTIN SMITH – ZEHN JAHRE ALT – KRANK IM BETT – BITTE BESUCHEN.‹

Dog bellte. Mutter öffnete die Haustür unten und ließ ihn hinaus.

Martin saß und lauschte.

Weit in der Ferne konnte man Dog in den steten Herbstregen hinausrennen hören. Man konnte sein Bellen und das Klingeln der Blechmarke hören, das lauter und dann wieder schwächer wurde, als er den Zugang unten hinunterrannte, über den Rasen lief, um Mr. Holloway und den Geruch nach geöltem Metall herbeizuschaffen, der aus den schneeflockenzarten Werken der Uhren emporstieg, die er in seiner Werkstatt reparierte. Oder vielleicht würde er Mr. Jacobs, den Lebensmittelhändler, bringen, dessen Kleidung üppig nach Lattich, Sellerie, Tomaten und dem verborgenen Duft der roten Dämonen roch, die auf den Konservenbüchsen mit dem scharf gewürzten Schinken abgebildet waren. Mr. Jacobs und seine unsichtbaren Schinkendämone winkten oft vom Hof unten herauf. Oder vielleicht brachte Dog Mr. Jackson, Mrs. Gillespie, Mr. Smith, Mrs. Holmes, *irgendeinen* Freund oder Beinahefreund – herbeigezerrt, eingekreist, angefleht, bedrängt – und schließlich wieder davongetrieben zum heimischen Lunch oder zu Tee und Biskuits.

Während er nun lauschte, hörte Martin unten den Hund und hinter ihm Schritte wie leichter Regen. Jemand drückte auf den Klingelknopf neben der Haustür. Mom öffnete, Stimmengemurmel war zu hören. Martin beugte sich vor, seine Augen glänzten. Die Treppenstufen knarrten. Das leise Lachen einer jungen Frau. Miß Haight natürlich, die Lehrerin aus seiner Schule!

Die Schlafzimmertür ging auf.

Martin hatte Besuch.

Morgen, Nachmittag, Abend, Morgen- und Abenddämmerung, Sonne und Mond bewegten sich im Kreis zusammen mit Dog, der getreulich über die Temperaturen von Rasen und Luft berichtete, von der Farbe der Erde und der Bäume, von der Konsistenz von Nebel oder Regen, der aber – was das Wichtigste war – immer wieder Miß Haight zurückbrachte.

Am Samstag, Sonntag und Montag brachte sie Martin selbstgebackene Teekuchen mit Orangenglasur, Bibliotheksbücher über Dinosaurier und Höhlenmenschen. Dienstags, mittwochs und donnerstags gelang es ihm irgendwie, sie beim Domino zu schlagen, irgendwie verlor sie beim Damespiel und bald – so rief sie – würde er sie ohne weiteres im Schach besiegen. Am Freitag, Samstag und Sonntag redeten sie unaufhörlich miteinander, und sie war so jung und lachte und war hübsch, und ihr Haar war von einem weichen, glänzenden Braun wie die Jahreszeit draußen vor dem Fenster, und sie hatte einen klaren, schnellen Gang, wenn er ihre Schritte hörte, war es wie ein warmer Herzschlag an einem unfreundlichen Nachmittag. Mehr noch, sie war in das Geheimnis der Zeichen eingeweiht, sie konnte Dog und die Symbole verstehen, die sie mit ihren Wunderfingern aus seinem Fell herauszupfte. Mit geschlossenen Augen, leise lachend, mit Zigeunerinnenstimme, deutete sie die Welt aus den Schätzen in ihren Händen.

Und an einem Montagnachmittag war Miß Haight tot.

Martin richtete sich langsam im Bett auf.

»Tot?« flüsterte er.

Tot, ja, sagte seine Mutter. Bei einem Autounfall vor der Stadt draußen umgekommen. Tot, ja, tot – das bedeutete für Martin Kälte, Schweigen und Blässe, Winter, der lange vor seiner Zeit gekommen war. Tot, schweigend, kalt, weiß. Die Gedanken kreisten, sanken herab, ließen sich wispernd nieder.

Martin hielt Dog im Arm, dachte, zur Wand gekehrt. Die Dame mit dem herbstfarbenen Haar. Die Dame mit dem Lachen, das so sanft und nie spaßhaft war, mit den Augen, die seinen Mund betrachtet hatten, um alles zu sehen, was er sagte. Die Dame, die die andere Hälfte des Herbsts gewesen war, die ihm über die Welt gesagt hatte, was von Dog unerzählt geblieben war. Der Herzschlag in der schweigenden Mitte eines grauen Nachmittags. Der Herzschlag, der sich verlor...

»Mom? Was tun sie im Friedhof, Mom – unter der Erde? Nur daliegen?«

»Sie *liegen* da.«

»Nur einfach daliegen? Mehr nicht? Das klingt nicht so, als ob das viel Spaß machen würde.«

»Um Himmels willen, es ist ja auch nicht als Spaß gedacht.«

»Warum springen sie nicht einfach auf und laufen mal herum, wenn sie nicht mehr herumliegen mögen? Gott ist ziemlich dumm...«

»Martin!«

»Na ja, er sollte die Leute doch besser behandeln und ihnen nicht sagen, sie sollen die ganze Zeit über still rumliegen. Das ist doch unmöglich. Kein Mensch kann das. Ich hab's mal versucht. Dog auch. Wenn ich ihm sage ›Mach toter Hund‹, dann spielt er eine Weile tot, aber schließlich hat er's satt und wedelt mit dem Schwanz und macht ein Auge auf und sieht mich gelangweilt an. Ach, ich bin ganz sicher, diese Friedhofleute machen's manchmal auch so – oder nicht, Dog?«

Dog bellte.

»Hör mit dieser Rederei auf«, sagte Mutter.

Martin starrte ins Leere.

»Aber genau das tun sie doch«, sagte er.

Der Herbst brannte die Bäume kahl und trieb Dog noch weiter umher, er watete durch den Bach und trieb sich wie üblich auf dem Friedhof herum, um in der Abenddämmerung zurückzukehren und bei seinem Eintreffen die Fensterscheiben mit seinen Gebellsalven klirren zu lassen.

In den letzten Oktobertagen begann sich Dog zu benehmen, als habe der Wind gedreht und bliese jetzt aus einem fremden Land. Er stand zitternd auf der vorderen Veranda unten. Er winselte, seine Augen waren auf das leere Land jenseits der

Stadt gerichtet. Er brachte Martin keine Besucher. Stundenlang stand er zitternd und wie angebunden da, dann schoß er plötzlich davon, so als ob ihn jemand gerufen habe. Jeden Abend kehrte er später zurück und niemand folgte ihm. Jeden Abend sank Martin tiefer und tiefer in seine Kissen.

»Nun ja, die Leute haben zu tun«, sagte Mutter. »Sie haben gar nicht die Zeit zu lesen, was auf Dogs Anhänger steht. Oder vielleicht haben sie auch vor, zu Besuch zu kommen und vergessen es dann.«

Aber es steckte mehr dahinter. Da war dieser fiebrige Glanz in Dogs Augen und sein Gewimmer spät in der Nacht, wenn er etwas verborgen Bleibendes träumte. Sein Schaudern in der Dunkelheit, unter dem Bett. Manchmal stand er auch die halbe Nacht über da und starrte Martin an, so als ob er um ein großes und unfaßbares Geheimnis wisse und keine andere Möglichkeit habe, es zu bewahren, als heftig mit dem Schwanz zu wedeln oder sich in endlosen Kreisen zu drehen, sich nicht hinzulegen, nur sich immer wieder zu drehen.

Am dreißigsten Oktober rannte Dog hinaus und kam nicht mehr zurück, auch nicht als Martins Eltern nach dem Abendessen immer wieder nach ihm riefen. Es wurde spät, die Straßen und Bürgersteige waren leer, die Luft bewegte sich kalt um das Haus, und da war nichts, nichts.

Lange nach Mitternacht lag Martin da und beobachtete die Welt hinter den kühlen, klaren Fensterscheiben. Nun gab es nicht einmal mehr einen Herbst, denn kein Dog war da, um ihn hereinzuholen. Es würde keinen Winter geben, denn wer konnte den Schnee hereinbringen, damit er in seinen Händen schmolz? Vater? Mutter? Es war nicht dasselbe. Sie kannten das Spiel nicht mit seinen besonderen Geheimnissen und Regeln, seinen Geräuschen und Pantomimen. Keine Jahreszeiten mehr. Keine Zeit mehr. Der Mittler, der Sendbote, war verlorengegangen in den Labyrinthen der Zivilisation, vergiftet, gestohlen, von einem Wagen überfahren, irgendwo in einen Abzugskanal geworfen ...

Schluchzend verbarg Martin das Gesicht im Kopfkissen. Die Welt war ein Bild unter Glas, unberührbar. Die Welt war tot.

Martin warf sich im Bett hin und her, und in drei Tagen waren die letzten ausgehöhlten Kürbisse von Halloween in den

Mülltonnen verrottet, die Papiermaché-Schädel und Hexen von Feuern verbrannt, die Gespenster mit anderen Leinentüchern zusammen bis zum nächsten Jahr in Regalen verstaut.

Für Martin war Halloween nichts weiter als ein Abend gewesen, an dem Blechtrompeten zu den kalten Herbststernen hinaufgellten, Kinder wie Kobolde die Kieswege entlangstoben, mit den Kürbis- oder Kohlköpfen gegen die Veranden schlugen, mit Seife Namen oder andere magische Symbole an die eisigen Scheiben schrieben. Alles war so fern, unergründlich und alptraumhaft wie ein Puppenspiel, das man aus so vielen Kilometern Entfernung betrachtet, daß kein Laut zu hören und keine Bedeutung zu erkennen ist.

Drei Novembertage lang beobachtete Martin, wie abwechselnd Licht und Schatten über die Decke seines Zimmers glitten. Der feurige Festzug war für immer vorbei; der Herbst lag als kalte Asche da. Martin sank tiefer, immer tiefer in die marmorweißen Schichten des Betts, regungslos, lauschend, immer nur lauschend.

Am Freitag abend gaben ihm die Eltern einen Gutenachtkuß und verließen das Haus, wanderten hinaus in die gedämpfte, kathedralenartige Atmosphäre, um in ein Kino zu gehen. Miß Tarkin von nebenan blieb unten im Wohnzimmer, bis Martin hinunterrief, er sei jetzt schläfrig, dann nahm sie ihr Strickzeug mit sich nach Hause.

Schweigend lag Martin da und folgte mit den Augen der grandiosen Bewegung der Sterne an einem klaren und vom Mond erhellten Himmel und erinnerte sich an ähnliche Abende, wo er, Dog ihm voraus, hinter ihm, um ihn herum, die Stadt durchstreift hatte, entlang der samtgrünen Schlucht und der schläfrig plätschernden Bäche, milchig unter dem Vollmond, wo sie beide über die Grabsteine im Friedhof gesprungen waren, während er, Martin, die Namen flüsterte, die auf dem Marmor standen; weiter, schnell weiter, über gemähte Wiesen, wo sich nichts rührte außer dem Zwinkern der Sterne über ihnen, in Straßen hinein, wo die Schatten nicht vor ihnen auswichen, sondern auf Kilometer hinaus die Gehsteige verhängten. Lauf jetzt, lauf! Sie jagten und wurden gejagt vom bitter schmeckenden Rauch, vom Nebel, Dunst, Wind, dem inneren Gespenst, der Angst vor Erinnerung; dann zu Hause, sicher, aufgehoben, warm und behaglich, schlafend...

Neun Uhr.

Das Glockengeläute. Die verschlafene Standuhr im steilen Treppenhaus unten. Das Glockengeläute.

Dog, komm heim und bring die Welt mit dir. Dog, bring mir eine Distel voller Frost – oder bring nichts mit als den Wind. Dog, wo *bist* du? Nun hör doch, ich rufe dich.

Martin hielt den Atem an.

Irgendwo weit weg – ein Geräusch.

Martin richtete sich auf, zitternd.

Da, wieder – das Geräusch.

Ein so winziger Laut, wie der einer scharfen Nadelspitze, die meilenweit entfernt über den Himmel fährt.

Das träumerische Echo eines Hundegebells.

Die Laute eines Hundes, der Wiesen und Bauernhöfe durchquert, ungeteerte Straßen und Kaninchenpfade, ein Hund, der rennt und rennt, dampfende Atemwolken von sich stößt, die die Nacht zersprengen. Die Laute eines kreisenden Hundes, der kommt und geht, einmal lauter, dann sich entfernend, näher, leiser, vorwärts und zurück, so als ob das Tier von jemand an einer phantastisch langen Leine gehalten würde. Als ob der Hund rannte und jemand unter den Kastanien pfiff, im modrigen Schatten, im teerigen Schatten, im Schatten des Mondes, pfiff, ging, und der Hund kehrte im Kreis zurück und sprang wieder vor, in Richtung nach Hause.

Dog! dachte Martin. O Dog, komm heim, Dog! Höre, höre, wo bist du gewesen? Komm, Dog, komm her!

Fünf, zehn, fünfzehn Minuten; nah, ganz nah jetzt das Bellen, die Geräusche. Martin schrie, stieß die Beine aus dem Bett, beugte sich zum Fenster vor. Dog! Hör mich! Dog! Dog! Er sagte es immer wieder. Dog! Dog! Böser Hund, wegzurennen und all diese Tage wegzubleiben! Böser Hund, lieber Hund, komm heim, Dog, beeil dich und bring mit, was du hast!

Ganz nahe jetzt, bellend die Straße entlang, der Lärm hallte an den Schindelverkleidungen der Häuser wider, brachte die Wetterhähne auf den Dächern im Mondschein zum Drehen, Gebellsalven ... Dog! Und jetzt unten an der Haustür ...

Martin schauderte.

Sollte er rennen – Dog hereinlassen oder auf Mom und Dad warten? Warten – o Gott, warten? Aber wenn Dog wieder davonrannte? Nein, er wollte hinuntergehen, die Tür weit aufreißen, rufen, Dog packen und mit ihm die Treppe hinaufrennen, lachen, schreien, ihn festhalten, diesen ...

Dog hörte auf zu bellen.

He! Martin warf sich so gegen das Fenster, daß die Scheibe fast zerbrach.

Stille. So als ob jemand zu Dog gesagt hätte, er solle jetzt ruhig sein, pst, pst!

Eine volle Minute verging. Martin ballte die Fäuste.

Unten ertönte ein schwaches Winseln.

Dann, ganz langsam, wurde die Haustür unten geöffnet. Jemand war so freundlich gewesen, Dog die Tür aufzumachen. Natürlich! Dog hatte Mr. Jacobs mitgebracht, oder Mr. Gillespie oder Miß Tarkin oder ...

Die Tür unten wurde geschlossen.

Dog kam die Treppe heraufgerast, winselte, warf sich aufs Bett.

»Dog, Dog, wo bist du bloß gewesen, was hast du *getan*! Dog, Dog!«

Und er preßte Dog wild an sich und weinte. Dog, Dog. Er lachte und schrie. Dog! Aber dann hörte er auf zu lachen und zu weinen, ganz plötzlich.

Er hielt den Hund von sich weg und sah ihn mit aufgerissenen Augen an.

Der Geruch, der von Dog ausging, war verändert.

Es war der Geruch nach seltsamer Erde. Es war der Geruch nach einer Nacht innerhalb der Nacht, der Geruch nach Erde tief im Dunkeln, nach Erde, die dicht Dinge umgab, die seit langem verborgen und verrottet waren. Stinkende und widerliche Klumpen bröckelten von Dogs Schnauze und seinen Pfoten herab und lösten sich auf. Dog hatte tief gegraben. Sehr tief. Das war es doch, oder nicht? Oder nicht? Oder *nicht*?

Was für eine Botschaft hatte ihm Dog gebracht? Was konnte eine solche Botschaft bedeuten? Der Gestank – nach üppiger, schrecklicher Friedhoferde.

Dog war ein böser Hund, der dort grub, wo er nicht durfte. Dog war ein guter Hund, der immer Freundschaften schloß. Dog liebte Menschen. Dog brachte sie mit nach Hause.

Und nun, in Abständen, näherte sich das Geräusch von Schritten auf der dunklen Treppe draußen, ein Fuß wurde dem anderen nachgeschleppt, quälend, langsam, langsam, langsam ...

Dog schauderte. Ein Sprühregen seltsamer nächtlicher Erde stob auf das Bett hinab.

Dog drehte sich um.

Die Schlafzimmertür öffnete sich, fast lautlos.

Martin hatte Besuch.

Übersetzt von Rosmarie Kahn-Ackermann

Kreuz des Bösen

Marion Zimmer Bradley

Diese Geschichte ist eine der wenigen Horrorstories, die ich verfaßt habe. Ich schrieb sie 1961, als Don Wollheim, der zuvor meine ersten Bücher verlegt hatte, mich um einen Beitrag für das Horrormagazin bat, das er herauszugeben plante.

Ich habe Horrorgeschichten immer gern gelesen, aber lesen ist ganz etwas anderes als schreiben. Ich zögerte, den Auftrag anzunehmen. Andererseits brauchte ich Geld, ich hatte in jenem Jahr zwar viel geschrieben, aber nicht viel verkauft. Und so setzte ich mich hin und begann darüber nachzudenken, wie und womit ich den Lesern Angst machen konnte.

Vampire – das Thema faszinierte mich. Aber ein guter Vampir sollte es sein. Ich glaube nicht, daß alle Menschen, die zu Vampiren wurden, von vorneherein böse waren. Ich glaube auch nicht, daß sie allein durch den Übergang in eine andere Form der Existenz böse wurden. Darin liegt das große Mißverständnis, was die Horrorliteratur angeht. Die Menschen glauben, das Unbekannte, das Merkwürdige ist notwendigerweise dämonisch und teuflisch. Kann die Gegenwelt, in der die meisten Horrorstories spielen, nicht einfach eine andere Lebensebene sein, fremdartig, aber gut? Ist nicht alles, was geschieht, natürlich? Welches Recht haben wir, jene Dinge, die sich unserem Verständnis entziehen, als ›übernatürlich‹, gar als böse zu brandmarken?

Ich nahm mir vor, eine Antithese der ›Vampirologie‹ zu erarbeiten. Es gab da interessante Fragen zu lösen. Hilft das Kreuz auch gegen jüdische Vampire? Ist es das Kreuz, das uns schützt, oder schützt uns der Glaube? Wenn die Person, die das Kreuz hält, den Glauben verliert, wenn sie böse wird, kann das Kreuz einen solchen Menschen dann noch beschützen?

Ich habe eine Story in Schwarzweißtönen geschrieben, mit den drei Elementen Grausamkeit, Rache und Angst. Und doch ist es keine gewöhnliche Vampirgeschichte geworden ...

Jeden Abend, wenn sich die Dunkelheit über die Burg senkte, stieg Contessa Teresa in die Verliese hinab, um sich am Anblick ihres Gefangenen zu erfreuen. Es gab einen Gefangenen auf Castello di Speranza, und um ihn zu besuchen, hatte die Contessa ein Zeremoniell entwickelt, das heidnischen Riten ähnelte.

Zunächst einmal schickte sie alle Diener fort, auch den taubstummen Rondo, der ihr treu ergeben war. Dann schob sie die Riegel vor die Fenster ihres Gemachs. Ein geheimer Zeuge, der sie dabei beobachtete, hätte etwas sehr Erstaunliches zu sehen bekommen. Von ungelenker Frauenhand in das Metall geritzt, prangte auf jedem Schloß ein Kreuz.

Als nächstes kniete Contessa Teresa auf der Betbank vor ihrem kleinen Altar nieder und ließ den Rosenkranz durch ihre zerbrechlichen Finger gleiten. Nur eine Angewohnheit, sie betete längst nicht mehr. In dem Spiegel in der Ecke des Gemachs betrachtete sie den düsteren Widerschein ihres Antlitzes. Die schwarzen Locken wurden von seidenen Bändern gehalten. Das Gewand war schwarz, das Gesicht weiß wie Alabaster, mit seidenschwarzen Brauen.

Es war ein Antlitz, für die Liebe geschaffen, aber der Spiegel zeigte keine Liebe, sondern Haß, die Lippen, so weich, so zart, erschienen als dünne weiße Linie. Eine Heilige, deren Gedanken von Schmerz und Rache vergiftet waren. Eine Dämonin.

Sie erhob sich und öffnete die Truhe. Sie nahm die Peitsche heraus. Die Enden der Lederschnüre waren mit Stahlstacheln gespickt. Die Contessa ließ ihre Finger über die Stacheln gleiten. Rasch zog sie die Hand zurück. Der Finger blutete.

Sie zuckte die Schultern. Ihre Hand umkrampfte den Griff der Peitsche. Auch dort kehrte das Symbol des Kreuzes wieder, sie selbst hatte das Symbol ins Leder geritzt.

Kein Laut war zu hören, als sie den Riegel der Geheimtür zur Seite schob. Der Riegel wurde regelmäßig geölt, ebenfalls die Scharniere der Geheimtür. Mit einer brennenden Kerze in der Hand, ging die Contessa die steinerne Wendeltreppe hinunter, geräuschlos wie ihr eigener Schatten, und der Saum ihres Gewandes fegte die Spinnweben zur Seite, während die aufgestörten Spinnen in den Fugen der feuchten Quader verschwanden.

Der Gestank nach Brackwasser aus den unterirdischen Brunnen schlug ihr entgegen. Es hatte eine Zeit gegeben, in der diese Gerüche die empfindliche Nase der Contessa beleidigten. Diese Zeit war lange vorbei. Sie selbst hatte kaum bemerkt, welche Wandlung sich mit ihr vollzogen hatte. Als sie das erstemal diese Treppe hinunterging, war sie ein unschuldiges junges Mädchen gewesen, ihre Finger hatten geblutet, weil sie sich an dem rostigen Riegel verletzt hatte, Angst und Verzweiflung hatten sie von Stufe zu Stufe begleitet, bis ...

Sie blieb stehen und seufzte. »Warum bin ich hier?« Das Echo war ein Wispern, das aus der Unendlichkeit zu kommen schien. *Ich, ich, ich ...*

Die Wendeltreppe war zu Ende. Sie schritt den Kreuzgang entlang, der vom Mondlicht beleuchtet war. Die Strahlen des Mondes fielen durch lange Schächte ein, die vor Jahrhunderten in das Felsgestein getrieben worden waren. Der Kreuzgang zeigte die Gerätschaften aus den Zeiten der Folter. Sie wandelte an dem Streckbett vorbei, an der Eisernen Jungfrau, an den furchtbaren Mechanismen, die einst von kranken Hirnen ersonnen worden waren. Früher einmal hatte sie geschaudert, wenn sie diese Geräte sah, inzwischen kamen sie ihr vor wie vertraute Freunde. Nachdenklich ließ sie ihre Hand über die Rolle des Streckbettes gleiten. Die Geräte konnten wiederhergerichtet werden, so daß ... Sie schüttelte den Kopf, umrundete den mächtigen Pfeiler und gelangte an das schwere Gitter, das dem Unbefugten den Zugang zu den Verliesen versperrte. Sie nahm den Schlüssel vom Bund und führte ihn in das Schloß ein. Sie öffnete die Gittertür und betrat den weitläufigen, düsteren Raum.

»Guten Abend, Contessa«, sagte der Mann, der an die Mauer geschmiedet war.

Die Contessa verneigte sich. »Einen guten Abend auch Euch, Messire.« Ihre Stimme war wohlklingend und melodisch, sie hatte sich bei der Verwandlung des Engels zum Teufel nicht verändert.

Sie betrachtete die Fesseln des Mannes. Hand- und Fußgelenke waren mit mächtigen Spangen gesichert, von den Spangen führten Ketten zu den Ringen in der Mauer. Der Mann trug Reithosen und ein weißes Hemd, das Licht der Kerze spiegelte sich in seinem blonden Haar.

Sie war außerhalb des Bereichs stehengeblieben, den er erreichen konnte, und musterte ihn aus wachen, lächelnden Augen. Als er den Kopf hob, war es ihr, als blitzten schwarze Sterne unter seinen Brauen auf. Er zuckte zusammen, als sei er von einem unsichtbaren Schlag getroffen worden.

Wie er sie ansah, war das nicht der Blick eines Liebenden? Die Contessa vermochte sich die Frage nicht zu beantworten. Immer wieder war sie angerührt von der wilden Schönheit, die der Mann ausstrahlte. Schönheit? Ein fremdartiges Wort, und doch wahr. Er war schön, der Mann, der seine Tage und Nächte wie ein gefangener Adler verbrachte.

Er senkte den Blick, und als er sprach, mischte sich die Würze des Spotts in seine volltönende Stimme. »Heute abend seid Ihr von bezauberndem Reiz, Contessa. Ich bedaure, daß ich Euch nicht die Hand küssen kann.«

In ihrem Gesicht zuckte ein Muskel. Sie bedeckte die Stelle mit der Hand. Dann neigte sie sich vor. »Küßt die Hand, wenn Ihr wollt«, sagte sie brüsk und reichte ihm die Rechte. Es war eine Geste der Geringschätzung, aber der Gefangene bedankte sich mit einer Verbeugung, er ergriff ihre Rechte, starrte auf den blutenden Finger und küßte den Handrücken. Plötzlich begann er zu zittern, es war, als sei ein böser Geist in ihn gefahren, er riß ihre Hand an sich, preßte sie an seine Lippen, seine Ketten rasselten, und dann barg er ihre Hand an seiner Brust.

Sie machte sich von ihm frei und trat einen Schritt zurück. »Ich hatte vergessen ...«, spottete sie, »es ist Vollmond, und Ihr habt ... Hunger.«

Er stand da, an die Mauer des Verlieses gedrückt. Er wagte nicht, ihren Hohn mit Haß zu beantworten. »Voller Mond ... Sagt mir, Contessa, habt Ihr die bösen Träume empfangen, die ich Euch sandte?«

Sie erschauderte, als könnte sie so die Erinnerung an die Schrecken der Nacht abschütteln. »Ich kann mich glücklich schätzen, daß Eure Bewegungsfreiheit begrenzt ist. Ihr könnt mir Alpträume schicken, mehr könnt Ihr mir nicht antun.« Etwas wie Triumph, gepaart mit Ekel, stahl sich in ihre Mundwinkel.

»Graf Fioresi«, sagte sie mit schneidender Stimme, »ich werde Euch keine Gelegenheit mehr geben, einem Menschen die Seele zu stehlen, Ihr ... Vampir!«

Sie lachte.

»Drei Monate schon liegt Ihr in Ketten, weil ich es so will. Ich bin Zeuge geworden, wie Eure Kräfte schwanden, wie Euer Hunger nach Blut wuchs.«

Er warf sich nach vorn, aber die Ketten hielten ihn auf. Er

fiel zurück, brach an der Mauer zusammen und sank auf die Steine.

»Es gab eine Zeit, wo Ihr diese Ketten hättet zerbrechen können«, sagte sie. »Aber jetzt, wo ich das Zeichen des Kreuzes in Eure Fesseln geprägt habe, ist Eure Macht gebrochen.«

Er stützte sich auf die Hände und umfing sie mit einem bittenden Blick. »Mein Leben liegt in Eurer Hand, Gräfin Teresa. Niemand kann Euch einen Vorwurf machen, wenn Ihr mich tötet. Aber warum haltet Ihr mich gefangen?«

»Fragt Ihr das noch?« schrie sie ihn an, und ihre volle, reine Stimme war das einzige, was an den Engel erinnerte, der sie noch vor drei Monaten gewesen war. »Mit einer Lüge auf den Lippen seid Ihr in diese Burg eingedrungen! Ihr habt Euch als der Enkel des Grafen Casaldi ausgegeben, jenes Mannes, von dem Ihr wußtet, daß er der beste Freund meines Vaters war. Ihr habt um meine Hand angehalten, habt Euch wie ein Teufel ins Herz meines Vaters eingeschlichen. Wie oft hat er mir nicht gesagt, in Euch sei sein guter Freund wiederauferstanden. Er wußte ja nicht, daß er die Wahrheit sprach.«

Der Mann in Ketten schüttelte den Kopf. »So war es nicht«, sagte er traurig. »Ihr wiederholt das Geschwätz der alten Weiber. Ein Wesen wie ich kann nicht wiederauferstehen. Wir sterben nicht, wir leben viele Leben. Viele Male durchleiden wir die Spanne der Sterblichen, nur durch einen Unglücksfall können wir ums Leben kommen.« Er zögerte. »Oder wenn man uns von unserer ... Lebensquelle abschneidet.«

Der Haß tanzte auf ihrem Antlitz. »Ich will Eure Lügen nicht mehr hören. Die Wahrheit ist, daß Euer alter Freund, mein Vater, bald nach Eurer Ankunft erkrankte und starb. Rico, mein Bruder, starb. Cassilda, meine geliebte Schwester, die mich aufgezogen hat, wurde in unheiliger Erde begraben, und immer noch habt Ihr Euch erfrecht, um meine Hand anzuhalten.«

»Contessa, Ihr nennt mich einen Dämon, aber ...«

»Wollt Ihr das auch noch leugnen? Wollt Ihr behaupten, Ihr seid ein Mensch, Ihr, der Ihr drei Monate ohne Nahrung, ohne jede Flüssigkeit im Kerker schmachtet?«

Er vollzog eine Verbeugung. »Ich habe bereits gesagt, daß ich nicht von Eurer Art bin, Contessa. Meine Rasse ist älter als die Eure, sie stammt aus jener Zeit, wo Euer Gott Euch noch nicht die Herrschaft über die anderen Lebewesen geschenkt hatte. Wir sind dazu verurteilt, wie die Tiere zu leben: Wenn unsere Jugend verstrichen ist, müssen wir das Blut der Menschen trinken. Bis zum dreißigsten Lebensjahr hielt ich mich für einen Menschen, und auch heute noch denke ich wie ein Mensch. Es trifft mich, daß Ihr mich des Mordes bezichtigt, ich habe Eure Lieben nicht getötet, ich schwöre es Euch, Contessa. Und selbst wenn ich Euren Bruder getötet hätte ... Ist Euer Bruder Stefano nicht im Duell vom Grafen Monteno erschlagen worden? Sind die Montenos nicht geachtete, gerngesehene Gäste auf Castello di Speranza? Ich wußte nicht, daß ...« Er wand sich in Schmerzen. »Ich konnte nicht ahnen, daß der Tod bereits die Hand nach Euren Lieben ausgestreckt hatte, sonst ...«

»Ihr lügt!« herrschte sie ihn an.

»Ich sage die Wahrheit. Und wenn ich das Blut anderer Menschen getrunken habe, so tat ich es nur, um nicht zu verhungern.«

Sie trat in seinen Kreis. »Warum habe ich Euch nicht sofort getötet? Warum töte ich Euch nicht jetzt? Warum befreie ich Gottes Erde nicht von dem Fluch, der in Eurer Gestalt auf uns gekommen ist?«

»Und warum habt Ihr so böse Träume, Contessa? Warum versucht Ihr zu vergessen, daß Ihr mich einst geliebt habt? Euer Gott verbietet Euch, die Rache mit eigener Hand zu suchen. Er ist der Herr, heißt es in Eurem heiligen Buch. Warum überläßt Ihr mich nicht seiner Rache oder seiner Gnade?«

Sie hatte sich mit einer wütenden Bewegung von ihm abgewandt, sie durchschritt das Gitter und eilte den Kreuzgang entlang. Mit raschen Schritten erklomm sie die Wendeltreppe.

Und dann war es still um Angelo Graf Fioresi. Das Wesen, Mensch, Monstrum oder Vampir, schlug die Hände vors Gesicht und weinte.

Die Contessa war in ihrem Gemach angekommen, sie riß die Fenster auf und erschauderte, als der Nachtwind ihre Wangen küßte, und dann spürte sie, wie der eisige Hauch den Dunst nach Aas, den sie in ihren Kleidern aus dem Kerker heraufgetragen hatte, mit sich forttrug. Sie hatte am Altar niederknien wollen, aber die Worte des Vampirs brannten in ihrem Herzen. Gott hat dem Menschen die Rache verboten.

Was ist aus mir geworden? dachte sie, bestürzt und verwundert zugleich. Sie legte sich in ihr Himmelbett, aber sie fürchtete sich einzuschlafen, so groß war die Angst, die Alpträume möchten wiederkehren. Er, der Vampir, den sie gefangenhielt, hatte sie mit seinem Fluch belegt. Es waren die Nächte des vollen Mondes, in denen er sie mit seinem bösen Zauber verfolgte. Sie beschloß, daß sie in dieser Nacht kein Auge zutun würde. Sie würde ihm keine Gelegenheit geben, ihre Gedanken zu vergiften. Und dann wanderten ihre Gedanken zu jenem Tag zurück, als sie dem Vampir auf die Spur gekommen war.

Als er auf die Burg kam, war sie sicher gewesen, er würde um die Hand ihrer Schwester anhalten. Cassilda war schöner als sie, eine vollerblühte Frau. Aber Angelo hatte für die Reize der älteren Schwester nur ein Mindestmaß von Höflichkeit aufgebracht. Er hatte sich Teresa zugewandt, mit einer Herzensgüte, die ihr Angst machte. Und noch heute verstand sie nicht, daß sich in seiner Seele, wenn er denn eine hatte, die Sanftmut des Liebenden und die Grausamkeit des Vampirs paarten. Als ihr Vater starb, hatte sie bittere Tränen vergossen. Dann hatte der Bruder das Zeitliche gesegnet, ihr Schmerz hatte jedes Maß gesprengt. »Ich bin eine Frau, die vom Unglück verfolgt ist«, hatte sie zum Grafen Fioresi gesagt, »wie könnt Ihr mich da zur Frau begehren?« Er hatte gelächelt. »Wenn Ihr erst meine Gemahlin seid, wird das Unglück von Euch ablassen – vielleicht.«

Es war, als hätte das Schicksal Krankheit und Tod über alle auf der Burg verhängt, und auch im nahen Dorf starben die Menschen an rätselhaften Seuchen. Einer solchen Seuche war auch Cassilda erlegen, und Pater Milo, der Burgkaplan, hatte ihren Leichnam vor Teresa verborgen.

Sie hatte vor der Kapelle gestanden und geweint, als Angelo zu ihr trat, und erst, als er seine Hand nach ihr ausstreckte, war ihr klargeworden, daß sie diese Kapelle noch nie betreten hatte, und jetzt, als sie unter seinem Bann stand, war es zu spät. In seinem schönen Antlitz war Mitgefühl und das Versprechen von Treue. War das alles nichts als Heuchelei gewesen?

»Teresa, Teresa, es bricht mir das Herz, Euch ohne Euren lieben Vater, ohne Eure Familie zu sehen!«

Was wäre geschehen, hätte sie seinem Flehen nachgegeben? Hätte er ihr überhaupt in die Kapelle folgen können, um mit ihr zum heiligen Bund der Ehe vereint zu werden? Er, ein Vampir? Waren es nicht die mit dem Kreuz geprägten Fesseln, die ihn an die Kerkermauer geschmiedet hielten? Hätte ein Wesen, das vor dem Kreuz floh, sie heiraten können?

Oder hätte sie ihr Ziel vielleicht schneller, sicherer erreicht, wenn sie ihn durch das Sakrament der Ehe an sich band?

Pater Milo, gramgebeugt und zitternd vor Furcht, hatte sie an jenem Abend in die Kapelle geführt, er hatte sie mit dem Kreuz gesegnet, und dann hatte er sie gebeten, auf der Bank Platz zu nehmen. Er war stehengeblieben, vor ihr, eine schwarze, unheilverkündende Gestalt, zuerst hatte sie ihm gar nicht zugehört, als er von den Todesfällen in den Weilern, in den Dörfern sprach, sie hatte nichts hören wollen von den Malen, die man am Hals ihres Vaters und ihres Bruders gefunden hatte, und auch den Andeutungen, unter welch furchtbaren Umständen Cassilda zu Tode gekommen war, hatte sie keinen Glauben schenken wollen. Nur nach und nach brach sich die Wahrheit in ihren Gedanken Bahn. Teresa hatte verstanden, daß all die Toten Opfer des Vampirs waren.

Ein letztes Mal hatte sie aufbegehrt gegen die eigene Erkenntnis. »Das ist Aberglauben, Hochwürden! Nichts als Aberglauben!«

Er hatte nur ernst den Kopf geschüttelt. »Nein, was geschehen ist, ist das Werk des Teufels und eines Wesens, das mit ihm im Bunde steht!« Pater Milos Gesicht war von tiefen Sorgenfalten gezeichnet, von dem Gram um das Geschlecht derer von Fioresi. Wort für Wort hatte er ihr die Beweise für seine These genannt, hatte sie von der Bosheit des Vampirs überzeugt. Aber auch als sie ihm schon glaubte, hatte sie den Kopf geschüttelt, nein, es war einfach nicht möglich, daß Angelo als Fledermaus umherflog, daß man ihn gesehen hatte, als er sich aus dem Erkerfenster des Turms stürzte, um auf den Burggraben hinabzuflattern, es war nicht möglich, daß eine heilige Frau aus dem Dorf einen Grabgeruch an Angelo wahrgenommen hatte, als jener an ihr vorbeischritt. Irgendwann in jener Nacht war dann die Stunde angebrochen, wo das Bollwerk ihrer Zweifel unter den wütenden Rammstößen des Priesters zusammenbrach, sie hatte geglaubt, jawohl, sie hatte den Kelch des Glaubens umarmt, sie war niedergekniet vor dem Priester, und der Zorn des Gerechten hatte ihr Herz durchströmt.

»Was können wir tun?« hatte sie gefragt.

»Die Kreatur muß sterben«, das war Pater Milos Antwort gewesen.

»Der Tod ist nicht Strafe genug!« hatte Teresa geschrien. Ihr Gesicht war weiß gewesen, so weiß wie ihr Trauerschleier. »Ich denke an die Nacht, als Cassilda an mein Bett kam, Hochwürden, sie hat geweint und geweint, und ich habe nicht verstanden, warum – und dann ist sie gestorben...«

Pater Milo legte ihr die Hand auf den Scheitel. »Kind Gottes, was ich Euch jetzt sage, tragt es mit Fassung. Eure Schwester Cassilda ist von eigener Hand gestorben. Sie hat sich den Tod gegeben, weil sie die Angst vor dem Vampir nicht mehr ertragen konnte.«

Teresa war in Tränen ausgebrochen. »Wenn es so ist, wie Ihr sagt, Hochwürden, dann darf er nicht sterben! Er muß leiden, so wie ich und meine Lieben unter ihm gelitten haben.«

»Die Rache ist mein, spricht der Herr, und außerdem bin ich gar nicht sicher, ob man einen Vampir überhaupt töten kann. Ich habe sagen gehört, daß diese Wesen unsterblich sind, sie leben in ihren Sarkophagen, aus denen sie nur aufstehen, um das Blut der Lebenden zu trinken. Kind Gottes, ich werde jetzt nach Rom reisen und um ein Dispens einkommen, ich brauche den Rat der Heiligen Mutter Kirche, um Euer Geschlecht von diesem Fluch zu befreien.«

»Reist noch heute nacht, Hochwürden!«

»Zuerst müssen wir Vorkehrungen treffen, daß es Euch nicht ebenso geht wie Euren Lieben, denen er das Blut ausgesaugt hat. Seid wachsam, wenn er sich Euch nähert, aber laßt Euch nicht anmerken, daß Ihr um seine finsteren Pläne wißt. Er darf keinen Verdacht schöpfen. Wenn ich zurückkehre, werde ich über die Mittel verfügen, ihn zu vernichten, er wird wahrlich sterben und vor das Angesicht Gottes treten, in Verdammnis oder Gnade.«

Teresa hatte sich abgewandt, damit Pater Milo ihre Tränen nicht sah. »Ein Wesen, das seit Jahrhunderten in einem Sarkophag liegt, und ich habe ihn geliebt! Und Ihr, Pater

Milo, fleht die Gnade des Herrn auf dieses Scheusal herab! Er soll in der Hölle schmoren, tausend Ewigkeiten lang!«

Der Priester bekreuzigte sich, dann schüttelte er traurig den Kopf. »Es schmerzt mich, Euch so reden zu hören, Contessa. Wollt Ihr diejenige sein, die der Gnade des Höchsten Grenzen setzt?«

»Wenn die Gnade einem Teufel zugute kommen soll, ja!«

»Und doch hat ein Heiliger einst zum Satan gesagt: Auch du wirst der Gnade Gottes teilhaftig, wenn du zu ihm betest. Ihr dürft nicht vergessen, meine Tochter, daß Graf Fioresi ein tapferer Soldat und ein vielumworbener Galan bei den Damen ist, er mag ein Vampir sein, aber er ist *nicht nur Vampir*, er hat auch selbst das Kreuz des Bösen viele Leben lang getragen. Er leidet Höllenqualen, weil er fern von Gott ist, wollt Ihr ihm da die Gnade des Herrn versagen?«

»Genau das will ich! Ich werde einen Weg finden, die Gnade des Herrn von ihm fernzuhalten. Er soll leben und leiden, wie wir gelitten haben.«

»Ihr seid außer Euch«, hatte Pater Milo diesen Ausbruch beantwortet, »und wen wundert das nach allem, was geschehen ist? Ich bete zu Gott, daß er Euch Eure unbedachten Worte vergibt.« Er bot ihr die Hand und half ihr aufzustehen. »Ich werde noch heute nacht nach Rom reisen. Kommt jetzt, ich will Euch in Euer Gemach begleiten und Euch zeigen, wie Ihr Euch vor dem Vampir schützen könnt.«

In Teresas Gemach hatte Pater Milo das Zeichen des Kreuzes in Türen und Fenster geritzt, er hatte die Kreuze dann mit Weihwasser besprengt. Die Ausgangstür hatte er sich bis zum Schluß aufgespart. Als er draußen auf der Schwelle stand und das Kreuz heben wollte, hatte sich ein Reifen aus Eis um Teresas Herz gelegt. Sie wollte nicht von Bannsprüchen umzingelt und eingesperrt werden, nicht einmal, wenn es ein guter, ein heiliger Bann war.

»Diese Tür werde ich mit meinem eigenen Kreuz weihen«, hatte sie gesagt, und noch während sie sprach, hatte ein kühner Plan in ihren Gedanken Gestalt angenommen.

»Vielleicht ist es besser so«, sagte der Priester. Er zog eine schmale Phiole aus seiner Soutane. »Schüttet ihm das in den Wein, meine Tochter, Gott vergebe uns, aber das wird ihm den ersten Tod seines Lebens bereiten. Wenn ich aus Rom zurückkehre, kümmern wir uns um seine unsterbliche Hülle, mit Pfahl und Feuer.« Er holte einen Rosenkranz hervor und gab ihn Teresa. »Dieser Rosenkranz ist von einem großen Heiligen geweiht, ein Erbstück meiner Familie, ich schenke es Euch, es wird den Vampir daran hindern, von den Toten aufzuerstehen. Das soll er erst tun, wenn ich aus Rom zurück bin.«

Er legte ihr die Hand auf die Stirn und segnete sie. »Und vergeßt die Gedanken der Rache, die in Eurem Herzen brennen!« ermahnte er sie. »Ich befehle Euch, bei Eurem Seelenheil, betet für das verlorene Schaf, betet für die Seele unseres Bruders Angelo.«

Aber seine Worte waren auf unfruchtbaren Boden gefallen. Teresa hatte sich in Demut verneigt. Aber in ihr, tief in ihrer Brust, schrie die Stimme ihres Herzens: »Nein! Niemals!«

Eigenhändig bereitete sie Pater Milo die Wegzehrung für die Reise nach Rom. Aber als der gute Mann den Staub der Burg von den Füßen schüttelte und ihren Blicken entschwand, hatte sich ein grausames Lächeln auf Teresas Lippen gestohlen, sie hatte die Phiole aus ihrem Gewand hervorgeholt und zerbrochen. »Ihr werdet nicht aus Rom zurückkehren, Pater Milo«, hatte sie gemurmelt, »und die Rache ist *mein, mein, mein*!«

Als sie sich umwandte, stand Graf Angelo vor ihr. Sie zwang sich zu einem Lächeln und bot ihm die Hand zum Kuß.

»Hat der Priester uns verlassen?«

»Er wird in Rom die Erlaubnis für unsere Vermählung einholen«, antwortete sie ihm.

»Dann sind wir allein auf der Burg?« Er hatte sie an sich gezogen. »Ich wünschte, der Priester würde nie zurückkehren.« Er hatte sie küssen wollen, aber Teresa hatte ihn zurückgestoßen. »Nicht jetzt!«

Sie lag noch lange wach in jener Nacht. Sie war sich vorgekommen wie die Ziege, die man anpflockt, damit sie den Berglöwen anlockt. Sie hatte die Tür ihres Gemachs offengelassen, der Schein des Mondes fiel auf ihr Antlitz, und Teresa lauschte den Schritten, die nicht kommen wollten, ersehnte die Schatten, die nicht heranschweben wollten. Sie lag auf ihrem Bett, das Nachtgewand gab ihre weißen Schultern frei, und sie hielt das Kreuz an sich gepreßt, es ist also doch wahr, dachte sie, es ist wahr, daß Vampire leise wie Katzen gehen, daß sie unsichtbar wie ein Geist einen Raum betreten können.

Und dann hatte sie das Schlagen seiner Schwingen gehört, er war zu ihr geglitten, sein Schatten senkte sich über sie, die vollen Lippen berührten ihre Kehle, und Teresa war hochgeschreckt, gespieltes Erstaunen auf der schönen glatten Stirn. »Ihr, Angelo?«

»Ich bin's, meine Geliebte...«

»Wartet noch.« Sie barg das Kreuz in ihrer Hand, schob es in eine Falte ihres Gewandes. »Die Tür steht offen.«

»Sicher nicht«, hatte er geflüstert, aber sie war schneller, lief zur Tür, schlug sie zu, verriegelte sie mit dem Kruzifix. »Und jetzt, Graf Angelo, Dämon, Monstrum, Mörder und Vampir, laßt sehen, ob Ihr das Gemach auf dem gleichen Wege verlassen könnt, wie Ihr es betreten habt.« Sie hatte die Öllampe ergriffen und war auf ihn zugeeilt. Er warf sich zur Seite, wie ein Tier, das dem Beil des Schlächters entfliehen will, sprang zu den versiegelten Fenstern, floh zur Tür, prallte zurück, als sei er an eine Wand gestoßen.

Sie sprach leise. »Ich habe es nicht glauben wollen. Jetzt sehe ich es mit meinen eigenen Augen. Ihr seid ein Vampir!«

Der Graf streckte seine Arme nach ihr aus. »Teresa«, sagte er, »es ist nicht so, wie Ihr denkt. Ich flehe Euch an, hört mir zu, ehe es zu spät ist.«

Aber sie war wie taub in ihrem Zorn. Sie hatte mit den Fäusten auf ihn eingeschlagen. Er hatte nur die Hand gehoben, und ihre Schläge blieben wirkungslos. »Ich weiß vieles, was Ihr nicht wißt, schöne Dame. Und ich sage Euch, Ihr befindet Euch in diesem Augenblick in größerer Gefahr als ich, Teresa! Werdet Ihr mir jetzt zuhören, um Eures Vaters willen, dessen Tod ich mehr beklage als Ihr?«

»Wenn man Euch reden hört!« schrie sie. »Wie sollte ich einem Monstrum, einem Mörder, einem Wesen, das sich in Gräbern wälzt, wie sollte ich Euch glauben?«

Ein blasses Lächeln stand in seinen Augen. »Die alte Mär, daß wir aus dem Grab aufstehen! So wisset denn, Teresa, ich habe den Tod nie gekannt, ich will nicht sterben. Wenn Ihr mich tötet, seid Ihr in höchster Gefahr, und deshalb flehe ich Euch an, hört mir zu.«

Er wollte auf sie zugehen, aber sie hatte das Kruzifix von ihrem kleinen Altar ergriffen und hielt es ihm entgegen. Er zuckte zusammen und sprang zur Seite. »Wieder ein Aberglauben, der keiner ist«, lachte sie.

Er stand von ihr abgewandt, den Arm vor den Augen. »Ihr seht nur einen Teil der Wahrheit, Teresa, den anderen kennt Ihr nicht. Es ist wahr, daß ich Euch nichts antun kann, wenn Ihr das Symbol des Glaubens in der Hand haltet, aber...«

»Ihr redet, wie der Teufel redet«, schrie sie, »Ihr dreht und wendet Eure Worte, bis ich eines glaube, und dann das zweite.« Sie schlug auf ihn ein. »Es ist also wahr, daß Blut in Euren Adern rinnt!«

Er kniete vor ihr, und dann war sie bei ihm, legte ihm die Spangen um die Handgelenke, schleppte die Ketten herbei, die in ihrer Truhe lagerten. Mit ihrem Diamanten hatte sie das Kreuz in die Spangen geritzt, und das Kreuz war stärker als die Kraft seiner Muskeln.

Sie winkte Rondo, den taubstummen Diener, herbei. Gemeinsam schleppten sie den Grafen die Wendeltreppe hinunter ins Verlies, es war Rondo, der den Gefesselten an die Ringe der Mauer schmiedete.

Mit erlahmenden Kräften kehrte Teresa in ihr Gemach zurück. Sie warf sich auf ihr Himmelbett und spürte, wie ihr die Sinne schwanden.

Sie deutete auf die Fenster. »Öffnet die Fenster, Rondo, sonst ersticke ich!«

Er tat wie geheißen. Der Schlummer kam, aber die Träume waren böse. Sie sah sich als Gespenst über die Burg hinwegschweben, blutüberströmte Masken begegneten ihr auf der Wendeltreppe. Als sie aufwachte, stand sie am Fenster.

Ein furchtbarer Schreck durchzuckte sie. Er hat mich verhext, dachte sie. Er hat eine Schlafwandlerin aus mir gemacht.

Erst als das Licht des Tages durch die Fenster kroch, wurde sie ruhiger. Sie schlief ein, als die Sonne über die Berge stieg.

Es begann dunkel zu werden, als sie wieder aufwachte. Sie erschauderte, als ihr auf der Wendeltreppe ein kalter Hauch entgegenströmte. Als sie ihren Feind in Ketten sah, besserte sich ihre Laune. An jenem Abend bildete sich das Ritual heraus, das inzwischen zu Teresas Lebenszweck geworden war...

Sie liebte es, in seine Falkenaugen zu starren, seinen Worten zuzuhören und seine Bitten mit einem Kopfschütteln zu beantworten.

Die Erfüllung hatte ihren Preis. Immer noch quälten Teresa die furchtbaren Träume von Blut und Tod. Angelos Fluch schien sich auf alle auszubreiten, die unter dem Dach der Burg lebten, die Diener flohen, andere kamen und berichteten Teresa von den Mädchen, die man im Dorf erwürgt aufgefunden hatte, am Bach, vor dem Brunnen. Aber Teresa wischte die Todeszeichen zur Seite wie lästige Fliegen. Der einzige, der töten kann, ist in meiner Gewalt, ich habe ihn in Ketten legen lassen. Wie töricht die Menschen doch waren, die für den Tod ihrer Lieben das Übernatürliche als Erklärung bemühten.

Es gab die wildesten Gerüchte im Dorf, warum Pater Milo immer noch nicht aus Rom heimgekehrt sei. Man sandte eine Abordnung alter Frauen zur Burgherrin, ein neuer Priester mußte her, Teresa sollte einen neuen Burgkaplan in ihre Dienste nehmen. »Wollt Ihr mir Befehle erteilen?« herrschte sie die Frauen an, und dann sah sie ihr Bild im Spiegel. Sie werden denken, *ich bin verrückt geworden.*

Drei Monde rundeten sich, drei Monde schwanden, nichts änderte sich. Aber dann kam die Nacht, wo Angelo ihr nicht mehr antwortete. Er lag in seinen Ketten und rührte sich nicht.

Als sie näher trat, schlug er die schönen Augen auf. »Mein Ende ist nahe, Contessa. Aber wie kann ich sterben, wenn Ihr in Euer Verderben geht. Ihr ladet Sünde auf Euch. Laßt mich frei, damit ich in Frieden sterben kann.«

»Soll ich Euch vielleicht als neuen Burgkaplan einsetzen?« spottete sie.

Er ging nicht ein auf ihre Häme. »Ich habe die Grausamkeiten nicht begangen, derer Ihr mich beschuldigt. Ich bin in diesem Kerker angekettet. Trotzdem sterben die Menschen im Dorf an rätselhaften Krankheiten, die Sonne geht auf und sieht die Jungfer, bleich und erwürgt.«

Sie zuckte die Achseln. »Menschen werden geboren, Menschen sterben. Was kann ich für das Heil ihrer Seelen?«

Die angekettete Kreatur warf ihr einen merkwürdig berechnenden Blick zu. »Früher hättet Ihr nicht so gesprochen. Früher wart Ihr gottesfürchtig und reinen Herzens.«

»Wenn ich jetzt eine Dämonin bin, wer hat mich dazu gemacht, Graf Angelo?«

Fast wäre er in Lachen ausgebrochen. »Ihr habt Mittel und Wege, um Euch vor meinen Einflüssen zu schützen. Ist es nicht so, daß Ihr Euch selbst zum Teufel gemacht habt?«

»Schweigt!« rief sie. »Schweigt!« Sie versetzte ihm einen Stoß. Er brach zusammen und rührte sich nicht mehr.

Dann tat es ihr leid. Sie kniete sich neben ihn. Er hat die Wahrheit gesagt, dachte sie. Er hat seinen Tod nahen gespürt.

Sie stand über ihm, und das Kruzifix, das sie an einem Kettchen um den Hals trug, warf einen merkwürdig hellen Schatten auf den Mann zu ihren Füßen. Als der Schatten seine Brust berührte, begann er zu atmen. Und die Güte Gottes erfüllte Teresas Gedanken.

Ich habe mich gerächt. Aber noch ist es nicht zu spät, den Haß aus meinem Herzen zu verbannen. Noch kann ich tun, was Pater Milo mir aufgetragen hat. Ich werde den Leiden dieser Kreatur ein Ende bereiten und ihn der Gnade Gottes anempfehlen. Ich muß ihm den Pfahl in die Brust treiben, das ist alles. Er selbst hat gesagt, er kann nicht von den Toten auferstehen. Trotzdem werde ich für seine Seele beten, und auf diese Weise werde auch ich in den Garten Gottes zurückkehren.

Plötzlich war ihr, als wäre der Kerker von Geistern erfüllt, die sie beobachteten. Sie stand an einem Kreuzweg. Der Angeklagte würde freigesprochen oder gehängt werden. Der Angeklagte, das war sie selbst. Wenn es ihr gelang, ihren Haß zu besiegen ...

Ihre Lippen wurden schmal. Niemals! Niemals würde sie sich die Genugtuung versagen, ihn für seine Verbrechen büßen zu lassen. Wer brauchte schon die Gnade Gottes? Gab es nicht unzählige Menschen, die fern von Gott lebten?

»Umsonst«, sagte er. »Es ist zu spät.« Sie erschrak. Er war aufgestanden, packte sie um die Hüften, zerriß seine Ketten mit einem einzigen, wütenden Hieb.

Teresa schrie auf, stolperte zurück, kam über den Ketten zu Fall. Sie fand sich auf den Steinen wieder, sah Angelo über sich stehen.

»Ich hätte Euch retten können«, sagte er. »Erinnert Euch an Eure schlimmen Träume, Teresa. Hattet Ihr diese Träume nicht schon, bevor ich nach Castello di Speranza kam? Es ist jetzt viele Jahre her, daß eine aus dem Geschlecht der Fioresi einen Sproß aus dem Geschlecht der Speranza ehelichte. Ich wußte, daß einer von Euch das reine Blut meiner Sippe hatte. Wäre es Rico gewesen, ich hätte ihn in meine Dienste genommen. Und Euch, Teresa, wollte ich retten und bewahren, als das Kostbarste, was mir Gott geschenkt hat. Leider bin ich zu spät gekommen, um Euren Vater zu retten ...«

Sie schrie auf, als sie den Inhalt seiner Worte begriff. Er

achtete nicht darauf, sondern fuhr fort: »Als Rico starb, konnte ich den Niedergang Eurer Sippe nicht länger ertragen, ich vertraute mich Cassilda an. Ich konnte nicht ahnen, daß sie sich vor lauter Entsetzen selbst den Tod geben würde. Mein Plan war, Euch mit Hilfe Eurer Schwester vor dem Bösen zu bewahren, bis Ihr verstehen würdet, wer Ihr seid. Ich bin sicher, Ihr hättet Euch damit abgefunden. Zu sein, was Ihr seid, bedeutet nicht die Hölle, es ist eine andere Form des Lebens, ein Schicksal, das sich nach eigenen Gesetzen vollzieht.« Er strich ihr über die Stirn. »Nein, ich habe niemanden von Eurer Familie ermordet. Ich lebe seit zweihundert Jahren, und ich schwöre Euch, seit ich von meiner Natur weiß, ist kein Mensch von meiner Hand gestorben. Ich verstehe vom Töten soviel wie ein Blutegel, nämlich gar nichts. Ich bin weder böse noch grausam, Contessa. Ich lebe, wie ich leben muß.«

Er neigte sich zu ihr. Irrsinnig vor Angst, hielt sie ihm das Kruzifix entgegen.

»Nein«, sagte er freundlich und umfing ihre Schultern, »das kann Euch jetzt nicht schützen.«

Seine Augen waren von einer herben Wehmut überschattet, als er weitersprach. »Ich bin dazu erzogen worden, das Kreuz zu ehren und zu achten. Mir ist eingegeben, daß ich niemanden anrühre, der um Gottes Beistand betet. Als Ihr noch nicht um Eure wahre Natur wußtet, Teresa, als das Feuer des Glaubens noch in Eurem Herzen brannte, hätte ich gegen das Kreuz in Eurer Hand nichts ausrichten können. Die Kreuze, die Ihr in meine Ketten gekratzt habt, sie dienten nicht dazu, andere vor dem Vampir zu schützen, sie dienten dazu, das Gute von Euch fernzuhalten. In dem Augenblick, als Ihr den Entschluß gefaßt habt, Euch dem Guten zu verschließen, seid Ihr böse geworden, und zugleich wurde das Kruzifix zwischen Euren Brüsten zum Kreuz des Bösen. Ihr habt Euch gegen die Lehren Eures Glaubens versündigt. Ihr habt nicht mehr das Recht, Gott zum Schutz anzurufen. Euer Kreuz hat keine Gewalt mehr über mich.«

Er packte das Kruzifix, riß es ihr mit einem Ruck vom Hals, betrachtete es mit nachdenklicher Bitterkeit und legte es auf die Steine.

»Vielleicht habe ich nie eine Seele gehabt«, sagte er müde, »aber Ihr, Teresa, Ihr habt Eure Seele verspielt, und das ist schlimmer. Ihr seid ein Monstrum, so schlimm, daß Ihr nicht einmal im Kreise von Wesen meiner Art leben könnt.«

Das Letzte, was die Contessa sah, war sein schmerzlich verzogener Mund, der sich auf ihren Hals senkte, dann sprudelndes Rot, der Schlaf und der Tod.

Stunden später, als Castello di Speranza bereits in Flammen stand, ritt ein Mann, von niemandem beachtet, in den Wald hinein. Er saß gebeugt, als hätte er ein schweres Gewicht zu tragen. Der Schmerz war sein unsichtbarer Gefährte, und ihm war, als folgte ihm ein Schatten, das Kreuz des Bösen. Die Flammen loderten bis hoch in den Himmel, aber der Mann warf keinen Blick zurück, er ritt vornübergeneigt in die Nacht hinein und flüsterte: »Teresa! Teresa! Teresa!«

Übersetzt von Rolf Jurkeit

Julians Hand

Gary Brandner

Diese Geschichte ist eine der wenigen aus meinem Œuvre, von denen ich sagen kann, sie hat sich fast von selbst geschrieben.

Ganz im Ernst, die Idee dazu kam mir im Schlaf. Ich wachte auf, kritzelte meine Gedanken auf einen Block, der auf dem Nachttisch lag, und schlief wieder ein. Schriftsteller, die vom Schreiben leben müssen, machen so was gar nicht so selten. Allerdings ist das Zeug, wenn man es sich morgens, im nüchternen Licht des Tages ansieht, meist unbrauchbar. Diesmal aber war es anders. Ich fand die Story mehr als brauchbar. Ich setzte mich hin und schrieb den Text nieder. Einfach so.

Was an einer Geschichte wie ›Julians Hand‹ merkwürdig berührt, was daran Angst macht, ist wohl die Schlußfolgerung, daß in jedem von uns etwas Böses, Unkontrollierbares lebt. Natürlich nicht in Ihnen, lieber Leser.

Allerdings, haben Sie sich in der letzten Zeit die Stelle, wo es Sie juckt, einmal aus der Nähe angesehen?

Zuerst war es nur ein Jucken, eine Irritation der Haut unter dem linken Arm.

Julian kratzte die juckende Stelle, während er sich rasierte. Rasieren war das einzige, wozu er noch die linke Hand benutzte. Bei allen anderen Tätigkeiten kam die Rechte zum Zuge, bereits in früher Kindheit hatte der Wechsel stattgefunden, eine Frage der Gewohnheit.

Er blies die Stoppeln aus dem elektrischen Rasierapparat und spülte sie den Ausguß hinunter, dann wischte er das Waschbecken mit dem Schwamm sauber. Bevor er das Bad verließ, drehte er sich zur Seite und betrachtete die juckende Stelle im Spiegel. Die Haut war leicht gerötet, der Fleck war nicht größer als eine Zehncentmünze. Ein Insektenstich, vielleicht auch eine Allergie gegen irgend etwas. Julian schmierte etwas Heilsalbe auf die Stelle, massierte die Substanz in die Haut ein. Er zog sich an und ging in die Küche.

Margaret saß bereits am Frühstückstisch. Julian nahm die gläserne Kaffeekanne, die auf der Warmhalteplatte der Kaffeemaschine stand, und goß sich ein, er trug seine Tasse um den Tisch herum und nahm gegenüber Margaret Platz. Der Kaffee schmeckte bitter. Sie waren jetzt sechzehn Jahre verheiratet, und nie hatte sich Margaret bereitgefunden, den Kaffee für ihn zu süßen. Julian wiederum fand, es war leichter, den Kaffee schwarz und bitter zu trinken, als mit seiner Frau zu streiten.

In einem Punkt hatte sie ja recht. Ein Mann war es seiner Familie schuldig, daß er solche Dinge mit einer gewissen Selbständigkeit erledigte. Es hatte eine Zeit gegeben, wo Julian noch auf Kindersegen gehofft hatte. Ein Sohn, das wäre schön gewesen, aber es war ja nicht Margarets Schuld, daß sie rein körperlich nicht fürs Kinderkriegen geschaffen war. Oder doch?

»Kratz dich nicht so«, sagte Margaret.

»Entschuldige.«

»Du benimmst dich wie ein Affe, weißt du.«

»Ich hab's ganz unbewußt gemacht, entschuldige.«

»Sprichst du heute mit Hugh Biggerstaff?«

»Sprechen? Worüber?«

»Jetzt spiel doch kein Versteck. Ich meine die neue Stellung in der Vertriebsabteilung, die freigeworden ist, tu nicht so, als wüßtest du nicht Bescheid.«

»Ich will mal mit ihm sprechen, ob er mir eine Chance gibt.«

»Das hängt ganz von dir ab. Er wird dir die Stelle nicht auf dem Silbertablett servieren, weißt du.«

»Natürlich nicht.«

»Vielleicht ist schon alles zu spät. Du hättest letzte Woche mit ihm darüber sprechen sollen.«

»Ich hab' sehr viel zu tun gehabt letzte Woche.«

»Aber sicher. Jedenfalls wirst du heute mit Hugh Biggerstaff reden. Sag ihm, du bist der Mann für den Job. Du bist jetzt schon so lange bei der Firma, und mit dem Geld tut sich nichts, du müßtest schon viel mehr verdienen. Wenn du in der Buchhaltung bleibst, kannst du den Traum vergessen. Im Vertrieb wird das Geld verdient, nirgendwo sonst. Die Topmanager der Firma kommen alle aus dem Vertrieb.«

»Ich spreche heute mit ihm«, versprach Julian.

»Du kratzt dich schon wieder.«

Julian trank seinen Kaffee aus, er trug die Tasse zum Spülstein und spülte sie sauber. Er ging zu Margaret und gab ihr einen Kuß auf die Wange, freilich ohne die Haut wirklich zu berühren. Er verließ das Apartment. Er fuhr ins Geschäftsviertel, dort befand sich das Bürogebäude, wo er arbeitete. Ein Wolkenkratzer. Er parkte den Wagen in der unterirdischen Garage. Er betrat die Fahrstuhlkabine und drückte auf den Knopf für den elften Stock. Im elften Stock lagen die Büros von Datatron Systems, Inc.

Der Aufzug machte einen Zwischenhalt im Erdgeschoß. Die Mädchen, die in dem Gebäude arbeiteten, stiegen zu. Es waren Mädchen mit fröhlichem Blick und geröteten Wangen, Mädchen, die sich über die Verabredungen unterhielten, die sie hatten oder haben würden, auch über Kleiderfragen. Julian hatte immer ein gutes Gefühl, wenn er ihnen zuhören konnte, und dann rochen die Mädchen auch so gut, nach Eau de Cologne, nach Haarspray und Seife. Die Wärme der jungen Körper verbreitete sich in der Aufzugkabine, und während der kurzen Fahrt nach oben genoß Julian die Nähe der Mädchen. Der Aufzug hielt in den einzelnen Stockwerken, je nachdem wo die Mädchen gedrückt hatten, zwei stiegen aus, dann drei, dann eine, und während die Kabine sich leerte, wurde das Gefühl der Einsamkeit, das Julian beschlich, immer schlimmer. Als der Aufzug im zwölften Stock hielt, war er allein. Er ging hinaus auf den mit einem Teppich belegten Flur und rieb die juckende Stelle unter seinem Arm.

Die ersten drei Stunden vergingen mit der Eintragung der üblichen Buchungen, die Salden mußten abgestimmt werden, und wenn sie stimmten, mußten sie mit den Unterlagen der Kollegen gegengecheckt werden. Dies gehörte zur täglichen Arbeit Julians. Er fand, das war keine stumpfsinnige Routinetätigkeit, wirklich nicht. Es war gut, wenn man den Tag mit einer ordentlichen Arbeit begann, man war dann innerlich auf alle Probleme vorbereitet, die sich in der Buchhaltung ergeben konnten. An diesem Morgen ergaben sich keine Probleme, jedenfalls keine neuen. Es wurde elf Uhr, und Julian spürte, daß er jetzt keine Entschuldigung mehr vor sich selbst hatte, die Besprechung mit Mr. Biggerstaff weiter hinauszuschieben.

Um die Sache doch noch ein bißchen hinauszuzögern, ging er auf die Toilette und kämmte sich das schüttere Haar. Er band sich auch die Krawatte neu. Er kratzte sich noch einmal unter dem Arm, dann ging er den mit Eichenpaneelen getäfelten Flur entlang zum Büro von Mr. Biggerstaff. Er wollte die Sache jetzt hinter sich bringen.

Julian klopfte leise an die offene Tür, und dann stand er einige Sekunden lang auf der Schwelle. Der stellvertretende Direktor von Datatron Systems, Inc. war über eine Unterschriftenmappe gebeugt, er schrieb etwas und sah nicht auf, bevor er die Eintragung beendet hatte.

»Kommen Sie rein, Julian. Freue mich, Sie zu sehen.« Hugh Biggerstaff hatte sich die Jacke ausgezogen und die Ärmel hochgekrempelt, zweifach sogar, ganz wie die niederen Chargen in der Firma. Das krause schwarze Haar reichte Biggerstaff bis in die glatte Stirn. »Was kann ich für Sie tun?«

Julian hatte plötzlich einen Kloß im Hals, seine Stimme klang noch unsicherer als sonst. »Hm ja, ich dachte nur, ich könnte Sie fragen, ob Sie schon jemanden für die Stelle im Vertrieb gefunden haben.«

»Nein, wie's so geht, wir haben die Stelle noch nicht besetzt, jedenfalls ist noch nichts entschieden. Warum fragen Sie, schafft es in der Buchhaltung Probleme, daß die Stelle im Vertrieb noch nicht wieder besetzt ist?«

»Oh, nein, nichts dergleichen. Es ist nur...« Julian mußte Luft holen. Er räusperte sich. »Ich dachte, ich komme für die Stelle in Frage.«

»Sie?« Das war alles, nur ›Sie?‹

»Hm... Ja.«

Der stellvertretende Direktor von Datatron Systems, Inc., jung an Jahren, fixierte Julian. Der spielte mit dem Gedanken, wegzuschauen, aber dann gelang es ihm, dem Blick des stellvertretenden Direktors standzuhalten. Hugh Biggerstaff hielt sehr viel von Blickkontakt.

»Julian, haben Sie irgendwelche Erfahrungen im Verkauf?«

»Nein, aber ich lerne schnell. Und ich bin fleißig.«

»Daran zweifle ich keinen Augenblick. Ich habe mir Ihre Personalakte angesehen, als Sie damals von der Zentrale zu uns versetzt wurden, und natürlich habe ich Ihre Arbeit in den Jahren danach verfolgt. Ich muß Ihnen ganz offen sagen, Julian, Sie gehören für mich zu den Angestellten bei DSI, auf die ich mich unbedingt verlassen kann.«

»Danke.«

»Und deshalb sehe ich auch nicht, wie ich Ihre Stelle in der Buchhaltung neu besetzen könnte. Sie wissen das vielleicht nicht, Julian, aber Angestellte wie Sie sind schwer zu finden. Ich kann ja schließlich nicht jemanden nehmen, der frisch von der Handelsschule kommt, und ihn an Ihren Schreibtisch setzen, das wird Ihnen einleuchten. Der Job im Verkauf, ach du lieber Gott, es gibt ein Dutzend Leute, die dafür in Frage kommen, aber einen erstklassigen Buchhalter zu ersetzen – das steht auf einem ganz anderen Blatt.«

»Wollen Sie damit sagen, daß ich mich für den Job im Verkauf nicht eigne?«

»Nein, damit will ich sagen, daß sich der Job im Verkauf für Sie nicht eignet. Ich komme ja selbst aus dem Verkauf, bin durch den Verkauf ins Topmanagement hineingewachsen, und ich kann Ihnen sagen, Verkauf bedeutet nicht nur, daß man zwei oder drei Stunden mit irgend jemandem zu Mittag ißt und hohe Spesen macht. Es bedeutet vor allem, daß man Leuten um den Bart gehen muß, die man nicht ausstehen kann, daß man zu den anderen grob und aggressiv sein muß, auch wenn man charakterlich gar nicht grob oder aggressiv veranlagt ist. Verstehen Sie, was ich meine?«

»Ich glaube, schon.«

»Gut, gut. Dann wäre das ja erledigt. Freut mich. Kommen Sie ruhig wieder zu mir, Julian, wenn Sie etwas haben. Ich habe das Gefühl, wir sehen uns zu selten, Sie und ich.« Der stellvertretende Direktor veränderte seine Position im Sessel, womit er andeutete, daß die Unterredung zu Ende war.

»Danke«, sagte Julian. Rückwärtsgehend verließ er das Büro.

Und dann saß Julian wieder an seinem Schreibtisch und ließ die Finger über die Rechenmaschine tanzen. Er summte im Takt zu dem Klicken des Geräts. Er hatte seine Verpflichtung erfüllt, er hatte sich für den Job im Verkauf beworben, es war nicht seine Schuld, wenn die Firma ihn in der Buchhaltung nicht entbehren konnte.

Er dachte an Margaret, und sofort hörten seine Finger auf zu tanzen. Er rieb sich die juckende Stelle unter dem Arm, das Gefühl war stärker geworden. Wenn Margaret doch nur begreifen würde, daß die Dinge so, wie sie sich entwickelt hatten, gut waren.

Margaret zeigte kein Verständnis, überhaupt keines. An jenem Abend ließ sie Julian die Unterhaltung, die er mit Hugh Biggerstaff geführt hatte, Wort für Wort wiederholen.

»Du hast dich also auch noch bedankt, und dann bist du aus seinem Büro gegangen«, sagte sie, als Julian mit seiner Schilderung fertig war. »Du hast nicht einmal strittig argumentiert. Verstehst du denn nicht, daß er nur testen wollte, ob du genügend Durchsetzungsvermögen für den Job im Verkauf hast? Weißt du denn nicht, daß du ein paarmal auf den Tisch hauen mußt, wenn die Leute dir Beachtung schenken sollen? Hugh Biggerstaff wäre nicht in der Position, die er heute bekleidet, wenn er wie du ›danke, danke‹ gemurmelt hätte, da kannst du Gift drauf nehmen. Er ist der Mann, der auf den Tisch haut.«

Das Thema wurde in verschiedenen Varianten den Rest der Woche und über das Wochenende wiederholt. Am Montag morgen entdeckte Julian die Geschwulst. Er stand vor dem Spiegel im Bad, mit nacktem Oberkörper, und stellte fest, daß sich die juckende Stelle unter dem Arm in eine Geschwulst, etwa so groß wie ein Orangenkern, verwandelt hatte. Die Stelle juckte nicht mehr, sie tat auch nicht weh. Es gab diesen Fleischzipfel, und er wuchs.

Dienstag früh war das Gewächs so groß wie eine Bohne. Mittwoch war es so groß wie der Daumennagel. Julian bekam es mit der Angst zu tun.

Am Nachmittag jenes Tages rief er seinen Arzt, Dr. Aaron Volney, an. Er erfuhr von der Sprechstundenhilfe, daß Dr. Volney sich gerade auf einer Veranstaltung der American Medical Association befand. Julian bekam einen Termin für den darauffolgenden Vormittag.

Als er am Mittwoch aufwachte, war das Gebilde unter dem Arm so groß wie eine Walnuß geworden.

»Du mußt dich beeilen, sonst kommst du zu spät ins Büro«, sagte Margaret.

»Ich gehe heute früh nicht ins Büro. Ich habe einen Termin bei Dr. Volney.«

»Hast du dir in der Firma ordnungsgemäß freigeben lassen?«

»Ich habe mir ordnungsgemäß freigeben lassen.«

»Was ist denn, daß du zu Dr. Volney gehst?«

»Nichts. Er soll sich nur etwas ansehen.«

»Bring mir auf dem Rückweg ein Viertelliter Buttermilch mit.«

Dr. Volney war dreiundfünfzig Jahre alt, aber er wirkte jugendlich mit seinem gebräunten Gesicht, mit dem federnden Gang und dem freundlichen Blinzeln, das sich bei der Begrüßung des Patienten in seine Züge stahl. Die Patienten beneideten ihn, weil er so gesund aussah. Er spielte Golf und Tennis, und er segelte des öfteren mit seinem Boot, deshalb sah er so gut aus.

Er strahlte Julian an. »Nun, was bringt Sie zwischen den Vorsorgeuntersuchungen zu mir? Ich finde, Sie könnten ein paar Pfund zulegen. Bei den meisten Patienten liegt das Problem genau andersrum, die würden Sie beneiden, weil Sie so schlank sind, ha, ha, ha.«

»Ich habe da eine kleine Geschwulst unter dem Arm«, sagte Julian. »Begonnen hat es letzte Woche. Zuerst war es nur ein Ausschlag, und dann wurde eine Geschwulst daraus. Das Ding wird immer größer.«

»Dann ziehen wir uns einmal aus und schauen uns die Geschichte einmal an, ganz ohne Messer und Narkose.«

Julian öffnete die Hemdknöpfe. Seine Hand zitterte.

»Nun machen Sie sich mal keine Sorgen«, sagte der Arzt. »Das können hundert Dinge sein, nicht das, was Sie jetzt meinen.«

»Ich hab' an nichts Bestimmtes gedacht, Herr Doktor.«

»Aber natürlich haben Sie an was Bestimmtes gedacht. Die Menschen sind heutzutage sehr sensibilisiert, was die Möglichkeit einer Krebserkrankung angeht. Ich sage nicht, daß das schlecht ist, aber es führt natürlich auch dazu, daß die Leute sich wegen nichts in Angst und Schrecken versetzen.«

Julian hatte das Oberhemd ausgezogen, er entledigte sich auch des Unterhemds und legte beides über die Stuhllehne. Er hob den linken Arm und zeigte Dr. Volney die Stelle. Der Arzt fuhr mit dem Finger über den Knoten und tastete die Haut in der Umgebung des Gewächses ab.

»Haben Sie in der letzten Zeit unter seelischem Streß gestanden?«

»Ich hatte Probleme im Beruf, ja.«

Der Arzt nahm das mit Befriedigung auf. »Sehen Sie, genau was ich dachte. Diese Dinge entstehen oft aus nervösen Ursachen heraus.«

»Aber es wächst.«

»Es kann sich natürlich auch um eine kleine Störung der Drüsenfunktionen handeln.«

»Aber Herr Doktor, es wäre doch auch möglich, daß ich...«

»Daß Sie Krebs haben? Nun, diese Möglichkeit ist nie von der Hand zu weisen, aber warten Sie mit dem Kauf eines Grabes noch, bis wir eine sichere Diagnose haben, ha-ha-ha. Ich werde zu diesem Zweck ein Stückchen von Ihrem Gewächs abhacken, und das schicken wir dann zur Laboruntersuchung.«

Dr. Volney ergriff eines der schimmernden Skalpelle, die in seinem Instrumentenkasten lagen, und fuhr mit der Klinge über die Wucherung. Er schabte etwas Gewebe ab und wischte das Skalpell an einem Glasplättchen ab. Er legte ein zweites Plättchen auf das erste, dann kehrte er mit dem beruhigenden Lächeln des erfahrenen Mediziners an seinen Schreibtisch zurück. Er nahm in seinem Sessel Platz und zog den Rezeptblock heran.

»Ich werde Ihnen ein leichtes Beruhigungsmittel verschreiben. Rufen Sie mich Freitag an. Und meine Empfehlung an Norma.«

»An Margaret«, sagte Julian.

»Natürlich, Margaret.«

Der Freitag kam, und das Gewächs hatte seine Größe verdoppelt. Immer noch spürte Julian keinen Schmerz, aber er spürte ›das Ding‹. Bei jeder Bewegung des Arms fühlte er, daß da etwas war, was nicht hingehörte. Viermal wählte er Dr. Volneys Nummer an, aber es meldete sich ein Anrufbeantwortungsdienst, nicht die Praxis, und die Mitarbeiter des Anrufbeantwortungsdienstes waren nicht in der Lage herauszufinden, wo der Arzt zu erreichen war.

An jenem Wochenende verbrachte Julian ziemlich viel Zeit im Badezimmer, er schloß sich ein und betrachtete das Gewächs unter seinem Arm im Spiegel. Das Fleischläppchen hatte fünf Ausbuchtungen bekommen. Es war ein Gebilde, das Julian faszinierte und ihm zugleich Angst machte. Manchmal war er fast sicher, es wachsen zu sehen.

Erst am Montag kam Julian telefonisch zu Dr. Volney durch. »Ich habe den ganzen Freitag versucht, Sie telefonisch zu erreichen, Herr Doktor.«

»Tut mir leid, aber ich hatte den ganzen Tag bei Gericht zu tun, ich war als Gutachter geladen für einen alten Studienkollegen, dem hat doch tatsächlich ein Patient einen Schadensersatzprozeß angehängt, angeblich ein Kunstfehler, Sie glauben ja gar nicht, wie die Leute uns Ärzte zu übervorteilen versuchen.«

»Herr Doktor, wegen der Wucherung unter meinem Arm ...«

»Ich habe gute Nachrichten für Sie, was die Wucherung betrifft. Die Auswertung der Biopsie hat nichts erbracht. Negativ. Kein Befund. Es ist nichts.«

»Aber das Ding wächst immer weiter«, sagte Julian. »Es hat Junge bekommen.«

»Julian, Sie *haben* keinen Krebs.«

»Es ist mir egal, was ich habe, das Gewächs sieht häßlich aus, und es wird immer häßlicher. Ich möchte, daß Sie's entfernen.«

»Wie Sie wünschen«, seufzte der Arzt. »Ich besorge Ihnen einen Operationstermin im Queen of Mercy-Hospital, irgendein Tag in der nächsten Woche. Rufen Sie mich Ende dieser Woche wieder an.«

Die Tage verstrichen. Julian rief den Arzt nicht an. Es war dann der Arzt, der ihn anrief, inzwischen war die ganze Woche vergangen.

»Ich habe alles für Sie vorbereitet, Julian. Sie müssen sich Sonntag abend im Hospital aufnehmen lassen. Ich lasse mich Montag früh sehen, bevor Sie unters Messer kommen.«

»Ich habe es mir anders überlegt«, sagte Julian.

»Was?«

»Ich will keine Operation. Es ist gut so.«

»Natürlich wollen Sie eine Operation. Ich habe alle Vorbereitungen getroffen.«

»Schicken Sie mir die Rechnung«, sagte Julian. Er legte auf, bevor Dr. Volney noch etwas sagen konnte.

Kaum daß der Hörer wieder auf der Gabel lag, ging Julian ins Badezimmer zurück. Er schloß von innen zu. Er zog sich das Hemd aus und starrte auf das Gewächs unter seinem Arm. Er konnte jetzt erkennen, was es war. Die Umrisse waren jetzt so deutlich, daß wohl auch ein anderer Mensch kapiert hätte, was es war. Eine Hand, eine winzige Hand.

Julian hatte nicht vor, die Hand Dr. Volney oder dessen Arztkollegen zu zeigen. Die würden ihn doch nur wie einen Freak behandeln. Er konnte sich vorstellen, was für ein

Aufsehen das machen würde. Die Revolverblätter, die in den Supermärkten auslagen, würden einen solchen Fall ganz groß aufgreifen. MANN BEKOMMT DRITTE HAND. Julian drückte die Stirn an den kühlen Spiegel und weinte wie ein Kind.

In den Wochen darauf wuchs die Hand recht schnell. Nach einem Monat war sie so groß wie die Hand eines vierjährigen Kindes. Nach sieben Wochen war sie fast so groß wie Julians andere Hände. Sie war fast so groß, aber sie war den anderen Händen nicht ähnlich. Die neue Hand war ganz glatt und weich. Es gab keine Fingernägel, keine Falten in der Handinnenfläche, keine Knöchel. Die Hand sah ein bißchen aus wie ein aufgeblasener Gummihandschuh. Das Gewebe war nachgiebig, die Hand war etwas kühler als der übrige Körper.

Mit der Hand wuchs ein Arm. Als die Hand ihre volle Größe erreicht hatte, schob sich ein gummiartiges, tubenförmiges Gebilde aus Julians Rippen.

Während Hand und Arm sich bildeten, hatte Julian eine Reihe von Änderungen in seiner Lebensführung vornehmen müssen, er wollte ja nicht, daß irgend jemand von der Sache erfuhr. Zunächst einmal zog er aus dem gemeinsamen Schlafzimmer ins Wohnzimmer um. Es war ein Entschluß, der weder Margaret noch ihm weh tat. Sie hatten längst aufgehört etwas zu empfinden, wenn sie im gleichen Bett schliefen. Margaret stellte keine weiteren Fragen, als Julian ihr von seiner Schlaflosigkeit erzählte. Er schlug sein Nachtlager im Wohnzimmer auf.

Er trug jetzt längere Jacketts, wenn er ins Büro ging, und er ließ das Jackett den ganzen Tag über an. Wenn er nach Hause kam, zog er sich den weiten Morgenrock an. Er blieb im Morgenrock, bis Margaret sich ins Schlafzimmer zurückzog.

Die Zeit ging dahin, Julian hatte sich an die Hand gewöhnt. Sie schien ihm nun nicht mehr so häßlich wie zu Beginn. Er empfand so etwas wie Erregung und Befriedigung, wenn er die Hand ansah und sie berührte. Die dritte Hand zwischen seinen anderen Händen zu halten, erfüllte ihn mit einer Freude, deren Grund ihm rätselhaft blieb. Einmal dachte er, die Hand ist ein Ausgleich dafür, daß ich keinen Sohn habe. Margaret hatte ihm keinen Sohn schenken können, dafür war ihm die Hand gewachsen.

Dann begann die Hand zu leben.

Julian hatte schon die Tage vorher gemerkt, daß sich der

Tastsinn der dritten Hand verfeinert hatte. Er genoß es, Gegenstände in die Hand zu legen. Die unterschiedlichen Oberflächen der Gegenstände wurden von seinem Gehirn in einer Weise registriert, die mit nichts zu vergleichen war, was Julian bis dahin erlebt hatte. Eine Art Spiel bildete sich heraus, Julian machte seine dritte Hand neuen Materialien und mit den verschiedensten Temperaturen bekannt. Dann kam der Tag, wo sich die Hand bewegte. Julian war erfreut festzustellen, daß er die Bewegungen kontrollieren konnte, wenn er sich drauf konzentrierte. Er konnte die Hand einfache Aufgaben ausführen lassen. Nach einigen Tagen Üben konnten die Finger der dritten Hand sich krümmen, sie konnten auch Gegenstände ergreifen. Die Hand konnte winken, und auch der Arm war beweglich. Bald war er mit der dritten Hand so geschickt wie mit den beiden anderen. Väterlicher Stolz erfüllte ihn, wenn er die Bewegungen des Gewächses betrachtete.

Der erste Hinweis darauf, daß die Hand ein Eigenleben entwickelte, waren die Gegenstände, die Julian abends in seinen Taschen vorfand. Obwohl er wußte, daß er sich das nicht in die Taschen gesteckt hatte, fand sich eine Rolle mit Briefmarken, eine Heftmaschine, ein Abroller samt Klebeband. Julian war schockiert, seine erste Reaktion war, er würde die Gegenstände am nächsten Morgen ins Büro zurückbringen. Dann aber stellte er sich die Frage: Warum sollte ich? Die Bürokollegen stahlen, was sie kriegen konnten. Warum eigentlich nicht? Datatron Systems, Inc. hatte viel Geld.

Julian legte die gestohlenen Gegenstände in eine Schublade. Dann setzte er sich an den Tisch und schrieb ein paar persönliche Briefe. Er frankierte sie mit den gestohlenen Briefmarken. Es war ein wunderbares heiteres Gefühl.

Das Verhältnis zur Hand war jetzt das eines Vaters zum ungezogenen Sohn. Ein Vater, der viel Geduld bewies. Julian amüsierten die Eskapaden, die sich die Hand leistete, aber nach einer Weile faßte er den Entschluß, etwas mehr Kontrolle über das Ding auszuüben.

Die Hand gehorchte, aber dann, eine Woche nachdem Julian neue Seiten mit der Hand aufgezogen hatte, erlebte er eine Überraschung. Die Sache passierte im Aufzug, der Aufzug hatte wie üblich im Erdgeschoß Zwischenhalt gemacht, eine Schar Sekretärinnen war hereingeströmt. Wie immer, wenn die Mädchen hereinkamen, war Julian nach hinten gegangen. Irgendwo zwischen dem fünften und sechsten Stock begann das Mädchen, das vor Julian stand, erschreckt nach Luft zu schnappen. Sie schob das Becken vor, und ihre Wirbelsäule bog sich durch. Julian schaute nach unten und sah zu seinem großen Befremden, wie sich die Hand unter seiner Anzugjacke hervorschob und das Mädchen in einer Weise betastete, wie er selbst es nie gewagt hätte. Obwohl er sich ganz mächtig darauf konzentrierte, die Hand zurückzuziehen, fuhr sie mit der Berührung des Mädchens fort, sie übermittelte seinem Gehirn ein unglaublich süßes Gefühl.

Das Mädchen stand da und durchbohrte Julian mit den Augen. Jetzt erst hörte die Hand mit dem Betasten des Mädchens auf und zog sich unter die Jacke zurück. Julian brachte ein entschuldigendes Schulterzucken zustande. Das Mädchen, ein gutgebautes, dunkelhaariges Geschöpf, das so oft Objekt seiner geheimen Bewunderung gewesen war, maß ihn mit einem Blick von oben bis unten, ließ eine Augenbraue hochzucken und wandte sich ab.

Den ganzen Tag hielt Julian seinen linken Arm an den Körper gepreßt, er wollte sichergehen, daß die dritte Hand unter dem Jackett blieb. Seine ungewöhnliche Körperhaltung brachte ihm einige erstaunte Blicke ein. Die Hand hielt sich verborgen.

Auf der Heimfahrt hielt er vor einem Drugstore an. Er kaufte eine Mullbinde und eine Rolle Heftpflaster. Bevor er am Tag darauf zur Arbeit fuhr, umwickelte er seinen Oberkörper mit der Mullbinde in der Weise, daß die dritte Hand an den Körper gebunden wurde. Er befestigte die Mullbinde mit dem Heftpflaster. Es war nicht das, was man eine bequeme Lösung nennen konnte, aber Julian konnte nicht länger das Risiko eingehen, daß die Hand machte, was sie wollte.

Als er dann in die Aufzugkabine trat, sandte er ein Stoßgebet zum Himmel, daß das dunkelhaarige Mädchen nicht bei jenem Pulk sein würde, der heute früh im Erdgeschoß zustieg.

Natürlich war sie dabei.

Er war so groß, daß es ihm nicht gelang, sich hinter den anderen Passagieren zu verstecken. Zu seiner Verlegenheit kam sie nach hinten. Sie drehte ihm den Rücken zu, und er betete, daß sie so bleiben würde.

Natürlich wandte sie sich um. Julian war überrascht, sie lächeln zu sehen.

»*Hi*«, sagte sie.

»*Hi*«, sagte Julian.

»Sie sind Julian Dunbar, und Sie arbeiten im zwölften Stock bei DSI.«

»Woher wissen Sie das?«

»Ich weiß das schon lange. Ich war neugierig, wer Sie sind, und da habe ich mich erkundigt. Sind Sie nicht neugierig, wer *ich* bin?«

»Sehr.«

»Ich heiße Tina Cross. Ich arbeite im sechsten Stock, schon seit ein paar Monaten beobachte ich Sie, wenn wir morgens zusammen im Fahrstuhl hinauffahren, ich habe mich immer gefragt, wann Sie endlich was zu mir sagen.« Das Mädchen lachte leise. »Nun ja, Sie haben gestern nichts gesagt, aber Sie haben Kontakt mit mir aufgenommen, anders kann man's wohl nicht nennen.«

Julian konnte kaum glauben, daß sie vor ihm stand und so redete. Verzweifelt dachte er nach, was er jetzt sagen konnte.

Sie sagte es für ihn. »Ich habe um fünf Schluß.«

»Ich auch«, brachte er hervor. »Nehmen wir einen Drink zusammen nach Büroschluß?«

»Sehr gerne. Ich warte auf Sie in der Lobby.«

Julian verbrachte den Tag in einer Wolke aus Angst und Vorfreude. So ein Abenteuer hatte er noch nie erlebt. Er vergaß über allem sogar die dritte Hand und das unbequeme Gefühl, das durch die Binde verursacht wurde. Bevor er nach Büroschluß zum Aufzug ging, begab er sich auf die Toilette und überprüfte den sicheren Sitz der Binde. Es wäre sehr unschicklich gewesen, wenn die Hand gleich bei der ersten Verabredung mit Tina unter dem Jackett hervorschoß.

Aus dem Drink wurden mehrere Drinks. Julian wunderte sich über sich selbst, da saß er neben einem Mädchen, unterhielt sich mit ihr und lachte, wie er seit Jahren nicht mehr gelacht hatte. Er achtete darauf, daß er ihr immer seine rechte Seite zukehrte. Vorsichtshalber. Er wollte nicht, daß sie aus Zufall die Hand zu spüren bekam, die sich unter seinem linken Arm verbarg.

Als er Tina an jenem Abend nach Hause brachte, küßte er

sie. Es war ein kurzer, ein sanfter Kuß, aber es war zugleich ein Versprechen.

Die Hand war jetzt das einzige Hindernis, das einer befriedigenden Verbindung im Wege stand. Obwohl er sich an das Ding gewöhnt hatte, so war ihm doch bewußt, daß dieses Gebilde andere Menschen abschrecken mußte. Zu seiner unermeßlichen Erleichterung löste sich das Problem von selbst.

Zunächst einmal hatte Tina gar nichts dagegen, daß es ganz dunkel war, wenn sie sich liebten. Sie fand es aufregend, sagte sie, daß er beim Liebesakt ein weites, weiches Hemd anbehielt. Julian hatte allmählich die Fertigkeit entwickelt, seinen Körper zu bewegen, ohne daß Tina bei ihren Liebkosungen das Ding packen konnte, das er sich mit dem Heftpflaster an den Körper gebunden hatte. Mit dieser kleinen Einschränkung lebte er das Glück aus, das ihm die Beziehung bescherte.

Er machte sich nicht einmal mehr die Mühe, ein Alibi für seine Abwesenheiten von zu Hause zu erfinden. Zuerst reagierte Margaret mit bitteren Klagen, aber als sie die ganze Gleichgültigkeit spürte, mit der er sie behandelte, versank sie in ein verwundertes Schweigen. Es wäre immer so weitergegangen, hätte Julian nicht eines Abends vergessen, die Badezimmertür von innen zu verriegeln.

Er war bei Tina gewesen. Er war etwas früher heimgefahren als sonst. Jetzt stand er vor dem Spiegel. Er war nackt. Er ließ die Hand frei herumspielen, die Binde hatte er aufgewickelt: Ohne Warnung ging die Tür auf. Margaret stand in der Türöffnung, die knochigen Arme in die Hüften gestemmt.

»Was tust du so lange im Bad? Wäschst du dir den Geruch deiner Geliebten ab? Jawohl, ich habe herausgefunden, wer sie ist. Ich weiß auch, wo sie arbeitet. Im gleichen Gebäude wie du. Sehr praktisch für dich, das muß ich schon sagen, sehr befriedigend. Bis heute jedenfalls. Ab morgen ändert sich das. Ich werde Miß Tina Cross einen kleinen Besuch abstatten, und dann wird sich sehr plötzlich...«

Ihre Stimme erstarb, als er sich ihr zuwandte. Entsetzt starrte sie das Ding an, das ihm aus den Rippen wuchs. Die Hand am Ende des ausgestreckten Armes bewegte sich wie eine züngelnde Schlange.

Als Julian die Hand unter Kontrolle bekam, lag seine Frau auf der Schwelle des Badezimmers. Sie lag auf dem Rücken, und das dunkle, geschwollene Gesicht erinnerte ihn an eine Aubergine. Seine dritte Hand hing schlaff und schwer herunter. Julian starrte die Hand an. Wie hatte er sich je mit der Tatsache abfinden können, daß dieses Gebilde Teil seiner selbst war? Ihm war jetzt klar, was er tun mußte. Er hätte es schon viel früher tun müssen.

Er schritt über die Leiche hinweg und ging in die Küche. Er nahm das größte Messer aus dem Regal, das an die Wand gedübelt war. Er schliff die Klinge mit dem elektrischen Messerschleifgerät und prüfte die Schärfe, indem er die Scheide leicht über die Innenseite des Daumens zog. Er war zufrieden mit dem Ergebnis, holte ein paar Zeitungen, breitete sie auf dem Tisch aus und zog sich einen Stuhl heran. Er setzte sich.

Er ergriff die Hand und drückte sie auf die ausgebreitete Zeitung. Die Hand wehrte sich nicht. Julian holte ganz tief Luft, bis seine Lungen voll von Sauerstoff waren, es war zugleich ein Versuch, das wilde Herzklopfen zu beschwichtigen. Er hielt das Messer von sich gestreckt, visierte die schimmernde Spitze an, umklammerte den Griff. Es mußte in einem einzigen Schnitt geschehen. Er wußte, er würde nicht den Mut haben, ein zweites Mal in die Hand zu schneiden. Langsam brachte er die Klinge auf den Arm nieder, der aus seinen Rippen wuchs.

Die Hand machte eine rasche Bewegung.

Die Polizei kam bei ihren Ermittlungen zu dem Ergebnis, daß es sich um einen Doppelmord handelte. Dunbar hatte offensichtlich versucht, den Angreifer mit einem Messer in Schach zu halten, dabei mußte er sich wohl selbst verletzt haben. Derzeit läuft die Fahndung nach dem Täter auf Hochtouren. Die Polizei beschreibt ihn als unheimlich stark. Sie verweist in diesem Zusammenhang auf die Tatsache, daß die Opfer mit einer Hand erwürgt wurden.

Übersetzt von Rolf Jurkeit

Der letzte Einsame

John Brunner

Was ist Grauen?

George Orwell behauptet in ›1984‹, daß jeder Mensch eine deutliche Vorstellung von dem habe, was für ihn das äußerste und fürchterlichste an Entsetzen darstellt; Winston Smith verabscheute Ratten am meisten, also verfügte O'Brien, daß er dies in Raum 101 vorfinden würde. Für einen anderen Gefangenen wäre es etwas anderes gewesen.

Und wir sind alle *Gefangene, oder nicht – wenn auch nur die unserer jeweiligen Alpträume? Einer meiner angesehensten Kollegen in Großbritannien fürchtet sich vor Spinnen, die* ich *mag: Sie stehen auf meiner Seite, zumindest insofern, als sie Fliegen und Moskitos verzehren. Ich halte auch viel von Wespen, einer hübschen Spezies, die ich dazu bringen kann, auf meine Hand zu klettern, um sie so aus dem Fenster zu befördern. Nacktschnecken? Für die habe ich vielleicht weniger übrig. Aber Weinbergschnecken finde ich köstlich!*

Was mich in meinen Träumen verfolgt, ist etwas anderes. Ich schrecke voller Entsetzen aus der Vision einer Umgebung hoch, die ich zu kennen scheine und mit der ich eigentlich zurechtkommen sollte. Ich bin bei einer Konferenz oder auch auf einer Reise. Zuerst fühle ich mich ganz okay. Dann, ganz allmählich dämmert mir, daß etwas nicht in Ordnung ist. Ich bin im Ausland, wie es vielleicht in Wirklichkeit der Fall ist, oder (das ist einmal geschehen) ich bin auf dem Mond, und etwas steht zwischen mir und der Rückkehr nach Hause. Im Fall des Mondes war es ein Raketenflug, für den ich nicht den Mut aufbrachte. In einem anderen Traum nahm ich meine Reiseschecks heraus, um eine Rechnung zu bezahlen, die ich mir in der Höhe niemals leisten konnte – und stellte fest, daß ich nichts als einen Stapel leeren Papiers besaß. Ich wachte stöhnend auf.

Na schön, also – jeder von uns hat seine private Vision von der Hölle.

Aber wie steht es mit der Hölle eines anderen, die gegen Ihren Willen in Ihr tiefstes Innere verpflanzt wird?

»Ich seh' Sie hier nicht mehr oft, Mr. Hale«, sagte Geraghty, während er mein Glas vor mich hin stellte.

»Es muß achtzehn Monate her sein«, sagte ich. »Aber meine Frau ist verreist, und ich dachte, ich würde um der alten Zeiten willen wieder mal reinschauen.« Ich blickte die lange Bar entlang und zu den Nischen an der gegenüberliegenden Wand hinüber und fügte hinzu: »Es hat ganz den Anschein, als sähen Sie überhaupt nicht mehr viele Leute. Ich habe das Lokal früher um diese Zeit nie so leer erlebt. Mögen Sie einen?«

»Mineralwasser bitte, Mr. Hale – und vielen Dank.« Geraghty holte eine Flasche vom Regal und goß sich ein Glas voll ein. Ich wußte, er trank nie etwas Stärkeres als Bier, und auch das nur selten.

»Die Dinge haben sich geändert«, fuhr er nach einer Pause fort. »Den Grund kennen Sie natürlich.«

Ich schüttelte den Kopf.

»KONTAKT. Das hat alles verändert.«

Ich starrte ihn einen Augenblick lang an und mußte dann ein bißchen lachen. »Na ja, ich wußte, daß viele davon betroffen waren – vor allem die Kirchen. Aber ich hätte nie gedacht, daß es auf Sie Einfluß haben würde.«

»O doch.« Er hievte sich auf einen Hocker, der hinter der Bar stand; das war eine Neuerung seit meiner Zeit als Stammgast; vor achtzehn Monaten noch hätte er keine Gelegenheit gehabt, sich irgendwann während des Abends hinzusetzen. Wenn die Bar geschlossen wurde, waren seine Beine halb lahm gewesen. »Ich glaube, die Sache liegt so. KONTAKT hat die Leute in gewisser Weise vorsichtiger gemacht, in anderer Hinsicht unvorsichtiger. Aber es hat viele Gründe, in Bars zu gehen und was zu trinken, hinfällig gemacht. Sie wissen, wie das früher war. Ein Barkeeper war eine Art professioneller Zuhörer, der Bursche, bei dem man seine Sorgen ablud. Das dauerte nicht mehr lange, nachdem KONTAKT aufkam. Ich kannte einen weichherzigen Kollegen, der noch eine ganze Weile weitermachte. Er war bis hierher mit einsamen Burschen – und auch Mädchen – beladen.« Geraghty legte die Hand an den Hals.

»Berufsrisiko«, sagte ich.

»Aber nicht mehr lange. Eines Tages kam ihm der Gedanke, wie es wohl wäre, wenn die alle auch noch zum Schlafen kämen, und so hängte er sie alle ab und begann dann von neuem mit Leuten, die er sich selbst aussuchte, so wie andere das normalerweise machen. Und etwa um die Zeit herum hörte alles auf. Die Leute kamen einfach nicht mehr, um ihre Kümmernisse abzuladen. Das Bedürfnis war im wesentlichen verschwunden. Und der andere triftige Grund, in eine Bar zu gehen, um beiläufig Menschen kennenzulernen, war auch hinfällig. Weil die Leute nun wußten, daß sie sich vor der schlimmsten Form der Einsamkeit nicht mehr fürchten mußten, waren sie beruhigt und selbstsicherer. Ich, ich sehe mich nach einem anderen Job um. Überall werden die Bars geschlossen.«

»Sie würden einen guten KONTAKT-Berater abgeben«, schlug ich halb im Spaß vor. Aber er empfand es nicht als Spaß.

»Das habe ich mir schon überlegt«, sagte er ernsthaft. »Vielleicht mache ich das. Vielleicht mache ich das wirklich.«

Ich sah mich wieder um. Nun, da Geraghty mir alles klargemacht hatte, konnte ich erkennen, wie der Hase gelaufen sein mußte. Mein eigener Fall, auch wenn ich das bis dahin nicht realisiert hatte, bot eine Illustration. Ich hatte zu meiner Zeit ebenso Barkeepern mein Herz ausgeschüttet, war in Bars gegangen, um der Einsamkeit zu entfliehen. Vor rund drei Jahren war KONTAKT aufgekommen, vor ungefähr zwei Jahren hatte die Idee Feuer gefangen und jeder, aber auch jeder hatte sich der Behandlung unterzogen. Und ein paar Monate danach hatte ich aufgehört, hierherzukommen, wo ich früher praktisch ein Einrichtungsgegenstand gewesen war. Ich hatte mir nichts dabei gedacht, hatte es auf meine Heirat geschoben, auf die Absicht, eine Familie zu gründen und mein Geld für andere Dinge auszugeben.

Aber daran lag es nicht. Es lag kein Bedürfnis mehr vor.

Nach alter Tradition gab es einen Wandspiegel hinter der Bar, und in ihm konnte ich einige der Nischen sehen. Alle waren leer bis auf eine, und in der saß ein Paar. Der Mann war nicht weiter auffallend, aber das Mädchen – nein, die Frau – zog meinen Blick auf sich. Sie war nicht besonders jung, schätzungsweise um vierzig herum, aber sie hatte das gewisse Etwas. Ihre gute Figur trug auch dazu bei, aber hauptsächlich fiel das Gesicht auf. Es war schmal, hatte einen beweglichen Mund und Lachfältchen um die Augen, und das, worüber sie redete, machte ihr offensichtlich Spaß. Es war angenehm, ihrem Vergnügen zuzusehen. Ich beobachtete sie, während Geraghty beim Thema blieb.

»Wie gesagt, KONTAKT macht die Leute sowohl vorsichtiger als auch unvorsichtiger. Vorsichtiger darin, wie sie mit anderen umgehen, denn wenn sie sich nicht richtig verhalten, können ihre eigenen Kontaktpersonen sie möglicherweise abhängen, und wo bleiben sie dann? Und weniger vorsichtig in ihrem Umgang mit sich selbst, denn sie haben nicht mehr viel Angst vor dem Sterben. Sie wissen, daß es, wenn es schnell und ohne Schmerzen geschieht, nichts als ein Zustand der Verschwommenheit ist, dann Verwirrung und danach Erholung und ein Aufgehen in einem anderen. Kein scharfer Bruch, kein Aufhören. Haben Sie schon jemand ausgesucht, Mr. Hale?«

»Ja«, sagte ich. »Ich habe vor ungefähr einem Jahr meinen Vater aufgenommen.«

»Und war das okay?«

»Oh, es lief wie geschmiert. Eine Weile war es irritierend – so als jucke es einen an einer Stelle, an der man sich nicht kratzen kann –, aber das verging innerhalb von zwei, drei Monaten, und dann gingen wir ineinander über, und damit hatte es sich.«

Ich dachte einen Augenblick lang darüber nach. Insbesondere dachte ich an das merkwürdige Empfinden, das durch die Fähigkeit ausgelöst wurde, mich selbst in der Wiege zu sehen – von außen her – und ähnliche Dinge. Aber es war nicht nur merkwürdig, sondern auch tröstlich, und jedenfalls bestand kein Zweifel darüber, um wessen Erinnerungsvermögen es sich handelte. All die Erinnerungen, die auftauchten, wenn ein Kontakt vervollständigt war, verfügten über eindeutige Ausstrahlungen, die sie kennzeichneten und dazu beitrugen, den Geist des Empfängers bei Klarheit zu halten.

»Und Sie?« fragte ich.

Geraghty nickte. »Ein Bursche, den ich von der Armee her kenne. Vor ein paar Wochen hatte er einen Autounfall. Der arme Kerl hat sich zehn Tage lang mit einem kaputten Rückgrat herumgequält, die reine Hölle. Er war in schlechter Verfassung, als er eintraf. Die Schmerzen – ganz schrecklich.«

»Sie sollten an Ihren Kongreßabgeordneten schreiben«,

sagte ich. »Er soll sich für dieses neue Gesetz verwenden. Haben Sie davon gehört?«

»Was für ein Gesetz?«

»Aktive Sterbehilfe soll legalisiert werden, vorausgesetzt der Betreffende hat tatsächlich Kontakt. Aber den hat heute jeder, warum also nicht?«

Geraghty sah nachdenklich drein. »Ja, davon habe ich gehört. Ich war nicht glücklich darüber. Aber seit ich meinen Freund aufgenommen und seine Erinnerung an das habe, was geschehen ist – na ja, ich glaube, da muß ich meine Ansichten ändern. Ich werde wohl tun, was Sie sagen.«

Wir schwiegen danach eine Weile und dachten an das, was KONTAKT für die Welt getan hatte. Geraghty hatte gesagt, er sei anfangs über das Euthanasiegesetz nicht glücklich gewesen – aber schließlich, sowohl ich wie eine ganze Reihe anderer Leute waren zu Beginn von KONTAKT auch nicht unbedingt angetan gewesen. Dann hatten wir erkannt, was es bewirken konnte, und wir hatten Gelegenheit gehabt, die Angelegenheit zu durchdenken, und nun konnte ich gar nicht mehr verstehen, wie ich ohne es einen so großen Teil meines Lebens hatte hinter mich bringen können. Ich konnte mich einfach nicht mehr in die Welt zurückversetzen, in der man, wenn man starb, einfach zu existieren aufhörte. Es war schrecklich gewesen!

Mit KONTAKT war das Problem gelöst. Sterben war praktisch das gleiche wie ein Fahrzeug wechseln. Die Dinge um einen herum verschwammen, vielleicht verschwand das Bewußtsein, wobei man wußte, daß man wieder zu sich kommen und aus den Augen des Menschen blicken würde, mit dem man Kontakt aufgenommen hatte. Ich hatte dann zwar nicht mehr die Kontrolle über mich, aber er oder sie würden über meine Erinnerungen verfügen; zwei oder drei Monate lang würden sich die Gesichtspunkte verändern, es würde zu einem Verschmelzungsprozeß kommen und dann... klick! Keine Unterbrechungen, nur ein glatter, schmerzloser Prozeß, der einen in ein anderes Lebenssystem führte – als jemand, der weder als alte Ich noch jemand anderer war, sondern ein Produkt aus beidem.

Für den Empfänger, wie ich aus Erfahrung wußte, war das Ganze schlimmstenfalls unangenehm, aber für jemand, den man gern hatte, konnte man weit mehr als Unbehagen auf sich nehmen.

Wenn ich daran dachte, wie das Leben vor KONTAKT gewesen war, schauderte ich unwillkürlich. Ich bestellte einen weiteren Drink – einen doppelten diesmal. Ich war schon seit langem nicht mehr ausgewesen, um zu trinken.

Ich hatte mich ungefähr eine Stunde lang mit Geraghty unterhalten und war bei meinem dritten oder vierten Glas angelangt, als sich die Tür zur Bar öffnete und ein Mann hereinkam. Er war mittelgroß, sah ziemlich unauffällig aus und war einigermaßen gut angezogen. Ich hätte ihn kein zweites Mal angeschaut, wäre nicht der Ausdruck auf seinem Gesicht gewesen. Er sah so zornig und unglücklich aus, daß ich meinen Augen nicht traute.

Er ging zu der Nische, in der das Paar saß – dorthin, wo die Frau war, die ich beobachtet hatte –, und blieb breitbeinig stehen, um sie anzusehen. Der strahlende Ausdruck auf dem Gesicht der Frau verschwand, und der Mann, der bei ihr saß, stand halb auf, so als ob er erschreckt sei.

»Hören Sie«, sagte Geraghty leise, »das sieht ganz nach Ärger aus. Ich habe seit über einem Jahr keine Rauferei mehr hier gehabt, aber ich erinnere mich an die Atmosphäre, wenn sich eine zusammenbraut.«

Er stand auf und schob sich die Bar entlang weiter nach unten, so daß er sofort den Durchgang benutzen konnte, wenn es nötig sein sollte.

Ich drehte mich auf meinem Hocker um und schnappte Teile der Unterhaltung auf. So weit ich hören konnte, verlief die Diskussion ungefähr folgendermaßen:

»Du hast mich ausgeschaltet, Mary!« sagte der Mann mit dem unglücklichen Gesicht. »Oder stimmt's vielleicht nicht?«

»Nun hör mal«, mischte sich der andere Mann ein. »Es liegt doch wohl an ihr, ob sie das tut oder nicht.«

»Halt die Klappe«, sagte der Neuankömmling. »Also, Mary? Hast du's getan oder nicht?«

»Ja, Mack, es stimmt«, sagte sie. »Sam hat damit nichts zu tun. Es war ausschließlich meine Idee – und deine Schuld.«

Ich konnte Macks Gesicht nicht sehen, aber sein Körper wurde steif und begann zu zittern; er streckte die Arme aus, als wolle er Mary von der Bank hochziehen. Sam – ich nahm an, der Mann in der Nische war Sam – packte seinen einen Arm und schrie ihn an.

Hier mischte sich Geraghty ein und befahl den beiden, zu verschwinden. Das paßte ihnen nicht, aber sie gehorchten. Mary und Sam tranken ihre Gläser leer und gingen hinaus. Mack, nachdem er ihnen finster nachgestarrt hatte, kam an die Bar und ließ sich neben mir nieder, einen Hocker zwischen uns.

»Whisky«, sagte er. »Gib mir die Flasche – ich werde sie brauchen.«

Seine Stimme klang rauh und bitter. Mir wurde bewußt, daß ich wahrscheinlich seit Monaten einen solchen Ton nicht mehr gehört hatte. Vermutlich sah ich neugierig drein; jedenfalls warf er mir einen Blick zu und sprach mich dann an.

»Wissen Sie, um was sich's da gedreht hat?«

Ich zuckte die Schultern. »Haben Sie Ihr Mädchen verloren?«

»Viel schlimmer als das – und sie ist weniger ein verlorenes Mädchen als eine herzlose Teufelin.« Er goß den ersten Whisky hinunter, den ihm Geraghty gebracht hatte. Ich bemerkte, daß der Barkeeper ans andere Ende des Tresens gegangen war, um dort Gläser zu waschen. Wenn er die Gewohnheit abgelegt hatte, sich anderer Leute Sorgen anzuhören, so konnte ich ihm das nicht verdenken.

»Sie sieht eigentlich gar nicht so aus«, sagte ich aufs Geratewohl.

»Nein, tut sie auch nicht.« Er schüttete den zweiten Drink hinunter, blieb dann eine Weile sitzen und starrte auf das leere Glas zwischen seinen Fingern.

»Vermutlich haben Sie Kontakte?« fragte er schließlich. Das war eine ziemlich seltsame Frage, und ich beantwortete sie aus schierer Überraschung heraus ganz automatisch.

»Ja – ja, natürlich habe ich die.«

»Ich nicht«, sagte er. »Jetzt nicht mehr. Verdammtes Weibsstück!«

Ich spürte, wie sich meine Nackenhaare sträubten. Wenn er die Wahrheit sprach – nun ja, dann war er eine Art lebendes Gespenst! Jeder, den ich kannte, hatte zumindest eine Kontaktperson. Ich hatte drei. Meine Frau und ich hatten natürlich eine gemeinsame Kontaktperson, so wie alle Ehepaare, und als Versicherung dagegen, daß wir gemeinsam bei einem

Autounfall oder so etwas umkommen könnten, hatte ich einen weiteren Kontakt mit meinem jüngeren Bruder Joe und einen dritten mit einem Burschen, den ich vom College her kannte. Zumindest war ich ziemlich sicher, daß es so war; ich hatte seit einigen Monaten nichts mehr von ihm gehört, und vielleicht hatte er mich ausgeschaltet. Ich beschloß, mich um ihn zu kümmern und die Beziehung wieder in Schwung zu bringen.

Ich betrachtete den einsamen Mann aufmerksam. Er hieß also Mack – so war er genannt worden. Er war wahrscheinlich zehn Jahre älter als ich, also Mitte Vierzig – bei weitem alt genug, um Dutzende Kontakte haben zu können. Rein äußerlich schien mit ihm alles in Ordnung zu sein, abgesehen von dem Ausdruck unaussprechlichen Unglücks auf seinem Gesicht – und wenn er wirklich keinerlei Kontakte hatte, dann überraschte es mich, daß dieser Ausdruck lediglich unglücklich und nicht voller Entsetzen war.

»Wußte – äh – wußte Mary, daß sie Ihre einzige Kontaktperson war?« fragte ich.

»Oh, das wußte sie. Natürlich. Deshalb hat sie es ja auch gemacht, ohne mir was davon zu sagen.« Mack füllte erneut sein Glas und hielt mir die Flasche hin. Ich wollte ablehnen, aber wenn man dem armen Teufel nicht Gesellschaft leistete, dann würde er vermutlich die Flasche selbst leeren, anschließend stockbetrunken hinaustaumeln, unter ein Auto geraten und umkommen. Er tat mir wirklich leid. Jedem hätte er leid getan.

»Wie sind Sie dahintergekommen?«

»Sie – sie ging heute abend aus; ich rief bei ihr an, und jemand sagte, sie sei mit Sam weggegangen, und Sam bringt sie im allgemeinen hierher. Und da war sie nun auch, und als ich es ihr auf den Kopf zusagte, hat sie es gestanden. Ich glaube, es war gut, daß sich der Barkeeper eingemischt hat, sonst hätte ich die Selbstbeherrschung verloren und ihr wirklich ernsthaft was angetan.«

»Wie kommt es«, fragte ich, »daß sie die einzige ist? Haben Sie denn keine Freunde oder so was?«

Das öffnete die Schleusen.

Der arme Kerl – sein voller Name war Mack Wilson – war eine Waise, in einem Heim aufgewachsen, das er haßte; als Teenager war er weggerannt und dann wegen irgendwelcher geringfügiger Diebstähle in eine Erziehungsanstalt gesteckt worden, die er ebenfalls haßte. Als er schließlich alt genug war, um seinen Lebensunterhalt selbst zu verdienen, war er über die Welt verbittert, tat jedoch sein Bestes, um ein normales Dasein zu führen, nur stellte er fest, daß er nicht gelernt hatte, wie er das bewerkstelligen sollte. Irgendwann hatte er verabsäumt, hinter den Dreh zu kommen, wie man Freundschaften schließt.

Während er mir diese ganze Geschichte erzählte, spürte ich, daß er wirklich bemitleidenswert war. Wenn ich seine Einsamkeit mit meinem angenehmen Zustand verglich, so empfand ich beinahe etwas wie Beschämung. Vielleicht hatte der Whisky einiges damit zu tun, aber eigentlich glaubte ich das nicht. Ich hätte am liebsten geweint und kam mir deswegen noch nicht einmal albern vor.

Gegen zehn oder halb elf, als der größte Teil der Flasche geleert war, schlug er mit der Hand auf die Bar und traf Anstalten, von seinem Hocker herunterzurutschen. Er schwankte erschreckend. Ich hielt ihn fest, aber er wischte mich beiseite.

»Ich sollte nach Hause«, sagte er in hoffnungslosem Ton. »Das heißt, wenn ich's schaffe. Wenn ich nicht von irgendeinem Glückspilz zusammengefahren werde, dem das egal ist, denn ihm geht's gut, er hat einen Haufen Kontakte.«

Er hatte verdammt recht – das war das Problem. »Hören Sie«, sagte ich, »meinen Sie nicht, Sie sollten erst wieder nüchtern werden?«

»Wie zum Teufel glauben Sie, daß ich schlafen kann, wenn ich nicht blau bin?« erwiderte er und hatte wahrscheinlich auch damit recht. Er fuhr fort: »Sie haben vermutlich keine Ahnung, wie das ist, wenn man im Bett liegt und ins Dunkle starrt, ohne irgendwo einen Kontakt zu haben. Das läßt die ganze Welt verhaßt, finster und feindselig erscheinen ...«

»Jesus«, sagte ich, denn das machte mich wirklich betroffen.

Ein plötzlicher Hoffnungsschimmer tauchte in seinen Augen auf. Er sagte: »Ich nehme nicht an – nein, das wäre unfair. Sie sind ein völlig Fremder. Schon gut, Schwamm drüber.«

Ich bedrängte ihn, denn es war gut, auch nur eine Spur von Hoffnung auf seinem Gesicht zu entdecken. Nachdem er eine Zeitlang gezögert hatte, rückte er damit heraus.

»Sie würden nicht meine Kontaktperson werden wollen,

oder? Nur um mir auf die Sprünge zu helfen, bis ich mit einem meiner Bekannten hier geredet habe? Ich kenne von der Arbeit her ein paar Burschen, die ich vielleicht dazu bringen könnte. Nur für ein paar Tage – das ist alles.«

»Jetzt, mitten in der Nacht?« sagte ich. Ich wußte nicht, ob mir die Idee zusagte. Trotzdem, mein Gewissen würde mich drücken, wenn ich nicht darauf einging.

»Sie haben einen Nacht-Kontaktservice am LaGuardia-Flughafen«, sagte er. »Für Leute, die einen zusätzlichen Kontakt vor einer langen Flugreise machen wollen. Dorthin könnten wir fahren.«

»Es müßte ein einseitiger Kontakt, kein gegenseitiger sein«, sagte ich. »Ich habe keine fünfundzwanzig Dollar übrig.«

»Sie tun's?« Er sah mich an, als könnte er seinen Ohren nicht trauen. Dann packte er meine Hand und schüttelte sie heftig, zahlte seine Rechnung, schob mich zur Tür, trieb ein Taxi auf, und dann waren wir auf dem Weg zum Flughafen, bevor ich richtig wußte, wie mir geschah.

Der Berater am Flughafen versuchte mich zu überreden, einen Kontaktvertrag auf Gegenseitigkeit abzuschließen. Mack hatte mir angeboten, dafür zu bezahlen. Aber hier blieb ich fest. Ich halte nichts davon, wenn Leute ihrer Liste andere Kontakte beifügen, wenn sie andere wirkliche Freunde haben. Wenn mir etwas zustieß, fand ich, und jemand anderer als meine Frau oder mein Bruder oder mein langjähriger Freund vom College würde mich aufnehmen, so würden die drei deshalb sicher sehr verletzt sein. Da noch eine ganze Reihe Kunden anstanden, die einen Extrakontakt machen wollten, bevor sie nach Europa flogen, blieb der Berater nicht allzu beharrlich.

Für mich war es immer erstaunlich gewesen, daß KONTAKT ein so simpler Prozeß war. Drei Minuten Herumfummeln an der Apparatur; ein oder zwei Minuten, um die Helme richtig auf unseren Köpfen zu befestigen; anschließend lediglich Sekunden für die Endanalyse des Testgeräts, wobei Erinnerungsfragmente durch das Gehirn wirbelten, die aus dem Nichts auftauchten und dem Bewußtsein wie einzelne Filmszenen präsentiert wurden – und fertig damit.

Der Berater händigte uns die üblichen Zertifikate und die Vollmacht aus – gültig für fünf Jahre –, einschließlich der empfohlenen Intensivierung, je nach persönlicher Entwicklung, dem jeweiligen geographischen Faktor, im Fall des Todes sofortigen Transfer, Fristablauf bei Schadensansprüchen, die Möglichkeit der Wahl bei mehr als einer Kontaktperson und so weiter. Und das war's.

Es war mir nie gelungen, das Prinzip zu erkennen, nach dem KONTAKT arbeitete. Ich wußte, daß das alles vor der Einführung der Druck-Molekular-Elektronik nicht möglich gewesen war, mit deren Hilfe die Informationskapazität von Computern bis zur Qualität von menschlichen Gehirnen und darüber hinaus gesteigert worden war. Ich wußte vage, daß man in erster Linie versucht hatte, auf mechanische Weise Telepathie herzustellen, und daß die Wissenschaftler Wege gefunden hatten, um den gesamten Inhalt eines Gehirns zu kontrollieren und ihn elektronisch zu speichern.

Worauf das Ganze, laienhaft ausgedrückt, hinauslief, war folgendes: Nur das Eintreten des Todes war ein ausreichender Schock für die Persönlichkeit des Menschen, um den Drang zu wecken, sich zu erheben und entfernen; und zwar den *verzweifelten* Drang. Wenn nun vor kürzerer Zeit, wie das jeweils der Fall war, besagte Persönlichkeit mit dem Geist eines anderen in Verbindung gebracht worden war, so war hier ein Platz bereitet, an den sie gehen konnte.

An diesem Punkt verloren für mich die Erklärungen jeden realen Sinn – so wie praktisch bei jedermann. Resonanz spielte dabei eine Rolle, und vielleicht vibrierte die Seele des Empfängers in Harmonie mit dem Geist der Person, die im Begriff war zu sterben. Das war jedenfalls eine einleuchtende Vorstellung, und was konnte man sich also noch mehr wünschen?

Ich wurde mit der Prozedur später fertig als er; es handelte sich um einen einseitigen Kontakt, und Mack wurde nur flüchtig geprüft, während ich digital erfaßt und ausgedruckt wurde, was etwas länger dauert. Als ich herauskam, versuchte er eben, etwas mit dem Berater zu klären, der zwar nicht interessiert war, Mack jedoch nicht beiseite schob – er mußte seine Antwort haben. Er bekam sie in dem Augenblick, als ich unter dem Helm auftauchte.

»Nein, soweit man weiß, gibt es da keine Auswirkungen. Ob nüchtern oder betrunken, der Prozeß läuft ab.«

Der Gedanke war mir vorher nie gekommen – ob Alkohol die Akkuratesse von KONTAKT beeinträchtigte oder nicht.

Die Erwähnung von Alkohol erinnerte mich daran, daß ich eine Menge getrunken und zum erstenmal seit vielen Monaten mehr als zwei Glas Bier zu mir genommen hatte. Eine Zeitlang empfand ich warmes Wohlbehagen, teils vom Alkohol, teils infolge der Erkenntnis, daß, dank mir, der letzte Einsame nicht mehr einsam war.

Dann geriet ich ins Schwimmen. Ich glaube, es lag daran, daß Mack den letzten Rest der Flasche mitgebracht hatte und darauf bestand, unsere neue Freundschaft zu begießen – jedenfalls äußerte er sich so. Wie dem auch war, ich entsann mich, daß er ein Taxi besorgte und dem Fahrer meine Adresse angab, und dann war der nächste Morgen da, und er schlief auf der Couch im Hobbyraum, und die Türklingel gellte wie eine elektrische Alarmanlage.

Ein bißchen später fügte ich diese Fakten ineinander. Als ich die Tür öffnete, stand da Mary, die Frau, die Mack am vergangenen Tag ausgeschaltet hatte.

Sie trat sehr höflich ein, aber mit einem entschlossenen Gesichtsausdruck, dem ich in meiner Katzenjammerverfassung nichts entgegenzusetzen hatte; sie forderte mich auf, mich zu setzen, und nahm sich selbst einen Stuhl.

»Stimmt das, was mir Mack am Telefon gesagt hat?« fragte sie.

Ich sah dämlich drein. Ich *fühlte* mich dämlich.

Ungeduldig sagte sie: »Daß er mit Ihnen einen KONTAKT gemacht hat. Er hat mich um zwei Uhr früh angerufen und mir die ganze Geschichte erzählt. Am liebsten hätte ich den Hörer aus dem Fenster geworfen, aber ich blieb an der Strippe und holte Ihren Namen aus ihm heraus und dazu Bestandteile Ihrer Adresse – den Rest aus dem Telefonbuch. Denn ich wünsche niemand, daß er Mack an den Hals bekommt. Gar niemand.«

Inzwischen begann ich zu begreifen. Aber ich konnte nicht viel dazu sagen. Ich ließ sie weiterreden.

»Ich hab' mal eine Geschichte gelesen«, sagte sie. »Ich weiß nicht mehr, von wem. Vielleicht kennen Sie sie. Es dreht sich um einen Mann, der einen anderen vor dem Ertrinken rettete. Und der Bursche war dankbar, gab ihm Geschenke, versuchte ihm jeden Gefallen zu tun, behauptete, er sei sein einziger Freund auf der Welt, folgte ihm auf den Fersen, zog in sein Haus – und schließlich konnte der Mann, der den Kerl gerettet hatte, es nicht mehr aushalten, packte ihn und stieß ihn zurück in den Fluß. Das ist Mack Wilson. Das ist der Grund, warum Mack Wilson bisher von jedem ausgeschaltet worden ist, den er innerhalb der beiden letzten Jahre dazu überlistet hat, sich mit ihm auf einen KONTAKT einzulassen. Ich habe es drei Monate lang ausgehalten, und das ist, soviel ich gehört habe, der absolute Rekord.«

Ein Klicken war zu hören, die Tür öffnete sich, und da stand Mack in Hemd und Hose, aus seinem Schlaf im Hobbyraum geweckt durch Marys Stimme. Sie kam ihm zuvor. Sie sagte: »Sehen Sie? Er hat bereits angefangen.«

»Du«, sagte Mack. »Hast du nicht schon genug angerichtet?« Er wandte sich an mich. »Sie hat nicht genug damit, daß sie mich ausgeschaltet und ohne eine Kontaktperson in der Welt zurückgelassen hat. Sie muß hierherkommen und versuchen, Sie zu überreden, das gleiche zu tun! Können Sie sich vorstellen, daß jemand mich so hassen kann?«

Bei den letzten Worten brach ihm die Stimme, und ich sah, daß er tatsächlich Tränen in den Augen hatte.

Ich raffte meine verworrenen Gedanken zusammen und versuchte etwas Vernünftiges zu sagen.

»Hören Sie zu – ich habe das lediglich getan, weil ich finde, niemand sollte heutzutage ohne KONTAKT existieren müssen. Ich habe es nur getan, um Mack vorübergehend über die Runden zu helfen.« In der Hauptsache wandte ich mich an Mary. »Ich habe gestern abend zu viel getrunken, er brachte mich netterweise nach Hause, und das ist der Grund, weshalb er heute morgen hier ist. Mir ist es gleich, wer er ist oder was er getan hat – ich habe selbst Kontakte, ich wüßte nicht, was ich tun würde, wenn es nicht so wäre, und so lange, bis Mack irgend etwas anderes abgemacht hat – vielleicht mit jemand, mit dem er zusammenarbeitet –, stehe ich für ihn ein. Das ist alles.«

»So hat das bei mir auch angefangen«, sagte Mary. »Dann zog er in meine Wohnung. Dann begann er mich zu verfolgen, um sicher zu sein, daß mir nichts zustößt. Hat er jedenfalls gesagt.«

»Was wäre aus mir geworden, wenn dir was zugestoßen wäre?« protestierte Mack.

In diesem Augenblick fiel mein Blick auf die Wanduhr. Es war Mittag. Ich fuhr hoch.

»Jesus!« sagte ich. »Meine Frau und die Kinder kommen um vier zurück, und ich habe versprochen, die Wohnung in Ordnung zu bringen, so lange sie weg sind.«

»Ich helfe Ihnen dabei«, sagte Mack. »Zumindest das schulde ich Ihnen.«

Mary stand auf. Sie sah mich mit einem Ausdruck der Hoffnungslosigkeit an. »Behaupten Sie ja nicht, Sie seien nicht gewarnt worden«, sagte sie.

Damit hatte sie recht. Aber Mack war sehr hilfreich. Er war in der Hausarbeit besser als eine Menge Frauen, die ich kenne, und obwohl es die ganze Zeit über bis zur Heimkehr meiner Frau und der Kinder dauerte, war alles perfekt. Selbst meine Frau war beeindruckt. Da es schon auf den Abend zuging, bestand sie darauf, daß Mack zum Abendessen blieb, er ging Bier holen, und während wir es tranken, erzählte er meiner Frau von der Klemme, in der er gesteckt hatte. Dann, gegen neun, halb zehn, erklärte er, er wolle sich früh zu Bett legen, weil er am Morgen arbeiten müsse, und verschwand nach Hause.

Das erschien mir unter diesen Umständen großartig. Ich tat das, was Mary gesagt hatte, als die Verbitterung einer enttäuschten Frau ab, und sie tat mir leid. Sie hatte allerdings früher am Abend, als ich sie zum erstenmal gesehen hatte, keineswegs einen verbitterten Eindruck gemacht.

Ungefähr drei oder vier Tage später begann ich zu begreifen. Da kam diese wilde Begeisterung über die Prä-KONTAKT-Filme auf, und obwohl ich nicht das Gefühl hatte, Soldaten und Pistolenhelden, die einander abmurksten ohne jeweils eine Kontaktperson zu haben, irgendeinen Reiz abgewinnen zu können, war meiner Frau doch von allen ihren Bekannten gesagt worden, sie dürfe sich diese Gruselgeschichten nicht entgehen lassen.

Nur bestand da das Problem mit den Kindern. Wir konnten unmöglich elf Monate alte Zwillinge mitnehmen. Unseren üblichen Babysitter hatten wir eingebüßt, und sonst schien einfach niemand zur Hand zu sein.

Ich versuchte meine Frau zu überreden, allein zu gehen, aber der Gedanke gefiel ihr nicht. Ich hatte bemerkt, daß sie aufgehört hatte, Prä-KONTAKT-Programme im Fernsehen zu betrachten, und dabei blieb es.

Wir entschieden, den Gedanken fallen zu lassen, obwohl

ich wußte, daß sie enttäuscht war. Dann rief Mack an, hörte von dem Problem und bot sich sofort an, als Babysitter zu fungieren.

Großartig, dachten wir. Er schien guten Willens und tüchtig zu sein, und begierig darauf, uns einen Gefallen zu erweisen, und wir brauchten uns keine Sorgen zu machen, wenn wir weggingen. Die Kinder schliefen fest, bevor wir das Haus verließen.

Wir parkten den Wagen und machten uns zum Kino auf. Es begann dunkel zu werden, und kühl war es auch, also beeilten wir uns, obwohl wir noch viel Zeit hatten, bevor der zweite Hauptfilm begann.

Plötzlich blickte meine Frau zurück und blieb schlagartig stehen. Ein Mann und ein Junge, die dicht hinter uns gingen, prallten gegen sie; ich mußte mich bei ihnen entschuldigen, und als sie gegangen waren, fragte ich, was um Himmels willen los sei.

»Ich dachte, ich sähe Mack, der uns folgt«, sagte sie. »Merkwürdig . . .«

»Sehr merkwürdig«, pflichtete ich bei. »Wo denn?« Ich sah mich auf dem Bürgersteig um, aber da waren eine Menge Leute, einschließlich mehrerer, die ähnlich wie Mack gebaut und gekleidet waren. Ich machte meine Frau darauf aufmerksam, und sie gab zu, daß sie sich wahrscheinlich getäuscht habe. Über ein ›wahrscheinlich‹ brachte ich sie nicht hinaus.

Der Rest unseres Gangs zum Film bestand aus etwas wie einem seitlichen Krebsgang, denn meine Frau starrte dauernd nach hinten. Nach einer gewissen Zeit wurde das peinlich, und plötzlich glaubte ich zu verstehen, warum sie sich so verhielt.

»Eigentlich freust du dich gar nicht auf den Film, wie?« sagte ich.

»Was meinst du damit?« sagte sie gekränkt. »Ich habe mich die ganze Woche über darauf gefreut.«

»Das kann nicht stimmen«, widersprach ich. »Dein Unbewußtes spielt dir einen Streich – macht dich glauben, du sähest Mack, so daß du eine Ausrede dafür hast, wenn du nach Hause zurückkehrst, statt dir die Filme anzusehen. Du bist bloß hier, weil dir deine Kaffeeklatschfreundinnen das eingeredet haben; du glaubst gar nicht wirklich, daß es dir Spaß machen wird, also gehen wir wieder.«

Ich sah ihrem Gesicht an, daß ich zumindest halb recht hatte. Aber sie schüttelte den Kopf. »Sei nicht albern«, sagte sie. »Mack würde es für schrecklich merkwürdig halten, wenn wir sofort wieder nach Hause kämen, oder nicht? Er würde vielleicht glauben, wir vertrauten ihm nicht – oder irgend so was.«

Also gingen wir ins Kino und sahen uns den zweiten Hauptfilm an, und wurden angemessen daran erinnert, wie in jenen fernen Tagen vor wenigen Jahren, als KONTAKT noch nicht existierte, das Leben – und noch schlimmer, der Tod – gewesen waren. Als zwischen den Filmen kurz die Lichter angingen, wandte ich mich an meine Frau.

»Ich muß sagen ...«, begann ich, brach dann ab und riß die Augen auf.

Er *war* da, saß gleich drüben auf der anderen Seite des Mittelgangs. Ich wußte, es war Mack, nicht jemand, der wie Mack aussah, denn er versuchte den Kopf einzuziehen, um zu vermeiden, daß ich ihn erkannte. Ich deutete hinüber, und meine Frau wurde kreideweiß.

Wir standen auf. Er sah uns und rannte davon.

Ich erwischte ihn auf halbem Weg den Häuserblock hinab, packte ihn am Arm und drehte ihn mit einem Ruck um. »Was zum Teufel soll das heißen? Das ist so ziemlich der übelste Streich, den mir je einer gespielt hat!«

Wenn den Kindern etwas zugestoßen war, so bedeutete das natürlich das Ende. Man konnte keinen KONTAKT für ein Kind aufnehmen, bevor es lesen konnte, und das war noch der früheste Zeitpunkt.

Und er hatte die Frechheit, mir zu widersprechen und sich hinauszureden. Er sagte so was wie: »Tut mir leid, aber ich bekam solche Angst, daß ich es nicht länger aushalten konnte. Ich habe nachgesehen, ob alles in Ordnung ist, und ich wollte ja nur eine kleine Weile wegbleiben und ...«

Meine Frau hatte uns inzwischen eingeholt und legte los. Ich hatte nie geahnt, daß sie über ein derartiges Vokabular an Schimpfwörtern verfügte, aber so war es, und sie wandte es voll an. Am Ende schlug sie ihn mit der Handtasche ins Gesicht. Auf dem gesamten Heimweg erklärte sie mir, was für ein Idiot ich gewesen sei, mich mit Mack einzulassen, und ich sagte, daß das stimme – ich hätte eben dem Mann einen Gefallen tun wollen, weil ich fände, niemand solle mehr allein und ohne Kontakt sein – aber wie dem auch war, es klang ziemlich dünn.

Das entsetzlichste Geräusch, das ich je gehört habe, war das Geschrei der beiden Kleinen, als wir hereinkamen. Aber keinem von beiden fehlte etwas, sie hatten sich nur einsam und unglücklich gefühlt; wir trösteten sie und hätschelten sie, bis sie sich beruhigt hatten.

Die Haustür öffnete sich, während wir noch Seufzer der Erleichterung von uns gaben, und da war er wieder. Natürlich hatten wir ihm einen Hausschlüssel überlassen, während wir weg waren, für den Fall, daß er mal schnell um die Ecke gehen mußte. Nun ja, ein paar Minuten Abwesenheit haben nichts zu bedeuten – aber uns ins Kino zu folgen und sich die Vorstellung anzusehen, das war wirklich was anderes.

Ich war praktisch sprachlos, als ich sah, wer da hereinkam. Deshalb konnte er auch gleich losreden. Er sagte: »Bitte, Sie müssen das verstehen! Ich wollte ja bloß sicher sein, daß Ihnen nichts zustößt! Wenn Sie nun einen Autounfall auf dem Weg zum Kino gehabt hätten, und ich hätte nichts davon gewußt, was wäre dann aus mir geworden? Ich saß hier und machte mir Sorgen, bis ich es einfach nicht mehr aushielt, und ich wollte ja nur wissen, ob mit Ihnen alles okay ist, aber als ich dann ins Kino kam, bekam ich Angst, es könnte Ihnen auf dem Heimweg was passieren und ...«

Ich rang nach wie vor um Worte, weil ich so blindwütend war. Und da ich nun nicht noch mehr ertragen konnte, holte ich aus und verpaßte ihm einen Kinnhaken. Er taumelte halbwegs durch die offene Tür hinter ihm und hielt sich am Türrahmen fest, um nicht zu fallen; sein Gesicht war verzogen wie das von Mamas Liebling, der in ein seine Kärfte übersteigendes Spiel hineingeraten ist, und er begann zu schniefen.

»Jagen Sie mich nicht weg!« stöhnte er. »Sie sind der einzige Freund, den ich auf der Welt habe! Jagen Sie mich nicht fort!«

»Freund!« sagte ich. »Nach dem, was Sie heute abend getan haben, kann ich Sie nicht als meinen Freund bezeichnen, und wenn Sie der letzte Mensch auf der Erde wären! Ich habe Ihnen einen Gefallen getan, und Sie haben sich dafür genau so revanchiert, wie Mary das vorausgesagt hat. Scheren Sie sich zum Teufel und kommen Sie ja nie wieder zurück. Als erstes werde ich morgen früh zu einer KONTAKT-Agentur gehen und Sie ausschalten lassen.«

»Nein!« schrie er. Ich hätte nie geglaubt, daß ein Mann überhaupt so schreien konnte, so als ob man ihm ein rotglühendes Eisen ins Gesicht gedrückt hätte. »Nein! Das können Sie nicht tun! Das ist unmenschlich! Das ist...«

Ich packte ihn, entwand ihm den Schlüssel, beförderte ihn, obwohl er sich an mich zu klammern versuchte und immer weiterblubberte, zur Haustür hinaus und knallte sie hinter ihm zu.

In dieser Nacht konnte ich nicht schlafen. Ich warf mich herum und starrte in die Dunkelheit. Nach einer halben Stunde hörte ich, wie sich meine Frau im anderen Bett aufrichtete.

»Was ist los, Schätzchen?« fragte sie.

»Ich weiß nicht«, antwortete ich. »Vielleicht schäme ich mich, weil ich Mack auf diese Weise hinausgeworfen habe.«

»Unsinn«, sagte sie in scharfem Ton. »Du bist zu weichherzig. Du hättest gar nichts anderes tun können. Einsam oder nicht einsam, er hat uns einen widerwärtigen, gemeinen Streich gespielt, indem er die Zwillinge allein gelassen hat, obwohl er versprochen hatte, bei ihnen zu bleiben. *Du* hast ihm nichts versprochen. Du hast nur gesagt, du wolltest ihm einen Gefallen tun. Du konntest nicht wissen, als was für ein Mensch er sich hinterher entpuppen würde. Nun beruhige dich und schlafe. Ich werde dich in der Früh wecken und dafür sorgen, daß du eine KONTAKT-Agentur aufsuchst, bevor du zur Arbeit fährst.«

Und genau in diesem Augenblick, so als ob er gelauscht hätte, nahm ich ihn in mir auf.

Ich werde nie beschreiben können – und wenn ich zwanzig Leben dafür Zeit hätte –, was für ein schleimiger, heimtückischer, wehleidiger Triumph in seiner Psyche herrschte, als es geschah. Ich konnte diesem Empfinden von ›Haha, wieder reingelegt!‹ oder diesem Unterton von ›Du hast mich schlecht behandelt, jetzt warte mal ab, was *ich* tun kann‹ nicht richtig Ausdruck verleihen.

Ich glaube, ich schrie ein paarmal auf, als ich begriff, was vorgefallen war. Natürlich. Er hatte mich mit allen Tricks dazu gebracht, einen KONTAKT mit ihm abzuschließen, genau wie er das bei einer Menge Leute zuvor schon getan hatte. Nur hatten die ihn rechtzeitig durchschaut und den Kontakt aufgelöst, ohne ihm das mitzuteilen, so daß es, wenn er dahinterkam, zu spät war, sie hereinzulegen, so wie er mich nun hereingelegt hatte.

Ich hatte ihm erklärt, ich würde ihn am nächsten Morgen ausschalten – es handelte sich um einen ›unilateralen‹ Vertrag, wie man das nannte, und er hätte nicht das geringste tun können, um mich davon abzuhalten. Irgendwas in meiner Stimme mußte ihn davon überzeugt haben, daß ich es ernst meinte. Und obwohl er mich nicht daran hindern konnte, konnte er mir doch zuvorkommen, und genau das hatte er getan.

Er hatte sich ins Herz geschossen.

Eine Zeitlang hoffte ich noch. Ich kämpfte gegen das Widerwärtige an, das in meine Psyche eindrang – schickte meine Frau und meine Kinder wieder übers Wochenende zu meinen Schwiegereltern –, und versuchte auf eigene Faust damit fertig zu werden. Ich schaffte es nicht. Eine Weile lang war ich damit beschäftigt herauszufinden, wie viele Lügen Mack mir erzählt hatte – über die Erziehungsanstalt, seine Zeit im Gefängnis, seine unentdeckten Diebstähle und die schäbigen Tricks, mit denen er Leute hereingelegt hatte, die er als seine Freunde bezeichnete, genau wie mich. Aber dann rastete etwas ein. Ich mußte zum Telefon und meinen Schwiegervater anrufen, um ihn zu fragen, ob meine Frau inzwischen schon eingetroffen wäre, was nicht der Fall war. Ich kaute an den Nägeln und rief meinen alten Freund Hank an, der hallo sagte, und ja, natürlich besteht unser KONTAKT noch, du alter Soundso, und wie geht's und weißt du was, ich fliege vielleicht übers nächste Wochenende nach New York.

Ich war von Entsetzen erfüllt. Ich konnte nicht dagegen an. Vermutlich hielt er mich für verrückt oder zumindest unhöflich, als ich versuchte, ihm den Flug auszureden; wir bekamen einen erstklassigen Krach, der praktisch damit endete, daß er sagte, er würde den KONTAKT annullieren lassen, wenn ich so mit einem alten Freund redete.

Darauf geriet ich in Panik und mußte meinen jüngeren Bruder Joe anrufen, der aber nicht zu Hause war. Er war übers Wochenende irgendwohin gefahren, erklärte mir *mein* Teil meiner Psyche, und es bestünde keinerlei Grund zur Besorgnis. Aber Macks Teil meiner Psyche behauptete, er sei wahrscheinlich tot, und mein alter Freund würde mich verlassen, in Bälde hätte ich überhaupt keine Kontaktperson mehr und danach würde ich permanent tot sein – ich bräuchte ja nur an den Film neulich abends denken, in dem die Leute umgekommen waren, ohne irgendwelche Kontakte zu haben.

Also rief ich erneut meinen Schwiegervater an, und ja, meine Frau und die Zwillinge waren inzwischen angekommen und im Begriff, mit einem Boot, das einem Freund gehörte, auf den See hinauszufahren. Ich war entsetzt und versuchte ihm klarzumachen, das sei viel zu gefährlich, und er dürfe es nicht zulassen, ich würde selbst hinauffahren und sie zurückhalten, wenn es nicht anders ginge, und...

Es hat nicht aufgehört. Es ist schon ziemlich viel Zeit vergangen, seit Mack in mein übriges Ich eingedrungen ist; ich habe immer wieder gehofft, daß alles besser würde, wenn das ›Klick‹ käme. Aber es ist nur schlimmer geworden.

Schlimmer?

Na ja – das weiß ich nicht einmal so sicher. Ich meine, es stimmt schließlich, daß ich bisher die schrecklichsten Risiken auf mich genommen habe. Zum Beispiel bin ich den ganzen Tag über bei der Arbeit gewesen und habe meine Frau allein zu Hause gelassen. Was hätte ihr alles passieren können! Und dann habe ich Hank monatelang nicht gesehen. Und ich habe mich nicht bei jeder sich bietenden Gelegenheit nach Joe erkundigt, damit ich, falls er umkam, genügend Zeit finden würde, an seiner Stelle einen anderen Kontaktvertrag abzuschließen.

Jedenfalls ist jetzt alles sicherer. Nun habe ich die Pistole, gehe nicht mehr zur Arbeit und lasse meine Frau überhaupt nicht mehr aus den Augen. Wir werden sehr vorsichtig zu Joe fahren und ihn davon abhalten, dummes Zeug zu machen, und wenn ich ihn dann zurechtgestaucht habe, werden wir zu Hank fahren und ihm den unsinnig riskanten Flug nach New York ausreden, und danach wird vielleicht alles wieder okay sein.

Was mich allerdings ängstigt, ist die Tatsache, daß ich ja gelegentlich einmal schlafen muß... Und was wird, wenn meinen Lieben und Kontakten etwas zustößt, während ich schlafe?

Übersetzt von Rosmarie Kahn-Ackermann

Mackintosh Willy

Ramsey Campbell

Die Horrorgeschichten, die mir als jungem Mann am meisten Angst gemacht haben, waren jene von M. R. James. Ich weiß noch, wie ich damals nächtelang wach lag und die Figuren aus der Schattenwelt zu vergessen suchte, mit denen jener Autor mein Zimmer erfüllt hatte. Die Falten des Bettuchs formten sich zu einem Gesicht, die Fühler großer Insekten ertasteten das Dunkel, und die Tasche in der Wandnische wurde zur Leiche eines Kindes...

Später, als ich selbst ein Schriftsteller war, wollte ich es M. R. James gleichtun. Mit einem Unterschied: Meine Leser sollten den Horror im Alltäglichen, in ihrer gewohnten Umwelt erleben. Am besten gelungen ist mir das vielleicht mit ›Mackintosh Willy‹, eine Arbeit, mit der ich 1980, zusammen mit Elizabeth Lynn, die ihre Story ›Woman Who Loved the Moon‹ eingesandt hatte, den Ersten Preis beim World Fantasy-Wettbewerb holte.

Wie so viele meiner Geschichten spielt auch diese in Liverpool. Beängstigend ist, daß die meisten Behausungen, in denen ich eine Handlung ansiedelte, kurz nach der Niederschrift der Geschichte abgerissen wurden. So geschah es auch mit dem Unterstand im Park, den Sie in ›Mackintosh Willy‹ kennenlernen. Es hat ihn gegeben, diesen Unterstand, auch die Wand mit der Graffiti, aber es gibt sie nicht mehr. Ist es ein Wunder, wenn ich mir nach solchen Erfahrungen vorkomme wie der Maler bei Edgar Allan Poe, der alles tötete, was er malte?

Ein paar Jahre lang habe ich ›Mackintosh Willy‹ ganz vordergründig verstanden. Das und das geht vor, keine Ableitungen, keine Verästelungen. Es waren dann andere, die mich auf den wahren Gehalt der Geschichte hinwiesen. Die Erkenntnis, was ich da eigentlich geschrieben habe, kam mir in der Diskussion mit Lesern. Es war in New York, und ich hatte einer größeren Gruppe Zuhörer aus meinen Werken vorgelesen. Es ergab sich, daß ich auch über meine Kindheit sprach, ich hatte nach langen Jahren der Beklommenheit endlich den Mut gefunden, mich an meine frühe Jugend zu erinnern. Ich erzählte den Zuhörern, daß sich meine Eltern einander entfremdet hatten, aber sie wohnten nach wie vor im gleichen Haus. Ich sagte meinen Zuhörern, daß ich meinen

Vater zwanzig Jahre lang nicht von Angesicht zu Angesicht zu sehen bekam, obwohl er mit meiner Mutter und mir unter dem gleichen Dach wohnte, ich sah ihn nicht, ich hörte nur, wie er die Treppe raufging, wie er sich hinter verschlossenen Türen an einem Schrank oder an einer Kommode zu schaffen machte. Ich weiß heute, daß es kein Zufall ist, wenn ich Horrorgeschichten schreibe. Wie bestürzt war ich, als ich im Gespräch mit meinen Zuhörern herausfand, daß es in ›Mackintosh Willy‹ nicht so sehr um den Park und den merkwürdigen Unterstand geht, sondern um einen alten Mann, dessen Gesicht niemand zu sehen bekommt.

Den Verfassern von Horrorgeschichten wird oft der Vorwurf gemacht, daß sie die Dinge zu kraß, zu brutal darstellen. Ich glaube das nicht. Ich glaube vielmehr, daß auch die furchtbarste Horrorstory nur ein blasses Abbild der Wirklichkeit sein kann.

Zunächst einmal: er hieß gar nicht Mackintosh Willy. Ich weiß nicht, wer ihm den Namen verpaßt hat. Vielleicht entstand die Bezeichnung als Spitzname, eine Gruppe von Menschen, die ihn kannten, die sich unausgesprochen auf diesen Namen einigten, ohne daß man hätte feststellen können, wer in der Gruppe den Namen denn erfunden hatte. Man gibt seinen Ängsten einen Namen, und sei es nur um sich in der Illusion zu sonnen, man hätte sie mit diesem Kunstgriff unter Kontrolle bekommen. Trotzdem frage ich mich manchmal, ob wir nicht zu einem großen Teil an dem Unglück schuld waren, das später in furchterregender Schönheit entstand. Wie gut, daß der Mensch seine Gewißheit mit einer Frage bemänteln kann. Auch ich gehöre zu jenen, die derartige Gedankenspiele anstellen, es hilft mir die Augen vor der Tatsache zu verschließen, daß ich für jene Geschehnisse die eigentliche Verantwortung trage.

Als ich zehn Jahre alt war, habe ich geglaubt, seinen Namen an der Wand jenes Unterstands im Park zu erkennen. Ich bin damals nicht nahe an den Unterstand herangegangen, ich stand in einiger Entfernung und versuchte das Gekritzel an der Wand zu lesen. Ich bin ziemlich sicher, daß es sein Name war. Ich gehörte mit zehn noch nicht zu der Gruppe, die sich einen Spaß daraus machte, ihre Angst vor jenem Unterstand durch wilde Spiele unter seinem Dach zu überwinden. Ich hatte damals noch keine Angst, Angst zu zeigen. Das kam später, viel später.

Wenn Sie damals am Newsham Park vorbeigegangen wären, hätten Sie sich wohl gewundert, was die Kinder an dem Unterstand so interessant und so erschreckend fanden. Warum waren die Kinder so magisch angezogen von dem kleinen Gebäude aus rotem Ziegelstein, das neben einem schattigen Teich aus der Landschaft wuchs? Und warum hatten sie solche Angst, dieser Anziehung nachzugeben? Gefahren konnte der Unterstand ja nicht bergen, es war ein kleines Ding, gerade so groß, daß man ein Dutzend Fahrräder dort unterstellen konnte. Wenn wir Kinder unsere Angstspiele um den Unterstand aufführten, hatten die Freizeitangler den Park bereits verlassen, es gab auch keine Modellschiffe mehr auf dem Teich. Die Lampen auf dem Weg leuchteten, spiegelten sich als zerhackte Schlangenschwänze im Wasser, es war still, nur das Flüstern der Kinder war zu hören, das Rauschen der Bäume und in gewissen Abständen das Murmeln einer Stimme, Laute, deren Ursprung niemand zu ergründen vermochte. Wer vorbeiging und die Kinder vor dem Unterstand sah, dachte an ein Spiel.

Das war es auch. Das Spiel hieß: wie ich meine Furcht überwinde. Ein Erwachsener, der genügend Geduld hatte, konnte das Fauchen des Wesens im Unterstand hören, das Knurren und Zähnefletschen. Er konnte sehen, wie das Wesen aus seinem Versteck gewankt kam, zuckend und zitternd wie eine verletzte Spinne. Es war inzwischen so dunkel, daß die Umrisse des Wesens mit den Schatten der Büsche zusammenflossen. Was war Traum, was war Wirklichkeit? War der hinkende Schatten nur ein Phantasiegebilde? Gehörte der schwebende Kürbis mit der grauen Mütze, unter deren Schirm zwei kleine Augen hervorlugten, zu dem Rumpf, der sich dort durch das feuchte Gras schleppte?

All das hatte dazu geführt, daß wir ihn haßten. Wir waren noch zu jung, um Toleranz zu üben, und außerdem war er genauso intolerant wie wir. Er war von Anfang an dagewesen, verteidigte eifersüchtig sein kleines Reich, eine Flasche mit rotem Inhalt in der Hand. Wenn ihm jemand zu nahe kam, begann er zu fluchen. »Verdammtes Kinderpack... Willst mich belauschen... Willst mich beobachten... Du kommst dir wohl sehr klug vor, wie... Ich werd' dir Beine machen...«

Wir sahen ihn immer erst, wenn es dunkel war, und das war wohl auch der Grund, warum wir ihn für ein Monster hielten.

Den Tag verbrachte er wahrscheinlich mit seinen Freunden auf den Stufen der verfallenen Kirchen, irgendwo in Liverpool, oder er lag im Gras, in den St. John's Gardens, oder er saß auf einer Bank gegenüber der Edge Hill Public Library, auf einer jener Bänke, wo man zusammenrücken mußte, damit seine Kumpanen Platz hatten, und die Stelle gegenüber der öffentlichen Bibliothek von Edge Hill war genau das richtige, weil es über dem Portal jenes Gebäudes eine Uhr gab, deren Zeiger schon seit Jahren stillstanden. Ich weiß nicht mehr, ob wir Kinder damals viel darüber nachgedacht haben, wie das Wesen seinen Tag verbrachte. Für uns war er eine Kreatur der Finsternis.

Und dann sah ich die Kreatur zum ersten Mal bei Tageslicht. Eigentlich hätte das die Entzauberung bedeuten müssen, das Ende. Aber es war der Anfang.

Ich war zehn. Es war Hochsommer, ein heißer Tag. Es war so heiß, daß ich keine Lust zum Spielen hatte. Ich hatte Ferien. Ich vertrieb mir die Zeit, indem ich Besorgungen für meine Eltern ausführte. Ich tat das murrend und knurrend.

Meine Eltern bewirtschafteten einen kleinen Zeitungskiosk an der West Derby Road. Ich weiß noch, daß wir an jenem Tag auf das Paket mit dem druckfrischen *Tuebrook Bugle* warteten. Der *Bugle* gehörte zu den unabhängigen Zeitungen, und wenn mein Vater auch nicht mit allem einig ging, was diese Zeitungen schrieben, so stand er doch aus grundsätzlichen Erwägungen auf der Seite der unabhängigen Blätter wie *Tuebrook Bugle* oder *Liverpool Free Press*, die sich dem Zusammenschluß mit einem Monopolunternehmen widersetzt hatten. Daß das Paket mit dem *Bugle* noch nicht angeliefert worden war, erfüllte meinen Vater mit Sorge. War die Zeitung eingegangen? Er schickte mich los, ich sollte mich nach dem Verbleib des Stapels erkundigen.

Ich rannte quer über die West Derby Road, genau in dem Augenblick, als die Ampel weiter oben für die Autos auf Grün sprang, während die Meute heranrauschte, hetzte ich wie ein Hase über den heißen Asphalt. Ich fand, die Fußgängerunterführung, das war was für kleine Mädchen. Und dann stand die Unterführung auch wieder mal unter Wasser. Ich schlenderte an dem Betonklotz der Polizeiwache vorbei, auf dem Weg in den Park. Ich würde einen Umweg machen. Es war zu heiß, um irgendwelche Weisungen zielstrebig auszuführen. Es war zu heiß, um Dinge schnell zu tun.

Im Park war ziemlich was los. Es gab Jungen, die Fußball spielten, es gab Leute, die sich in die Sonne gelegt hatten, überall standen Kinderwagen herum. Auf einer Seite war das Krankenhaus zu sehen, zwischen dem Krankenhaus und dem Park verlief der Orphan Drive. Man konnte die Patienten erkennen, die sich vor das Gebäude in die Sonne gesetzt hatten. Und dann war da der See, ein paar Angler saßen am Ufer, neben sich das Transistorradio, sie saßen da und warfen ihre Angeln aus. Jenseits des Sees war der kreisförmige Teich zu erkennen, auf dem erwachsene Männer ihre Modellschiffe schwimmen ließen, kleine Dinger, die von einem winzigen Motor angetrieben wurden. Am Teich angekommen, blieb ich stehen und starrte auf die Schneise geriffelten Wassers, die hinter einem dieser Modellschiffe zurückblieb. Dann glitt mein Blick zu dem Unterstand.

Es gab eine Bank vor dem Unterstand, und auf der Bank lag ein Sack. Ein alter, grauer Sack, den jemand dort vergessen hatte. Wahrscheinlich enthielt der Sack Müll, ich erkannte ein paar Stöcke, die aus der Leinwand hervorlugten. Es gab dem Sack ein merkwürdiges, eckiges Aussehen. Ich ging näher und erkannte, daß der Sack nicht aus Sackleinen war, sondern aus einem Material, wie man es für Regenmäntel verwendet, aus Mackintosh, einem imprägnierten Baumwollstoff. Das Gebilde, das neben dem Sack lag, was ich zunächst für eine alte Einkaufstasche gehalten hatte, war Fleisch und Augen.

Bei Tageslicht sah er noch grauslicher aus als bei Nacht. So groß und schweigend, mit staunenden Augen. Aber weil die Männer mit den Fernsteuerungen für die Modellschiffe ganz in der Nähe standen, hatte ich keine Angst. Ich ging an der Bank vorbei, ließ den Schatten des Unterstands hinter mir und gelangte wenig später zur Pringle Street, wo sich das Verlagsgebäude des *Bugle* befand.

Das Paket mit den Zeitungen für den Kiosk meiner Eltern war schon unterwegs, sagte Chrissie Maher, die Herausgeberin, sie bestand auch darauf, daß ich eine Tasse Tee trank. Sie war dann ein bißchen verärgert, daß ich die Tasse einfach so hinunterstürzte und in den Regen hinausrannte, es hatte ganz plötzlich zu regnen begonnen. Es war vielleicht auch wirklich unhöflich von mir, daß ich nicht gewartet habe, bis der Regen aufhörte, aber es war ein sehr heißer Tag, und ich wollte aus diesem Tag was machen. Ich lief los, stellte mich in den Regen, badete mein Gesicht in den Schlieren, bot meine Arme dem feuchten Schleier, der vom Wind herangeweht wurde, ich stand da und japste, der Hysterie nahe.

Ich hatte die Schrebergärten passiert und dachte über die Kohlköpfe nach und über das Geräusch, das der Regen beim Aufkommen auf die Kohlköpfe verursacht hatte, wie ein Maschinengewehr hatte das geklungen. Ich konnte die Gedanken nicht zu Ende denken, weil der Regen dann zu einem richtigen Wolkenbruch wurde. Die Bäume im Park boten wenig Schutz, jeder dieser Bäume produzierte einen eigenen, kleinen Wolkenbruch, mit einer gewissen Verzögerung zwar, aber doch so, daß ein Kind, das sich unter einen solchen Baum stellte, schon nach wenigen Herzschlägen triefend naß war. Der nächste Unterstand war der beim Teich. Inzwischen standen keine Männer mehr um den Teich, es gab keine schwarzen Kunststoffkästchen mehr, keine Fernsteuerungen, es gab nur noch die geriffelte Oberfläche. Ich rannte den mit Teermacadam gepflasterten Hügel hinunter, trat in Pfützen, versuchte den Regen abzuschütteln, der mir über die Brauen in die Augen lief. Meine Hoffnung war, daß der Unterstand groß genug für mich sein würde.

Nun, es gab genügend Platz im Unterstand, zum einen, weil der Regen vom Wind bis an die Ziegelsteinwände geweht wurde und zum anderen, weil der Unterstand nicht leer war, beides empfand ich als Beweis für Geräumigkeit. Er lag in der gleichen Stellung, wie ich ihn auf dem Hinweg gesehen hatte, der Blick war nach oben gerichtet, sein wollener Kopfschutz war durchnäßt. Hatten die Männer mit ihren Modellschiffen sich diesen Mann denn nicht aus der Nähe angesehen? Die Regentropfen liefen ihm über die Pupillen, aber er zuckte nicht mit der Wimper, der Regen rann aus den Augenhöhlen, bahnte sich einen Weg über seine Wangen.

Ich hatte noch nie einen Toten gesehen. Ich stand da und zitterte. Es regnete rings um mich her. Ich brauchte jetzt keine Angst mehr vor dem Mann zu haben. Er hatte sich ganz fest in seinen grauen Mantel gewickelt, so fest, daß der Stoff an einigen Stellen aufklaffte. Die Schlitze gaben den Blick auf dunklen Stoff frei, aber ich war nicht sicher, daß es dunkler

Stoff war, es konnte auch haariges Fleisch sein, Haut, der man die Farbe entzogen hatte. Über ihm, an der Wand des Unterstands, waren die Graffiti, die ich so oft aus der Ferne betrachtet hatte. Ich sah, daß es sich nicht um den Namen des Mannes handelte, sondern um drei Jungennamen: MACK TOSH WILLY. Man konnte noch erkennen, daß Buchstaben weggewischt worden waren. Wenn man die Schmiererei aus einiger Entfernung betrachtete, füllte die Vorstellung die fehlenden Buchstaben aus.

Ich konnte den Blick nicht von ihm wenden. Es wurde von Sekunde zu Sekunde schwieriger, diesen Mann zu ignorieren. Er schien den ganzen Unterstand auszufüllen. Seine Umrisse waren nicht klar zu erkennen, und die Risse in seinem Mantel erinnerten mich an einen alten Wäschesack aus zerfetztem Stoff. Seine Hände waren an die Schläfen gelegt. Links und rechts von seinem Kopf waren die Kronkorken von Coca-Cola-Flaschen zu erkennen, ziemlich viele, ein ganzes Bett aus Kronkorken, daneben lagen die Scherben der Flasche, mit deren Inhalt er sich, wie ich annahm, vergiftet hatte. Der Regen tobte durch das Gebälk des Unterstands, und der Mann lag da und ließ den Regen aus seinen Augen tropfen. Plötzlich bekam ich es mit der Angst zu tun, ich lief nach Hause.

»Im Park liegt ein Toter«, sagte ich, noch ganz außer Atem. »Der Mann, der alle in Angst versetzt.«

»Schau doch nur, wie du aussiehst«, schimpfte meine Mutter. »Willst du dir eine Lungenentzündung holen? Du ziehst sofort deine nassen Sachen aus!«

Es dauerte eine Weile, bis ich meinen kleinen Bericht von dem toten Mann im Park wiederholen konnte. Inzwischen hatte es zu regnen aufgehört. »Warum erzählst du das uns?« sagte mein Vater. »Erzähl's der Polizei, die ist gleich auf der anderen Straßenseite.«

Er dachte wohl, ich hätte einen Betrunkenen gesehen, ein Kind konnte ja nicht unterscheiden zwischen einem Betrunkenen und einem Toten. Er sah mir erstaunt nach, als ich zur Polizei rüberrannte. Aber ich konnte mir die Chance nicht entgehen lassen, das Innere jenes Polizeireviers kennenzulernen. Ich glaubte damals, ältere Brüder von mir seien auf jenes Revier gebracht und ein paar Jahre dort festgehalten worden, ältere Brüder und Schulkameraden.

Es gab ein Fensterchen, eine Art Schalter mit einer Scheibe, man mußte eine Glocke betätigen, dann glitt die Scheibe zur Seite, ein Polizist kam zum Vorschein. Er sah mich streng an. Wie ich hieß. Was ich im Park zu suchen hatte. Mit wem ich zusammen gewesen war, als ich in den Park ging. Nach einer Weile erschien ein zweiter Polizistenkopf im Fensterchen. Der erste Kopf sagte zum zweiten Kopf: »Der glaubt, im Park ist jemand ohnmächtig geworden.«

Ein blauweißer Mini fuhr vor, es sah ein bißchen wie ein Taxi aus, aber auf dem Dach gab es ein Schild mit roten Buchstaben: POLICE. Und dann saß ich im Wagen, die Leute schauten durch die Scheiben, und ich kam mir vor wie jemand, der ins Gefängnis abtransportiert wird. Vielleicht würde ich tatsächlich im Gefängnis landen. Mackintosh Willy war sicher aufgewacht und weggegangen. Wieviel Monate gab es für Lügen? Die Regentropfen im Gras schimmerten wie falsche Diamanten. Inzwischen tat es mir leid, daß ich die Polizei benachrichtigt hatte. Ich hätte meinen Vater überreden sollen, daß er mir das abnahm.

Als das Polizeiauto hielt, erblickte ich die graue Gestalt im Unterstand. Der Polizist stieg aus und schritt würdevoll ins Halbdunkel. Ich sah, wie er die Gestalt anstarrte. »Ach du meine Güte«, sagte er angewidert.

Kannte er Mackintosh Willy? Vielleicht. Aber das war gar nicht der Punkt. »Schau dir das mal an«, sagte er zu dem zweiten Beamten, der mitgefahren war. »Hast du schon mal eine Leiche gesehen, der sie Münzen auf die Augen gelegt haben? Wirklich, schau dir das an. Da hat sich jemand einen schlechten Scherz erlaubt.«

Er wirkte schockiert, entsetzt. Er stand vor mir, versperrte mir die Sicht auf Mackintosh Willy und fragte: »Hast du gesehen, daß er Münzen auf den Augen hatte?«

Er war jetzt richtig wütend. Ich war ratlos. So ratlos, daß ich kein Wort hervorbrachte. Aber dann sagte der zweite Beamte: »Er kann's ja kaum gewesen sein, sonst wäre er schließlich nicht gekommen und hätte uns Bescheid gesagt, oder?«

Ich versuchte einen Blick auf Mackintosh Willy zu erhaschen, aber sie ließen mich nicht. Der Beamte, der mir die Frage gestellt hatte, sagte jetzt: »Geh nach Hause. Geh.« Er war auf einmal ganz nett, und das fand ich bedrohlich. Ich erschrak und rannte los, quer durch den Park.

Ein paar Monate lang mied ich den Unterstand im Park. Es

gab keinen Grund für mich dort hinzugehen. Zwar führte der Heimweg von der Schule durch den Park, aber man konnte auch anders gehen. Früher hatte ich zugeschaut, wenn meine Schulkameraden Mackintosh Willy peinigten. Einige Male hätte ich fast mitgemacht, ich stand ein paar Schritte hinter den anderen. Aber jetzt war der Unterstand leer. Auch die Bank war leer. Der dunkle Teich mit der grünen Einfassung war verlassen. Wenn ich jetzt nicht mehr in den Park ging, so lag das hauptsächlich daran, daß niemand mit mir ging.

Das Problem war, daß unser Haus an der Hauptstraße lag. In den Seitenstraßen spielten die Jungen Fußball, sprangen in den Lücken zwischen den geparkten Autos herum, versteckten sich in den Höfen zwischen den Häusern. All das gab es auf der Hauptstraße nicht. Die Jungen aus den Seitenstraßen luden mich nicht zum Spielen ein. Ich war der Außenseiter. Besonders deutlich empfand ich das, wenn ich an der Gruppe von Teenagern vorbeiging, die sich an der Fußgängerunterführung zu treffen pflegte. Es war wie Spießrutenlaufen, ich mußte an ihnen vorbeigehen, und sie saßen auf dem Geländer, ließen die Beine baumeln und warteten auf die Gelegenheit zuzuschlagen. Und so schloß ich mich zu Hause ein, unsere Wohnung war über dem kleinen Zeitungsgeschäft. Oder ich hielt mich im Laden auf und las. Ich las alles, was es im Laden zu lesen gab. Aber bald war ich frustriert. Lesen mußte ich in der Schule schließlich auch. Und deshalb war ich ganz froh, als ich Mark kennenlernte. Er würde mich aus meiner Einsamkeit herauslösen.

Nicht, daß wir vom ersten Tag an Freunde gewesen wären, es ging langsam. Mark war der Zeitungsjunge, den meine Eltern eingestellt hatten. Ein paar Tage lang beäugten wir uns aus vorsichtiger Entfernung. Er war größer als ich, was mich einschüchterte. Er war schlaksig, irgendwie wußte er nicht, was er mit seinen langen Beinen anfangen sollte. Das erste, was er zu mir sagte, war: »Was liest du da?«

Er hielt Lesen wohl für Zeitverschwendung, so hörte sich das jedenfalls an. »Ein Buch«, sagte ich patzig.

Ich ließ ihn hineinsehen, es war ein Roman von Mickey Spillane, den ich las.

»Kann ich das Buch kriegen, wenn du damit fertig bist?« fragte er.

»Es gehört nicht mir. Das Buch ist Ware.«

»Na gut, dann kaufe ich es eben.« Er tat das auf der Stelle. Er zog einen Geldschein hervor, gab das Geld meinem Vater und kaufte das Buch. Er hatte sicher mehr Geld als ich. Zuerst war ich wütend über die Art, wie er das Problem gelöst hatte, aber dann entdeckte ich mich, wie ich mit dem Buch in der Hand dasaß und weiterlas. Er ließ mich darin lesen, obwohl es jetzt sein Buch war. Ich las dann möglichst lange in diesem Buch und wartete darauf, daß er was sagen würde. Aber er sagte nichts. Ich beschloß, mich mit diesem Jungen näher zu befassen.

Mein Instinkt hatte nicht getrogen. Mark war von großzügigem Wesen. Das zeigte sich nicht nur beim Geld, sein Vater hatte reichlich Geld, er führte Handwerkerarbeiten in den Wohnungen der Leute aus. Mark war auch großzügig, was meinen Kontakt mit seinen Freunden anging. Er ergriff die Initiative und machte mich mit den anderen Jungen bekannt. Bald war ich ein Mitglied der verschworenen Gemeinschaft, die auf dem Geländer an der Fußgängerunterführung saß und die Beine baumeln ließ. Insgeheim bin ich sehr froh gewesen, daß es, was die Feindseligkeiten zu anderen Gruppen anging, bei dem Austausch von rituellen Beleidigungen blieb. Vielleicht war es die Nähe des Polizeireviers, was uns an handfesten Streitereien hinderte.

Mark knauserte nicht, auch nicht mit seinen Ideen. Offiziell war Ben, ein stämmiger Bursche, der Anführer unserer Bande, aber es war Mark, der die Ideen hatte. Ich fragte mich, warum er sich bei meinen Eltern als Zeitungsjunge verdingt hatte. Weil er Langeweile hatte? Oder arbeitete er, um die Dinge zu vergessen, die ihm einfielen? Er hatte die Einfälle, was die Bande machen sollte. Er brachte seine Rollschuhe mit, und jeder durfte sie anschnallen und den abschüssigen Gehsteig bis in die Fußgängerunterführung hinunterfahren, Mark lieh uns sein Fahrrad, so daß wir in den kleinen Seitenstraßen herumradeln konnten, er zeigte uns den Weg zu verlassenen Häusern, er brachte sein Transistorradio zum Treffplatz mit, so daß wir die ersten Beatles-Melodien hören konnten, umbraust vom Verkehr, der auf der West Derby Road entlangrollte. Tat er das alles vielleicht nur, um uns vom Park abzulenken?

Der Konflikt war unvermeidlich. Es paßte Ben nicht, daß Mark sich gleichermaßen zum Anführer der Bande aufgeschwungen hatte. Er wertete die vielen Ideen des Konkurrenten als Hinweis darauf, daß Mark den Park nicht gern mochte. Und er wußte auch, wie er Mark herausfordern konnte.

Es war am Abend eines heißen Sommertages. Ich war inzwischen dreizehn geworden. Über den Straßen stieg Staub in die Höhe. Abgase durchwehten die Stadt. Das Donnern der Waggons war zu hören, wenn die Züge über die Brücke fuhren. Wir spielten auf der Straße, stießen die Kronkorken der Coca-Cola-Flaschen vor uns her. Plötzlich sagte Ben: »Ich habe eine Idee, was wir tun können.«

Wir tigerten hinter ihm her, er führte uns als erstes an einer Reihe wartender Taxis vorbei, die uns wie eine bedrohliche Phalanx vorkam, dann ging es weiter Richtung Polizeirevier. Wir dachten schon, er hätte eine Sache mit den Polizisten vor, als er die Richtung änderte. Ich glaube, jeder von uns war in diesem Augenblick erleichtert. Jeder außer Mark, denn Ben führte uns den Orphan Drive entlang.

Über dem Asphalt schillerte die Luft, so heiß war es. Drüben lag der Park, im Zwielicht, die Brise spielte in den Bäumen. Die Insel im See war mit Enten überfüllt. Abfall trieb heran, versuchte das Ufer zu erklimmen. Ich konnte richtig spüren, wie nervös Mark war. Er hatte das Transistorradio lauter gestellt, ein mißhandelter Elvis Presley sang gegen die atmosphärischen Störungen an, als sich eine andere Station dazwischenmischte, wurde die Stimme zu einem unzusammenhängenden Gurgeln. Warum war Mark so gereizt? Wo er hinschaute, sah ich nur den Himmel und die Dämmerung, die Bäume auf der anderen Seite des Sees, an deren Stämmen der Dunst hochstieg, das Glitzern der Kronkorken, die auf dem schwimmenden Abfall lagen, das Schimmern der Flaschenscherben im Rasen.

Wir kamen an der Eisbude vorbei, sie war vergittert. Ben führte uns zu dem runden Teich, der mit einem orangefarbenen Band abgesperrt war. Ich spürte, wie Mark zögerte, er sah aus wie ein Hund, der Angst hat, aber vom Anführer des Rudels weiter getrieben wird. In diesem Fall war Marks eigener Stolz der Antreiber. Er durfte keine Angst zeigen, und dann wußte ja auch niemand, was Ben eigentlich vorhatte.

Ein Weg aus Beton war angelegt worden, der Weg führte rund um den Teich. Das Material schien noch frisch. »Wir werden unsere Namen in den Beton schreiben«, sagte Ben.

Das Wasser im dunklen Teich kräuselte sich, als könnte es so die Reflexe der Lampen auslöschen. Dunkle Wolken trieben über den Himmel und spiegelten sich im Teich. Irgendwo hinter uns erhob sich das Gespenst eines Gewitters. Der Unterstand, aus Ziegelsteinen gemauert, sah sehr dunkel aus, wie eine Höhle. Ich ging zu dem orangefarbenen Band, ich wollte nicht der letzte sein. Ich schob meinen Fuß vor und tippte mit dem großen Zehen auf den Beton. »Es geht nicht«, sagte ich. Aus irgendeinem Grunde verspürte ich Erleichterung. »Der Beton hat schon gebunden.«

Jemand war uns zuvorgekommen. Jemand war über den Beton gegangen, als das Material noch weich und nachgiebig war. Die Fußspuren führten von dem dunklen Unterstand geradewegs auf uns zu. Je näher die Spuren kamen, um so schwächer wurden die Abdrücke. Und dann waren der rechte und der linke Abdruck auch ungleich tief, wie von einem Hinkenden.

Ich deutete auf die Spuren, und dann hörte ich, wie Mark ein paar Schritte zurückwich, ich merkte das am Klang des Transistorradios. »Was ist los mit dir, Mark?« fragte Ben.

»Nichts.«

»Es wird dunkel«, sagte ich. Ich wollte sie auf die Hauptstraße zurücklocken. Aber meine Bemerkung hatte Ben noch angefeuert. In seinen Augen spiegelte sich die Verachtung, die er für Mark empfand. »Ich weiß, warum du verschwinden willst«, sagte er, zu Mark gewandt. »Das ist die Stelle, wo du immer solche Angst gehabt hast.«

»Wer hat Angst gehabt? Ich habe nie Angst gehabt.«

»Du hast keine Angst gehabt? Es hat aber ganz so ausgesehen, als hättest du Angst.« Ben wandte sich zu uns, er verzog den Mund. »Der alte Willy hat ihn immer um den Teich gejagt. Ihr müßt wissen, Mark hat den alten Willy gehaßt wie die Pest. Aber er ist vor ihm weggelaufen. Ich nie. *Ich* habe keine Angst gehabt.«

»Überleg' dir mal besser, was du sagst! Ich soll Angst gehabt haben? Du hast ja nicht gesehen, was ich mit dem alten Kerl gemacht habe ...«

Vielleicht war es die Bewegung, die sich in jenen Augenblicken rund um uns entfaltete, was Mark so plötzlich verstummen ließ. Es gab um uns verschiedene Grade von Dunkelheit, und die Schichten verschoben sich gegeneinander, die Düsternis des Himmels schwang sich zu uns hinab wie ein Zelt, das aufgerollt wird, schlammige Schatten wankten aus dem Teich auf uns zu, und in einer Ecke des Unterstands kauerte eine Gestalt. Aber Ben gab sich nicht beeindruckt von Marks Prahlerei. »Geh' doch hin«, zischte er. »Du hast Angst. Ich wette, du wagst dich nicht in seinen Unterstand.«

»Wer hat Angst? Ich? Paß bloß auf!«

»Wenn du keine Angst hast, dann los. Zeig' uns, daß du keine Angst hast.«

Wir mußten wohl alle gespürt haben, welche Angst Mark in diesem Augenblick empfand. Er war plötzlich steif wie eine Puppe. Ich wollte dazwischengehen, ich wollte gerade sagen, ich hätte die Polizei gesehen, das wäre zwar eine Lüge gewesen, aber trotzdem. Als ich mich zu der Lüge durchgerungen hatte, war Mark bereits losmarschiert. Ich sah, wie er über das orangefarbene Band hinwegkletterte, er tat geradeso, als stünde das Band unter Strom. Er betrat den Betonweg.

Er ging auf den Unterstand zu. Er hatte das Radio auf volle Lautstärke gedreht, so laut, daß alles andere übertönt wurde. Ich betrachtete die Schattenschichten des Himmels, die sich im Teich spiegelten. Mark ging in den Fußstapfen. Ich sah, wie die Abdrücke seine Füße verschlangen. Er war nur noch wenige Schritte von dem Unterstand entfernt, als er einen Blick auf sein Transistorradio warf.

Die Musik wurde von einem anderen Sender überlagert, Wortbrocken waren zu hören. Ich war wohl von Marks Nervosität angesteckt, als ich die Wortbrocken zu einem Satz zusammensetzte: »Weiter, mein Sohn, nur Mut. Laß dich einmal aus der Nähe ansehen.« Wenn ich heute darüber nachdenke: die Worte können natürlich auch aus dem Radio gekommen sein. Es gibt ja Hörspiele.

Mark ging weiter, sein Blick blieb auf das Radio gerichtet. Mir kam er wie hypnotisiert vor. Wäre er nicht hypnotisiert gewesen, er wäre wohl vor dem Schatten zurückgewichen, der sich über der Bank erhob, er wäre selbst dann zurückgewichen, wenn es sich, wie ich vermutete, um den Schatten einer Wolke handelte.

Als Mark den Fuß über die Schwelle des Unterstands setzte, bekam ich es mit der Angst zu tun. »Komm, Mark«, rief ich, »wir gehen Rollschuh fahren.« Ich fühlte mich als der Junge, der Mark gerettet hatte, denn Mark kam sofort zurückgerannt.

Er sah mich nicht an. Er sah auch keinem der anderen Jungen in die Augen.

Während der darauffolgenden Tage sprach er kaum ein Wort mit mir. Vielleicht spielte er sogar mit dem Gedanken, seinen Job bei meinen Eltern aufzugeben. Was ich sicher weiß, er hielt sich von der Bande fern, und das war auch gut so, zumindest für ihn war's gut, denn Ben, der nun nicht mehr über Marks Ideenreichtum verfügen konnte, fiel nur noch Ladendiebstahl ein. Die Jungen wurden auf frischer Tat ertappt, sie waren nicht sehr geschickt vorgegangen. Mein Vater überlegte damals, ob er auf Marks Dienste verzichten sollte, er hatte so seine Zweifel, was den Jungen betraf, aber da Mark die Zeitungen immer sehr sorgfältig zustellte, entschloß sich mein Vater, ihn zu behalten. Nach einer Weile begann Mark auch wieder mit mir zu sprechen, allerdings nie über den Park.

Es war frustrierend. Ich hätte Mark nämlich gern erzählt, wie es jetzt um den Unterstand aussah. Ich kam ja auf dem Schulweg regelmäßig dort vorbei. Zwar ging ich inzwischen auf eine andere Schule, aber der Weg führte gleichwohl durch den Park. Jemand hatte die Wände des Unterstands bekritzelt. Was nicht ungewöhnlich war, es gab Graffiti in der Fußgängerunterführung, und es gab welche am Ende von Sackgassen, aber die Worte, die an die Wände des Unterstands gekritzelt worden waren, schienen mir, gelinde gesagt, merkwürdig. Es waren Texte, wie man sie in den Irrenanstalten auf die Wände geschmiert findet, Bruchstücke einer Beschwörung. BRING DEN HURENSOHN UM. STECH IHM DIE AUGEN AUS. FÜLLE SEINE AUGEN IN EINE FLASCHE. SCHLAG IHM DEN SCHÄDEL EIN. Dazwischen leuchteten, wie abgenagte Gebeine, die drei Worte MACK TOSH WILLY.

Mit Mark konnte ich über diese Dinge nicht sprechen. Ich empfand das Tabu dann aber nicht mehr so frustrierend, denn ich hatte meine erste Freundin kennengelernt. Kim war ihr Name, sie wohnte im gleichen Haus wie ich, und sie roch immer nach Bratfisch, weil ihre Eltern eine Bude hatten, wo Bratfisch verkauft wurde. Kim sah auf zu mir, und das lag daran, ich hatte wieder zu lesen begonnen, ich las aus Freude am Lesen, was sehr ungewöhnlich war, jedenfalls hatte Kim keinen anderen Freund, der aus Freude am Lesen las. Sie erzählte mir ihre Geheimnisse, eine merkwürdige und sehr erregende Erfahrung. Ebenso merkwürdig und erregend war es, mit Kim am Arm durch die West Derby Road zu gehen. Ich war das Objekt allgemeiner Beachtung, wäre das Objekt allgemeiner Beachtung gewesen, auch wenn ich nicht Kim, sondern irgendein anderes Mädchen über die West Derby Road geführt hätte. Das Johlen Bens und seiner Freunde ignorierte ich.

Kim liebte den Park. Wir gingen oft in den Park, um den Enten Brotkrusten hinzuwerfen. Am liebsten sah Kim zu, wenn die Männer ihre Schiffsmodelle über den Teich gleiten ließen. Sie liebte es, den leise summenden Motorbooten nachzusehen, die wie von Geisterhand geführt auf dem Teich umherkurvten. Ich sah das auch recht gern, wir standen da, Hand in Hand, wobei ich sagen muß, daß Kim bei solchen Gelegenheiten eine verschwitzte Hand hatte. Die Brise trug ihren Küchenduft davon. Ich hatte inzwischen die Fratzen bemerkt, die jemand auf die Wände des Unterstands gemalt hatte, sie waren schlechterdings nicht zu übersehen, schreiende Münder und Augen, aus denen das Blut hervorspritzte. Ich hatte noch nie Darstellungen von Gewalttätigkeiten gesehen.

Meiner Beziehung zu Kim war kein langes Leben beschieden. Wie die meisten Verhältnisse zwischen jungen Menschen, so endete auch dieses auf ganz unromantische, ja hysterische Weise. Ich weiß nicht, ob das Ende einer Beziehung überhaupt romantisch sein kann. Die Sache zwischen Kim und mir ging zu Ende, als wir uns auf dem Weg zum Volksfest befanden, jeden Sommer gab es ein Volksfest im Newsham Park.

Von jenseits des Sees klangen die Schreie der Mädchen herüber, Schreie, in denen sich Freude und Entsetzen mischte. Die Mädchen saßen in Gondeln, und die Gondeln hingen an Pfählen, wenn unten jemand auf einen Knopf drückte, wurden die Mädchen in die Höhe geschleudert. Dazu erklang ein alter Schlager, sehr laut, ein bißchen so, als hätte Mark den Knopf seines Transistorradios ganz nach rechts gedreht. Das Riesenrad sah wie ein Christbaum aus, die Lichter spiegelten sich im Teich. Und deshalb sagte Kim: »Setzen wir uns erst mal hin und sehen uns das von hier aus an.«

Die einzige Bank war die Bank am Unterstand. Um uns lagen Fetzen alter Briefe, Papier, von dem Farbe tropfte wie Blut, die verstümmelten Gesichter stießen lautlose Schreie aus. Trotzdem beschloß ich, auf der Bank sitzen zu bleiben. Mit Kim auf der Bank zu sitzen bedeutete auch, daß ich ihre Brüste berühren durfte. Natürlich blieb sie so, wie sie war, sie behielt ihren BH an. Ich fand die Körbchen enttäuschend groß, und Kim roch nach Zeitungen an jenem Abend, als hätte sie jemand in Zeitungspapier eingewickelt, damit ich sie auswickeln konnte. Doch dann fiel mir ein, daß sie wohl in der Bude ihrer Eltern bedient und den Fisch mit dem Zeitungspapier eingewickelt hatte. Wie auch immer, ich küßte sie, und ich achtete nicht weiter auf die dunkle Ecke, von den vier Ecken des Unterstands war eine so dunkel wie ein Spalt, in dem sich Spinnen verstecken.

Kim allerdings hatte nicht so gute Nerven wie ich, ich spürte, wie sie sich auf der Bank von jener Ecke fortschob. Hatte sie mehr gesehen als ich? Oder war ich nur von ihrer übertriebenen Vorsicht angesteckt worden? Der Schatten in der Ecke war auf einmal zu einer Gestalt geworden, zu einem Wesen, das im Begriff schien aufzustehen und auf die Bank zuzugehen, wo wir saßen. Ich war unruhig, aber das Getöse und all die Lichter vom Volksfest machten mir dann wieder Mut. Ich beschloß, Kims Angst für meine Zwecke umzumünzen, aber sie schob meine Hand weg. »Nicht«, sagte sie ärgerlich und wollte aufstehen.

In diesem Augenblick hörte ich eine undeutliche Stimme. »Popeye«, sagte die Stimme. Es klang wie ein Selbstgespräch, fröhlich, zuversichtlich. »Popeye.« Kam die Stimme von drüben, vom Volksfest? Es war denkbar, denn die Stimme – und sie war inmitten des Lärms, der über den See zu uns getragen wurde, nur verzerrt zu vernehmen – sagte: »Ich habe etwas für Sie.« Das wäre dann ungefähr das gewesen, was die Schaubudenbesitzer sagten, wenn sie die Neugierigen an ihre Kasse locken wollten.

Wie Kim an meiner Hand zerrte, das erregte mich. »Laß mich los«, heulte sie. Ich hatte keine Angst empfunden, und so genoß ich ihre Furcht, ich ließ meiner Phantasie freien Lauf. Ich fand, das war besser als die Geistergeschichten, die ich zu lesen pflegte. Ich starrte in die dunkle Ecke und versuchte, mir grauenhafte Geschöpfe vorzustellen.

Es gelang Kim, sich aus meinem Griff zu befreien. Ich sah, wie sie um den Teich herumlief. Enttäuscht und zornig lief ich hinter ihr her. »Geh weg!« schrie sie. »Du bist ekelhaft. Ich will dich nie wiedersehen.« Ich rannte noch eine Weile hinter ihr, verfolgte sie über die dunklen Pfade des Parks. Aber dann ertappte ich mich dabei, wie ich Kim anflehte, mir zu verzeihen. In diesem Augenblick wurde ich wütend auf mich selbst. Sie war es nicht wert, daß ich sie anflehte. Ich ließ sie laufen und ging aufs Volksfest. Ich wanderte ziellos zwischen den Attraktionen und Buden herum, ich blieb nur solange wie notwendig, sofort nach Hause gehen konnte ich nicht, meine Eltern hätten sich sonst gewundert, warum ich so früh heimkam.

Auf dem Heimweg faßte ich den Entschluß, mich noch eine Weile auf die Bank am Unterstand zu setzen, aber dann sah ich, daß dort schon jemand saß. Ich konnte den Mann nicht genau erkennen, und näher herangehen wollte ich dann auch nicht mehr. Ich glaube, er trug eine Brille, jedenfalls waren seine Augen kreisrund, sie schimmerten wie Metall, und sie sahen überhaupt nicht wie Augen aus.

Ich vergaß den ganzen Vorfall recht schnell. Kim hatte nicht übertrieben, sie mied mich und sprach kein einziges Wort mehr mit mir. Ich beschloß, meinen Bratfisch woanders zu kaufen. Außerdem, dachte ich, hast du sie sowieso nicht geliebt. Ein fader Nachgeschmack blieb, weil ich jetzt niemanden mehr hatte, mit dem ich aufs Volksfest gehen konnte. Als das Volksfest und die Schulferien zu Ende gingen, sagte ich zu Mark: »Gehen wir heute abend auf die Kirmes?«

Er zögerte. Wenn er Angst hatte, dann war sie ihm nicht anzumerken. »Einverstanden«, sagte er. Es klang gleichgültig. Er und ich, wir waren inzwischen so weit, daß wir immer, wenn wir miteinander sprachen, ganz gleichgültig taten.

Als die Sonne unterging, sah der Horizont wie ein flammender Backofen aus. Heiß wie ein Ofen war auch der Park. Es gab Liebespaare, die auf den Wegen entlangschlenderten, und Hunde, die sich japsend in den See stürzten. Zwischen den Bäumen schimmerten die Lichter des Volksfestes, billige, bunte Sterne. Als wir am Teich vorbeikamen, fielen mir die Fußstapfen im Beton auf, sie fielen mir auf, weil die Luft darüber zu beben schien, die Luft war über den Fußstapfen auch dunkler als im Rest des Parks, vielleicht lag das am Staub. Aus einer plötzlichen

Eingebung heraus stellte ich Mark die Frage: »Was hast du dem alten Willy getan?«

»Halt den Mund.« Ich hatte Mark noch nie so schroff, so verschlossen erlebt. »Ich wollte, ich hätte es nicht getan.«

Ich hätte ihm ähnlich schroff antworten können, aber meine Gedanken waren jetzt woanders, ich gab mich dem Glanz der Lichter hin, die vom Volksfest herüberschimmerten, eingerahmt vom welkenden, furchigen Grün. Und dann gingen wir zwischen den Menschen auf dem Volksfest herum, zwischen Paaren, die sich aneinanderdrückten, zwischen Banden von Jugendlichen, die den Wortschwall der Ausrufer über sich ergehen ließen. Die Kinder hatten ihre Gesichter in rosa Naschwerk vergraben. Mark und ich gingen auf eine Wippe, um uns lärmende Musik, flammendes Licht, Gedränge. Mir wurde ein bißchen schlecht, aber das sagte ich nicht, Mark hingegen gewann auf der Wippe seine gute Laune zurück. Wir spielten gerade Flipper, an einem recht altertümlichen Gerät, als Mark sagte: »Schau mal, da kommt Lorna und wieheißt-sie-noch.«

Ich brauchte eine Weile, bis ich die beiden Mädchen ausgemacht hatte, auf die er deutete. Das eine war ein großgewachsenes, vollbusiges Mädchen, die einige Jahre älter aussah, als sie war, und das andere war ein Mädchen von meinem Alter und meiner Größe, mit einem kleinen, fröhlichen Gesicht, das mit Make-up beschmiert war. Mark steuerte auf die beiden zu, ich folgte ihm sehr interessiert.

Das größere Mädchen hieß Lorna, ihre Freundin hieß Carol. Wir gingen eine Weile zwischen den Buden herum, staksten über die Stromkabel hinweg, und Carol und ich beschnupperten einander. Sie gefiel mir ganz gut, und ich glaube, ich ihr auch. Ein süßer, wenngleich etwas aufdringlicher Geruch ging von ihr aus. Es war dann schon recht spät, die ersten Buden machten zu, und Mark schoß noch schnell etwas billigen Modeschmuck an einer Schießbude. Er schenkte den Schmuck den Mädchen, und das trug dazu bei, daß die beiden unsere Einladung annahmen, am kommenden Sonnabend uns wiederzusehen. Inzwischen schaute Mark auch gar nicht mehr zum Unterstand hinüber; ich vermute, daß er das nicht aus Gründen der Vorsicht unterließ, sondern weil ihm die Sache keine Sorgen mehr machte, jedenfalls im Augenblick nicht. Ich blickte nach drüben und konnte einen Menschen erkennen, der um den Teich herumging. Die Gestalt benahm sich wie jemand, der auf einen anderen Menschen wartet, auf einen Menschen, der sich verspätet hat.

Selbst wenn Mark jenen Menschen bemerkt hätte, was für einen Unterschied hätte das gemacht? Auf lange Sicht sicher überhaupt keinen, zumindest versuche ich mir das heute einzureden. Vernünftigerweise muß ich aber sagen, daß ein Teil der Schuld mich trifft.

Wir hatten uns mit Lorna und Carol am Rande des Parks verabredet. Wir wollten die beiden ins *Carlton Cinema* ausführen, das Kino war ganz in der Nähe. Wir hatten uns beide in Schale geworfen. Wir waren extra etwas zu spät hingegangen, damit es nicht so aussah, als legten wir fürchterlich viel Wert drauf, die Mädchen wiederzusehen. In der Nähe des Polizeireviers, gegenüber vom Eingang des Parks, gab es eine mit Bäumen bestandene Verkehrsinsel, ein großes Dreieck. Wir hatten diese Verkehrsinsel zum Treffpunkt bestimmt. Aber die Mädchen waren nicht da. Wir sahen nur die Bäume und die in Käfigen abgepackte Düsternis zwischen den Bäumen.

Wir warteten. Drüben in der West Derby Road leuchteten die grünen Neonleuchten in den Fenstern der Geschäfte. Hinter uns wisperten die Bäume, knackten mit den Ästen. Wir spähten in den Park, aber ich konnte dort nur eine einzige Gestalt erkennen. Weil wir nichts anderes zu tun hatten, umrundeten wir die Insel.

Ich sah die Botschaft zuerst. Sie bestand aus großen Buchstaben, die auf das Pflaster des Bürgersteigs gekritzelt waren. War das Lornas Handschrift? Oder hatte Carol das geschrieben? Ich war ganz schockiert, weil nur halbe Analphabeten so schrieben. Wie es schien, hatte der Schreiber einen Stein als Schreibgerät benutzt. Es war wohl nicht einfach gewesen, die Botschaft ins Pflaster zu kratzen. Es gab ein paar Stellen, die mit Mooszungen aus dem Park bedeckt waren, dort waren die Buchstaben durch das Moos gezogen. MARK TREFFEN IM UNTERSTAND, so lautete die Botschaft.

Ich sah, wie Mark zurückwich. »Welcher Unterstand?« murmelte er.

»Vermutlich meinen sie den Unterstand in der Nähe vom Kiosk«, sagte ich.

Wir liefen den Orphan Drive entlang. Über den Straßenlaternen leuchteten die Heiligenscheine des Blattwerks. Um den Teich zu erreichen, mußten wir die Brücke überqueren, jene Brücke, von der am Tage Manna auf die Enten hinabregnete. Wir betraten den Park. Die Schausteller vom Volksfest waren zu ihrem Winterlager gefahren, die Pfade und die Bäume waren still und sehr dunkel. Manchmal glaubte ich, die Mädchen zwischen den Stämmen zu erkennen, aber die Gestalt, die ich gesehen hatte, war viel dicker gewesen als ein Mädchen.

Der Unterstand, den ich Mark benannt hatte, befand sich am Rande des Fußballplatzes. Zwischen dem Grün waren die Türme von Häusern zu erkennen, jedes Haus von einer strahlenden Aura umgeben. An der Außenseite des Unterstands befanden sich vier tiefe Nischen. In jeder Nische stand eine Bank. Wir spähten in das Dunkel und wurden alle vier Male von Schmährufen und Flüchen empfangen.

»Ich könnte mir vorstellen, wo sie sind«, sagte Mark. »Sie sind zu dem Unterstand neben der Kegelbahn gegangen, der liegt ihrer Straße am nächsten.«

Der Unterstand neben der Kegelbahn war weit, und der Unterstand neben dem Teich war nahe. Aber das kümmerte Mark nicht, er ging voran, ich folgte ihm. Als wir auf den Weg zur Kegelbahn einbogen, warf ich einen Blick in Richtung Teich, aber die Straßenlaternen blendeten mich. Ich folgte Mark auf dem schmalen Weg, der zwischen den Hecken entlangführte und an der Grünfläche endete. Er blieb so plötzlich stehen, daß ich ihm beinahe auf die Fersen getreten wäre. Der Unterstand war leer, der Blick ging von hier auf die abblätternden Fassaden der georgianischen Häuser jenseits der Kegelbahn.

Zu meiner Überraschung – und ich war zugleich verärgert – machte Mark immer noch keine Anstalten, zu dem Unterstand neben dem Teich zu gehen. Statt dessen gingen wir zu dem nicht mehr benutzten Musikpavillon, der von einem Ring von Büschen umgeben war. Die einzige Musik, die man jetzt dort hören könnte, war das Geräusch fallender Ziegel. Ich war sicher, die Mädchen meinten keinen nicht mehr benutzten Musikpavillon, wenn sie Unterstand schrieben. Jedenfalls erwies sich das kleine Bauwerk als verlassen. Wir gingen zwischen den Büschen dahin, die uns beim Fortkommen behinderten. »Wir müssen uns beeilen«, sagte ich zu

Mark. »Wenn wir nicht schnell machen, sind sie weg. Sie müssen in der Nähe vom Teich sein.«

»Da sind sie nicht«, sagte er. Ich fand das keine sehr kluge Feststellung.

War ich mir überhaupt im klaren, wie aufgeregt Mark auf einmal war? Vielleicht ja, aber wenn, dann war diese Erkenntnis von dem Ärger überlagert, den ich auf ihn empfand. Wie konnte ich Carol wiedertreffen, wenn ich sie heute abend verpaßte? Ich wußte ja nicht einmal ihre Adresse. »Also gut«, brummte ich, »du willst anscheinend, daß wir die Mädchen verpassen.«

Er wurde plötzlich sehr ernst. Vielleicht hatte ihn die Verachtung, die in meiner Bemerkung zum Ausdruck kam, mehr gekränkt als das, was Ben zu ihm gesagt hatte. Er war schließlich älter als ich. Bevor ich richtig verstand, was überhaupt los war, rannte er los, in Richtung Teich. Ich hätte laufen müssen, um mit ihm Schritt zu halten, und das wollte ich nicht, schließlich hatten wir uns gestritten. Mißmutig, mit einem verächtlichen Lächeln auf den Lippen, trottete ich hinter ihm drein. Und dann sah ich die Mädchen, sie standen auf einer Insel der Düsternis jenseits der Lampen, die den Park erleuchteten, ein paar Hundert Meter von uns entfernt.

Ich winkte ihnen zu, nach einigem Zögern winkten sie zurück, und mir fiel auf, daß sie recht zaghaft winkten. »Da sind sie«, schrie ich in Marks Richtung. Er mußte wohl schon beim Teich angekommen sein, sehen konnte ich ihn nicht, wegen der Lampen über mir. Ich winkte den Mädchen zu, sie sollten zu uns kommen, als das Transistorradio zu dröhnen begann. Eine undeutliche Stimme war zu hören.

Es erinnerte mich ein bißchen an einen Papagei, und zwar an ein Exemplar, das einem Seemann, einem Matrosen, gehörte. »Aye, aye«, machte die Stimme. Es war ein heiseres Krächzen, eine gebrochene, alte Stimme. »Verstehst du jetzt, was ich meine, Kind?« Der Satz kam triumphierend. Und dann wieder Gekrächze: »Aye, aye.« Es konnte natürlich auch ›eye, eye‹ heißen. Auge. Aber warum Auge? Plötzlich fiel es mir siedendheiß ein, Mark hatte sein Radio doch gar nicht dabei.

Vielleicht gab es im Unterstand jemanden, der ein Transistorradio dabei hatte. Trotzdem hatte ich Angst, ich weiß nicht, warum. Ich rannte in Richtung Teich. »Komm doch,

Mark, sie sind hier!« Die Lampen über mir machten mich ganz schwindelig, der Weg, die Bäume, alles verschwamm vor meinen Augen.

Ich weiß, daß ich Mark in dem Unterstand stehen sah. Er stand ziemlich am Rand, ein Bollwerk gegen die Düsternis. Bevor ich mich vergewissern konnte, ob sich außer Mark noch jemand in dem Unterstand befand, kam Mark auf mich zugewankt, er hielt sein Gesicht mit den Händen bedeckt und stürzte in den Teich.

Ob er da irgend etwas mit sich zog? Sicher ist, daß sich seine Füße in irgendeinem Hindernis verfangen hatten. Ich sah, wie seine Bewegungen langsamer, schwächer wurden. Er trieb dahin, oder er wurde gezogen. Jedenfalls bewegte er sich auf die Mitte des Teiches zu, wo sich ein großer Haufen Abfall aus dem Wasser erhob. Unmittelbar neben dem Abfallhaufen war ein bleicher Fleck zu erkennen, auf dem Fleck leuchteten zwei runde Objekte. Kronkorken? Ich konnte das alles sehen, weil ich ganz in der Nähe stand. Ich war hilflos, ich stand da und schrie: »Schnell, Mädchen, kommt schnell, er ertrinkt!« Er ertrank, und ich konnte nicht schwimmen.

»Erzähl' doch nicht solch einen Unsinn«, hörte ich Lorna sagen. Und das machte mich so wütend, daß ich mich umdrehte. »Warum sagst du das, du verdammtes Luder?« schrie ich sie an.

»Man kann sich nur wundern«, sagte sie hochmütig, und dann sagte sie überhaupt nichts mehr. Aber Carol hatte Mitleid mit mir, sie sagte: »Das Wasser ist doch nur drei Fuß tief, da kann er gar nicht ertrinken.«

Ich war nicht sicher, was ich davon zu halten hatte, ich dachte, nachher stehst du dumm da, weil du ihr geglaubt hast. Ich beschloß, Mark zu retten, denn ich würde es mir nie verzeihen, wenn ich das nicht wenigstens versuchte. Ich drehte mich wieder um und war sehr enttäuscht. Er war nämlich gar nicht mehr zu sehen, er war versunken. Ich konnte jetzt nur noch in den Schlamm hineinwaten, und das tat ich auch, mit Blei an den Füßen. Ich spürte, wie das Wasser meine Knie hochstieg, schließlich reichte es mir bis zum Gürtel, ein Ring aus Eis, der jeden weiteren Schritt zur Qual machte.

Der Grund des Teiches war wie mit glitschigem Unrat eingefettet. Ich rutschte aus und erschrak – beinahe hätte ich das Gleichgewicht verloren. Der Instinkt ließ mich zur Mitte des Teiches taumeln. Dort fand ich ihn. Mein Fuß stieß an seine Rippen.

Als ich ihn aus der dunklen, schleimigen Brühe hochziehen wollte, machte ich die Entdeckung, daß er auf dem Grund festgebunden war. Ich stand in dem eisigen Teich und zerrte an seinem Körper, und dann merkte ich, daß er sich überhaupt nicht mehr bewegte. Irgend jemand hatte ihm eine Plastiktüte voller Kleidung auf das Gesicht gebunden, so fühlte es sich jedenfalls an. Ich brachte es nicht über mich, die Tüte ein zweites Mal zu berühren, weil der Inhalt sich so weich und fett anfühlte. Ich packte Mark bei den Beinen, riß, zog und zerrte, und dann spürte ich, er war frei, ich bückte mich, fand seine Schultern, hakte ihn unter, zog ihn ans Ufer, wobei ich darauf achtete, daß sein Kopf über Wasser blieb. Er war schwer wie ein Mühlstein, die beiden Mädchen mußten mir helfen, ihn auf den Betonweg zu heben.

Aber es war alles zu spät. Er lag da, in seinen starren Zügen stand das Entsetzen, dunkles Wasser schwappte in seinem Mund. Ich konnte an seinen Augen nichts Besonderes feststellen. Carol verlor völlig die Fassung, es war dann Lorna, die zum Krankenhaus rannte, vielleicht tat sie das auch nur, damit sie Mark nicht mehr ansehen mußte. Ich machte dann alles nur noch schlimmer, als ich Carol fragte, warum zum Teufel sie denn nicht beim Unterstand geblieben wären. Ich sagte das, weil ich mich in dem Glauben bestätigen wollte, daß die Mädchen an Marks Tod schuld waren. Aber Carol stritt ab, daß sie oder Lorna die Botschaft geschrieben hatten, und als ich sie fragte, warum sie dann nicht an der Verkehrsinsel geblieben seien, bekam sie einen hysterischen Anfall. Meine Frage oder die Erinnerung, eins von beiden schien sie zu ängstigen.

Ich habe sie nie wiedergesehen. Die wenigen Zeitungen, die es für notwendig befanden, über Marks Tod zu berichten, sprachen von einem ›Unglücksfall‹. Die Polizei war nicht mehr gut zu sprechen auf mich, nachdem ich den Hinweis gegeben hatte, auf dem Grunde des Teiches könnte sich noch eine zweite Leiche befinden. Sie hatten den Teich auslaufen lassen und niemanden gefunden. Dann war der zweite Mann eben nicht tot gewesen, dachte ich. Er war aufgestanden und weggegangen, und deshalb konnte man ihn auch nicht mehr in dem Teich finden. Das hätte man mir ja wenigstens glauben können.

Vielleicht habe ich mich auch zu sehr in die Vorstellung verrannt, daß es einen zweiten Mann gab. Es ist jetzt einige Jahre her, daß ich mich das letzte Mal zu dem Unterstand im Park gewagt habe. Es war an einem Winterabend, und ich war auf dem Nachhauseweg von der Schule. Der Unterstand war dunkel, aber inmitten der Düsternis war ein Schimmern zu erkennen. Ich ging näher, ich war recht nervös. Ich hielt das kleine Schutzgebäude und den Teich im Auge und ging näher. Auf einem dunklen Fleck neben der Bank lagen zwei Flaschenverschlüsse der Marke Coca-Cola, es waren wirklich keine Augen, und es war dann wohl auch der Wind, der das Wasser im Teich an den Beton warf und die beiden Scheiben mit den gezackten Rändern auf mich zurollen ließ. Ich floh in die Dunkelheit hinein. Was mir am meisten Angst machte, war die Gewißheit, daß ich nicht mehr sehen konnte, wohin ich rannte, wenn ich – und das war in jenen Sekunden mein größter Wunsch – meine Augen mit den Händen schützte.

Übersetzt von Rolf Jurkeit

Zu finster für Pushkin

Richard Deming

1953 war ein Jahr, in dem ich viel geschrieben habe, nämlich zwei Romane und zwanzig Kurzgeschichten. Für zwei Kurzgeschichten konnte ich die Fernsehrechte verkaufen. Die beiden Bücher und die Hälfte der Kurzgeschichten sind auch in anderen Ländern erschienen.

Und jetzt meinen Sie, ich hätte viel Geld verdient.

Falsch.

Vor dreißig Jahren bekam man, wenn man seinen Roman beim Verlag ablieferte, 500 Dollar in die Hand gedrückt, ein normales Buch brachte 1000 bis 1500 Dollar. Meine beiden Romane erbrachten ausnahmsweise etwas mehr, für den einen bekam ich 2000 und für den anderen 2500 Dollar, die Provision für den Agenten bereits abgezogen. Ich habe in jenem Jahr insgesamt 275000 Worte geschrieben und damit netto 8000 Dollar verdient, 3 Cents pro Wort.

Trotzdem, vor dreißig Jahren waren 8000 Dollar viel Geld. Für 2000 Dollar konnte man ein nagelneues Auto kaufen. Ich zahlte damals 45 Dollar Miete pro Monat, für eine Siebenzimmerwohnung mit einem 11 Meter langen Wohnzimmer.

Die gute alte Zeit, wo man mit 8000 Dollar im Jahr ein reicher Mann war!

›Zu finster für Pushkin‹ war eine der Geschichten, für die ich auch die Fernsehrechte verkaufen konnte. Abgesehen davon war es eine schwierige Geburt.

*Geschrieben hatte ich die Story schon 1950, ich hatte sie damals an eine Zeitschrift namens ›*Worlds Beyond*‹ verkauft. Die Zeitschrift ging ein, ehe die Geschichte veröffentlicht werden konnte. Daß eine Zeitschrift bankrott ging, war in den fünfziger Jahren nichts Ungewöhnliches. Es gab mindestens ein Dutzend Magazine, an die ich Geschichten verkauft hatte und die eingingen, bevor die Geschichten erschienen. Einige dieser Zeitschriften wurden an andere Verlage verkauft, die meisten verschwanden auf Nimmerwiedersehen. ›Zu finster für Pushkin‹ war mitsamt den Rechten des alten Verlags an das ›*Fantasy Magazine*‹ verkauft worden. Auch diese Zeitschrift ging bald* *darauf baden, allerdings erst, nachdem meine Geschichte schon erschienen war.*

Einen Monat nach der Veröffentlichung im Jahre 1953 kaufte ›Revue Productions‹ *die Fernsehrechte. Ein Fernsehspiel wurde produziert, das dann in Arlene Dahls Reihe* ›Playhouse‹ *gesendet wurde, Steve Brodie und Richard Strauss gehörten zu den Schauspielern.*

Behutsam näherte sich die Patrouille der Burg, sie wendete dabei eine Taktik an, die in den Handbüchern der Armee wortkarg als das ›buddy system‹ ausgewiesen wurde. Beim ›buddy system‹ teilte sich die Mannschaft in Gruppen von je zwei Männern auf. Die Männer sprangen in kurzen Sätzen von Deckung zu Deckung, von Busch zu Busch. Es lief immer nur einer, der andere gab ihm Deckung, hielt den Finger am Auslöser der Maschinenpistole, jederzeit bereit, auftauchende Gegner niederzumähen. Von Sprung zu Sprung wechselten die Männer die Rolle. Wer vorher gelaufen war, blieb jetzt zurück, um den vorauseilenden Gefährten mit der Waffe zu beschützen.

»Wir machen jetzt mal 'ne Pause«, sagte Feldwebel Spoda, ohne sich umzusehen. Gerade war der Gefreite Pushkin hinter ihm im Dreck gelandet, mit einem saftigen Klatschen.

Von weitem hatte die Burg so ausgesehen, als sei sie von gegnerischen Truppen besetzt, der Nieselregen verhüllte die zerfallenen Mauern, und das alte Gemäuer hatte irgendwie majestätisch und großartig gewirkt, Feldwebel Spoda war jedenfalls ziemlich sicher, daß sich dort die Deutschen eingenistet hatten. Italien war voll von diesen mittelalterlichen Burgen, und Spoda hatte gehört, daß die meisten in Sommerresidenzen umfunktioniert worden waren. Leutnant Grant schien auch der Meinung zu sein, daß die Burg besetzt war, sonst hätte er ihnen nicht den Befehl gegeben, sich dem Objekt so vorsichtig zu nähern. Aber inzwischen konnte der Feldwebel die Breschen in der Burgmauer erkennen. Hinter einer der Lücken lag ein hoher Haufen Steine, der Turm dahinter war zusammengefallen.

»Scheiße noch mal, die Burg ist verlassen«, sagte Spoda angewidert. »Wir sind für nichts und wieder nichts durch den Dreck gekrochen.« Er stützte sich auf den linken Ellenbogen und drehte sich nach seinem pummeligen Kameraden um. »Kannst du Bisby sehen und Leutnant Grant?«

»Hab' sie vor einer Minute noch gehört. Die müssen ungefähr fünfzig Meter links liegen.«

»Das ist mal wieder herrlich«, sagte der Feldwebel bitter. »Wenn ich jetzt rüberschreie und um neue Befehle einkomme, kriege ich eins auf den Deckel, weil ich Lärm gemacht habe, und wenn wir aufstehen und zur Zugbrücke rübergehen und dort mit Leutnant Grant zusammenstoßen, kriege ich eins drauf, weil ich seine Befehle mißachtet habe, und diese Befehle besagen, daß wir durch den Schlamm robben müssen.« Er warf einen brütenden Blick zur Burg hinüber. »Dieser Hurensohn weiß inzwischen so gut wie wir, daß niemand in der Burg ist, aber glaubst du, der würde seine Befehle ändern? Der wartet, bis wir die letzten fünfzig Meter rübergekrochen sind, und dann kommt er angeschlendert und pflaumt uns an, warum wir soviel Angst haben vor 'ner leeren Burg.«

»Warum bleiben wir nicht einfach liegen?« sagte Pushkin. Hoffnung schwang in seiner Bemerkung mit.

»Weil der Leutnant gesagt hat, wir sollen rüberkriechen, du Idiot. Wenn du diese verdammte Kluft mal so lange getragen hast wie ich, dann kriechst du, sobald Leutnant Grant den Befehl gibt zu kriechen, und machst nicht mehr so blöde Vorschläge, und wenn du's anders machst, dann wünscht du, du wärst nie geboren.«

Beim letzten Spurt waren sie der Burgmauer auf dreißig Schritte nahe gekommen. Die Mauer war dicht mit Büschen bewachsen. Die Büsche boten ihnen Sichtschutz für den Fall, daß doch jemand in der Burg war. Sie konnten jetzt auf dem Bauch bis zur Mauer kriechen und brauchten die offene Strecke nicht im Dauerlauf zurücklegen. Mißmutig schob sich der Feldwebel einen Meter vor.

»Komm«, befahl er.

»Warte doch mal«, sagte der Gefreite Pushkin im Flüsterton. »Ich seh' ja ein, daß niemand in der Burg wohnt, aber die Krauts könnten doch einen Beobachtungsposten dort errichtet haben.«

Spoda robbte weiter. »Was sollen die Krauts denn von dort

beobachten? Die kahlen Berge? Unsere Linien kann man doch von der Burg aus gar nicht sehen.«

Die beiden Männer drückten sich instinktiv auf die Erde, als das kurze Pfeifen einer Granate die Luft über ihnen erfüllte. Zu kurz. Das Geschoß detonierte in der Luft, etwa hundert Meter rechts von ihnen. Unmittelbar danach hörten sie eine zweite Detonation, der Schall kam von jenseits der Burg.

»Sperrfeuer«, knurrte Feldwebel Spoda. »Die schießen Löcher in die Luft.« Er warf dem dicken Gefreiten einen grollenden Blick zu. »Beantwortet das deine Frage? Die Krauts haben nicht die Angewohnheit, ihre eigenen Beobachtungsposten mit Sperrfeuer einzudecken.«

Er wollte weiterkriechen, aber dann sah er, daß sein Gefährte hinter dem Busch liegengeblieben war, er machte keine Anstalten, Spoda zu folgen.

»Ich mag die Burg nicht«, sagte der Gefreite Pushkin. »Ich find' sie furchtbar finster.«

»Herrgott noch mal!« Der Tonfall des Feldwebels ging jetzt eine Nuance zum Sarkastischen hin. »Wir schicken einen Brief an Eisenhower, in dreifacher Ausfertigung, und da schreiben wir, die Burgen in diesem gottverdammten Krieg sind zu finster für Pushkin. Was zur Hölle hast du dir denn vorgestellt? Zur Begrüßung ein paar bunte Lampionketten auf der Zugbrücke?«

»Ich meine nur... Die Burg sieht aus wie so ein Spukschloß.«

Feldwebel Spoda beantwortete das mit einem verächtlichen Schnaufen. »Fünf Meilen von hier stehen drei Divisionen Krauts, und du hast Angst vor Gespenstern!«

»So was gibt's ja«, verteidigte sich Pushkin.

»Hast du schon mal ein Gespenst gesehen?«

»Ein Gespenst? Na ja – nicht direkt.«

»Nicht direkt.« Der Feldwebel wiederholte das voller Ironie. »Und indirekt? Hast du schon eins indirekt gesehen?«

Die Antwort des dicken Gefreiten kam gereizt. »Lach nur drüber. Aber ich habe mit Menschen gesprochen, die Gespenster gesehen haben. Mein Vater hat eines gesehen. Er ist noch in Europa aufgewachsen und weiß gut über Gespenster Bescheid.«

Feldwebel Spoda ließ die Lippen vibrieren, während er die Luft auspustete, ein klarer Hinweis darauf, wie er über den

Vater seines Gefährten dachte. »Ich habe noch nie ein Gespenst gesehen, und ich bin sicher, ich werd' auch nie eines sehen.«

»Natürlich nicht«, sagte Pushkin. »Mein Vater sagt, nur wer an Gespenster glaubt, kann sie sehen.«

Feldwebel Spoda kroch weiter. »Ich für meine Person würde in der Burg lieber auf Gespenster stoßen als auf Krauts. Aber ehe ich mich vom Leutnant anspitzen lasse, weil ich erst nach ihm die Zugbrücke erreicht habe, kannst du mir Krauts *und* Gespenster schicken, das wäre dann das geringere Übel. Also jetzt los, heb deinen fetten Arsch.«

Den Lippen des Gefreiten Pushkin entrang sich ein heiseres Schnaufen. Er kroch in der Spur entlang, die der Feldwebel im Schlamm hinterlassen hatte.

Sie waren an der Ecke der Burgmauer angelangt, etwa zwanzig Meter von der Zugbrücke, als Spoda zum zweiten Male Halt gebot. Er schob sich den Stahlhelm zurück und wischte sich den Schmutz und den Schweiß von der Stirn, er benutzte dazu den Ärmel seines Khakihemds. Er hob den Kopf und spähte in die Richtung, wo er Leutnant Grant und Unteroffizier Bisby vermutete. Er erblickte einen mit einem Tarnnetz versehenen Stahlhelm an der Ecke der Burgmauer. Es schien, daß die anderen noch genauso weit von der Zugbrücke entfernt waren wie sie. Was bedeutete, daß Spoda und Pushkin ganz nach Fahrplan gerobbt waren.

Spoda gab seinem Kameraden das Zeichen, ihm zu folgen, dann kroch er das Stück zur Zugbrücke hinüber. Er konnte jetzt sehen, daß die Zugbrücke keine Zugbrücke mehr war, sondern eine feste Brücke, die schweren Ketten, die sie einst getragen hatten, waren geborsten und verrostet. Spoda lag auf dem Bauch und musterte mißtrauisch den Steinbogen über dem Burgtor. Die verfaulten, verrotteten Tore standen sperrangelweit auf, eine düstere Einladung. Spoda wurde plötzlich von der gleichen Abneigung gepackt, die der Gefreite Pushkin empfunden und zum Ausdruck gebracht hatte. Es war selten, daß er in Geduld die Weisungen des Leutnants erwartete, aber diesmal war es so.

Leutnant Grant, ein hagerer, junger Mann mit Bitterkeit in den Augen, mit einer Gestalt, die aus Muskeln und Rohleder zu bestehen schien, schlenderte zur Ecke der Zugbrücke hinüber und hockte sich in den Schutz eines Busches. Als treuer Schatten folgte ihm Unteroffizier Bisby.

»Was ist denn, Feldwebel Spoda?« spottete er. »Angst vor leeren Häusern?«

»Nein, Sir.« Unteroffizier Spoda stützte sich hoch, aber er blieb auf den Knien. »Ich wußte nicht, daß niemand in der Burg ist.«

»Aber Sie haben doch die Luftdetonationen gehört, oder?« Leutnant Grant sprach in scharfem, dienstlichen Ton mit ihm, aber nicht so dienstlich, daß es das sadistische Vergnügen verdeckt hätte, das er bei seinen Sticheleien empfand. »Die werden ja nicht ihre eigene Stellung beschießen.«

Wie um die Bemerkung des Leutnants zu unterstreichen, detonierten weitere Granaten in der Luft, die Splitter zersiebten die Erde.

Spoda lag im Dreck. Mechanisch zählte er die Detonationen. Fünf... acht... zwölf. Pause. Und dann: Fünf... acht... elf. Diesmal waren's nur elf.

»Rein!« sagte Leutnant Grant forsch. »Rein, bevor sie die nächste Salve abfeuern.«

Feldwebel Spoda war gleich wieder auf den Knien. Er gab Pushkin ein Zeichen aufzustehen. »Das bedeutet, du Idiot, daß du loslaufen sollst. Nimm die Kurve, ich geb' dir Deckung.«

Er ließ seine Linke auf Pushkins Hintern niedersausen, während der an ihm vorbeilief. Er hielt seine Maschinenpistole auf das Burgtor gerichtet, bis das düstere Loch den dicken Gefreiten verschluckt hatte.

Dann sprang er auf und rannte über die verrotteten Baumstämme der Zugbrücke. Aus den Augenwinkeln sah er, wie der Leutnant und der Unteroffizier aus der Deckung kamen.

Die zwölfte Granate der zweiten Salve kam, als Spoda den Torbogen erreicht hatte. Sie kam ungewöhnlich spät und explodierte etwa fünfzig Meter über der Zugbrücke. Eine jämmerliche Luftdetonation.

Als er, mit dem Kopf voraus, in die Düsternis des klaffenden Burgtores eintauchte, spürte Spoda das Klirren eines Splitters an seinem Stahlhelm. Er robbte über die staubigen Pflastersteine, sprang hoch wie eine Feder und ließ die Maschinenpistole mit drohender Gebärde eine Drehung machen. Aber es gab keinen Feind. Als die Mündung zur Ruhe kam, zeigte sie auf den Gefreiten Pushkin.

Sie waren in einem großen Raum mit Deckenbalken aus Eiche und schmalen, hohen Fenstern. Einziges Mobiliar war eine rohe Holzbank und ein Tisch. Es gab zwei große, offene Kamine, einen an jeder Schmalseite des Raumes. In einem der beiden Kamine hing ein alter Kessel. Gegenüber der Tür, durch die sie eingetreten waren, gab es einen Durchlaß, der den Blick ins Innere der Burg freigab. Pushkin kroch über die Schwelle, der Feldwebel blieb hinter ihm. Der Gefreite hielt seine Maschinenpistole ins Dunkel gerichtet.

Spoda war infolge des Sprungs schwindlig geworden, er fühlte sich auf einmal gewichtslos. Er schüttelte den Kopf, hielt nach dem Leutnant und nach Unteroffizier Bisby Ausschau, aber die schienen verschwunden. Er warf einen Blick zurück. Dort, im Schatten des Torbogens, lag eine Gestalt in Khakiuniform, halb drinnen, halb draußen. Der Helm hatte sich vom Kopf gelöst, und als der Feldwebel auf sechs Schritte heran war, konnte er sehen, daß von dem Kopf des Kameraden nicht mehr viel übriggeblieben war, jedenfalls nicht so viel, daß Erste Hilfe noch Aussicht auf Erfolg gehabt hätte.

Ihm war übel geworden. Er vermied es, näher an die Gestalt heranzugehen und trat an eines der hohen, schmalen Fenster. Er wollte lieber durch das Fenster schauen als hinausgehen. Er stand da und sah, wie Unteroffizier Bisby durch das Gebüsch wegrannte. Er sah, wie der Unteroffizier die Maschinenpistole fortwarf und Fersengeld gab.

»Der hat durchgedreht«, murmelte Spoda angewidert. »Hat Muffe gekriegt.«

Als er sich umdrehte, stand Pushkin da und betrachtete mit schiefgelegtem Kopf die regungslose Gestalt auf dem Boden. »Ist das Bisby oder Leutnant Grant?« fragte er heiser.

»Das ist Leutnant Grant«, sagte Spoda. »Bisby hat durchgedreht und ist losgerannt wie ein Hase.«

Spoda tat einen Schritt nach vorn, er starrte an Pushkin vorbei in die Düsternis. Aus irgendeinem Grunde war ihm nicht wohl in dieser Burg. Alles war so leicht. Immer noch war da der Schwindel, das Gefühl zu schweben. Da er nicht willens war, das Gefühl auf die finstere Umgebung zurückzuführen, auf den Raum, der jetzt, wo die Leiche auf der Schwelle lag, noch beklemmender wirkte als vorher, gab er dem Splitter die Schuld. Er war von einem Splitter getroffen worden, davon zeugte ja auch die Beule in seinem Helm, und deshalb war er schwindlig, nur deshalb. Zugleich empfand er ein Gefühl der Schuld, weil ihm der Kopf nicht weh tat, und der Kopf mußte doch schmerzen, wenn der Splitter mit so viel Gewalt auf seinem Helm aufgekommen war, daß er sich schwindlig fühlte.

»Es ist etwas Seltsames um diese Burg«, sagte Pushkin. »Fühlst du das nicht auch?«

Die Antwort des Feldwebels kam unnötig laut. »Nein!« Er fügte ein maskenhaft starres Lächeln hinzu. »Komm, wir sehen nach, ob's Gespenster gibt in dieser Räuberhöhle.«

»Um Gottes willen«, sagte Pushkin. »Du glaubst doch hoffentlich nicht, daß wirklich Gespenster in dieser Burg sind.«

Spoda runzelte die Stirn. Er schien irritiert. »Krauts sind jedenfalls keine hier, sonst wär's uns so gegangen wie dem Leutnant.«

Er ging in den nächsten Raum und war überrascht, als er feststellte, daß dieser noch größer war als der erste, der ihm schon weitläufig vorgekommen war. Die ursprünglichen Bewohner der Burg hatten diesen zweiten Raum offensichtlich für Bankette und Gelage genutzt, es gab lange, rohgezimmerte Tische. Die Tische bildeten einen Kreis. In der Mitte hing ein massiver, vielarmiger Leuchter für Kerzen. Wie im ersten Raum, so war auch hier alles von einer dicken Staubschicht bedeckt, Spinnweben hingen von der Decke, was alles bewies, daß viele Jahre lang niemand den Fuß in die Burg gesetzt hatte.

Pushkin stand hinter ihm. »Du hättest mir was sagen können, daß es hier Spinnweben gibt, jetzt bin ich ganz voll von dem Zeug.« Gereizt wischte er sich die grauen Schleier von der Uniform.

»Hab' nicht drauf geachtet. Was macht das schon, ein paar Spinnweben mehr oder weniger, bei all dem Schmutz?«

Am Ende des Raumes war ein Torbogen zu sehen und ein Flur, der tiefer in die Burg hineinführte. Auch zu beiden Seiten des Raumes gab es Torbögen. Durch die seitlichen Ausgänge gelangte man zu Treppen, die nach oben führten.

»Da geht's zu den Türmen«, sagte Spoda. »Wir nehmen uns zuerst den linken Turm vor, der steht wenigstens noch. Du hast sicher von draußen gesehen, daß der rechte Turm halb eingestürzt ist, oder? Ist wirklich in schlechtem Zustand.«

»*Yeah.* Kann natürlich sein, daß der linke Turm auch bald zusammenkracht. Das beste ist, wir verschwinden und überlassen die Burg den Gespenstern.«

Feldwebel Spoda hielt die Hände auf die steinerne Brüstung gestützt. Er sah Pushkin über die Schulter an. »Hör, verdammt noch mal, auf, über Gespenster nachzudenken, so was gibt's doch gar nicht.«

»Ich hab' so ein merkwürdiges Gefühl, was diese Burg angeht«, beharrte Pushkin. »Irgendwas hängt in der Luft. Laß uns machen, daß wir hier wegkommen.«

Der Feldwebel drehte sich um. Sie standen sich von Angesicht zu Angesicht gegenüber, hier der Feldwebel, dort der dicke Gefreite. Spoda hatte die Maschinenpistole über die Schulter geschoben. Er stemmte die Arme in die Seiten.

»Jetzt hör mal zu, du Idiot«, sagte er, und es klang ganz ernsthaft. »Geister und Kobolde und Gespenster, das ist was für Kinder, das ist so was wie der Nikolaus, verstehst du. Und was hier in der Luft hängt, ist ganz einfach die Feuchtigkeit, der verdammte Winterregen, der nicht aufhören will. Und jetzt kein Wort mehr über Gespenster.«

Er machte ein furchtbar entschlossenes Gesicht, als er mit vorgeschobener Maschinenpistole die Treppe hinaufstapfte. Nach einem Dutzend Stufen machte die Treppe einen scharfen Knick nach rechts, dann ging es mit einer Wendeltreppe weiter.

Nach der zweiten Windung sagte Pushkin: »Halt mal, Sarge.«

Spoda blieb stehen. »Was ist denn?«

»Das merkwürdige Gefühl wird stärker. In dieser Burg ist was Übernatürliches.«

»Scheiße.«

»Ich spüre das ganz genau«, sagte Pushkin stur. »Ich habe eine Antenne für derartige Dinge. Mein Vater hat mir erzählt, jeder in unserer Familie hat diese Gabe.«

»Ich spür' gar nichts.«

»Das kannst du auch nicht. Ich hab' dir doch schon gesagt, Gespenster sieht man nur, wenn man dran glaubt.«

Milde Verzweiflung trat in Spodas Züge. »Siehst du denn irgendwelche Gespenster hier, du taube Nuß?«

Der fette Gefreite schüttelte den Kopf.

»Dann gibt's auch keine!« schrie Spoda ihn an. »Du hast selbst gesagt, du siehst sie, wenn es welche gibt.«

Pushkin ließ sich nicht einschüchtern. »Ich kann sie spüren, das ist fast das gleiche. Ich *weiß*, daß es hier Gespenster gibt. Bitte, *Sarge*, machen wir, daß wir hier rauskommen.«

Der Feldwebel verengte seine Augen zu Schlitzen, wie er es bei Leutnant Grant beobachtet hatte. »Noch ein Wort über diese Gespenster, Pushkin, und ich gebe dir eins mit dem Gewehrkolben zwischen die Hörner, so wahr mir Gott helfe! Und jetzt halt den Mund, wir müssen die Burg inspizieren.«

Der dicke Gefreite verkniff sich, was er hatte sagen wollen. Während der nächsten halben Stunde folgte er Spoda mit stoischer Gelassenheit, sie durchkämmten jeden Fußbreit der Burg. Mit der Gefahr, einem Gespenst zu begegnen, hatte sich Pushkin abgefunden, das war wohl nicht so schlimm, wie wenn er den Zorn des Feldwebels auf sich herabbeschwor. Die Durchforschung der Burg hätte Pushkins Ängste eigentlich zum Schwinden bringen müssen, sie durchsuchten jede Ecke und jeden Winkel, ohne auf Deutsche oder übernatürliche Wesen zu stoßen. Aber Pushkins Unsicherheit wuchs mit jedem Raum, den sie leer vorfanden. Als sie in den Raum zurückkehrten, wo sie die Durchsuchung gestartet hatten, zitterte er vor Furcht.

»Siehst du«, sagte Spoda triumphierend, »es gibt keine Gespenster auf dieser Burg.«

»Davon bin ich leider gar nicht überzeugt«, sagte Pushkin. Er konnte nur noch krächzen. »Das Gefühl ist von Minute zu Minute stärker geworden. Gehen wir, ehe was Fürchterliches passiert.«

»Das Gefühl, von dem du sprichst, ist stärker geworden, weil's draußen dunkler geworden ist«, sagte Spoda. Er gab sich keine Mühe, seinen Ärger zu überspielen. »Deine Fantasie geht mit dir durch.«

»Vielleicht erscheinen uns die Gespenster im Dunkeln, wenn sie sich am Tage nicht haben sehen lassen«, sagte Pushkin mit kläglicher Stimme.

Er warf einen ängstlichen Blick auf den Flur. Die Dunkelheit lastete wie ein riesiger Sarg auf dem Gewölbe. Nur die Umrisse der Leiche waren zu erkennen.

Spoda verzog sein Gesicht zu einem gezwungenen Lächeln. »Du spürst wahrscheinlich den Geist des Leutnants.«

Und dann klappte der Mund des Feldwebels auf und blieb auf. Aus dem Schatten über der Leiche trat eine Gestalt hervor, es war Leutnant Grant.

Während der Leutnant mit zügigem Schritt auf sie zukam, spürte Feldwebel Spoda wieder jenes leichtfüßige Schwirren im Kopf, das ihn beim Betreten der Burg befallen hatte. Er drehte sich zu Pushkin um, dessen Augen waren auf die Erscheinung gerichtet.

»Du siehst es doch auch, oder?« sagte Spoda. Seine Stimme war heiser und brüchig. Er wich bis hinter die hölzerne Bank zurück.

»Warum machen Sie solche Stielaugen, Gefreiter Pushkin?« schnarrte Leutnant Grant.

Pushkin schloß die Augen.

»Hören Sie, Leutnant...«, Spoda fand, daß seine eigene Stimme sehr hohl klang, und das ärgerte ihn. »Sie sind doch aus Fleisch und Blut, oder?«

Leutnant Grant beachtete ihn nicht, er fixierte immer noch Pushkin.

Schritt für Schritt umrundete Spoda die Bank. Vor dem Leutnant angekommen, streckte er den Arm aus und stieß Grant mit dem Finger in die Schulter. Das Fleisch fühlte sich fest an, irgendwie beruhigend.

»Also wirklich, Herr Leutnant«, sagte er, »Sie haben mir wirklich einen Heidenschreck eingejagt. Wissen Sie warum? Ich dachte, Sie wären ein Geist.«

Er hätte genauso gut zur Wand reden können, Leutnant Grant ließ sich nicht anmerken, ob er ihn überhaupt gehört oder gesehen hatte. Er hatte Pushkin bei den Schultern gepackt und schüttelte ihn.

»Wachen Sie auf, Mann!« sagte er scharf. Und, als Pushkin die Augen aufriß: »Werden Sie jetzt etwa durchdrehen wie Bisby?«

Der Leutnant ließ seinen Blick in die Runde schweifen. »Haben Sie das ganze Gebäude durchsucht, Pushkin?«

»Jawohl, Sir«, stammelte Pushkin.

»Tut mir leid, daß ich Sie so lange alleingelassen habe. Bin dem verdammten Bisby nachgerannt, bis kurz vor unsere Linien.« Plötzlich umwölkte sich seine Stirn. »Schade, das mit Spoda. War ein guter Mann.«

Eine neue Welle des Schwindels überkam den Feldwebel, ihm fiel die Gestalt ein, die dort auf der Schwelle lag. Mit raschen Schritten durchquerte er den Raum und kniete vor der Leiche nieder. Ein Gefühl der Taubheit hatte sich in seiner Kehle breitgemacht.

An der Uniform des Toten waren die Insignien eines Feldwebels zu erkennen.

Taumelnd erhob er sich. Er kehrte zu Leutnant Grant und zu Pushkin zurück.

»Wir können ihn schlecht zu unseren Linien zurückschleppen«, hörte er den Leutnant sagen. »Am besten heften wir ihm die Hundemarke an und sagen der Gräberregistrierung Bescheid, wo er liegt.«

Er wandte sich um und ging zu der Leiche. Spoda stand wie angewurzelt da, er sah, wie der Leutnant auf ihn zukam.

Ohne mit der Wimper zu zucken, ging Leutnant Grant *durch ihn hindurch.*

Feldwebel Spoda starrte den Gefreiten Pushkin an, das Entsetzen in den Augen des dicken Gefreiten war wie ein Echo seiner eigenen Angst.

Übersetzt von Rolf Jurkeit

Der Fötus

Thomas M. Disch

Seit der Erfindung des phantastischen und Gruselromans Ende des 18. Jahrhunderts ist der römische Katholizismus die Religion der Wahl unter Autoren von Horrorgeschichten. Für die damaligen Schriftsteller war es eine zweckmäßige Wahl. Mrs. Radcliffe, ›Monk‹ Lewis und Charles Maturin waren alle getreue Protestanten und empfanden möglicherweise ein gewisses Maß an Schadenfreude bei der Schilderung der Laster italienischer Äbte und spanischer Inquisitoren. Aber auch ohne solche geheimen Motive griffen Autoren von Schauergeschichten natürlich zum Katholizismus mit seinen tiefgreifenden Wurzeln in eine legendäre Vergangenheit, seinem Verlangen nach Wundern und Erscheinungen, und vor allem seiner Moraltheologie, derzufolge das Prinzip des Bösen als sichtbares Wesen verkörpert wird – dem Teufel, der zu einer der hauptsächlichen ›dramatis personae‹ *im Repertoire menschlicher Phantasie geworden ist.*

Ob man nun an ihn glaubt oder nicht (ich habe meinen eigenen unmittelbaren Glauben an ihn im Alter von rund dreizehn Jahren verloren, nachdem ich die Klosterschule St. Paul's in Fairmont, Minnesota verlassen hatte, um danach in die ›große Stadt‹ St. Paul und ins zwanzigste Jahrhundert überzusiedeln) – der Teufel ist ein wesentlicher Aktivposten für jeden Geschichtenerzähler, der eine Parabel in der Tradition schaffen will, in der Gut und Böse wirklich das GUTE und das BÖSE sind. Wenn einfache Menschen beginnen, sich mehr oder minder teuflisch zu verhalten (wie das in der folgenden Geschichte hin und wieder geschieht), wird ein gewissenhafter Autor dieses Verhalten mit psychologischen Begriffen zu erklären versuchen. Das mag zwar interessant sein, aber es zerstört den Sinn des Horrors, der plötzlich hervorbrechen und zugleich geheimnisvoll bleiben muß.

Das ist der Augenblick, in dem der Teufel und die Idee dämonischer Besessenheit nützlich sein kann. Wenn ein Dämon für die entsetzlichen Vorfälle in einer Story verantwortlich ist, dann steht die Motivation nicht zur Debatte – da wir ja wissen, daß sich Dämonen prinzipiell und aus ihrer zutiefst bösen Natur heraus schlecht benehmen.

Auf diese Weise wird der Teufel, Vater der Lügen, auch zum Paten der erzählenden Literatur, und das Gute (oder zumindest etwas, das gut zu lesen ist) ist dazu geschaffen, sich vom Bösen abzuheben.

Und der Teufel wird wieder einmal zunichte gemacht!

Das erste Kinderbuch, das in der Neuen Welt geschrieben und veröffentlicht wurde, wurde in den Bostoner Straßen im Winter 1656 verhökert. Es hieß ›GEISTIGE MILCH FÜR BOSTONER KINDER AUS DEN BRÜSTEN BEIDER TESTAMENTE ZUR ERBAUUNG IHRER SEELEN‹. Irgendwie muß Tom Disch ein Exemplar davon in die Hände bekommen haben.

Vielleicht wundern Sie sich. Es gibt einfach keinen anderen Autor außer ihm, der den warnenden Unterton so im richtigen Maß trifft. Eine Kurzgeschichte von Tom Disch zu lesen, hat die gleiche Wirkung wie eine Tracht Prügel; sie nimmt kein Ende und man verliert nie das Interesse daran. Sein ständiges Glaubensbekenntnis scheint zu sein: ›Der Teufel wird dich holen, wenn du nicht SPRINGST!‹ Und keiner, darauf möchte ich wetten, springt höher oder weiter als Tom Disch selbst. Seine Arbeiten beweisen das; er ist immer um ein paar Sprünge voraus, blickt niemals zurück, aber wenn Sie ihm dicht auf den Fersen folgen, so werden Sie hören, wie er Ihnen über die Schulter weg zuzischt, Sie sollen sich beeilen. Vergessen Sie nicht, dieser Mann ist ein verrückter Moralist; er hätte sogar Cotton Mather in den Ruf eines Optimisten gebracht. Schließlich – als die Lady sagte: ›Gib mir Feuer!‹ hat sie wohl kaum Schwefel erwartet.

Der Teufel kann, wie diejenigen, die mit ihm vertraut sind, oft behauptet haben, nichts selbst erschaffen. Die Schöpfung ist Gott vorbehalten und – in geringerer Weise – dem Menschen. Der Teufel imitiert, negiert, leugnet; er ist lediglich ein Schöpfer der Lügen. In diesem Zusammenhang können wir den Fall der Magdalena Hunziger aus Wilmersdorf im Kreis Liegnitz in Niederschlesien erzählen. Magdalena, deren Schwangerschaft bekannt wurde, wurde von einem gelehrten Dominikaner vernommen und erklärte, sie glaube, daß sie ein Kind des Teufels trage. Auf der Folterbank enthüllte Magdalena – oder vielmehr der Dämon, mit dem sie den Beischlaf ausgeübt hatte –, daß das Sperma, durch das sie empfangen hatte, einem gehenkten Verbrecher entnommen und vom Dämon mit Hilfe seines eigenen sterilen Genitals in Magdalenas Leib eingeführt worden sei. Das Glied beschrieb Magdalena als ungewöhnlich dünn und kalt.

Dieses auf so unnatürliche Weise empfangene Kind wurde am 24. Februar 1386 auf dem Platz vor der Johanneskirche in Liegnitz zusammen mit seiner Mutter auf dem Scheiterhaufen verbrannt, denn es besteht kein Zweifel, daß eine solche Nachkommenschaft, wenngleich nicht direkt vom Satan abstammend, doch vom Schicksal dazu bestimmt ist, zu seinen Günstlingen zu gehören. Die einzige Hoffnung auf Rettung ist, dem angesehenen Inquisitor Nicholas Savin zufolge, der sich ausführlich über diesen und ähnliche Fälle verbreitet hat, eine sofortige Taufe und ein unmittelbar darauf erfolgender Tod.

In der nun folgenden Erzählung werden eine Reihe von Begebenheiten verfolgt, die in gewisser Weise der oben erwähnten ähneln, aber die sich zu unserer Zeit in der Stadt New York abgespielt haben, einer der Lieblingsorte des Satans – ihres Atheismus und Unglaubens ebenso wie ihrer Sündigkeit wegen. Der Teufel fühlt sich, genau wie andere Berühmtheiten anderer Art, am behaglichsten, wenn er am wenigsten Gefahr läuft, erkannt zu werden. Eine peinliche Befragung mit Hilfe der Folter für Agnes Brill, ein Autodafé für sie und ihr Kind gab es natürlich nicht. Umgekehrt gab es keine Hoffnung für sie, sich den Absichten des Bösen zu entziehen, die von entsprechendem Ausmaß waren. Aber ich will der Reihe nach erzählen.

Zuerst ein Wort über Agnes Brills Charakter und die Umstände, unter denen sie im Frühjahr 1969, der Zeit ihres beginnenden Unglücks, lebte. Einfach wie Richard Sullivan, als er sie endgültig verließ, zu behaupten, Agnes sei eine ›Anmacherin, mit der nichts ginge‹, wurde ihrer bedrückenden Situation nicht gerecht. Wie viele junge Frauen aus kleinbürgerlichem Milieu war sie von Sex besessen und zugleich ahnungslos. Sie klammerte sich an ihre Jungfräulichkeit wie ein kleiner und zaghafter Spekulant sich an seine Mappe mit spärlichen Wertpapieren. Und fortgesetzt quoll ihre Fantasie über von Vergewaltigungsvorstellungen – so wie die des besagten Spekulanten vielleicht von Goldminen,

Ölquellen oder Broadway Hits. Agnes wünschte sich verzweifelt, mit einem Mann zu schlafen, und sie widerstand ebenso verzweifelt jedem diesbezüglichen Versuch. Sie war die typische irisch-katholische Sexpflaume – halb reife Frucht, halb (mit vierundzwanzig) welkende Rose, eine dieser seltenen Schönheiten, von denen man tatsächlich sagen konnte, ihre Augen seien *nicht* das Beste an ihr – denn sie waren, sofern sie nicht von einem Funken Berechnung belebt wurden, ziemlich glanzlos und neigten, wenn sie nicht sehr darauf achtete, zum Schielen.

Vierundzwanzig und trotz all ihrer sorgfältig erhaltenen formalen Jungfräulichkeit kein Freier in Sicht, kein Fisch an der Angel. Sie hätte ebensogut in der Mohavewüste wie inmitten westlicher Zivilisation leben können. Wozu das Ganze? fragte sie sich oft. In solchen Zeiten ging sie dann gern in die Kirche und kniete nieder, um zu beten, so als wolle sie Gott an ihren Kummer erinnern. Es war einfach nicht fair, daß ihrer so wohlbehüteten Tugend kein besserer Lohn zuteil wurde als der einer Anstellung bei einem Uhrenimporteur, der ihr wöchentlich jämmerliche 87 Dollar fünfzig zahlte, und dazu hauste sie in einem Schlafzimmer, das sie mit zwei jüngeren Schwestern teilen mußte.

Schließlich, an einem Apriltag des Jahres 1969 wurden Agnes' Gebete erhört, wenn auch nicht von Gott. Sie war in der Mittagspause in die Franziskanerkirche ›Christkönig‹ an der 37. Straße Ost gegangen, um erneut ihre Sache vor Gottes taubes Ohr zu bringen. Reiskörner lagen verstreut auf der Gummimatte am Eingang, und der Altar war mit den extravagantesten Blumenarrangements geschmückt, die man mit ausreichend Geld kaufen konnte. Agnes empfand bittere Enttäuschung, so als ob sie selbst von dem unbekannten und abwesenden Bräutigam sitzen gelassen worden sei. Sie ging in einer Aufwallung von Entrüstung und düsterer Verzweiflung den Gang entlang auf den geschmückten Altar zu. Bei der ersten Kirchenbank angekommen, bemerkte sie, daß sie nicht allein war. Ein Priester stand in der matt erhellten Nische eines Seitenaltars, der dem Jesuskind von Prag geweiht war. Er beobachtete sie und Agnes ließ sich ordnungsgemäß auf das Kniekissen nieder, faltete die Hände und begann ›Gegrüßet seist du Maria‹ zu murmeln. Der Priester behielt sie weiterhin im Auge und sie fuhr fort zu beten.

Irgend etwas war seltsam an ihm, sie hätte nicht sagen können, was es war.

Er näherte sich ihr. Sie wußte aus irgendeinem Grund, daß er nicht einfach auf die andere Seite der Kirche hinüberging. Sie empfand Unbehagen, aber schließlich war er ein Priester. Hoffentlich würde er sie nicht fragen, ob sie beichten wolle, da sie sich ja im Stand einer Todsünde befand. Zusätzlich zu ihren Verstößen gegen das Gebot der Keuschheit hatte sie während ihrer Mittagspausen eine ganze Menge Dinge aus Läden gestohlen – so viel, daß sie nicht wußte, wie sie je in der Lage sein würde, das bei den Betroffenen wieder gutzumachen. Genaugenommen hegte sie auch gar nicht diese Absicht. Niemand konnte sich bei einem Nettolohn von 62 Dollar 59 ordentlich kleiden. Aber ein Priester hätte das niemals verstanden.

Er blieb vor ihr stehen.

»Mein Kind«, sagte er.

Sie blickte zu ihm auf. Er hielt ein Messer in der Hand. »Mach keinen Lärm«, flüsterte er. »Wenn du irgendwelchen Widerstand leistest, bringe ich dich um.«

Agnes leistete keinerlei Widerstand.

Nachdem der Priester Agnes vergewaltigt hatte, erhob er sich von der Kirchenbank, strich seine Soutane glatt und schlitzte sich schnell und geschickt die Kehle von einer Seite zur anderen auf. Wenn in den nun folgenden Wochen in Agnes Träumen diese Szene wiedererstand, dann eher so, daß der Priester seinen Selbstmord *vor* der Vergewaltigung beging – und nicht erst hinterher. Mit dieser Umstellung bewies Agnes ein instinktives Verständnis für Dämonologie, denn es ist bekannt, daß der Teufel fähig ist, über kurze Zeit hinweg die Leiber der Verdammten zum Leben zu erwecken. Ohnehin war es nur eine Angelegenheit von Augenblicken, welche die Verbrechen der Vergewaltigung und des Selbstmords voneinander trennten, und beide entsprangen sozusagen einer einmaligen Unterwerfung unter die Herrschaft des Bösen. Der Dominikaner, der Magdalena Hunziger ausgefragt hatte, hätte nicht den geringsten Zweifel gehegt: Das Kind, das an jenem Tag empfangen wurde, war das des Teufels – genauso wie damals Magdalenas kleiner Balg.

Der Diözesangeistliche war natürlich bemüht, einen solch

ärgerniserregenden Skandal aus der Presse fernzuhalten, und Agnes – ebenso natürlich – war froh, hier mitspielen zu können. Sie bekam eine wesentlich besser bezahlte Stelle im Büro einer großen katholischen Wohlfahrtseinrichtung, und als kein Zweifel mehr an ihrer Schwangerschaft bestehen konnte, wurde sie in die Filiale derselben Organisation in Baltimore versetzt, wo sie als Sekretärin des Direktors ihr eigenes Büro und eine mietfreie Wohnung im selben Gebäude hatte. Ihre Vergewaltigung hatte offensichtlich begonnen, sich segensreich auf ihre Fähigkeit auszuwirken, sich zu verstellen. Nach wie vor wurde sie von Träumen zunehmend unerfreulicherer Natur heimgesucht. Genaugenommen aber waren sie denen, die sie in den Tagen ihrer Jungfernschaft unschuldig genossen hatte, gar nicht so unähnlich. In jedem Fall hatten sie, wenn sie erwachte, keine Macht mehr über sie, denn sie verdrängte sie. Agnes verfügte über die Gabe des Vergessens.

Sie war, vermutlich als Resultat ihrer Schwangerschaft, anziehender und schöner denn je geworden, und sie hatte nun auf Grund ihres erhöhten Einkommens die Möglichkeit, mehr Geld in die Steigerung ihrer Reize zu investieren. Lou Donovan, der Direktor des Büros in Baltimore, begann seine neue Angestellte bewußter zur Kenntnis zu nehmen, und Agnes, nun von der Last befreit, ihren Status als Jungfrau aufrechtzuerhalten, konnte sein Interesse aktiv anspornen. Dieses Interesse reifte zu etwas heran, das sie beide übereinstimmend zu Liebe erklärten. Die Möglichkeit einer Ehe wurde in Betracht gezogen.

Agnes hatte ihren Wohltätern in New York als Bedingung für deren Wohlwollen versprochen, keine Abtreibung vorzunehmen; aber das war noch vor der Aussicht auf Heirat gewesen. Abtreibung war natürlich eine Todsünde, aber Hurerei war ebensogut eine, und diese Todsünde beging sie durchschnittlich zwei bis dreimal die Woche. Zumindest würde eine Abtreibung, einmal vorgenommen, nicht immer wiederholt werden müssen wie ein Erfolgsschlager.

Agnes kämpfte nicht lange gegen die Versuchung an, aber selbst dann zögerte sie, sich etwas so drastisch Unerfreulichem wie einem chirurgischen Eingriff zu unterziehen. Obwohl sie sich bereits im fünften Monat der Schwangerschaft befand, beschloß sie, sich den Wundern moderner Chemie anzuvertrauen. Mit Hilfe einer Freundin in New York, die von ihrem Mißgeschick wußte, erwarb sie ein entsprechendes Mittel. Agnes nahm dreimal die empfohlene Dosis und war für viele Tage krank. Sie verbrachte diese Zeit eingeschlossen in ihrer mietfreien Wohnung, hatte Anfälle heftiger Übelkeit und blutete reichlich.

Der Fötus jedoch blieb in ihrem Leib, denn der Teufel, der über ausgeprägte Kenntnisse in medizinischen Anomalien und große Geschicklichkeit in der Manipulation grundlegenden genetischen Materials verfügt, sorgte dafür. Der Fötus war weder tot noch lebendig. Er gehörte zu dem Dämon, der so geduldig den Priester von ›Christkönig‹ verlockt, korrumpiert und schließlich in Besitz genommen und der den Fötus durch seine Methoden zu einem Wesen gemacht hatte. Und er teilte die Macht des Dämons. Er war das Böse, und seine Bösartigkeit entwickelte sich weiter, wenn auch das verdorbene Gewebe, aus dem er bestand, dies nicht mehr konnte.

Agnes glaubte, nachdem sie sich erholt hatte und einige Zeit verstrichen war, daß sie ihr Ziel erreicht habe. Sie erzählte Lou, sie hätte eine Fehlgeburt gehabt – was beträchtliche Erleichterung bei ihm hervorrief, denn nun konnte er sie seiner Familie als seine Zukünftige vorstellen ohne sich der peinlichen Unterstellung aussetzen zu müssen, dies geschähe lediglich einer fortgeschrittenen Schwangerschaft wegen.

Die beiden heirateten im April, am Jahrestag von Agnes' Vergewaltigung.

Es war, wie alle übereinstimmend erklärten, eine schöne Hochzeit. Agnes trug Weiß. Die Kirche war voll von Lous Verwandtschaft und Kollegen, unter denen sich einige Koryphäen auf den Gebieten des Sports, der Politik und des organisierten Verbrechens befanden. Die Hochzeitsreise führte das Paar auf die Bahamas.

Der Teufel sorgt eben für die seinen.

Der Fötus wuchs nicht, aber seine Bösartigkeit und die Macht dieses Bösen nahm zu.

Agnes, in ihrer neuen Rolle als Mrs. Donovan, achtete wenig auf die ersten Anzeichen – eine Katze, die ihrer periodischen Wutanfälle wegen beseitigt werden mußte; ein Hausmädchen, das man beim Stehlen ertappte; das Kind eines Nachbarn, bei dem Schizophrenie diagnostiziert wurde. Aber die hervorragendsten Fähigkeiten des Fötus in diesen frühen Jahren waren von einer Art, daß Agnes unmöglich seine Einwirkung erkennen konnte – und wenn doch, so hätte sie nur dankbar sein müssen. Denn seine Macht war am größten, wenn Agnes sich der Liebe hingab. Dann konnte sein eingeschrumpftes Gehirn tatsächlich Einfluß gewinnen und die Seele dessen erreichen, der so dicht an sein dunkles Reich vorgedrungen war – er konnte sie berühren und sie zu seinen eigenen verborgenen Zwecken ausnützen.

Lou begriff nie, warum er, auch vor seiner Heirat, bei allen anderen Frauen impotent gewesen war. Es spielte auch keine große Rolle für ihn. Er gierte nach seiner eigenen Frau mit einer Leidenschaft, die seiner Ansicht nach nur in der Aufrichtigkeit ehelicher Liebe begründet sein konnte. (Obwohl der ehrenwerte Theologe Xystus Pithagorius einmal geschrieben hat: ›omnes ardentior amator propriae uxoris adulter est‹ – die leidenschaftliche Liebe eines Mannes zu seiner eigenen Frau ist Ehebruch). Gelegentlich empfand er es als peinlich, so in Agnes vernarrt zu sein, daß er noch nicht einmal von einem pornografischen Schnappschuß in Magazinen erregt werden konnte. Aber das ermöglichte ihm, mehr Aufmerksamkeit und Energie auf seine Arbeit zu wenden. Er hatte von jeher einen bestimmten Anteil des Geldes, das in seine Wohlfahrtsorganisation floß, für sich abgezweigt, aber nun, unter dem Einfluß seines unwissentlich adoptierten (und ungeborenen) Sohnes wurde er zu noch gewagteren Unterschlagungen angespornt. Mit den so veruntreuten Geldern erweiterte er seine Investitionen, unterstützt durch seine vielen ausgezeichneten Verbindungen auf anderen Berufsgebieten. Er erwies sich als findig, einfallsreich und zunehmend skrupelloser.

In der Nacht, in der er von seiner Partei als Kandidat für das Amt des Gouverneurs für Maryland nominiert wurde, beging Lou Donovan Selbstmord. Er hatte gerade mit Agnes in ihrer Suite in dem Hotel geschlafen, in dem die Versammlung abgehalten wurde. Der Fötus, nun acht Jahre alt, drang in Lous noch schwindelndes Gemüt vor und erteilte ihm seinen letzten Befehl. Er erhob sich von dem Bett, auf dem Agnes noch halb betäubt in schlaffer Befriedigung lag, ging in das geräumige Badezimmer und kehrte mit einem scharfen Rasiermesser wieder, das er vor vier Tagen aus einem plötzlichen Impuls heraus gekauft hatte. Dann, während Agnes zusah, schnitt er sich schnell und geschickt die Kehle von einer Seite zur anderen auf.

Agnes hegte, nachdem sie sich einmal vom Schock dieser zweiten Tragödie erholt hatte, nicht den Wunsch, in Baltimore zu bleiben. Nach einigem Zögern entschied sie sich dafür, nach Phoenix zu ziehen, wo sie einige ansehnliche Immobilien geerbt hatte. Dort führte sie in einem grandiosen modernen Glaskasten von Villa, die vom unaufhörlichen Summen der Klimaanlage erfüllt war, ein zurückgezogenes und, wie sie fand, luxuriöses Leben.

Der Fötus, zeitweilig saturiert, wartete geduldig darauf, daß Agnes sich wieder erholen würde. Er brauchte sie ebenso sehr wie sie selbst einen Wagen als das einzige zur Verfügung stehende Transportmittel. Und es war wahrhaft wunderbar, wie schnell Agnes wieder in betriebsfähigem Zustand war.

Sie konnte nicht verstehen – und würde es nie verstehen können –, warum Lou auf dem Gipfel seines Erfolgs sich so abscheulich und unvernünftig hatte benehmen können. Das Urteil des Coroners hatte auf zeitweilige Geisteskrankheit gelautet, und Agnes hatte es aus Mangel an einer besseren Erklärung dabei belassen müssen. Vielleicht waren Männer eben einfach so. Es konnte aber auch sein, daß Lous Tod die Strafe für ihre Sünde der Abtreibung gewesen war. Agnes hatte es schon als ausreichende Strafe erachtet, daß ihre Ehe nicht mit Kindern gesegnet war. Das ganze war einfach nicht zu ergründen, aber schließlich gab es so vieles, von dem man nicht hoffen konnte, es jemals zu verstehen. Sie beschloß, das ganze Problem aus ihren Überlegungen zu verbannen, und mit Hilfe des Fötus gelang ihr das auch.

Selbst dann noch führte sie ein abgeschiedenes Dasein. Eine düstere Vorahnung bewog sie, selbst vor den harmlosesten Freundschaftsangeboten zurückzuscheuen. Wenn ein Nachbar sie zu einer Partie Bridge einlud, lehnte sie ab, obwohl Bridge in Baltimore ihre hauptsächliche Nachmittagsbeschäftigung gewesen war. Sie saß vor dem Fernseher und betrachtete vor allem die Quiz-Shows. Sie kümmerte sich um das Haus. Sie ging einkaufen. Aber sie schloß keine Freundschaften, und ihre Abende, vor allem die während der Woche, an denen das Fernsehen nichts Interessantes bot, waren von verzweiflungsvoller Einsamkeit.

Der Fötus wurde ungeduldig. Er vermißte Lou ebensosehr wie Agnes – er vermißte die Demonstrationen seiner unwiderstehlichen Autorität. Er kannte jetzt seine Stärke, aber solange Agnes nicht dazu gebracht werden konnte, sich aufzuraffen, konnte er diese Kraft nicht ausüben.

Schließlich übernahm er die Initiative. Agnes hatte es sich zur Gewohnheit gemacht, zu ihrer Entspannung in die Wüstengebiete um Phoenix hinauszufahren. Der Wagen – ein cremefarbenes Ungeheuer von einem Imperial – schien unter dem Ansturm der aus dem Radio dringenden Musik pfeilschnell vorangetrieben zu werden, und Agnes hatte nichts weiter zu tun, als das Lenkrad festzuhalten und sich von der Strömung dahintragen zu lassen.

Es war dem Fötus ein leichtes, einen Unfall zu arrangieren. Agnes wurde sich des Wagens, der vorbeizufahren versuchte, einfach nicht bewußt. Als nächstes stellte sie fest, daß die Hinterräder des Imperial über dem Bankett hingen. Der andere Wagen war völlig demoliert, sein Vorderteil sah dank einer betonierten Wasserleitung, die unter der Autostraße durchführte, wie eine Ziehharmonika aus. Verblüffenderweise war der Fahrer nicht verletzt, aber er war, wie vorauszusehen, sehr zornig. Agnes versuchte, ihn zu besänftigen. Sie gab ihre Schuld zu und bot dem Mann an, ihn dahin zu fahren, wo immer er hinwollte.

Es hatte wenig Sinn, in der Hitze herumzustehen und sich mit ihr zu streiten. Er willigte ein.

Agnes räumte den Fahrersitz dem Mann ein, den sie kurz zuvor fast umgebracht hätte. In den ersten Augenblicken der Verwirrung hatte sie noch nicht einmal seine auffälligsten Züge wahrgenommen, aber nun, wieder eingefangen von dem monotonen Dahinfahren auf der leeren Autobahn, konnte sie nichts anderes tun als ihn beobachten. Sie fand, daß er auf eine wettergebräunte Weise gut aussah. Er trug einen konservativen Nadelstreifenanzug und sein Haar war so kurz geschnitten, daß man die tiefe Bräune sogar unter den eisengrauen Stoppeln erkennen konnte. Irgend etwas an ihm – ein Funkeln in seinen Augen, erinnerte sie an Lou. Aber andererseits erinnerten die meisten Männer, die sie bewunderte, irgendwie an Lou. Er mußte ungefähr im gleichen Alter sein, wie Lou jetzt gewesen wäre, und er hatte dessen konzentrierte, hingegebene Art, mit einem Wagen umzugehen. Dennoch fand er ausreichend Gelegenheit, sich ihr zuzuwenden, um sie anzusehen – genauso wie Lou sie angesehen hatte, als er damals um sie zu werben begann.

Der Fötus richtete seine gesamten Kräfte auf ihn. Er wußte, der Augenblick war gekommen, der Augenblick, um dessentwillen er sich mit so vielen geringfügigen Bosheiten hatte abplacken müssen, der Augenblick der Erfüllung.

»Es tut mir leid, daß ich Sie vorhin so beschimpft habe«, sagte der Mann. »Manchmal gehen mir die Pferde durch.«

»Oh, das ist schon gut«, sagte Agnes. »Es *war* schließlich meine Schuld.«

Sie griff in ihre Tasche nach Zigaretten. Sie befanden sich in einem Cartier-Etui, auf dem ihre Initialen mit Diamantsplittern eingelassen waren. Sie nahm eine Zigarette heraus und bot dann auch ihm eine an.

»Danke, aber ich rauche nicht. Ich habe es vor zwei Jahren aufgegeben.«

»Das sollte ich auch tun.« Sie zündete sich die Zigarette an, inhalierte und seufzte dann. »Aber es scheint mir nicht zu gelingen.«

»Wenn ich es mir recht überlege...«, sagte der Mann, wandte sich Agnes zu und lächelte, »vielleicht rauche ich doch eine. Ich bin noch immer ein bißchen zittrig.«

Agnes zündete ihm die Zigarette an und reichte sie ihm hinüber.

»Ich heiße Agnes. Agnes Donovan.«

»Und ich heiße Sam. Sam Winchester.«

Allein an der Art und Weise wie er seinen Namen sagte, konnte Agnes erkennen, daß er bereits überlegte, wie er sie dazu bringen könnte, mit ihm ins Bett zu gehen.

Am Tor der Raketenstation wurden sie von einem uniformierten Wachmann aufgehalten. Sam ließ sich mit ihm auf einen langen Streit darüber ein, ob Agnes mit hereingelassen würde oder nicht. Abgesehen von dem hohen Zaun und dem Wächterhaus war nichts weiter zu sehen als eine Asphaltstraße, die sich durch den graubraunen Sand wand.

Als Sam zum Wagen zurückkehrte, schien er bei dem Streit den kürzeren gezogen zu haben. »Scheiße«, sagte er lediglich. Er wendete den Wagen und kehrte zur Autobahn zurück.

»Sie haben wirklich ein hitziges Temperament«, sagte Agnes anerkennend.

»Oh, er hatte recht – das ist ja das Verdammte. Wenn er sich darauf eingelassen hätte, so hätte ich den Burschen vors Militärgericht gebracht. Wenn man strengste Geheimhaltung haben will, darf man keine Ausnahmen machen.«

»Dann muß das, was dort drin ist, wirklich sehr geheim sein.«

Sam lachte. »Kann man wohl sagen.«

»Arbeiten Sie da?«

»Es ist mein eigenes Kind.«

»Tatsächlich?« Sie fragte sich, was das wohl für ein Kind war, und welche Art Arbeit er dort leistete. Allem Anschein nach irgend etwas Wichtiges. »Sind Sie bei der Armee?« fragte sie.

»Mhm.«

»Allmählich komme ich mir schon wie eine Art Spionin vor.«

Er wandte sich ihr zu und grinste. »Na, ich kann Ihnen eines sagen, Agnes – Sie wären eine gute Spionin.«

»Was meinen Sie damit?« Sie wußte genau, was er meinte.

»Ich meine, daß Sie eine verdammt gut aussehende Frau sind.«

»Ich wette, das sagen Sie zu allen Spioninnen, die Sie kennenlernen.«

Er lachte und beugte sich zu ihr hinüber, so weit es der Sicherheitsgurt zuließ, um sie auf die Wange zu küssen.

»Sie wohnen in Phoenix?« fragte er.

»Crestwood Lawn Gardens 1385.«

Binnen kürzester Frist waren sie an seinem demolierten Wagen neben der Straße vorbeigefahren. Ein Lastwagen hielt daneben, und zwei Halbwüchsige waren dabei, ihn auszuschlachten. Sam verlangsamte noch nicht einmal die Fahrt, um zu fluchen.

»Kann ich Ihnen einen Drink anbieten?« fragte sie, als er ihr ins Wohnzimmer folgte. Obwohl die Vorhänge zugezogen waren, war das Haus von der Sonne des Spätnachmittags durchflutet.

»Ich rühre das Zeug nicht an.«

»Dann eine Coca-Cola?«

»Schon besser.«

Sie drehte sich um, nachdem sie ihre Bluse aufgeknöpft hatte, und ließ sie von den Schultern gleiten. Es war wie im Film, und seine Reaktion war entsprechend.

Sie liebten sich dreimal hintereinander, ohne auch nur Atem zu holen. Dann, als Sam schließlich außer Gefecht gesetzt war, kehrten sie beide nackt ins Wohnzimmer zurück. Draußen war es noch immer hell.

Sam warf sich auf die Couch. Sein Körper glich denen alter Statuen auf Fotos, jeder einzelne Muskel war ausgebildet und glatt. Agnes war zufrieden mit sich selbst, mit Sam, mit dem Dasein ganz allgemein. Alles würde nun wieder in Ordnung kommen.

»Wieviel Uhr ist es?« fragte Sam.

»Punkt sechs. Hoffentlich hast du nicht vor, jetzt schon zu gehen.«

»Nein, aber ich würde gern die Nachrichten auf Kanal sechs sehen, wenn du nichts dagegen hast.«

Agnes war ein bißchen überrascht, schaltete jedoch gehorsam die Nachrichten ein. Obwohl sie ihnen nie viel Aufmerksamkeit schenkte, da sie entweder deprimierend oder unsinnig zu sein schienen, setzte sie sich diesmal doch höflichkeitshalber auf das untere Ende der Couch und tat so, als hörte sie zu, während sie eine Zigarette rauchte. Der Präsident hatte etwas über die Wirtschaft gesagt, und ein Geschäftsmann war nicht seiner Ansicht. Irgendwo fand ein großer Streik statt, und dann stand ein anderer Ansager vor einer Landkarte mit grellbunten Farben, auf denen Pfeile eingezeichnet waren. Zuerst glaubte Agnes, es handle sich um die Wettervorhersage und begann zuzuhören, aber sie hätte es sich gleich denken können. Phoenix hatte kein Wetter, nur Sonnenschein. Die Landkarte war die Asiens, und die Pfeile stellten Truppen dar.

»Scheiße«, sagte Sam, als das Gesicht des Ansagers durch einen Werbespot für Exxon ersetzt wurde. »Verdammt noch mal.«

»Was ist los?« fragte Agnes.

»Was los ist? Hast du nicht zugehört? Ist dir denn nicht klar, was sie *tun?*«

»Wer?«

»Diese verfluchten Roten. Sie überrollen den gesamten elenden Kontinent, Stück um Stück. Aber ich kann dir eines sagen – damit kommen sie nicht durch. Sie werden ... He, was ist los?«

»Entschuldige mich für eine Minute, Sam.« Agnes stand vorsichtig von der Couch auf; sie fürchtete, es nicht mehr rechtzeitig ins Badezimmer zu schaffen. »Ich fühle mich – ein bißchen merkwürdig. Ich komme gleich zurück.«

Nachdem sie sich einmal gründlich erbrochen hatte, fühlte sie sich wieder besser. Während sie die Kloschüssel reinigte, fielen ihr jene Tage der Übelkeit damals in Baltimore ein, in denen sie praktisch im Badezimmer gehaust hatte. Ganz flüchtig war der Schmerz, als sie vorhin neben Sam auf der Couch gesessen hatte, so intensiv gewesen wie damals. Aber nun ging es ihr wieder besser.

Sie kehrte ins Wohnzimmer zurück. Sam schaltete den Fernseher ab und lag in der Horizontale. Er hatte schon wieder ein hartes Glied.

Erneut spürte sie etwas wie einen Krampf im Magen. Diesmal handelte es sich weniger um Übelkeit, sondern eher um etwas wie ...

»Das ist merkwürdig.« Sie blieb kurz vor der Couch stehen.

»Was ist merkwürdig?« fragte Sam und starrte wie gebannt auf die ineinander fließenden Wölbungen von Fleisch, die erneut seine ganze Konzentration ja, seine gesamte Existenz in Anspruch zu nehmen begannen.

»Ich habe irgend etwas gespürt ...« Sie legte die Hand auf die glatte, leicht hängende untere Wölbung ihres Bauchs, genau auf die Stelle, die Sams faszinierten Blick auf sich gezogen hatte. »Hier ... Es ist, als ob sich was bewegt.«

Sam lächelte. »Vielleicht bist du schwanger.«

»Nein, das glaube ich nicht. Ich frage mich nur, was das gerade war.«

Es war der Fötus, der sich vor Ungeduld und Entzücken wand, während er in General Winchesters aufgerührtem Unbewußtem eine Vision wahrnahm: die prachtvoller, unaufhaltsamer, blühender Wolken, Wolken einer rohen Macht, die die Welt vernichten konnte, vernichten würde, vernichten mußte …

Übersetzt von Rosmarie Kahn-Ackermann

Die Hausparty

Stanley Ellin

Die Gefahr, für eine Geschichte wie DIE HAUSPARTY eine Einführung zu schreiben, besteht darin, daß die Erzählung auf ihrem Höhepunkt eine Überraschung zu bieten hat – eine Pointe, die, wie ich glaube, mit überzeugender Logik ausgestattet ist – und daß auch nur der geringste Hinweis auf dieses Überraschungsmoment für den Leser besagtem Höhepunkt die Spannung nehmen könnte.

Aber ich stehe nicht an zu verraten, daß die Idee zu dieser Story einer Unterhaltung entsprungen ist, die ich mit einem sehr erfolgreichen Schauspieler hatte, der in einem ebenso erfolgreichen Broadwaystück mitwirkte und sich bei jener Mitternachtsparty, bei der wir uns trafen, mit vollem Bedacht vollaufen ließ. Als er mich dabei ertappte, wie ich mit einiger Besorgnis seinen Alkoholkonsum beobachtete, erklärte er mir mit verschwommener Stimme den Grund dafür. Er hatte, wie es schien, ein berufliches Problem, und dies war die einzige Methode, die ihm zeitweilig Erleichterung verschaffte.

Besagtes Problem, an das ich zuvor nie viel Gedanken verschwendet hatte, blieb hinterher in meinem Gedächtnis haften, und die Idee zu einer Story, deren Kern es bildete, nahm langsam Form an, um schließlich unter dem Titel DIE HAUSPARTY zu Papier gebracht zu werden. Da sich die Geschichte weit außerhalb der Grenzen einer üblichen Kriminalstory abspielt, hegte ich bezüglich der Aufnahme bei meinen Lesern Zweifel – deshalb war ich aufrichtig erfreut und überrascht, als sie mir nach ihrer Veröffentlichung den Edgar-Allan-Poe-Preis als die beste Short story des Jahres eintrug.

Auf Grund verlegerischer Ermunterungen habe ich in den darauf folgenden Jahren versucht, andere Geschichten eines ähnlich grusligen Typs zu schreiben, aber irgendwie klappte das nicht mehr. Das erlaubt mir demzufolge zu behaupten, daß das, was Sie hier bekommen, garantiert die einzige meiner Stories dieser Art ist.

»Er kommt zu sich«, sagte die Stimme.

Er stürzte. Seine Hände schlegelten in der kalten Schwärze

des Nichts herum, das ihn umgab, sein Körper überschlug sich immer wieder, während er fiel. Wenn er nur gewußt hätte, was unten auf ihn wartete, wenn er sich nur innerlich gegen den Augenblick des Aufschlagens hätte wappnen können, dann wäre das Entsetzen nicht so groß gewesen. Aber so war er nichts weiter als ein Klumpen Angst, der in eine tiefe Grube stürzte, sein Inneres scheute vor dem Unvermeidlichen zurück, während sein hilfloser Körper darauf zuraste.

»Gut«, sagte die Stimme von weither. In seinen Ohren klang es, als spräche jemand völlig ruhig und fröhlich vom Boden der Grube aus mit ihm. »Sehr gut.«

Er öffnete die Augen. Gleißendes Licht strömte ebenso plötzlich wie schmerzvoll auf ihn ein, und er blinzelte, während er die Gestalten erkannte, die ihn umstanden, deren Gesichter zwar teilweise durch eine Art milchigen Nebels verdeckt waren, die aber auf ihn herabblickten. Er lag auf dem Rücken, und der Druck der Polster unter ihm verriet ihm, daß er auf dem vertrauten Sofa lag. Der milchige Dunst verschwand jetzt allmählich, und mit ihm die panische Angst. Dies hier war das alte Haus in Nyack, das gewohnte Wohnzimmer, der gewohnte Utrillo an der Wand, der gewohnte Kronleuchter, der über seinem Kopf glitzerte. Alles war wie immer, dachte er bitter, selbst die Gesichter um ihn herum.

Da war Hannah, deren Augen von Tränen glänzten – sie konnte den Tränenfluß anstellen wie einen Wasserhahn –, und ihre Hand umkrampfte die seine so heftig, daß sich seine Finger unter dem Druck wie taub anfühlten. Hannah mit ihrem überentwickelten Mutterinstinkt, der sich nur auf einen Ehemann und sonst nichts konzentrieren konnte ... Da war Abel Roth, der an einer Zigarre kaute – selbst in diesem Augenblick diese stinkende Zigarre! – und ihn besorgt betrachtete. Abel mit seiner ersten erfolgreichen Produktion in fünf Jahren, der sich Gedanken über seine Geldanlagen machte ... Und das da war Ben Thayer und Harriet, die ewigen Hinterwäldler ... Und Jake Hall ... Und Tommy McGowan ... All die alten, vertrauten Gesichter, vertraut bis zum Überdruß.

Aber da war auch ein Fremder. Ein kleiner, untersetzter Mann mit einem Ausdruck liebenswürdigen Interesses auf dem Gesicht, mit einer prachtvollen Glatze, nur eine Tonsur ergrauenden Haars umgab den glänzenden Skalp. Er fuhr sich mit den Fingern nachdenklich über den Schädel und nickte Miles zu.

»Wie fühlen Sie sich?« fragte er.

»Ich weiß nicht«, erwiderte Miles. Er entzog Hannah die Hand und versuchte zaghaft, sich zum Sitzen aufzurichten. Auf halbem Weg wurde er dabei von einem scharfen Schmerz gelähmt, der sich wie eine glühheiße Nadel zwischen seine Rippen bohrte. Er hörte, wie Hannah nach Luft schnappte, und dann gruben sich die Stummelfinger des Fremden tief in den Schmerz hinein, verwandelten ihn in Flüssigkeit, die versickerte.

»Sehen Sie?« sagte der Mann. »Es ist nichts. Überhaupt nichts.«

Miles schwang die Beine hinab, so daß er aufrecht auf dem Sofa sitzen konnte. Er holte tief Luft, einmal, zweimal. »Einen Augenblick lang habe ich gedacht, es sei mein Herz«, sagte er. »So, wie das durch mich durchgefahren ist.«

»Nein, nein«, erwiderte der Mann. »Ich weiß, was Sie gedacht haben. Sie können mir glauben, wenn ich sage, daß es ohne Belang ist.« Und dann, als ob das alles erklärte, fügte er hinzu: »Ich bin Dr. Maas. Dr. Victor Maas.«

»Es war ein Wunder, Liebster«, sagte Hannah atemlos. »Dr. Maas war derjenige, der dich draußen gefunden und hereingebracht hat. Und er ist einfach ein Engel gewesen. Wenn er nicht gewesen wäre ...«

Miles sah sie an und dann die anderen, die dastanden und ihn besorgt betrachteten. »Hm«, sagte er, »was ist nun wirklich geschehen? Was wars? Das Herz? Ein Schlaganfall? Amnesie? Ich bin kein Kind mehr, Himmel noch mal. Ihr braucht nicht wie die Katzen um den heißen Brei herumzuschleichen.«

Abel Roth rollte seine Zigarre aus dem linken Mundwinkel hinüber in den rechten. »Man kann's ihm nicht verdenken, daß er so reagiert – oder, Doc? Schließlich ist der Mann eine Viertelstunde lang bewußtlos gewesen, jetzt möchte er wissen, was mit ihm los ist. Vielleicht könnten Sie mal eine Generaluntersuchung machen – Blutdruck und solches Zeug. Vielleicht wäre uns dann allen wohler.«

Miles genoß das mit Behagen, und noch mehr genoß er das, was er für Abel Roth in petto hatte. »Vielleicht sollten wir das tun, Abel«, sagte er. »Vielleicht finden wir ein Theater, das für sechzehn Wochen im voraus ausverkauft ist. Vielleicht haben wir da eine echte kleine Goldmine – so lange ich es schaffe, pro Woche bei acht Vorstellungen die Schaufel zu schwingen.«

Abel wurde rot. »Nun hör mal, Miles«, sagte er. »So wie du redest...«

»Ja?« sagte Miles. »Wie rede ich denn?«

Ben Thayer schüttelte bedächtig und feierlich den Kopf. »Wenn du doch einmal für eine Minute mit der Streiterei aufhören würdest, Miles«, sagte er. »Wenn du einmal versuchen würdest, zu verstehen, daß...«

»Bitte!« sagte Dr. Maas in scharfem Ton. »Gentlemen – bitte!« Er sah die Umstehenden stirnrunzelnd an. »Eines muß ich Ihnen klarmachen. Genaugenommen bin ich kein praktischer Arzt. Meine Interessen liegen sozusagen eher im Gebiet der Psychiatrie, und obwohl ich vielleicht durchaus qualifiziert wäre, die vorgeschlagene Untersuchung Mr. Owens durchzuführen, habe ich keineswegs die Absicht, das zu tun. Und zu Mr. Owens Beruhigung kann ich sagen, daß dazu keinerlei Notwendigkeit besteht. Darauf hat er mein Wort.«

»Und Dr. Maas ist ein ehrenwerter Mann«, sagte Miles. Er stand auf, bog vorsichtig die Knie ab und sah die Erleichterung auf den Gesichtern rings um ihn her. »Wenn Sie sich hier heimisch fühlen wollen, Doktor, nur zu. Dort drüben scheint eine Art Büfett zu stehen, und wenn ich auch für das Essen nicht einstehen kann – der Whisky ist ausgezeichnet, das kann ich Ihnen versprechen.«

Das Grinsen des Arztes verlieh ihm das Aussehen eines rundlichen und verschmitzten Jungen. »Ein hinreißender Vorschlag«, sagte er und bahnte sich umgehend den Weg zum Büfett. Abel folgte ihm und Miles beobachtete, daß die Zigarre gefährlich nahe am Ohr des Arztes war, noch bevor er das Büfett erreicht hatte. Abel verbrachte pro Woche drei Stunden auf der Couch eines Psychoanalytikers und mindestens ebensoviel Zeit damit, einen glatten und wohlgenährten praktischen Arzt an der Park Avenue mit einer endlosen Liste erschreckender und irrelevanter Symptome zu bombardieren. Dr. Maas, so dachte Miles in einer Aufwallung von Mitgefühl, stand eine schwere Zeit bevor, ob er das nun wußte oder nicht.

Der Rest des Kreises, der sich um das Sofa versammelt hatte, löste sich auf und verdrückte sich, bis nur noch Hannah dastand. Sie griff in panischer Angst nach seinem Arm.

»Geht's dir auch wirklich gut?« fragte sie. »Du weißt, du kannst mir's sagen, wenn irgendwas nicht in Ordnung ist.«

Es *war* etwas nicht in Ordnung. Jedesmal, wenn sie ihn so festhielt, versuchte ihn an sich zu ziehen, hatte er das Gefühl, von einer Spinne eingesponnen zu werden, so daß er wie ein Wilder dagegen ankämpfen mußte.

Es war nicht von Anfang an so gewesen. Sie war so schön, daß er geglaubt hatte, in ihrem Fall läge alles anders. Gemeinsames Aufstehen, gemeinsames Essen, miteinander reden – die endlose Routine der Ehe schien irgendwie erträglich zu sein, so lang sie mit diesem Maß an Schönheit einherging. Aber dann, nach einem Jahr, war diese Schönheit zu vertraut geworden, die Zuneigung zu klebrig, die Routine eine zu drückende Bürde.

Er war also eine Viertelstunde lang bewußtlos gewesen. Ob er während dieser Zeit geplappert – etwas über Lily gesagt hatte, das als Hinweis dienen konnte? Wenn ja, war es für ihn nicht weiter von Bedeutung; im Gegenteil, es wäre eine gute Methode gewesen, Hannah auf den Schlag vorzubereiten, der ihr bevorstand. Und es würde ein erheblicher Schlag werden. Er sah förmlich vor sich, wie sie davon getroffen wurde, und es war kein angenehmes Bild.

Mit einer Schulterbewegung entzog er sich Hannahs Hand. »Es ist alles in Ordnung«, sagte er und konnte dann der Versuchung nicht widerstehen, hinzuzufügen: »Abgesehen von dieser Hausparty, die du ausgerechnet in der Zeit während der Woche geben mußt, in der ich ein bißchen Ruhe und Frieden erwarten könnte.«

»Ich?« sagte Hannah unsicher. »Was habe *ich* damit zu tun?«

»Alles, so lange du dieses verdammte Bedürfnis hast, die perfekte Gastgeberin und jedermanns gute Freundin zu spielen.«

»Es sind *deine* Freunde«, sagte sie.

»Du solltest inzwischen wissen, daß sie auch nicht *meine* Freunde sind. Ich dachte, ich hätte dir auf hundert verschiedene Arten klargemacht, daß ich sie alle miteinander hasse, einzeln und kollektiv. Sie sind niemandes Freunde. Wieso gehört es zu meinen Verpflichtungen, sie zum einzigen Zeitpunkt innerhalb der Woche, an dem ich sie loswerden könnte, zu füttern und zu unterhalten?«

»Ich verstehe dich nicht.« Hannah sah aus, als ob sie gleich in Tränen ausbrechen würde. »Ich weiß, daß du das Haus hier oben gekauft hast, damit du dich von allen zurückziehen kannst, aber du warst derjenige ...«

Das Spinnengewebe umschloß ihn erneut. »Schon gut«, sagte er. *»Schon gut!«*

Das Ganze spielte ohnehin keine Rolle. Wenn er abgehauen war, konnte sie an jedem Abend der Woche Hauspartys geben, wenn sie das wollte. Sie konnte auch das ganze verdammte Haus niederbrennen, wenn ihr der Sinn danach stand. Ihm war das egal. Er hatte die Nase voll von diesem Landjunkerdasein zwischen den Aufführungen an jedem Samstag und Montag, für sein ganzes Leben hatte er genug davon, und – wie Lily einmal bemerkt hatte – im Central Park gab es alle Bäume, die sie sehen wollte. Allein die Erkenntnis, daß er bald gepackt haben und sich davonmachen würde, machte jede Diskussion sinnlos.

Er bahnte sich seinen Weg zum Büfett zwischen Bob und Liz Gregory durch, die einander anschmachteten, als ob sechs Vormittage pro Woche im Radio noch nicht genug gewesen wären; vorbei an Ben Thayer, der Jake Hall die Schwierigkeiten erklärte, die er mit dem letzten Akt seines neuen Stücks hatte; vorbei an Abel, der zu Dr. Maas irgend etwas über psychosomatische Faktoren äußerte. Der Arzt hatte ein großes Glas in der einen und ein Sandwich in der anderen Hand. »Interessant«, sagte er eben. »Sehr interessant.«

Miles versuchte vor ihnen allen die Ohren zu verschließen, während er zwei Finger breit Bourbon in sich hineingoß. Dann blickte er angewidert auf sein Glas hinab. Das Zeug war schal wie warmes Wasser, und unangenehm am Gaumen. Offensichtlich hatte jemand von den heimischen Hilfstruppen, die abwechslungsweise das Haus putzten, den Schlüssel zum Barschränkchen gefunden und dann, nachdem er die Flasche nahezu geleert hatte, am Wasserhahn in der Küche nachgefüllt. Verdammter Trottel. Wenn man schon einen Drink stibitzte, sollte man es tun und die Sache auf sich beruhen lassen. Aber auf diese Weise den Rest der Flasche verderben ...

Abel stieß ihn zwischen die Rippen. »Ich habe dem Doktor

hier gerade gesagt, wenn er mal einen freien Abend hat, werde ich ihm die Hausplätze in ›Ambuscade‹ zukommen lassen. Ich habe ihm gesagt, wenn er Miles Owen in ›Ambuscade‹ gesehen hat, so ließe er sich *die* Aufführung aller Zeiten entgehen. Wie klingt das in deinen Ohren, Miles?«

Miles hob eben eine weitere Flasche hoch, nachdem er sich vergewissert hatte, daß die Bande unverletzt war. Er sah Abel an und stellte dann die Flasche mit großer Sorgfalt wieder hin.

»Genaugenommen«, sagte er, »weiß ich nicht, wie das in meinen Ohren klingt, Abel. Es ist etwas, worüber ich schon mit dir reden wollte, und vielleicht ist das jetzt ein ebenso günstiger Zeitpunkt wie irgendwann sonst.«

»Über was reden?« erkundigte sich Abel munter, aber in seinen Augen lag plötzlich ein besorgter Ausdruck, sein Gesicht zuckte wie in einer Vorahnung.

»Es ist eine private Angelegenheit, Abel«, sagte Miles und nickte Dr. Maas zu, der interessiert dabeistand. »Das heißt, wenn uns der Doktor entschuldigt.«

»Natürlich, natürlich«, sagte der Arzt schnell. Er schwenkte begeistert sein Glas in Richtung Miles. »Und Sie hatten völlig recht, was den Whisky betrifft, Mr. Owen. Er ist ausgezeichnet.«

»Freut mich«, sagte Miles. »Komm mit, Abel.«

Er drängte sich durch die Leute und durchquerte den Raum in Richtung Bibliothek, während Abel hinter ihm hertrottete. Als er die Tür der Bibliothek hinter sich geschlossen hatte und eine Lampe angeknipst hatte, schien die feuchte Kühle des Raums in seinen Körper einzusickern, und er schauderte. Holzblöcke und Anfeuermaterial waren im Kamin aufgeschichtet, und er hielt ein Streichholz daran, bis der Stoß knisterte und aufflammte. Danach zündete er sich eine Zigarette an und inhalierte tief.

Überrascht betrachtete er die Zigarette. Sie hatte irgend etwas Schales an sich, vermittelte keinerlei Empfindungen, so daß er sich verwundert mit der Zunge über die Lippen fuhr. Erneut zog er an der Zigarette und warf sie dann ins Feuer. Zuerst der Bourbon, dachte er, und nun dies. Dr. Maas mochte sich in Freudschen Komplexen auskennen, aber als erstes am Montag würde er einen wackeren Internisten aufsuchen, damit der sich mit dem kleinen Problem befaßte. Es war angenehm, plötzlich jeden Geschmackssinn verloren zu haben. Lächerlich vielleicht – aber trotzdem angenehm.

Abel stand am Fenster. »Schau dir bloß diesen Nebel an. Als ich ›Coxcomb‹ nach London rüberbrachte, dachte ich, dort hätte ich wirkliche Milchsuppen erlebt, aber gegen das hier war das überhaupt nichts. Da kannst du dir deinen Weg mit einer Schaufel graben.«

Der Nebel ballte sich draußen vor dem Fenster dicht zusammen, bewegte sich in langsamen Wellen, schickte feuchte dünne Schwaden gegen die Scheiben. Wenn sie dort haftenblieben, rieselten kleine Wassertropfen herab.

»So was gibts hier ein paarmal im Jahr«, sagte Miles ungeduldig. »Und ich bin nicht hier hereingekommen, um über das Wetter zu reden.«

Abel wandte sich vom Fenster ab und ließ sich zögernd in einem Sessel nieder. »Nein, vermutlich nicht. Na gut. Miles, was irritiert dich?«

»›Ambuscade‹«, sagte Miles. »›Ambuscade‹ irritiert mich.«

Abel nickte erschöpft. »Dachte ich mir's doch. Na schön, was stört dich? Die Reklame, die für dich gemacht wird? Wir nehmen die größten Buchstaben her, die es gibt. Deine Publicity? Du brauchst lediglich einen Zeitpunkt anzugeben, und du kannst dir raussuchen, in welchem Fernseh- oder Radiogastprogramm du auftreten möchtest. Erinnerst du dich, was ich dir nach der Premiere gesagt habe, Miles? Sag, was du haben willst, wenn ich es dir beschaffen kann, kriegst du es.«

Miles ertappte sich plötzlich dabei, daß er die Szene genoß. Im allgemeinen hatte er einen Horror vor solchen Dingen. »Komisch«, sagte er. »Über Geld habe ich dich keinen Ton äußern hören, oder? Ich meine, das kann mir doch bei deiner ganzen hübschen Ansprache eben nicht etwa entgangen sein, oder doch?«

Abel sank in seinem Sessel zusammen und seufzte wie ein zutiefst getroffener Mann. »Ich dachte mir schon, daß es darauf hinauslaufen würde. Auch wenn ich dir das Doppelte von dem zahle, was der größte Star, den ich je hatte, bekommen hat, war es zu erwarten. Na gut, worüber beschwerst du dich?«

»Genau besehen«, sagte Miles, »über gar nichts.«

»Nein?«

»Nein.«

»Worauf willst du eigentlich hinaus?« fragte Abel. »Was soll das Ganze?«

Miles lächelte. »Ich will auf gar nichts hinaus, Abel. Ich verdufte. Ich verlasse die Show.«

Miles hatte Abel schon mehr als einmal in einer Krisensituation erlebt; er hätte jeden Zug im voraus prophezeien können. Das Gesicht wurde zu einer undurchdringlichen Maske, die Hand suchte nach einem Streichholz, der Daumennagel zündete es mit einem Ruck an, dann der kunstvolle Zug am Zigarrenstummel, das durchs Zimmer geschnippte Streichholz. Aber Abel legte ihn diesmal herein. Das Streichholz wurde mit plötzlicher Heftigkeit zwischen den Fingern zerknickt und dann langsam vor und zurückgerollt, immer wieder.

»Du bist ein reizender Junge, Miles«, sagte Abel. »Das soll doch nicht etwa ein Witz sein – oder?«

»Ich haue ab, Abel. Heute abend war mein endgültig letzter Auftritt. Damit hast du morgen den ganzen Tag über Zeit, dir für die Montagabendvorstellung einen neuen Jungen aufzubauen.«

»Was für einen anderen Jungen?«

»Nun ja, du hast doch Jay Welker in Reserve, oder nicht? Er wartet seit fünf Monaten als zweite Besetzung darauf, daß ich mir ein Bein breche.«

»Jay Welker könnte die Rolle in ›Ambuscade‹ keine Woche lang tragen, und das weißt du auch, Miles. Niemand außer dir kann das Stück tragen, und auch das weißt du.« Abel beugte sich in seinem Sessel vor und schüttelte ungläubig den Kopf. »Und obwohl du das weißt, ist es dir scheißegal. Du machst mir nichts dir nichts mit der größten Sache am Broadway Schluß, und der Rest der Welt ist dir Jacke wie Hose – oder nicht?«

Miles spürte, wie sein Herz zu hämmern begann, seine Kehle zog sich zusammen.

»Warte einen Augenblick, Abel, bevor du mit den Beschimpfungen anfängst. Eines ist jedenfalls klargeworden – nicht *einmal* hast du mich gefragt, warum ich weggehe. Du hast keine Ahnung, ob ich nicht in einem Zustand bin, der mich innerhalb einer Stunde das Leben kosten kann. Aber das kümmert dich weit weniger als die Tatsache, daß dein Stück weiterlaufen muß! Hast du diesen Aspekt mal in Betracht gezogen?«

»Was für ein Aspekt denn? Ich stand dabei, als der Doktor sagte, du seist in guter Verfassung. Was soll ich deiner Ansicht nach jetzt tun? Mir eine schriftliche Bescheinigung von der amerikanischen Ärztevereinigung besorgen?«

»Du bist also der Ansicht, daß ich mich nur einer Marotte wegen aus der Sache zurückziehe?«

»Machen wir uns doch nichts vor, Miles. Du hast vor fünf Jahren das gleiche bei Barrow gemacht, danach bei Goldschmidt und im letzten Jahr bei Howie Freeman; das weiß ich, denn auf diese Weise hatte ich Gelegenheit, dich für ›Ambuscade‹ zu ergattern. Aber die ganze Zeit über glaubte ich, diese anderen hätten keine Ahnung gehabt, wie man dich behandeln muß, sie hätten einfach nicht erkannt, wieviel du für ein Stück bedeutest. Und jetzt kann ich dir sagen, sie hatten völlig recht, und *ich* war ein Erztrottel. Sie erklärten mir, zuerst würdest du ausgezeichnet funktionieren, und dann, ganz plötzlich, kriecht dir eine Laus über die Leber, und damit hat sich der Fall. Eine Laus über die Leber, Miles – das ist meine dämliche, ungebildete Art, von einer ›Marotte‹ zu sprechen, aber darauf läuft's hinaus.«

Abel machte eine Pause. »Der Unterschied zwischen diesen anderen und mir ist der, Miles, daß ich kein Risiko auf mich nahm, und deshalb hast du auch den ersten Vertrag über eine gesamte Spielzeit unterschrieben, den du je bekommen hast, seitdem du ein Niemand warst. Wenn du daran denkst, vertragsbrüchig zu werden, mein Freund, dann überlege dir das gut.«

Miles nickte. »Schön«, sagte er schwerfällig. »Ich überlege. Willst du wissen, woran ich denke?«

»Das ist deine Sache, mein Freund.«

»Ich denke an die acht Vorstellungen pro Woche, Abel. Achtmal in der Woche sage ich denselben Text, mache dieselben Schritte, dieselben Gesichter. Das habe ich nun seit fünf Monaten getan, was zu dem größten Erfolg geführt hat, den du je im Leben gehabt hast, aber wenn es nach dir ginge, dann dauerte das ganze fünf Jahre! Im Augenblick hat sich die Sache in einen dieser Alpträume verwandelt, in denen man unaufhörlich das gleiche tun muß, ohne es abstoppen zu können. Aber davon verstehst du nichts, denn *du* bist ja in

Routine verliebt! Aber *ich* nicht! Nach einer Weile ist es so, als säße man im Gefängnis und der Schlüssel sei weggeworfen worden. Was erzählst du denn einem Mann, wenn er es schafft, aus dem Gefängnis herauszukommen? Er solle drinbleiben und es lieb gewinnen?«

»Gefängnis!« schrie Abel. »Nenn mir einen Menschen in diesem Land, der nicht sein rechtes Auge dafür geben würde, wenn er in der Art Gefängnis säße, in dem du steckst!«

»Hör zu«, sagte Miles. Er beugte sich eindringlich vor. »Erinnerst du dich, wie wir vor der Premiere damals die Küchenszene probten? Erinnerst du dich, wie wir sie damals am Abend zehn-, fünfzehn-, zwanzigmal durchnahmen? Weißt du, wie ich mich fühlte? Ich hatte das Gefühl, geradewegs in die Hölle hineingeplumpst zu sein und in alle Ewigkeit immer wieder diese Szene spielen zu müssen. Genau das entspricht meiner Vorstellung von der Hölle, Abel: Ein gemütlicher kleiner Ort, wo man immer und immer wieder dasselbe tun muß und man läßt einen noch nicht einmal überschnappen, weil das den ganzen Spaß verderben würde. Kapierst du das? Wenn du's nämlich begreifst, dann begreifst du auch, was ich bei ›Ambuscade‹ empfinde!«

»Ich kapiere«, sagte Abel. »Und außerdem habe ich einen gewissen kleinen, für die gesamte Spielzeit geltenden Vertrag in einem Banksafe. Wenn du dir einbildest, eine Szene ein paarmal zu proben sei die reine Hölle, so wirst du anders denken, wenn dir die Berufsgenossenschaft auf die Pelle rückt. Man hat dort eine etwas andere Auffassung als du.«

»Versuch nicht, mich einzuschüchtern, Abel.«

»Dich einschüchtern – zum Teufel! Ich werde dich nach Strich und Faden verklagen und dafür sorgen, daß es hinhaut. Und das ist mein voller Ernst, Miles.«

»Vielleicht. Aber ist es nicht schwierig, einen Mann zu verklagen, der zu krank zum Arbeiten ist?«

Abel nickte mit grimmigem Verständnis. »Dachte ich mir's doch, daß du den Trick anwenden willst. Ich bin natürlich der böse Bub, denn für den Rest der Welt bist du schwer krank.« Er kniff die Augen zusammen. »Und das erklärt auch noch etwas anderes. Nämlich die Chose mit deiner kleinen Ohnmacht auf der Schwelle des Hauses, wobei der Arzt schon zur Hand war und zwanzig Zeugen dazu, die alles beschwören können. Eines muß man dir lassen, Miles, du hast an alles gedacht. Nur bedarf es mehr als eines gerissenen Tricks und eines Quacksalbers, um alles hinbiegen zu können, wie es dir in den Kram paßt.«

Miles schluckte den Zorn hinunter, der in ihm aufstieg. »Wenn du glaubst, das sei ein Trick gewesen...«

»Was war ein Trick?« erkundigte sich Harriet Thayer vergnügt hinter ihnen. Sie und Ben standen auf der Schwelle und betrachteten ihn mit etwas wie heiterer Neugier. Äußerlich paßten sie nicht zusammen – Bens hagerer Körper überragte bei weitem Harriets mädchenhaft zierliche Gestalt, und sie hatten eine eifrige, spießige Freundlichkeit an sich, die an Miles Nerven zerrten, so als ob jemand mit dem Fingernagel über eine Schiefertafel kratzte. »Das klingt schrecklich aufregend und interessant«, sagte Harriet. »Laßt euch von uns nicht stören.«

Abel wies mit zitterndem Zeigefinger auf Miles. »Das wird *euch* stören«, sagte er. »Und ich kann's euch in kurzen Worten mitteilen. Unser Freund hier läßt ›Ambuscade‹ im Stich. Vielleicht könnt ihr was unternehmen, um ihn umzustimmen.«

Ben starrte ihn verständnislos und ungläubig an, und Miles wunderte sich wie schon so oft zuvor, daß ein Mensch, der die wenigen guten Dialogteile schreiben konnte, die in ›Ambuscade‹ vorkamen, so schwer von Begriff war.

»Aber das kannst du nicht machen«, sagte Ben. »Dein Vertrag gilt für die gesamte Spielzeit des Stücks.«

»Na klar«, sagte Abel höhnisch. »Aber er ist ein kranker Mann. Er stürzt hin und hat Anfälle. Das habt ihr doch selbst gesehen, oder nicht?«

Harriet nickte benommen. »Ja, aber ich hätte nicht gedacht...«

»Und damit hattest du recht«, sagte Abel. »Er simuliert. Er hat es satt, all das gute Geld zu verdienen und die hübschen Dinge zu lesen, die über ihn gedruckt werden, und er wird die Sache an den Nagel hängen. Das ist alles. Schluß und aus.«

Miles schlug heftig mit der Faust auf die Armlehne von Abels Sessel. »Na schön«, sagte er, »nachdem du alles so völlig klargestellt hast, will ich dich mal was fragen. Glaubst du, daß ›Ambuscade‹, wenn es wirklich ein gutes Stück wäre, von irgend jemand zu Fall gebracht werden könnte? Ist euch je der Gedanke gekommen, daß kein Mensch kommt, um euer dämliches Stück anzuschauen, sondern daß sie kommen, um mich agieren zu sehen? Wenn ihr mir ›Jabberwocky‹ zum Vorlesen geben würdet, würden sie auch kommen, um *mich* zu sehen! Wer könnte schon bei einem Einmann-Stück dem Darsteller sagen, er solle weitermachen, wenn er nicht mehr mag!«

»Es *ist* ein gutes Stück!« schrie ihn Harriet an. »Es ist das beste Stück, in dem du je gespielt hast, und wenn du das nicht weißt...«

Miles begann jetzt seinerseits zu schreien. »Dann holt euch jemand anderen, der es spielt! Vielleicht wird's dann sogar besser!«

Ben streckte mit einer flehenden Geste die Hände vor, die Innenflächen nach oben. »Hör zu, Miles, du weißt, daß man dich mit diesem Stück identifiziert, also kann kein anderer die Rolle übernehmen«, sagte er. »Und versuche doch, das Ganze mal mit meinen Augen zu sehen, Miles. Seit fünfzehn Jahren schreibe ich Stücke, und das ist meine erste wirkliche Chance...«

Miles trat langsam auf ihn zu. »Du Clown«, sagte er leise. »Hast du denn überhaupt keine Selbstachtung?«

Als er die Bibliothek verließ, knallte er schnell die Tür hinter sich zu, um jeder verspäteten Antwort zuvorzukommen.

Die Party hatte sich zu verschiedenen kleinen Gruppen von Leuten zusammengeballt, die verstreut im Raum herumstanden; ihre sich hebenden und senkenden Stimmen machten einen ohrenbetäubenden Lärm, eine Dunstwolke blauen Rauchs lag wie ein durchsichtiger Teppich auf halbem Weg zwischen Fußboden und Plafond. Jemand, stellte Miles fest, hatte ein Glas auf dem Klavier umgeschüttet; die Flüssigkeit lief als glitzerndes Rinnsal seitlich am Mahagoni herab und verursachte einen feuchten Fleck auf dem Wilton-Teppich, der darunterlag. Tommy McGowan und seine letzte Errungenschaft, eine überreife Blondine – Norma oder Alma oder irgend so was – hockten auf dem Boden und kramten in Stößen von Schallplatten, häuften einige von ihnen zu einem gefährlich hohen Stapel auf und warfen andere achtlos beiseite. Das Büfett sah aus, als ob es von einem Zyklon erfaßt worden wäre; nur ein paar leere Teller und Brotstücke waren in der Wüstenei zurückgeblieben. Demnach, so dachte Miles ingrimmig, mußte die Party wohl als rauschender Erfolg gelten.

Aber selbst die Atmosphäre von Hitze und Erregung konnte nicht die Kälte zunichte machen, die er mit sich aus der Bibliothek mitgebracht zu haben schien. Er rieb sich heftig die Hände, aber das nützte auch nichts, und er empfand einen Stich von Angst, als ihm das klar wurde. Was, wenn mit ihm wirklich etwas nicht stimmte? Lily war nicht der Typ Frau, der sich mit Anmut in die Rolle einer Krankenschwester fügte. Damit hatte sie, was ihn betraf, auch keineswegs unrecht. Wenn die Sache umgekehrt gewesen wäre, so hätte er selbst sich nicht in der Rolle des Robert Browning neben ihr als Elizabeth Barrett gesehen. Das wäre ihm weder bei Lily noch bei sonst jemandem auf der Welt möglich gewesen. Also war es in diesem Fall besser, sich gar nicht erst einer Generaluntersuchung zu unterziehen. Wenn etwas vorlag, dann wollte er es lieber nicht wissen.

»Ich glaube, irgend etwas irritiert Sie.«

Das war Dr. Maas. Er lehnte leger an der Wand, auf Armeslänge von ihm entfernt, die Hände in die Hosentaschen geschoben, den Blick nachdenklich auf Miles gerichtet. Alles in allem wie ein verdammter Wissenschaftler, der einen Käfer unter seinem Mikroskop betrachtet, dachte Miles wütend.

»Nein«, zischte er. Dann überlegte er. »Ja«, sagte er. »Es ist tatsächlich so.«

»Und?«

»Ich fühle mich nicht wohl. Ich weiß, Sie sagten, mit mir sei alles in Ordnung, aber ich fühle mich nicht gut.«

»Physisch?«

»Natürlich physisch! Was wollen Sie mir denn einreden? Daß alles nur in meiner Einbildung existiert oder sonst irgendeinen Quatsch?«

»Ich versuche Ihnen gar nichts einzureden, Mr. Owen. *Sie* sollten es mir sagen.«

»Na schön. Dann möchte ich wissen, wieso Sie Ihrer selbst so sicher sind. Keine Untersuchung, keine Röntgenaufnahme, überhaupt nichts, und sie warten einfach so mit einer Diagnose auf. Worauf soll das hinaus? Daß körperlich mit mir alles okay ist, aber daß ich mich für eine nette, lange, teure Analyse in Ihre bewährten Hände begeben soll?«

»Halten Sie den Mund, Mr. Owen«, sagte Dr. Maas kalt.

»Ich bin sicher, daß Ihre Manieren nur so abscheulich sind, weil Sie unter Druck stehen. Aber Sie sollten Ihre Fantasie zügeln. Ich bin kein Therapeut in diesem Sinn des Worts. Die Leute, mit denen ich zu tun habe, sind unglücklicherweise über den Punkt hinaus, an dem man sie noch heilen könnte, und mein Interesse an ihnen ist, wie Sie sehen können, lediglich akademischer Art. Wenn Sie mich also für irgendeinen Gauner halten, der ein Opfer sucht...«

»Hören Sie«, sagte Miles abrupt, »es tut mir leid. Es tut mir wirklich schrecklich leid. Ich weiß nicht, was in mich gefahren ist. Vielleicht liegt es an dieser Party. Ich hasse diese elenden Partys; sie setzen mir immer zu. Es tut mir ehrlich leid, daß ich es an Ihnen ausgelassen habe.«

Der Arzt nickte ernsthaft. »Natürlich«, sagte er. »Natürlich.« Dann fuhr er sich nervös mit den Fingern über seine glänzende Kopfhaut. »Da ist noch etwas, was ich sagen sollte. Leider fürchte ich, es wird Sie kränken.«

Miles lachte. »Das hätte ich vermutlich verdient.«

Der Arzt zögerte und wies dann in Richtung Bibliothek. »Zufällig, Mr. Owen, habe ich einen guten Teil dessen, was dort vorgefallen ist, mitgehört. Ich lausche im allgemeinen nicht, aber die Diskussion wurde ein bißchen – nun ja, sagen wir ›hitzig‹, ja? Es war unmöglich, sie hier vor der Tür zu überhören.«

»Ja – und?« sagte Miles mißtrauisch.

»Der Schlüssel zu Ihrem Zustand, Mr. Owen, liegt in dieser Diskussion. Rundheraus gesagt – Sie laufen davon. Sie finden das, was Sie als ›Routine‹ bezeichnen, unerträglich, und deshalb fliehen Sie davor.«

Miles zwang sich zu einem Lächeln. »Was soll das heißen – das, was *ich* als Routine bezeichne? Gibt es in Ihrer Sprache dafür ein anderes Wort?«

»Ich glaube, ja. Ich würde es als ›Verantwortung‹ bezeichnen. Und da Ihr Leben, Mr. Owen – sowohl Ihr privates wie Ihr professionelles – für die Welt ein weitgehend geöffnetes Buch ist, möchte ich behaupten, daß Sie den größten Teil damit zugebracht haben, sich dieser Verantwortung zu entziehen. Kommt es Ihnen nicht seltsam vor, Mr. Owen, daß Sie, so schnell und weit Sie auch davonlaufen, immer und immer wieder auf das gleiche Problem stoßen?«

Miles ballte die Faust und streckte dann die Finger wieder. »Schließlich ist das *mein* Problem.«

»Da täuschen Sie sich eben, Mr. Owen. Wenn Sie ganz plötzlich Ihre Rolle in einem Stück aufgeben, so betrifft das alle, die an diesem Stück beteiligt sind, und umgekehrt auch alle, die mit diesen Leuten zu tun haben. Was Ihre Beziehungen zu Frauen betrifft, so mögen Sie sie im Stich lassen, aber sie bleiben ihrerseits auch nicht bewegungslos. Sie reagieren – und können gefährlich für sich selbst und möglicherweise auch für andere werden. Entschuldigen Sie, wenn ich schulmeisterlich wirke, Mr. Owen, aber man kann keinen Stein ins Wasser werfen, ohne daß Wellen das ferne Ufer erreichen.«

Das ist der Grund, daß Sie, wenn Sie ›Routine‹ sagen, nur an sich als in einer bestimmten Situation gefangen denken. Und wenn ich ›Verantwortung‹ sagte, so denke ich an alle, die davon betroffen sind.«

»Und wie lautet das Rezept, Doktor?« erkundigte sich Miles. »In einer Privathölle zu verharren, nur weil man, wenn man versucht, ihr zu entkommen, dabei möglicherweise jemand auf die Zehen tritt?«

»Entkommen?« sagte der Arzt überrascht. »Glauben Sie wirklich, Sie könnten entkommen?«

»Sie müssen noch eine Menge lernen, Doktor. Beobachten Sie mich und warten Sie ab.«

»Ich beobachte Sie, Mr. Owen, und ich sehe, was los ist. Auf völlig akademische Weise, wie ich schon sagte. Es ist sowohl faszinierend wie auch verwirrend mit anzusehen, wie ein Mann versucht, seiner Privathölle zu entfliehen – wie Sie sich ausdrücken –, während er sie die ganze Zeit über selbst mit sich herumschleppt.«

Miles Hand war halb erhoben und fiel dann schlaff seitlich herab. »Mit anderen Worten, Doktor«, sagte er spöttisch, »Sie ersetzen die gute alte, nach Schwefel stinkende Hölle durch etwas Größeres und Besseres.«

Der Arzt zuckte die Schultern. »Daran glauben Sie natürlich nicht.«

»Nein«, sagte Miles.

»Ich muß Ihnen ein Geständnis machen, Mr. Owen.« Der Arzt lächelte, und plötzlich war er wieder der rundliche und verschmitzte Junge. »Ich wußte, daß Sie es nicht glauben würden. Genaugenommen war das auch der Grund, weshalb ich der Ansicht war, mit Ihnen darüber sprechen zu können.«

»Auf rein akademische Weise natürlich.«

Miles lachte. »Sie sind wirklich ein toller Mann, Doktor. Ich glaube, ich würde Sie gern öfter sehen.«

»Das werden Sie ganz sicher, Mr. Owen. Aber im Augenblick, glaube ich, versucht jemand anderer seine Aufmerksamkeit auf sich zu ziehen. Dort an der Tür.«

Miles folgte der Handbewegung des Arztes, und das Herz stockte ihm. Er hoffte inbrünstig, daß es niemand sonst aufgefallen war, als er eilig den Raum durchquerte und die Frau aufhielt, die soeben, vom Flur draußen kommend, eintreten wollte. Er schob sie zur Haustür zurück, packte ihre Schultern und schüttelte sie kurz und zornig.

»Du bist wirklich reizend, Miles. Begrüßt du alle deine Gäste auf diese Weise?«

Selbst in dem matt erhellten Flur bot sie einen faszinierenden Anblick. Der schmollende Mund in der gardenienweißen Blässe des Gesichts, die hohen Backenknochen, die schräggeschnittenen Augen, die ihn anblitzten. Er gab nach.

»Na schön. Tut mir leid. Entschuldige. Aber mein Gott, Lily, in diesem Zimmer dort halten sich zwei Dutzend der größten Klatschmäuler des Broadway auf. Wenn du willst, daß die ganze Welt Bescheid weiß, dann kannst du gleich ein Inserat aufgeben.«

Sie wußte, wenn er sich geschlagen gab. »Mir gefällt das einfach nicht, Darling. Mir gefällt es überhaupt nicht. Ich meine, du tust, als ob alles obszön und widerwärtig sei. Und das sollte es eigentlich doch nicht sein, oder?«

»Du weißt verdammt gut, daß es nicht so ist, Lily. Aber nimm doch Vernunft an. Es gibt schließlich so was wie Diskretion.«

»Es gibt auch so was wie ein Wort zu Tode reiten, Darling. Und ich stehe nicht an, dir zu sagen, daß ich es seit zwei Monaten bis zum Erbrechen gehört habe.«

»Ich habe versucht, dir klarzumachen«, sagte Miles zornig, »daß wir die Sache zum richtigen Zeitpunkt auf die richtige Weise regeln müssen. Ich habe Abel bereits gesagt, daß ich aus dem Stück aussteige. Ich wollte auch mit Hannah reden, aber diese Party hat alles verpfuscht. Morgen, wenn ich allein mit ihr sprechen kann ...«

»Ah, aber *morgen* kann noch weit weg sein, Darling. Viel weiter, als du glaubst.«

»Was soll das bedeuten?«

Sie kramte in ihrer Handtasche und zog einen Umschlag heraus, den sie triumphierend unter seiner Nase hin und her schwenkte. »Es bedeutet zwei hübsche kleine Schiffskarten, Start morgen früh. Du siehst also, daß du nicht mehr so viel Zeit hast, wie du glaubst, Darling, oder?«

»Morgen? Der Agent sagte doch, er könne innerhalb des nächsten Monats etwas für uns auftreiben!»

»Er hat nicht mit Absagen gerechnet. Das hier kam vor zwei Stunden, und genauso lange habe ich gebraucht, um hierherzufahren. Und wenn der scheußliche Nebel auf der Straße nicht gewesen wäre, dann wäre ich schon viel früher hiergewesen. Ich habe den Wagen draußen, Miles. Du kannst packen, was immer griffbereit ist, und alles andere, was du brauchst, auf dem Schiff besorgen. Wenn ich zurückfahre, erwarte ich, daß du bei mir bist, Miles, denn *ich* werde in jedem Fall morgen mit dem Schiff wegfahren. Das kannst du mir nicht verdenken, Darling, oder? Schließlich wird keiner jünger von uns.«

Er versuchte seine quälend verwirrten Gedanken zu ordnen. Schließlich hatte er sich gewünscht, Hannahs Spinnennetz zu entkommen, und nun hatte es irgendwie den Anschein, als geriete er in ein anderes. Weglaufen, hatte der Doktor gesagt. Immer weglaufen und nie irgendwohin kommen. Er empfand eine lähmende Müdigkeit in Armen, Beinen, in seinem gesamten Körper. Das Weglaufen rief solche Symptome hervor.

»Na also«, sagte Lily. »Entschließe dich, Darling.«

Er fuhr sich mit der Hand über die Stirn. »Wo steht der Wagen?«

»Gleich drüben auf der anderen Straßenseite.«

»Na schön«, sagte Miles. »Setz dich hinein und warte. Bleib sitzen und hupe nicht nach mir oder so was. Ich komme in zehn Minuten nach – spätestens in einer Viertelstunde. Ich habe ohnehin die meisten meiner Sachen in der Stadt. Wir holen sie ab, bevor wir zum Schiff fahren.«

Er öffnete die Tür und schob sie sachte darauf zu.

»Du wirst dir deinen Weg zum Wagen ertasten müssen, Miles. So was wie diesen Nebel habe ich noch nie erlebt.«

»Ich werde ihn schon finden«, sagte er. »Warte draußen.«

Er schloß die Tür und lehnte sich dagegen, um die Übelkeit niederzukämpfen, die in ihm aufstieg. Die lauten Stimmen im Zimmer innen, das Kreischen und idiotische Gelächter, das hin und wieder herausdrang, das Dröhnen der Musik vom Plattenspieler, der auf volle Lautstärke gestellt war – alles schien sich gegen ihn verschworen zu haben; er durfte nicht für sich allein sein, er durfte sich die Dinge nicht überlegen.

Benommen stieg er die Treppe empor und trat ins Schlafzimmer. Dort zog er seinen Handkoffer heraus und begann ihn aufs Geratewohl vollzupacken. Hemden, Socken, den Inhalt des Schmuckkastens auf seiner Kommode. Er drückte alles mit seinem ganzen Gewicht zusammen, um Platz für weitere Dinge zu schaffen.

»Was tust du da, Miles?«

Er blickte nicht auf. Er kannte den Ausdruck, der jetzt auf ihrem Gesicht liegen mußte, zu genau, und er wollte ihn nicht sehen. Es wäre einfach zu viel gewesen.

»Ich gehe weg, Hannah.«

»Mit dieser Frau?« Ihre Stimme war ein vages, verständliches Flüstern.

Nun mußte er sie ansehen. Ihre Augen starrten ihn an, hoben sich riesenhaft gegen die Blässe ihrer Haut ab. Ihre Hand fingerte an dem Schmuck in ihrem Ausschnitt herum. Es war die silberne Maske der Komödie – er hatte sie eine Woche vor ihrer Heirat an der Fifth Avenue für sie erstanden.

In verwundertem Ton sagte sie: »Ich habe dich mit ihr im Flur stehen sehen. Ich wollte nicht hinter dir herspionieren, Miles, aber als ich den Arzt fragte, wo du seist...«

»Hör auf!« schrie Miles. »Wofür entschuldigst du dich denn?«

»Aber sie ist diejenige, die... Ja?«

»Ja, sie ist es.«

»Und du willst mit ihr weggehen?«

Seine Hände waren auf dem Deckel des Koffers. Er lehnte sich mit seinem ganzen Gewicht darauf, den Kopf gesenkt, die Augen geschlossen.

»Ja«, sagte er schließlich. »Darauf läuft es hinaus.«

»Nein!« schrie sie mit plötzlicher Heftigkeit. »Du willst das gar nicht wirklich. Du weißt, daß sie nicht gut für dich ist. Du weißt, daß auf der ganzen Welt niemand so gut für dich ist wie ich!«

Er drückte den Deckel des Koffers nach unten. Das Schloß schnappte mit leisem Klicken ein.

»Hannah, es wäre besser gewesen, wenn du nicht jetzt gerade heraufgekommen wärst. Ich hätte dir geschrieben, dir igendwie alles erklärt...«

»Erklärt? Wenn es zu spät gewesen wäre? Wenn dir aufgegangen wäre, was für einen Fehler du gemacht hast? Miles, hör mir zu. Ich rede aus meiner ganzen Liebe zu dir heraus. Es wäre ein schrecklicher Fehler.«

»Das muß ich selbst beurteilen, Hannah.«

Er richtete sich auf; sie kam auf ihn zu, ihre Finger gruben sich verzweifelt in seine Arme. »Sieh mich an, Miles«, flüsterte sie. »Merkst du nicht, was ich empfinde? Kannst du nicht verstehen, daß es mir lieber wäre, wir wären beide tot, als daß du einfach so wegläufst und mich mit einer völlig leeren Welt zurückläßt?«

Es war entsetzlich. Das Spinnengewebe umgab ihn so dicht, daß er alle seine Kräfte zusammennehmen mußte, um sich daraus zu befreien. Aber es gelang ihm mit einer brutalen Anstrengung, und er sah, wie sie gegen die Kommode zurücktaumelte. Dann drehte sie sich plötzlich um, und als sie sich ihm wieder zuwandte, sah er die Pistole auf sich gerichtet. Kalt und in tödlichem Blau schimmernd lag sie in ihrer Hand. Dann merkte er, daß ihre Finger heftig zitterten; ihm wurde klar, daß die Waffe sie ebenso ängstigte wie ihn. Das Groteske an der Szene kam ihm mit voller Wucht zu Bewußtsein, ließ seine Furcht dahinschmelzen, erfüllte ihn mit einem Gefühl der Empörung.

»Leg das Ding weg«, sagte er.

»Nein.« Er konnte sie kaum hören. »Nicht bevor du mir gesagt hast, daß du nicht weggehst.«

Er trat einen Schritt auf sie zu, und sie wich weiter in Richtung der Kommode zurück. Aber die Pistole blieb nach wie vor auf ihn gerichtet. Hannah war wie ein Kind, das fürchtete, jemand könnte es um sein Spielzeug bringen. Er blieb stehen und zuckte dann mit betonter Gleichgültigkeit die Schultern.

»Du machst dich lächerlich, Hannah. Für solche Szenen

werden Leute auf der Bühne bezahlt. Man erwartet nicht, daß sie im Privatleben eine solche Schau abziehen.«

Ihr Kopf bewegte sich mit einer langsamen, ziellosen Bewegung von einer Seite zur anderen. »Du glaubst mir noch immer nicht, Miles, oder?«

»Nein«, sagte er.

Er wandte ihr den Rücken zu und erwartete halb, den plötzlichen Knall zu hören, den Einschlag der Kugel zwischen seinen Schulterblättern zu spüren; aber nichts erfolgte. Er nahm den Koffer auf und ging zur Tür.

»Leb wohl, Hannah«, sagte er. Er wandte ihr nicht das Gesicht zu, um sie nicht anzusehen.

Die Schwäche seiner Knie machte jeden Schritt zur Qual. Unten an der Treppe blieb er stehen, um den Koffer von einer Hand in die andere zu wechseln. Dann sah er Dr. Maas dastehen, den Hut in der Hand, den Mantel über den Arm gelegt.

»Oh?« sagte der Arzt in fragendem Ton. »Sie verlassen also auch die Party, Mr. Owen?«

»Party?« sagte Miles und lachte dann kurz und scharf. »Ich verlasse den Alptraum, wenn Sie nichts dagegen haben, Doktor. Es ist mir zuwider, einem Gast das sagen zu müssen, aber ich glaube, Sie verstehen mich, wenn ich behaupte, daß die vergangene Stunde wirklich ein Alptraum war, der immer schlimmer und schlimmer geworden ist. Deshalb gehe ich jetzt, Doktor, und Sie können mir nicht übelnehmen, daß ich darüber froh bin.«

»Nein, nein«, sagte der Arzt. »Das verstehe ich völlig.«

»Der Wagen wartet draußen auf mich. Wenn ich Sie irgendwohin mitnehmen kann?«

»O nein, danke«, sagte der Arzt. »Ich habe wirklich nicht weit zu gehen.«

Sie schritten beide auf den Eingang zu und traten hinaus. Der Nebel drang auf sie ein, kalt und naß, und Miles schlug den Mantelkragen hoch.

»Scheußliches Wetter«, sagte er.

»Abscheulich«, pflichtete der Arzt bei. Er warf einen Blick auf seine Uhr und watschelte dann die Stufen zum Gehsteig hinab wie ein Walroß, das in einer Schneewehe verschwindet. »Auf Wiedersehen, Mr. Owen!« rief er.

Miles sah ihm nach, griff nach seinem Handkoffer und stieg

seinerseits die Treppe hinab, wobei er die Nase gegen die erstickende Feuchtigkeit um ihn herum im Kragen vergrub. Er war auf der untersten Stufe angelangt, als er das Zischen der sich öffnenden Tür hinter sich hörte, das ferne Wispern von Gefahr im ganzen Körper spürte.

Er drehte sich um und wußte, daß er Hannah im Türrahmen stehen sehen würde, die Waffe noch immer in der Hand. So war es auch, nur hielt sie die Pistole jetzt mit beiden Händen umfaßt, und die Bedrohlichkeit der Situation war wirklich überwältigend.

»Ich habe versucht, es dir verständlich zu machen, Miles«, sagte sie mit kindlicher Stimme. »Ich hab's versucht.«

Er warf verzweifelt die Arme in die Luft.

»Nein!« schrie er wild. »Nein!«

Und dann war da der Knall in seinen Ohren, die Flamme schoß auf ihn zu, etwas prallte zermalmend gegen seine Brust, die Welt löste sich auf. Bei all dem war nur eines scharf und deutlich erkennbar: die Gestalt des Arztes, die über ihn gebeugt war; sein Gesicht wirkte seltsam satanisch in seiner grausamen Gleichgültigkeit.

In diesem Augenblick begriff Miles alles. Er war früher schon hier gewesen. Er hatte diese Stunde früher schon tausendmal durchlebt. Der Vorhang fiel jetzt, aber wenn er sich wieder hob, so würden auf der Bühne wieder alle Requisiten für die Hausparty stehen. Denn er war in der Hölle, und das Schlimmste von allem, das Entsetzen, das alles andere unterdrückte, lag in diesem Augenblick des Begreifens, daß es so war, daß er sich selbst in die unendliche Tretmühle seiner Verdammnis hineinkriechen sehen konnte. Dann überwältigte ihn die Dunkelheit wie eine Woge, löschte jedes Begreifen aus – bis zum nächsten Mal ...

»*Er kommt zu sich*«, sagte die Stimme.

Er stürzte. Seine Arme schlegelten ...

Übersetzt von Rosmarie Kahn-Ackermann

Stets daheim

David Ely

Ich bin Schriftsteller, nicht Kritiker, und deshalb habe ich mich immer gescheut, meine eigenen Stories zu analysieren. Wer schreibt, hat vielleicht am wenigsten Einblick, warum eine Geschichte beim Leserpublikum ›ankommt‹ und eine andere nicht.

›Stets daheim‹ ist in meiner Sicht keine Horrorgeschichte, jedenfalls habe ich sie nicht als solche angelegt. Es ist die Geschichte einer Ehe. Eine ganz normale unglückliche Ehe, die nur noch durch die verzweifelten Selbsttäuschungen der Frau zusammengehalten wird. Vielleicht liegt der Horror darin, daß in dieser Ehe eigentlich alles normal und alltäglich ist, wie in vielen anderen Lebensgemeinschaften.

Wenn eine Geschichte Angst machen soll, muß sie wahr sein, sie muß aus der Wirklichkeit kommen. In diesem besonderen Fall war es mein Anliegen, die Selbsttäuschungsversuche der Frau aufzubrechen und meine Heldin zu zwingen, die furchtbare Wahrheit zu entdecken, die unter ihrer Routine im häuslichen Bereich verborgen liegt.

Das Haus, in einem Vorort gelegen, war geräumig, es verfügte über einen großen Garten, aber aus Peters Sicht bestand der Hauptvorteil dieses Objektes in der Tatsache, daß es mit umfangreichen Sicherheitseinrichtungen ausgerüstet war. Wie er dem Immobilienmakler erklärte, unternahm er oft Geschäftsreisen. Es war ihm unangenehm, Teresa allein in der Wohnung zurückzulassen.

»Wenn Sie dieses Haus kaufen, brauchen Sie sich um die Sicherheit Ihrer Frau keine Sorgen mehr zu machen. Hier ist sie sicher wie in Fort Knox.«

Der Makler nahm Peter und Teresa auf einen Rundgang durch Haus und Garten und zeigte ihnen die verschiedenen Sicherungssysteme. Jede Tür war durch drei Schlösser gesichert, jedes Fenster mit einem Einbruchsalarm versehen. Die Rasenfläche um das Haus konnte mit einer Flutlichtanlage ausgeleuchtet werden. In den Büschen im Garten waren Stolperdrähte gespannt, jede Berührung löste Alarm aus. Die rückwärtige Tür war durch einen unsichtbaren Strahl gesichert. Wurde der Strahl unterbrochen, so schaltete sich ein Tonband mit Hundegebell ein.

Die raffinierteste Sicherung hatte sich der Makler für den Schluß der Besichtigung aufgespart. »Nichts zieht Einbrecher so sehr an wie ein Haus, dessen Bewohner abwesend sind«, sagte er, »aber in diesem Objekt ist das kein Problem, sehen Sie, wenn Sie abends ausgehen, brauchen Sie nur den Stets-daheim-Knopf im Flur zu drücken. Kommen Sie, ich will Ihnen zeigen, wie das funktioniert.«

Der Stets-daheim-Mechanismus war mit allen elektrischen Anschlüssen im Haus verkabelt, er schuf die Illusion, daß sich Menschen im Haus befanden, auch wenn niemand zu Hause war. Der Mechanismus schaltete Lichtquellen in verschiedenen Räumen ein und aus. Es gab einen verborgen angebrachten Projektor, der menschliche Schatten auf die Fensterrollos im Wohnzimmer projizierte. Am beeindruckendsten war die akustische Einbruchssicherung, Stimmen verschiedener Menschen, die durcheinandersprachen und über Lautsprecher hörbar gemacht wurden, die man auch draußen deutlich vernehmen konnte.

»Nun, was halten Sie von dem Haus ?« fragte der Makler. Er hatte Peter und Teresa ins Innere des Hauses zurückbegleitet.

»Also, ich find's unbeschreiblich schön«, sagte Teresa, mit ehrlicher Begeisterung. Sie war dunkelhaarig und schlank. Sie wirkte mädchenhaft, obwohl es bereits ein paar graue Strähnen in ihrem schönen Haar gab. Sie wandte sich zu ihrem Mann. »Findest du nicht auch, Peter? Gibst du mir nicht recht, daß das Haus schön ist?«

Peter, ein stämmiger Mann mit blühender Gesichtsfarbe, war von Natur aus in seinen Entscheidungen vorsichtiger. »Vielleicht wirst du dich einsam fühlen hier draußen«, sagte er.

Teresa lachte. »Einsam? In diesem Haus gibt's so viel zu tun für mich, da habe ich gar keine Zeit, mich einsam zu fühlen.«

Und so beschloß Peter, das Haus zu kaufen. Der Preis war ganz annehmbar, die bisherigen Besitzer drängten auf den Verkauf, weil sie sich scheiden lassen wollten. Innerhalb eines Monats war der ganze Papierkram erledigt, Peter und Teresa lösten ihre Stadtwohnung auf und nahmen ihr neues Heim in Besitz.

Teresa wußte, sie würde in diesem Haus glücklich sein. Sie

und Peter hatten die vergangenen fünfzehn Jahre in Apartments, in der Stadt, gelebt. Zwar war jede Wohnung ein bißchen größer gewesen als die vorhergehende, aber irgendwie hatte Teresa immer Platzangst gehabt. Jetzt besaßen sie ein Haus und einen Garten mit Bäumen, einfach alles. Teresa hatte ihr Reich, wo sie tun und lassen konnte, was sie wollte.

Wenn Peter zu Hause war, machte sie ihm ein schönes Frühstück, und während er seinen Kaffee trank, erzählte sie ihm von den Vögeln, die sie im Garten gesehen hatte, von den Fernsehsendungen der vergangenen Woche, von den neuen Produkten, die in den Werbespots vorgestellt worden waren. Recht gern hätte sie ihn auch vors Haus begleitet, bis zum Wagen, aber er zog es vor, daß sie im Haus zurückblieb, und so stand Teresa in der offenen Haustür und winkte ihm zu. »Einen schönen Tag auch!« rief sie, oder (zum Beruf ihres Mannes gehörten Reisen, die ihn mehrere Tage lang von zu Hause fernhielten):»Gute Reise!«

Sie hatten keine Kinder. Teresa wußte nicht, woran das lag, und Peter hatte aus irgendeinem Grunde nie die Zeit gefunden, einen Termin beim Spezialisten für sie beide auszumachen. Ein paarmal hatte sie das Gespräch auf ein Adoptivkind gebracht, Peter hatte gesagt, ja, er würde sich um die Sache kümmern, aber geschehen war nichts. Mit der Zeit festigte sich in Teresa die Überzeugung, daß Kinder eine Last waren, eine Verantwortung, eine Fessel. »Ich bin wirklich froh, daß wir keine Kinder haben«, pflegte sie zu sagen, sie wußte, das hörte er gern. »Und inzwischen bin ich sowieso zu alt für ein Baby.« Eine Bemerkung, die von Peter regelmäßig mit einem Kompliment beantwortet wurde: »Was erzählst du denn da für einen Unsinn, du bist doch selbst noch ein Kind.«

Gleich nach dem Einzug in das Haus hatten sie sich eine Katze angeschafft, aber Peter hatte eine Allergie gegen Katzenhaare entwickelt, so daß sie das Tier weggeben mußten. Den Goldfischen und den Kanarienvögeln, die Teresa anschaffte, war nur ein sehr kurzes Leben beschieden. »Schaff dir einen Hund an«, hatte Peter vorgeschlagen, er hatte diesen Vorschlag mehrere Male gemacht. Aber das hatte Teresa schon in der Stadtwohnung abgelehnt, ein Hund roch, und in einem Haus im Vorort war ein Hund genauso unpraktisch, er würde die Blumen im Garten ausgraben und die Alarmsirenen in den Büschen auslösen. Ganz abgesehen davon, daß sie ja bereits einen Hund hatten, den Tonband-Hund mit dem gespeicherten Gebell, das die Einbrecher vertreiben würde.

Als sie noch in der Stadt wohnten, hatte Teresa dann und wann Halbtagsjobs übernommen, aber es waren langweilige Jobs gewesen, sie hatte keine Ausbildung. Hinzu kam, daß Peter ihr ganz klar sagte, er hätte kein Interesse daran, daß sie arbeitete. Und so hatte sie in den letzten Jahren ihre Freizeit mit Stricken, mit Flötespielen und mit Aquarellmalen verbracht. Sie hatte sich daran gewöhnt, daß Peter oft auf Reisen war. Auf die Idee, daß sie einsam war, kam sie nicht. Schließlich gab es Witwen und andere Frauen, die jahrzehntelang ohne Partner lebten.

Angst hatte sie keine in dem neuen Haus. Peter hatte Angst, daß sie Angst haben könnte, sie nicht. Er brauchte sich wegen ihr wirklich keine Sorgen zu machen, fand Teresa. Nicht einmal eine Maus konnte unbemerkt in dieses Haus eindringen. Teresa fand die Einbruchssicherungen faszinierend, die Sache machte ihr richtig Spaß. Hin und wieder ging sie hinters Haus und trat in den Strahl des elektronischen Auges, freute sich am Bellen und Knurren der Hunde, und abends schaltete sie die Flutlichtstrahler an, deren Schein jeden Grashalm mit einer Schicht Eis überzog.

Am besten gefiel ihr der Stets-daheim-Mechanismus. Wenn Peter verreist war, drückte sie den Knopf, sie wanderte durchs Haus und ließ die Töne und Bilder, die das System produzierte, auf sich einwirken, erfreute sich am Licht, das von unsichtbaren Fingern an- und ausgeknipst wurde, betrachtete die Schattenmenschen, die auf den Rollos hin- und herwanderten, lauschte dem Geschnatter der Stimmen vom Tonband. Es war wie eine Party, sie brauchte nur auf den Knopf zu drücken, schon kamen die Freunde durch die Tür, mit dem einzigen Nachteil, daß man sie nicht sehen konnte, nur ihre Schatten, und sprechen konnte man auch nicht mit ihnen, man mußte sich damit begnügen, ihrer Unterhaltung zuzuhören.

Sie erzählte Peter nicht, daß ihr der Stets-daheim-Mechanismus so ans Herz gewachsen war. Er war, wie Teresa fand, in den letzten Jahren sehr konservativ geworden. Sie wußte jetzt schon, was er sagen würde, wenn sie ihm von ihren Spielereien mit der Einbruchssicherung berichtet hätte. »Den Stets-daheim-Knopf drückt man, wenn man abends weggeht.

Was hat es für einen Sinn, daß du auf den Knopf drückst, wenn du zu Hause bist?« Natürlich, sie hätte ihm dann antworten können, daß sie den Klang der Stimmen liebte, die Stimmen waren wie Freunde, und darauf hätte Peter geantwortet, warum suchst du dir nicht eine Freundin, damit du etwas Gesellschaft hast. Freundschaften, Gesellschaft, das war leicht gesagt, schwer getan. Teresa war von der scheuen Art, und außerdem, wie hätte sie die Einladung einer Freundin oder eines anderen Ehepaares annehmen können, wie hätte sie Freunde ins Haus einladen können, wo Peters Termine und Reisen immer erst im letzten Augenblick festgelegt wurden? Sie hatte keine Freundschaften, sie hatte nur ihn.

Sie hatte erwartet, daß die Nachbarinnen zu Besuch kommen würden, nachdem sie in das Haus eingezogen waren, aber sie hatte sich getäuscht. Schließlich nahm sie allen Mut zusammen und ging in das Nachbarhaus. Die Nachbarin, eine gewisse Mrs. Myer, empfing sie, wie es sich gehörte, aber als Teresa sagte, daß sie sich in dem großen Haus einsam fühlte, bekundete Mrs. Myer ihr Unverständnis, wie konnte Teresa sich denn einsam fühlen bei den vielen Gesellschaften, die sie gab. Gesellschaften? Teresa wollte gerade sagen, sie hätte bisher noch keinen einzigen Gast gehabt, als ihr der Stets-daheim-Mechanismus einfiel. Mrs. Myer mußte die auf Band gespeicherten Partygeräusche gehört haben. Waren die Geräusche denn so laut, daß sie bis zum Nachbargrundstück hinübergetragen wurden?

»Wir geben die eine oder andere Gesellschaft«, sagte Teresa, »das ist schon richtig.« Inzwischen war ihr eingefallen, daß sie den Stets-daheim-Mechanismus oft die ganze Nacht eingeschaltet ließ. Oh, mein Gott, dachte sie. Mrs. Myer hatte das als Beweis genommen, daß nebenan Partys gefeiert wurden, die bis zum Morgengrauen dauerten. Was mußte die Frau jetzt von ihr denken?

»Wir führen hier draußen ein recht einfaches Haus, mein Mann und ich«, hörte sie Mrs. Myer sagen. Ein abweisender Ausdruck war in die Züge der Nachbarin getreten, und das bestätigte die Befürchtungen, die Teresa gehegt hatte. Sie war in der ganzen Nachbarschaft verschrien als die frivole Frau, die in ihrem Haus rauschende Feste feierte! Gab es einen Weg, das schiefe Bild wieder geradezurücken? Sie konnte Mrs. Myer nach Hause einladen und ihr den Stets-daheim-Mechanismus zeigen, das hätte alles aufgeklärt. Allerdings hätte die Frau sie dann für leicht verrückt gehalten, weil sie Nacht für Nacht das Band einschaltete. Teresa kam zu der Schlußfolgerung, daß Mrs. Myer sowieso ›anders‹ war als sie. Wenn sie eine Freundin wollte, dann würde sie sich in den anderen Häusern der Nachbarschaft umtun müssen. Sie verabschiedete sich so herzlich wie nur möglich und kehrte auf ihr Grundstück zurück.

Als sie dem Haus näher kam, hörte sie Stimmen. Hatte sie den Knopf gedrückt, bevor sie das Haus verließ? Sie konnte sich nicht erinnern. Erst nach einigem Nachdenken kam sie drauf, daß sie die Anlage heute früh gar nicht erst ausgeschaltet hatte. Die Anlage lief Tag und Nacht, außer an jenen Abenden oder in jenen Nächten, wo Peter zu Hause war.

Teresa glaubte, daß es sich bei dem Stets-daheim-Mechanismus um ein Endlosband handelte. Nach einer gewissen Zeit wiederholten sich die Sätze, und doch gab es kleine Unterschiede, die Teresa an der These des Endlosbandes zweifeln ließen, irgendwie war es nie genau das gleiche, aber die Stimmen, männliche und weibliche Stimmen, waren immer die gleichen, da war Teresa ziemlich sicher. Es muß wohl ein sehr langes Band sein, dachte sie. Die Firma, die den Mechanismus herstellte, legte in weiser Voraussicht sehr lange Bänder ein, sonst hätten die Einbrecher, die vor der Haustür knieten und lauschten, ja mitbekommen, daß sich die Geräusche wiederholten, daß es nur ein Band war, so daß sie gefahrlos ins Hausinnere eindringen konnten.

Was die Leute auf dem Band sagten, war ganz das, was man so sagte. Die Männer sprachen meist über Golf und Politik, die Frauen klatschten über andere Frauen oder sie sprachen über Kleider. Teresa hatte oft Schwierigkeiten, den Sinn der Worte zu verstehen, das lag daran, daß immer drei oder vier Personen gleichzeitig sprachen, wie auf einer richtigen Party, außerdem gab es Hintergrundgeräusche, Lachen und Schritte.

Es gab aber auch lange Passagen, wo nur zwei Stimmen miteinander sprachen, ein Mann und eine Frau. Die beiden gingen recht frostig miteinander um. Sie sagten Sätze wie ›Findest du *wirklich*, daß wir die Vogels einladen müssen?‹ oder ›Wir geben ein *Vermögen* für Schnaps aus‹, Sätze, die nach Teresas Auffassung nicht in den Rahmen einer Party paßten. Beim aufmerksamen Abhören des Bandes gelang es ihr, die Namen des Mannes und der Frau festzustellen. Der Mann hieß Chris, und die Frau hieß Carla. Teresa hatte in der Anfangszeit angenommen, daß die Stimmen Berufsschauspielern gehörten, die Firma ließ die Schauspieler und Schauspielerinnen auf Band sprechen, das Ganze wurde dann kopiert und in die Standardbänder eingespeist, schließlich gab es im Lande viele tausend Wohnungen, die mit Stets-daheim-Einbruchsicherungen ausgestattet waren. In jeder Wohnung das gleiche Band. Aber dann hatte sie die Passage aufgeschnappt, wo Carla sich über die Farbzusammenstellung im Elternbad beklagte, über ›das geisterhafte Rosa und die häßlichen grünen Fischchen‹, und Teresa hatte große Augen gemacht, denn das Elternbad in diesem Haus zeichnete sich durch ein geisterhaftes Rosa aus, und die Fliesen zeigten ein häßliches Fischchenmuster, grüne, grausliche Fische, und dann hatte der Sprecher namens Chris auch noch die Täfelung im Wohnzimmer erwähnt, die Stellen, wo sich das Holz geworfen hatte, an einer anderen Stelle des Bandes war er ausführlich auf das Schlafzimmerfenster eingegangen, das bei starkem Wind ein Rüttelgeräusch machte, dies und einige andere Dinge, die Chris und Carla sagten, trafen auch auf Teresas und Peters Haus zu. Sie kam zu der Überzeugung, daß der Text für dieses Stets-daheim-Band auf die besonderen Gegebenheiten des Hauses abgestellt war. Es mußte sich um ein Band handeln, das speziell für dieses Haus besprochen wurde.

Eines Tages hörte sie aus dem Bandgeplapper einen Wortwechsel heraus, der ihre Einschätzung des Textes drastisch änderte. Zunächst war die Türklingel zu hören, *ihre* Türklingel. Die Stimme eines Mannes sagte, er hätte ein Paket abzugeben, und dann fragte der Mann: ›Bin ich hier richtig bei Woodling?‹ Worauf Carlas Stimme antwortete: ›Ganz recht, ich bin Mrs. Woodling.‹ Mrs. Woodling? Da mußte sich Teresa schon sehr wundern. Die Woodlings waren die vorherigen Eigentümer des Hauses! Das war ja unglaublich! Es bedeutete, daß es sich nicht um einen simulierten Text handelte, sondern um die Aufnahme von Gesprächen, die in diesem Haus stattgefunden hatten. Chris und Carla waren keine bezahlten Sprecher, ihre Stimmen gehörten Mr. und Mrs. Woodling, und die anderen Stimmen auf dem Band waren die Stimmen von Freunden und Gästen. Der Stets-daheim-Mechanismus war nicht nur auf die Abgabe von Geräuschen programmiert, er nahm automatisch alle Gespräche auf, die im Haus geführt wurden. Sobald jemand ein Wort sagte, wurde das Band in Gang gesetzt. Aber hatten die Woodlings das denn nicht bemerkt? Hatten sie sich das Band denn nie angehört? Nicht unbedingt. Sie hatten den Stets-daheim-Knopf gedrückt, wenn sie das Haus verließen. Wenn sie heimkehrten, hatten sie die Anlage wieder ausgeschaltet. Vielleicht hatten sie die Sicherung auch nie benutzt.

Unabhängig davon hatte das Gerät alles aufgenommen, was im Haus gesagt wurde.

Teresa beschloß, das Abhören des Stets-daheim-Bandes aufzugeben. Es war nicht recht, daß sie die privaten Gespräche eines Ehepaares belauschte. Andererseits... Diese Gespräche waren Vergangenheit, vielleicht war das alles schon viele Jahre her, und was die Ehe der Woodlings betraf, diese Ehe gab es nicht mehr. Das Band war, strenggenommen, Teresas und Peters Eigentum, es gehörte zur Stets-daheim-Einbruchsicherung, und diese wiederum gehörte zu dem Haus, das ihnen überschrieben worden war. Und überhaupt, wenn sie sich das Band nur anhörte und über den Inhalt mit niemandem sprach, auch nicht mit Peter, dann konnte daraus ja wohl niemandem ein Nachteil entstehen.

Und so hörte sie sich voller Faszination die übrigen Gespräche an. Die Woodlings-Ehe war wie eine Hörspiel-Serie im Radio, mit dem Unterschied, daß die Handlung nicht erfunden war. Teresa reagierte erschreckt und verunsichert, als die Gespräche der beiden Eheleute ins Feindselige abkippten. Chris und Carla schrien sich an. Sie verletzten einander mit schneidenden, sarkastischen Bemerkungen. Es gab jetzt immer weniger Partys, schließlich kamen gar keine Freunde mehr ins Haus, das Band war nur noch eine Folge von ätzenden Streitgesprächen. Teresa verstand das nicht. Wie konnten die beiden Eheleute so viele Stunden lang ununterbrochen streiten? Dann fiel ihr ein, daß der Stets-daheim-Mechanismus ja nur die Gespräche aufnahm, nicht die Intervalle des Schweigens, und das bedeutete, auf dem Band waren die Streitereien von Wochen und Monaten aneinandergereiht, ob die beiden sich einen Tag oder eine Woche lang nicht gestritten hatten, war nicht herauszuhören.

Zunächst hatte Teresa für Carla Partei ergriffen. Dieser

Chris, das mußte ein verabscheuenswürdiger Mensch sein, eine brutale Erscheinung, die Stimme war heiser, oft lallend, und das bewies, daß der Mann trank, und es lag nahe, daß Carlas Beschuldigungen zutrafen, nach denen Chris Affären mit anderen Frauen unterhielt. Aber dann kam jener Teil des Bandes, der Carlas Verhältnis mit einem gewissen Joe offenlegte. Dieser Joe kam ziemlich oft ins Haus, die Seufzer und das Kichern zwischen den gesprochenen Passagen ließen wenig Zweifel an der Natur der Beziehung, die sich zwischen Carla und Joe entsponnen hatte, und aus alledem ergab sich für Teresa, daß Carla nicht besser war als Chris; es war nur gut, daß die beiden keine Kinder hatten.

Teresa ahnte jetzt schon, wie es weitergehen würde, sie saß im Wohnzimmer und hörte sich Stunde für Stunde Carlas sündige Seufzer an, dazwischen die sarkastischen Sprüche von Chris, gewürzt wurde der Streit von Türenschlagen, ab und an ging eine Glastür zu Bruch, und während Teresa den akustischen Teil auf sich einwirken ließ, tat der Stets-daheim-Mechanismus seine Pflicht, was das Optische anbetraf, er schaltete brav die Lichter aus und an und projizierte Schatten auf die Rollos.

Teresa war schockiert von all den Dingen, die auf dem Band zu hören waren, aber inzwischen war es so, daß sie zuhören *mußte*. Das Band war wie schleichendes Gift, und es gab für solch ein Problem nur eine Lösung, man mußte das Gift austreten lassen. Es gab Szenen, die so ekelhaft waren, daß Teresa die Fenster aufriß und frische Luft hereinließ. Es war jetzt immerhin ihr Haus, Carla und Chris hatten hier nichts mehr zu suchen.

Sie kümmerte sich jetzt mehr um Peter. Sie hatte beschlossen, ihm nichts von ihrer Entdeckung, was das Band betraf, zu sagen. Sie wußte, Peter würde das Verhalten des Ehepaares Woodling schärfstens mißbilligen. Sie fühlte sich jetzt mehr zu ihm hingezogen denn je. Wie ruhig, wie besonnen er war! Welch ein Gegensatz zu der lauten, vulgären Art, mit der dieser Chris sich mitteilte. Und Peter arbeitete so hart. Wenn er von seinen Geschäftsreisen zurückkehrte, war er immer völlig erschöpft. Sie hatte immer frische Blumen auf dem Tisch stehen, wenn sie zu Abend aßen, sie gab sich viel Mühe, wenn sie das Essen zubereitete, sie mixte ihm seinen Drink, gab ihm das Glas in die Hand. Peter ging an solchen Abenden früh zu

Bett, gleich nach dem Essen, Teresa blieb auf und packte seinen Koffer aus, nahm die schmutzige Wäsche heraus, packte frische Wäsche ein für die nächste Reise. Wenn sie an einem solchen Abend an dem Stets-daheim-Knopf – dieser befand sich im vorderen Teil des Flurs, in der Nähe der Haustür – vorbeikam, fuhr ihr ein kalter Schauder über den Rücken, sie mußte an das heillos zerstrittene Ehepaar Woodling denken, an den Mann und die Frau, deren Geister sozusagen noch in diesem Haus wohnten. Und wenn es so war, dann konnten die Geister nur ausgetrieben werden, indem sie, Teresa, das Band zu Ende hörte. Wann würde die Spule zu Ende gehen?

»Es muß schlimm sein, wenn Eheleute streiten«, sagte sie einmal, als sie mit Peter beim Abendessen saß. Er gab sich überrascht. »Ich kenne kein Ehepaar, das sich streitet«, sagte er hastig, »aber ich habe davon gehört, daß es so etwas gibt, und ... Die Hauptsache ist, wir beide verstehen uns gut.« Er gähnte. »Ich sehe auch gar nicht, worüber wir uns streiten könnten.« Teresa hatte vorgehabt, einen Kinobesuch vorzuschlagen, aber sie begrub den Plan. Ein paarmal hatte Peter sich zu einer Initiative aufgerafft, ob man nicht draußen essen sollte oder auch nur etwas in der Gegend herumfahren, aber sie wußte, er sagte das nur, weil er sich dazu verpflichtet fühlte, und so war sie dergleichen Initiativen immer ausgewichen. »Ach nein Peter, ich fühle mich am wohlsten, wenn ich zu Hause bin, bei dir. Ich möchte nicht ausgehen.« Sie hatte die bizarre Vorstellung, daß Chris und Carla außer Kontrolle geraten könnten. Peter würde beim Verlassen des Hauses den Stets-daheim-Knopf drücken, und die beiden Geister würden Teresas Abwesenheit und die ihres Mannes mißbrauchen, um sich in Wesen aus Fleisch und Blut zu verwandeln, in rächende Furien, die das ganze Haus verwüsten würden.

Es kam der Tag, wo die Stimmen der Woodlings vom Band verschwanden, Teresa merkte das erst, als die fremden Stimmen erklangen, Menschen, die ganz normal miteinander sprachen. Aus dem Inhalt der Gespräche ging hervor, daß es sich wohl um Interessenten für das Haus handelte, Fragen wurden gestellt wegen der Aufteilung der Räume, und der Immobilienmakler beantwortete sie. Endlich ... Es war ausgestanden. Sie würde nichts mehr von Chris und Carla zu hören bekommen.

»Nun, was halten Sie von dem Haus?« hörte sie den Makler sagen, und gleich darauf kam die Stimme einer Frau: »Also, ich find's unbeschreiblich schön. Findest du nicht auch, Peter? Gibst du mir nicht recht, daß das Haus schön ist?«

Teresa erschrak. Das war ja *ihre* Stimme. Und der Mann, der ihr antwortete, das war Peter! Wie dumm ich bin, dachte sie, warum habe ich nicht früher daran gedacht. Es war ja ganz logisch, der Stets-daheim-Mechanismus war so programmiert, daß er alles aufnahm, was im Haus gesprochen wurde. Sie würde also beim weiteren Abhören des Bandes alles vorgespielt bekommen, was sie und Peter seit dem Einzug in das neue Heim gesagt hatten. Eine willkommene Abwechslung nach den entsetzlichen Streitgesprächen der Woodlings.

Sie ließ das Gerät eingeschaltet, während sie ihre Arbeiten im Haushalt verrichtete, das Band spielte, wenn sie die Möbel abstaubte, es spielte, wenn sie die Nippesfiguren geraderückte. Sogar von oben, vom Schlafzimmer aus, konnte sie die Stimmen hören, Peter sprach, sie antwortete ihm, es war hübsch, das zu verfolgen, aber ein bißchen merkwürdig, der Körper war in einem Raum und die Stimme in einem anderen. Teresa hatte das Gefühl, als hätte sie keine Kontrolle mehr über das, was sie da sagte.

Sie kam die Treppe herunter. »... aber nein, natürlich bin ich nicht einsam«, hörte sie sich sagen. »Wenn ich allein im Haus bin, dann bedeutet das doch nicht, daß ich einsam bin. Ich habe so viel zu tun, daß ich gar nicht auf den Gedanken käme, so etwas wie Einsamkeit zu empfinden!«

Morgen würde Peter von einer Reise zurückkehren. Teresa ging in den Garten, um Blumen zu schneiden. Es war wichtig, daß beim Abendessen ein schöner Strauß auf dem Tisch stand. Sie konnte das Band bis in den Garten hören. »Ich wünsch' dir einen schönen Tag«, sagte eine fröhliche Stimme, und das war sie. »Nein, bleib im Haus«, sagte eine ernste, besorgte Stimme, und das war Peter. »Schau nach, ob die Riegel vorgeschoben sind.« Um die Gladiolen zu inspizieren, war sie neben einen der Büsche an der Einfriedung des Gartens getreten, der Alarm wurde ausgelöst, und das Bellen der Hunde klang so wirklichkeitsgetreu, daß Teresa einen Satz machte, als sei sie von einer Wespe gestochen worden. Aus dem Haus war ihre Stimme zu hören. »Mach dir wegen mir keine Sorgen. Ich bin in Sicherheit. Schau nur, ich bin im

Haus geblieben, und hier findest du mich, wenn du von der Reise zurückkommst.«

Teresa ging in die Küche zurück, ihr Herz klopfte wie wild. Immer noch war das Hundegebell zu hören, die Hunde japsten und jaulten, schnappten nach den Beinen der bösen Einbrecher, man konnte richtig hören, wie sich die Ketten strafften, und dann wurde das Gebell zu einem Winseln, weil sich die Tiere beinahe selbst erdrosselten. »Wo bist du, Liebling?« hörte sie Peter im Flur sagen. »Ich bin schon früher zurückgekommen als geplant, wo steckst du?« Teresa wunderte sich. Er war doch erst vor einer Stunde aus dem Haus gegangen. »Peter!« rief sie und rannte, von Freude durchströmt, in den Flur, um ihn zu begrüßen. Aber der Flur war menschenleer. Verwirrt blieb sie stehen. Erst als sie ihre eigene Stimme vom Band hörte, ihr »Peter, was für eine wunderschöne Überraschung!« wurde ihr klar, daß es sich um die Tontäuschungen des Stets-daheim-Geräts handelte. Sie kam sich betrogen vor, zum Narren gemacht. Aber es gab niemanden, der sie auslachte, was da vom Band kam, war ihr eigenes Lachen, irgendwann in der Vergangenheit aufgenommen. Nach einer Weile kam es Teresa vor, als sei der ganze Mechanismus ein Geist, der sich über sie lustig machte.

»... mein Flug geht um vier«, hörte sie Peter sagen, und dann kam Teresas Antwort: »Schon so früh? Oh, mein armer Liebling. Nein, nein ... Ich packe den Koffer für dich ...« Die Stimmen wurden leiser, offenbar weil er und sie sich von den versteckten Mikrophonen entfernt hatten. Aber es gab kein Schweigen auf dem Band. Das nächste war Teresas Stimme, die frisch und klar sagte: »So, da wären wir, der Koffer ist fertig. Ich habe dir eine schöne neue Tube Zahnpasta zum Rasierzeug gelegt.«

Teresa stand im Flur, sie war allein, lauschte den Schritten. Das Geräusch eines Wangenkusses. Sie starrte auf die Haustür. Sie hörte, wie sich die Tür öffnete, und doch blieb das Türblatt unbewegt. »Gute Reise!« rief ihre Stimme.

Bestürzt und verunsichert begab sich Teresa zur Küche. Das Hundegebell hielt an, es dauerte etwa fünf Minuten, bis sich nach einem Alarm das Band abschaltete. »Komm rein, Peter«, sagte ihre Stimme, irgendwo hinter ihr. »Und jetzt rate mal, was ich Gutes zum Abendessen gemacht habe!« Teresa widerstand der Versuchung, sich umzudrehen. Ihrer Stimme nach mußte Peter in der Tür stehen, aber sie wußte, dort stand niemand. Wenn nur der Hund zu bellen aufhören würde, sie bekam schon Kopfschmerzen von dem Geräusch. Warum schaltet das Band nicht ab? ›Ich habe keine Angst‹, hörte sie sich sagen, die Stimme kam aus dem Flur. ›Warum sollte ich auch Angst haben? Wovor?‹ Peters Stimme sagte: ›Schaff dir einen Hund an.‹ Teresa versuchte, über die Geräusche hinwegzuhören. Sie öffnete den Kühlschrank. Was ich wohl zu Mittag essen könnte? ›Hallo, Liebling‹, sagte Peters Stimme.

»Oh, my Gawd«, stöhnte Teresa. All diese Begrüßungen, diese Abschiede, es war so verwirrend. Sie ging in den Flur und drückte den Stets-daheim-Knopf, die Stimmen erloschen. Das Gerät auszuschalten, der Gedanke war wie ein Zwang über sie gekommen. Es war nicht gut, wenn das Band immer lief. Wie, wenn Peter heute tatsächlich früher zurückkam? Sie würde die Geräusche im Flur für Bandgeräusche halten. Sie würde im Wohnzimmer sitzen bleiben, statt zu ihm zu laufen und ihn zu begrüßen. Und außerdem war sie fürchterlich müde, das idiotische Hundegebell war ihr auf die Nerven gegangen. Aber jetzt hatte der Hund zu bellen aufgehört. Endlich erfüllte Ruhe das Haus. Sie beschloß, auf das Mittagessen zu verzichten. Sie ging nach oben und legte sich aufs Bett.

Als die Dämmerung sich über Haus und Garten gelegt hatte, wurde Teresa von einem fürchterlichen Krach aufgeweckt. Eine der Alarmsirenen im Gebüsch war ausgelöst worden, es klang wie das Geschrei eines Wahnsinnigen. Teresa sprang hoch und eilte die Treppe hinunter, sie schaltete die Flutlichter ein. Dann trat sie ans Fenster. Niemand war im Garten. Auch in den Büschen konnte sich niemand verbergen, das Licht durchfloß die Zweige wie ein weißer Strom, der jeden Zweig, jedes Blatt durchsichtig machte, Eine Katze, dachte Teresa. Eine Katze hat einen der Stolperdrähte berührt. Die Drähte waren vielleicht auch zu empfindlich eingestellt. Einmal hatte ein Eichhörnchen den Alarm ausgelöst. Teresa hatte am Fenster gestanden, als das Tier den nächsten Baum hinaufhuschte, wo es sich auf einen Zweig setzte und die gellende Alarmsirene anfauchte. Das war vielleicht lustig gewesen!

Diesmal war es nicht so lustig. Zwar hatte sich die Sirene inzwischen abgeschaltet, aber das Echo schwang in Teresas Gehirn hin und her. »Heute bin ich aber wirklich nervös«, sagte sie in die Stille hinein. Erst jetzt wurde ihr bewußt, daß ihr Atem schneller ging als sonst. Es geschah sehr selten, daß sie Selbstgespräche führte. Sie schämte sich und schickte ein kleines, entschuldigendes Lachen hinterher, und dann verstummte sie, ihr war eingefallen, daß der Stets-daheim-Mechanismus jedes Wort und jeden Ton aufnahm. Sie dachte nach. »Ich bin *nicht* nervös«, sagte sie dann, als könnte sie damit das auf Band genommene Geständnis überspielen. »Ich bin *überhaupt nicht nervös!*«

Aber dann, als sie in die Küche zurückgegangen war, um sich ein Sandwich und eine Tasse Tee zu machen, wanderten ihre Gedanken wider Willen zu dem Alarm, der vorhin ausgelöst worden war. Wieviel Sekunden hatte sie gebraucht, um hinunterzurennen und die Flutlichter einzuschalten? Gesetzt den Fall, es war wirklich ein Einbrecher gewesen, hatte er dann nicht genügend Zeit gehabt, um sich aus dem Bereich, den die Strahler erfaßten, zurückzuziehen? War es denkbar, daß sich der Mann außerhalb des Grundstücks verbarg und das Haus beobachtete?

Hastig inspizierte sie die Zimmer im Erdgeschoß, prüfte die Schlösser der Fenster und Türen. War das nicht das Pfeifen eines Mannes? Nein, nur der Wasserkessel in der Küche. Ihre Hand zitterte, als sie sich die Tasse vollgoß. »Jetzt führ dich nicht so albern auf«, tadelte sie sich, und kaum waren die Worte heraus, da legte Teresa sich die Hand auf die Lippen, sie war jetzt nicht einmal sicher, ob sie den Satz selbst gesagt hatte, oder ob es sich nur um einen Satz vom Band handelte.

Schweigen durchwehte das Haus. Sie spielte mit dem Gedanken, den Fernseher einzuschalten. Da würde sie ein bißchen Gesellschaft haben.

Statt dessen kehrte sie in den Flur zurück und drückte den Stets-daheim-Knopf. Das Band würde ihr Peters Stimme vorspielen, ganz bestimmt. Und auch die Menschen draußen würden Peters Stimme hören, sie würden daraus folgern, daß ein Mann im Haus war. Und wenn die Menschen draußen wußten, daß ein Mann im Haus war, konnte Teresa sich sicher fühlen.

›... eigentlich ganz froh, daß ich keine Stellung angenommen habe‹, sagte ihre Stimme auf dem Band. ›Ich hätte auch gar nicht gewußt, wie ich hingekommen wäre, es gibt keinen Bus, und einen Führerschein habe ich nicht.‹ Peters Stimme sagte: ›Du brauchst keinen Job. Du brauchst nicht zu arbeiten.‹ Und darauf Teresa: ›Es ist gut, daß ich keine Stellung habe. Wenn ich eine hätte, müßte ich sie aufgeben. Aber ich will ja sowieso keine Arbeit. So wie die Dinge jetzt sind, ist es gut...‹

Es war jetzt sehr dunkel. Sie trank ihren Tee aus und aß das Sandwich, dann ging sie in ihr Schlafzimmer hoch. Sie würde etwas lesen. Sie hatte das Buch kaum aufgeschlagen, als der Stets-daheim-Mechanismus die Lampe ausknipste. Das war ihr schon ein paarmal passiert, aber dieses Mal empfand sie es besonders ärgerlich. Das Problem war, daß sie die Lampe nicht von Hand wieder einschalten konnte. Wenn man den Stets-daheim-Knopf gedrückt hatte, kontrollierte das Gerät alle Anschlüsse im Haus. Der Zyklus umfaßte etwa fünfzehn Minuten, erst in einer Viertelstunde würde der Apparat das Licht in ihrem Schlafzimmer wieder anschalten. Ob sie in Peters Schlafzimmer hinübergehen sollte? Aber das war der Raum mit dem Rüttelgeräusch an den Blenden. Sie blieb auf ihrem Bett liegen, von der Dunkelheit umfangen, und hörte den Stimmen vom Band zu, die von den Lautsprechern im Erdgeschoß in die Nacht abgestrahlt wurden.

›...froh, daß ich kein Kind habe. Wozu brauchen wir ein Kind? Wir haben doch jeder den anderen, oder? Also, ich finde es zu zweit sehr schön, Peter!‹

Teresa stand auf und tastete sich durch das Dunkel zur Tür. War das nicht das Geräusch des Schlüssels in der Haustür? Ihre Nerven waren zum Zerreißen gespannt. Das Klicken des Schlosses war zu hören, das Geräusch kam sehr präzise. ›Hallo, Liebling!‹ Das war Peter. Peters Stimme. Teresa stand am Geländer im ersten Stock und spähte in die Halle hinab. Die Haustür war zu sehen, sie war geschlossen. Von Peter keine Spur. Das Geräusch des Türschlosses war vom Band gekommen. Peters Geist hatte das Haus betreten, ihr Geist hatte ihn begrüßt. ›... diesmal nach Denver? Für eine Woche, sagst du? Oh, mein armer Liebling!‹

Teresa ging die Treppe hinauf, sie umkrampfte das Geländer mit beiden Händen. Sie mußte vorsichtig sein, die Stets-daheim-Mechanik konnte das Licht in der Halle jeden Augenblick wieder ausschalten. ›Schöne Reise auch!‹ rief ihre Stimme. Binnen einer Sekunde war die Woche in Denver verstrichen. ›Hallo, Liebling!‹

Im Bereich der ersten Stufen waren laute Stimmen zu vernehmen. Noch lauter klangen die Stimmen im Wohnzimmer, wo der Stets-daheim-Projektor seine Schatten über die Rollos wandern ließ. ›... was? Langeweile? *Ich* Langeweile? Ich habe *nie* Langeweile!‹ Ihre Stimme auf dem Band kam ihr hoch und gereizt vor. Aber wahrscheinlich beruhte das auf den Korrekturen, die der Ingenieur des Stets-daheim-Werkes in die Bänder einspielte. Die Stimmen mußten eine bestimmte Mindestlautstärke haben, damit man sie auch außerhalb des Hauses vernehmen konnte. Aber doch nicht *so* laut! Die beiden schrien sich ja richtig an. ›Schaff dir einen Hund an!‹ donnerte Peter. Und in Teresas Keifen klang die Hysterie durch: ›Ich brauche keinen Hund! Ich brauche gar nichts!‹

Teresa schob sich durch das Wohnzimmer, als müßte sie den Gästen ausweichen. Ihre Stimme im Lautsprecher war jetzt unerträglich schrill. ›Ich will keine Gäste in diesem Haus haben, Peter! Wozu brauche ich Freunde, wenn ich dich habe?‹ Teresa ließ eines der Rollos hochschnurren, um einen Blick in den Garten zu werfen. Die Fläche, auf der sich der Silberschein des Flutlichts brach, schimmerte wie ein See aus Kristall. Der Projektor warf einen Schatten auf Teresas Arm. Sie sprang zur Seite. ›Bleib im Haus‹, donnerte Peters Stimme. Teresa erschauderte. Warum schrie er sie an? ›Mach dir wegen mir keine Sorgen‹, kreischte ihre Stimme. ›Ich fühl' mich im Haus ganz wohl – stets daheim!‹

Teresa rannte aus dem Wohnzimmer in den Flur. Sie wollte die Stimmen abstellen. Sie wollte keine Stimmen mehr hören, jedenfalls jetzt nicht. Aber sie hatte kaum die Schwelle zum Flur überquert, als die Automatik das Licht ausschaltete. Es war so dunkel, daß sie den Stets-daheim-Knopf nicht mehr finden konnte. Ihre Hände zitterten. Sie krallte die Nägel in die Wand. Wo war der Knopf? Sie hörte, wie die Haustür geöffnet wurde. Und weil es stockdunkel war, konnte sie nicht einmal sehen, ob die Tür wirklich aufging oder ob das Geräusch vom Band kam. ›Hallo, Liebling!‹ schrie Peters Stimme, und Teresas Entsetzen wurde in ihrer eigenen, auf Band gesprochenen Antwort ertränkt: ›Oh, Peter!‹

Sie taumelte an der Wand entlang, auf dem Weg zur Küche. Die Stimmen folgten ihr. ›... *wir* haben keinen Streit‹, schrie die Frau auf dem Band. Und Peters Stimme dröhnte: ›Wir haben keinen Grund, uns zu streiten.‹

Teresa schloß die Küchentür, aber die Stimmen waren so laut, daß sie durch die geschlossene Tür zu vernehmen waren.

›Ich will kein Kind‹, sagte ihre Stimme. ›Was soll ich mit einem Kind anfangen? Ich bin zu alt für ein Kind.‹ Teresa drückte sich an die Wand, hielt sich die Ohren zu, schloß die Augen. Aber sie konnte den Stimmen nicht entfliehen. ›Ich bin froh, daß ich keinen Job habe‹, sagte ihre Stimme. ›Ich brauche keinen Job ... Ich brauche keine Freunde. Ich bin am liebsten zu Hause. Ich will nicht ausgehen ... Eine schöne Reise auch! Hallo Liebling!‹

Teresa weinte. »Bitte nicht«, flüsterte sie. Das Licht in der Küche erlosch. ›Ich bin nicht einsam‹, sagte ihre Stimme, fröhlich und aufgeräumt. ›Wie kommst du denn darauf! Einsam!‹ Peters Stimme sagte: ›Bleib im Haus.‹

Sie riß die Tür auf und stolperte in den Flur. Das Licht an der Flurdecke war wieder angegangen, aber Teresa hatte beschlossen, daß sie den Stets-daheim-Knopf nicht mehr berühren würde. Nie mehr würde sie diesen Knopf berühren.

Es war zehn Uhr früh am darauffolgenden Tag, als Peter, vom Flugplatz kommend, vor dem Haus vorfuhr. Er war überrascht und verärgert, die Haustür offen vorzufinden. Seine Überraschung und sein Ärger steigerten sich noch, als er Teresa nicht antraf, obwohl ihre Stimme zu hören war. In ihrem Schlafzimmer entdeckte er Spuren eines hastigen Aufbruchs. Die Tür des großen Wandschranks stand offen, die meisten Kleider fehlten, und die gelben Seiten des Telefonbuchs waren bei dem Stichwort ›Taxi‹ aufgeschlagen. Er war ganz verblüfft, besonders über die Sache mit dem Taxi, aber dann sagte er sich, sicher gibt es irgendeinen Notfall in ihrer Familie. Teresa hatte eine Schwester in St. Pauli, fiel ihm ein. Er wollte gerade die Telefonnummer der Schwester heraussuchen, als er Teresas Stimme unten im Flur hörte. Er ging die Treppe hinunter.

Er brauchte einige Minuten, bis er dem Grund für das Phänomen auf die Spur kam. › ... mach dir wegen mir keine Sorgen, ich fühle mich in diesem Haus sehr sicher.‹ Teresas Stimme klang fröhlich, heiter und beschwingt. ›Einen schönen Tag auch!‹

Peter drückte auf den Knopf. Teresas Stimme erlosch.

Übersetzt von Rolf Jurkeit

Der Stuhl

Alan Dean Foster und Jane Cozart

Der Ursprung dieser Geschichte liegt buchstäblich im dunkeln.

Vor neun Jahren geriet meine Frau zufällig an einen alten, mitgenommen aussehenden Stuhl im Hintergrund eines Antiquitätengeschäfts in Santa Monica, Kalifornien. Sie fand ihn unheimlich, bizarr, schreckenerregend und fremdartig ... Kurz gesagt, genau nach meinem Geschmack. Also kaufte sie ihn für mich.

Anschließend versuchten wir, die Herkunft dieses neuen Zuwachses unseres Mobiliars zu ergründen, ohne viel Erfolg. Abgesehen von der Information, daß der Stuhl zweifellos mitteleuropäischen Ursprungs und sehr alt sei, konnte niemand sein tatsächliches Alter oder das Land, aus dem er stammte, bestimmen – nicht einmal der Händler, der ihn uns verkauft hatte.

Eine unserer Freundinnen, Jane Cozart, hörte von dem Stuhl und begann über ihn nachzudenken. Das Resultat hat uns zu dieser Story inspiriert, wobei es selten geschieht, daß ein Autor den Gegenstand seiner Geschichte während der Arbeit vor sich stehen hat und daß er von ihm angestarrt, angestarrt, angestarrt wird ...

Meine Frau hat zwar den Stuhl gekauft, aber sie will nicht auf ihm sitzen. Und unter gar keinen Umständen möchte sie ihn auch nur in der Nähe unseres Schlafzimmers haben.

»Nicht *noch* einen Antiquitätenladen!«

Dylan McCarey blickte miesepetrig drein und tat sein Bestes, ebenso verzweifelt auszusehen, wie er müde war. Der Ford röhrte nervös im Leerlauf vor sich hin, begierig darauf, zu Diensten zu sein.

Auf dem Mitfahrersitz des goldenen Benzinfressers (im Augenblick durch Straßenstaub zu matter Bronze abgedämpft) schlug seine Frau die Arme übereinander und wölbte die Lippen zu einem erstklassigen Schmollmund. Es war eine gut eingeübte Darbietung, die ihr das Aussehen eines gefolterten Spaniels verlieh. Gemildert wurde die Ähnlichkeit durch moosgrüne Augen und schwarzes Haar, das ihr bis zum Gurtband ihres Rocks über den Rücken fiel.

Dylan war unzählige Male während ihrer temperamentvollen kurzen Ehe Adressat dieses Schmollens gewesen. Immer noch konnte er diesem nicht widerstehen. Göring, so überlegte er, hatte gewußt, wann die RAF und die amerikanischen Bomber den Kanal überquerten. Aber dieses Wissen hatte ihm nicht die Möglichkeit verliehen, die Angriffe zu stoppen, ebensowenig wie Dylan verhindern konnte, daß er unter Marjories mitleiderregendem Kleinmädchenausdruck dahinschmolz.

»Schon gut, schon gut. Aber hoffentlich ist es nicht zu weit.« Er warf einen Blick auf seine Uhr. »Ich würde gern vor Mitternacht nach Hause kommen.«

»Danke, Schätzchen.« Das Schmollen verschwand schneller als ein verhungernder Kolibri. »Wir sind gar nicht weit...« Sie studierte einen Zettel, der mit Hieroglyphen bedeckt zu sein schien. »Es ist gleich südlich von Colorado, bei Lake.«

»Pasadena.« Sie fuhren bereits an der Ausfahrt von Covine vorüber, stellte er fest. Es war wirklich nicht weit, und sie entfernten sich aus Los Angeles. Nun war es Zeit für ihn, sich durch Hochherzigkeit auszuzeichnen. »Klar, Süße. Warum sollten wir nicht anhalten und uns für ein paar Minuten umsehen.«

Aber es dauerte länger, den Laden ausfindig zu machen, als er gedacht hatte. Der Wagen fuhr mehrmals an den Straßennummern der rechten Seite vorüber, bevor Marjorie das kleine Schild entdeckte, das wie ein nachträglicher Einfall am Mauerwerk angebracht war.

Sie parkten in der Nähe. Der Wagen brummte ungeduldig, als Dylan McCorey den Motor abstellte. Sie brauchten nicht weit zu gehen. Eine Agentur, ein Schnaps- und Weinladen, ein weiterer mit pornografischen Büchern, Magazinen und Filmen 'Jede Woche neues Programm, 25 Cent'.

Eine matt erhellte Treppe rechts des Schildes führte ins Haus hinauf, ein schmaler Schlauch mit abbröckelndem Verputz.

»Entweder ist es ein sehr alter, exklusiver Laden oder nichts weiter als ein Gebrauchtwarenladen, der sich als Antiquitätengeschäft tarnt.« Er betrachtete mißtrauisch das Treppenhaus.

»Wie kommst du darauf?«

Er begann die Stufen zu erklimmen. »Das Ding liegt im ersten Stock, und es gibt keinen Aufzug. Die Umgebung ist heruntergekommen. Entweder hat der Besitzer konservative, vermögende Stammkunden oder er haust dort oben, weil er sich kein Geschäft im Erdgeschoß leisten kann.«

»Du hältst dich für schrecklich gerissen, wie?« Sie kniff ihn liebevoll in den Arm, und er grinste ihr zu.

Die erste Tür, die sie oben an der Treppe erreichten, war der Eingang. Rechts und links führten dunkle Flure ins schweigende Nichts. Sie konnten ebensogut die Verbindung zu anderen Türen, anderen Geschäften wie auch zur vierten Dimension darstellen, erkennen konnte Dylan nichts.

An der Tür stand ein Name: Harry Saltzmann. Eine Klingel gab es nicht. Auf mehrfaches Klopfen erfolgte keine Reaktion.

»Niemand da.« Er hoffte, daß ihm seine Erleichterung nicht anzumerken war. Drei Tage Herumlatschen in Ballungsgebieten hatten ihn erschöpft, und er teilte Marjories fanatische Leidenschaft für Antiquitäten keineswegs. Er war angewidert von den Ausdünstungen industrieller Zivilisation. Es war Zeit, heimzufahren.

»Es ist Dienstag. Wie kann der Laden am Dienstag geschlossen haben?« Marjories Stimme klang erstaunt. »Es sind keine Öffnungszeiten angeschrieben, verdammt.«

»Du wirst ganz sicher irgendwann einen anderen Antiquitätenladen finden, Marj«, versicherte er ihr. »Du kannst sie erschnüffeln.«

Die Tür klickte, bewegte sich langsam nach innen. Augen spähten heraus und zu ihnen empor. Sie waren grün wie die einer jungen Katze – der jüngste Zug in einem alten Gesicht. Sie bildeten eine zwanglose Grenze zwischen den schmalen Wangen und dem schmalen Kinn und dem gewölbten, übergroßen Schädel – von weißem Haar umgeben und schier zu groß, um auf den eingesunkenen Wangen und dem dünnen Unterkiefer die Balance halten zu können.

»Oh, Sie haben doch geöffnet.«

Die Stimme des Mannes klang beruhigend fest, der Akzent war der eines Südstaatlers. Er mußte irgendwo zwischen Dallas und Nibelheim zu Hause sein. »Vielleicht, junge Frau. Wer sind Sie denn?«

»Ich bin Marjorie«, erwiderte sie auf ihre gewohnt charmante direkte Weise. »Das hier ist mein Mann Dylan. Er ist Schriftsteller. Sind Sie Mr. Saltzmann, der Besitzer?«

»Hat wohl nicht viel Sinn, es zu bestreiten«, murmelte er.

Er sah resigniert drein. »Wollen Sie sich umsehen? Ich hab' nicht viel Zeit.«

»Nicht, wenn Sie geschlossen haben. Wir wollen Ihnen keine Mühe machen.« Marjorie wollte niemals irgendwem irgendwelche Mühe machen, dachte Dylan gequält. Sie war der Typ, der sich beim Finanzamt dafür entschuldigte, der Regierung nicht mehr Geld geben zu können.

»Nein, es macht keine Mühe.« Das Wesen mit dem toplastigen Kopf schien sich besänftigen zu lassen. »Kommen Sie von außerhalb der Stadt?«

»Ja. Woran merken Sie das?«

»Sie sehen so glücklich aus. Woher stammen Sie?«

Dylan begann sich über das Verhör zu ärgern, aber Marjorie warf ihm einen scharfen Blick zu, und er blies zum Rückzug in die Höflichkeit. »Von der Küste oben. Aus einer kleinen Stadt namens Cambria. Das ist in der Nähe von San Simeon. Sie wissen doch, wo das Hearst Castle ist?«

»Klar weiß ich das. Sie haben ein paar hübsche Stücke dort.«

Ein paar hübsche ... Entweder machte sich der Alte über sie lustig oder die erste Annahme Dylans war richtig gewesen, und das, was das Geschäft hier enthielt, würde nicht billig sein.

Die Tür bewegte sich in ihren Angeln weiter nach hinten. »Dann kommen Sie also herein.«

Der Laden war so wohlgeordnet wie pazifisches Strandgut. Möbel, Kleidung, Krimskrams lagen verstreut in dem alten Raum mit der hohen Decke – ohne jedes System, aber nichtsdestoweniger mit einer gewissen, für das Auge erfreulichen Gefälligkeit. Man hatte den Eindruck, daß sich jede neue Sendung, die dem alten Mischmasch hinzugefügt wurde, wie eine Woge über den bereits vorhandenen Fundus ausbreitete, ohne etwas zu beeinträchtigen, und einfach eine neue Lage altertümlicher Kreativität über dem bereits Abgelagerten bildete.

Durch ein altes, hohes Fenster drang Licht von der Straße herein. In den dunkleren Nischen des ohnehin nicht hellen Raums brannten kleine Birnen, die ein mattgelbes Licht verströmten – wie dicke Leuchtkäfer in einem Wald in Ohio.

Meisterliches und Gerümpel lagen dicht beisammen und konkurrierten um den spärlichen Platz, an dem sie gesehen werden konnten. Eine städtische Mülltonne enthielt Kleider, die über hundert Jahre alt sein mußten. In einer zerkratzten Glasschatulle lagen Haufen unechten Schmucks. Es gab auch ein altmodisches Diadem mit verdächtig echt aussehenden Smaragden und Diamanten. Einer der geschliffenen Steine war so groß wie das Zifferblatt an Dylans Armbanduhr.

Neugierig rief er den Ladenbesitzer zu sich herüber. Saltzmann spähte über seinen Bauch weg dorthin, wohin Dylans Finger wies.

»Die Halskette? Die kostet sieben Dollar.«

»Nein, nein. Ich meine das Diadem daneben.«

»Ach, das. Dreihunderttausend.«

Dylan verschlug es den Atem. Er starrte auf das zierliche Filigran aus Gold und Edelsteinen. »Das ist doch wohl nicht Ihr Ernst.«

»Zuviel? Na ja, wenn Sie's wirklich haben wollen, kann ich es Ihnen vermutlich um zweihundertfünfzigtausend geben. Es hat mal Josephine gehört... Bonapartes Mädchen.«

Dylan unterdrückte ein breites Grinsen. »Wir werden es uns noch überlegen.«

Von der anderen Seite des Ladens drang ein Hilferuf herüber. Dort stand Marjorie praktisch unter den alten Kleidern begraben, ließ die Jahrhunderte durch die Finger gleiten, probierte eine Ära nach der anderen an. Saltzmann watete hinüber, um ihr behilflich zu sein.

Damit blieb ein gelangweilter Dylan zurück, der nun noch tiefer in die Höhlen des Ladens eindrang. Der lange Raum schien sich durch das gesamte Gebäude zu erstrecken. Die Galionsfigur eines Schiffes lächelte zu ihm herab; er bewunderte sie und versuchte sich vorzustellen, wie sie, die Brust voran, die Wellen der sieben Meere durchpflügte. Er kam an Fässern vorbei, die nach längst getrunkenem Whisky stanken, an Kübeln mit Nägeln für Schienenschwellen, altes, gußeisernes Spielzeug. Da gab es ausgedörrte und rissige Pferdehalfter und rostige Farmwerkzeuge, die über ihm baumelten und von Trockenperioden und schlechten Ernten flüsterten.

Hinter einer Ecke geriet er in ein Hinterzimmer, das eine Spur heller war als der Hauptraum. Ein paar Möbelstücke lagen in ihre Bestandteile zerlegt auf dem Boden und auf Bänken. Dylan wurde in dem Augenblick klar, daß er in die Werkstatt des Alten geraten war, als sein Blick auf den Stuhl fiel.

Er stand allein in einem düsteren Winkel, ohne mit antiken Coca-Cola-Flaschen, schlaffen Pelzcapes oder Werkzeug geschmückt zu sein. Auf einen Verfasser von Reise- und Abenteuergeschichten wirkte er so unwiderstehlich wie eine Studienreise ins Arabien des achtzehnten Jahrhunderts.

Immerhin ließ sich Dylan Zeit, einen Blick zurück in den eigentlichen Laden zu werfen. Marjorie hielt ein langes, schwarzes victorianisches Gewand an sich hin und feilschte mit dem Inhaber. Das Kleid schien sich den Ein- und Ausbuchtungen ihrer üppigen Figur gut anzupassen. Irgendwo mußte eine ähnlich ansehnliche Gestalt, die ursprüngliche Eigentümerin dieses Kleides, nun längst zu Staub zerfallen sein. Schnell zog sich Dylan in die Werkstatt zurück und ging hinüber, um den Stuhl gierig anzustarren.

Er hatte eine hohe Rückenlehne, vier Beine, zwei gerade Seitenlehnen und einen geschwungenen Sitz, alles aus irgendeinem schweren, dunklen Holz geschnitzt. Wahrscheinlich Eiche oder Walnuß, überlegte Dylan. Zusätzlich zu den üblichen mit Löwenklauen versehenen Beinen und sonstigen Verzierungen gab es an dem Stuhl noch weitere auffallende Beweise der Schnitzkunst.

Jede Seitenlehne endete in dem Kopf eines seltsam anthropomorphen Fischs. An jeder der oberen Ecken der Rükkenlehne starrte ihn ein überaus plastischer Löwenkopf mit gefletschten Zähnen an. Aber es war die Vorderseite dieser Rückenlehne, die ihn faszinierte.

Ungefähr die Hälfte der Fläche war mit winzigen geschnitzten Gesichtern bedeckt. Keines davon war größer als eine Daumenkuppe, aber die Details waren erstaunlich. Dylan betrachtete das Gesicht einer Frau mittleren Alters genauer und konnte perfekt geformte Zähne, Brauen, Haar sehen. Der Ausdruck des Gesichts war verzerrt, so wie der aller anderen auch.

Oberhalb dieser Miniaturengalerie befand sich ein wesentlich größerer Kopf, so groß, das Dylan ihn mit der Handfläche kaum bedecken konnte. Das Gesicht war ungewöhnlich lebendig und lebensecht. Die lange Nase schien gebrochen. Beide Wangen waren zu Windwirbeln gebläht, die rechts und links bis zu den glatten Mähnen der Löwen reichten. Dylan studierte genau die fast flexible Schnitzerei und kam nicht dahinter, ob der Meisterschnitzer ein lachendes oder ein schreiendes Gesicht angefertigt hatte.

»Der Zutritt zu diesem Raum ist verboten, Sohn.«

Dylan fuhr zusammen und stolperte beinahe, als er sich schnell umdrehte. »Entschuldigung. Ich – habe kein Schild oder so was gesehen.«

Saltzmann warf einen Blick auf den Boden, entdeckte ein schmutziges Pappschild mit der Aufschrift ›NUR FÜR ANGESTELLTE‹ und hob es auf. Er murmelte irgend etwas vor sich hin und machte sich daran, es an seinen Platz unmittelbar vor dem Eingang zurückzuhängen.

Während er noch damit beschäftigt war, winkte Dylan seine Frau zu sich herein. »Süße, schau dir das hier mal an.«

Marjorie kam herüber, warf einen Blick auf den Stuhl und zog eine Grimasse. »Das entspricht natürlich ganz deinem Geschmack. Grausig.«

»Ach, komm schon, Marjorie. Sieh dir diese Kunstfertigkeit an – die Gesichter, all die Einzelheiten.«

»Das heißt im Klartext, daß du ihn haben willst?« fragte sie gelassen.

Er war verlegen. »Mhm – hast du was gefunden?«

Sie lächelte nachsichtig. »Ein paar Kleider.«

»Prima. Kauf dir, was du haben möchtest, Schätzchen.«

»Das sagst du immer – wenn du was gefunden hast, was *du* haben möchtest.«

»Na ja ...« Sie machte sich über ihn lustig.

»Schon gut. Es freut mich, daß du auch was gefunden hast. Solange du nicht erwartest, daß ich mich auf das Ding setze.« Sie drehte sich um und stellte fest, daß Saltzmann sie beide beobachtete. »Was kostet das hier?«

»Der Stuhl? Nun ja, wissen Sie, er ist eigentlich nicht zu verkaufen.« Dylans Hoffnungen begannen sich aufzulösen. »Ich hab' ihn seit fünfundvierzig Jahren.« Er blickte auf seine Uhr. »Aber da ich so gegen sieben Uhr zwanzig heute abend sterben werde, können Sie ihn, denke ich, ebensogut haben wie irgendein anderer. Das heißt, wenn seine Geschichte Sie nicht stört. Ich muß sie Ihnen erzählen.«

»Geschichte interessiert mich immer und stört mich nie.« Dylan warf einen besitzergreifenden Blick auf den Stuhl und achtete nicht sonderlich auf den makabren Humor des alten Mannes.

»Für wie alt halten Sie diesen Stuhl?«

Dylan verstand so gut wie nichts von Antiquitäten. Er ließ Marjorie schätzen. »Hundert Jahre? Nein, zweihundert.«

Saltzmann grinste und entblößte dabei Goldzähne, die sich mit schwarzen Lücken abwechselten. Sein Mund enthielt mehr statische Konstruktionen als eine alte Sachsenburg. »Kaum weniger als vierhundert Jahre.«

Oha, das wird schwierig, dachte Dylan. Ein so alter Stuhl und so gut erhalten würde teuer kommen.

»Er gehörte John Dee. Dr. John Dee?« Sowohl Dylan wie Marjorie warteten gespannt. Der Ladenbesitzer sah enttäuscht drein. »Das war der Hofastrologe von Königin Elizabeth I., nachdem sie ihm wegen Schwarzer Magie aus der Bredouille geholfen hatte. Er war der Erfinder der Kristallkugel; zumindest sagte er den Wahrsagern, wie man sie gebrauchen konnte.« Er machte eine eindrucksvolle Pause und fügte dann hinzu: »Er hat die einzige englische Übersetzung von *Al Azif* gemacht.«

»Nie davon gehört«, gestand Dylan ehrlich.

Saltzmann brummte und murmelte etwas über die Unwissenheit der heutigen Jugend. Dann wies er auf die Rückenlehne des Stuhls. »Das ist sein Gesicht – Dr. Dees Gesicht –, das da oben.«

»Das ist interessant.« Dylan holte seine Brieftasche heraus. »Wieviel?« Er war um einen beiläufigen Ton bemüht.

»Ach, das spielt jetzt keine Rolle mehr. Fünfzig Dollar?«

Dylan, der die Luft angehalten hatte, atmete tief aus. »Okay. Natürlich.«

Marjorie hielt ihm die Tür auf, während er den Stuhl hinaus in den Gang jonglierte. »Beeilen Sie sich, Sohn«, drängte ihn der Alte. »Ich habe noch eine Menge zu erledigen, bevor ich abgeholt werde.«

Als sie schließlich den Stuhl auf dem Hintersitz des Wagens verstaut hatten, erwähnte Marjorie die vorherige Bemerkung des alten Mannes, daß er um sieben Uhr zwanzig sterben würde.

»Er hat das für einen Witz gehalten«, sagte Dylan und überzeugte sich davon, daß der Stuhl auf der langen Heimfahrt nicht verrutschen würde. »Außerdem, hast du nicht gehört, daß er, als wir gingen, gesagt hat, er würde abgeholt werden? Irgend jemand wird ihn irgendwohin bringen. Nun kann er ja nicht gut gleichzeitig weggehen und sterben, oder?«

»Vermutlich nicht.« Marjorie glitt auf den Mitfahrersitz und bewunderte ihre neuen Kleider...

Sie kamen noch vor dem Nebel zu Hause an, wofür Dylan dankbar war. Die weißen Schwaden begannen sich wie ein feuchter Pyjama um ihn zu legen, als er aus dem Wagen stieg, sich streckte und die Garagentür hinter ihnen schloß. Dann nahm er vorsichtig den Stuhl vom Rücksitz der Limousine, während Marjorie die Verandatür aufschloß.

»Ich kann es gar nicht erwarten zu sehen, wie er sich im Arbeitszimmer ausnimmt.«

Innerhalb weniger Minuten hatte Marjorie die Katzen gefüttert, ihre Kleider aufgehängt und war ihm dorthin gefolgt. Fünfzehn Meter unterhalb des großen Fensters schlug die Brandung heftig gegen den Damm, auf dem das Haus stand. Dylans Schreibtisch stand vor diesem Fenster. An den drei anderen Wänden gab es Regale voller Bücher, durchsetzt mit Hängepflanzen, Bildern, Skulpturen, einer alten Flinte, einem polynesischen Spazierstock, einer mit einem Säbel gekreuzten Streitaxt und anderen auf ihren vielen Reisen erworbenen Utensilien. Irgendwo draußen auf dem Meer heulte das Nebelhorn eines Schiffes wie ein Hippopotamus mit Nebenhöhlenentzündung.

Der Stuhl stand hinter dem Schreibtisch. »Morgen muß er poliert werden.« Ganz in der Nähe ertönte wildes Gebell. Das Arbeitszimmer lag dicht neben einem anderen Strandhaus. »Diese verdammten Hunde! Einen Pudel könnte ich vielleicht noch ertragen. Aber nein, wir ziehen hier heraus, um hundert Meilen von Lärm und Nachbarn entfernt zu sein, und einen Monat später zieht der Kerl mit zwei dänischen Doggen hier ein, so groß wie Ponys.« Erneut war Gekläff zu hören.

»Du wirst gut daran tun, dich daran zu gewöhnen, mein Herz. Es verstößt nicht gegen die Gesetze, wenn sich Nachbarn Hunde halten.« Sie wies auf den Stuhl. »Und im übrigen wirst *du* das Ding polieren, nicht ich. Ich rühre es nicht an. Ich kriege eine Gänsehaut, wenn ich es nur sehe.«

Dylan zog eine Grimasse, ließ die Zähne über die Unterlippe hängen und näherte sich ihr mit klauenartig ausgestreckten Händen. »Ah, hütet euch vor dem Schrecken dieses transsylvanischen Stuhls, meine Schöne!«

»Hör auf – Schluß, Dylan!« Sie wich zurück und schlug nervös nach seinen Händen. »Du weißt, wie leicht ich Angst kriege.«

Er ließ die Hände sinken und sah angewidert drein. »Ach, um Himmels willen, Marjorie. Das ist doch nur ein totes Stück Holz.«

»Na, fein.« Sie zog sich ins Schlafzimmer zurück, um auszupacken. »Aber *du* wirst ihn polieren.«

Kopfschüttelnd drehte er sich wieder um, um seine Aquisition zu bewundern. Nun hatte er Zeit, die winzigen geschnitzten Gesichter unter dem großen Kopf zu betrachten, wobei er sowohl die Qualität des Holzes als auch die der Handwerkskunst bestaunte.

»Solche Möbel werden heutzutage nicht mehr hergestellt«, murmelte er vor sich hin, während er sich auf den Stuhl setzte. Er umfaßte die Fischköpfe und richtete sich gerade auf. »Fünfzig Dollar!« Die gerade Rückenlehne war ein bißchen unbequem, aber das war zu erwarten gewesen. Im England des sechzehnten Jahrhunderts waren Möbel mehr in Hinblick auf Lebensdauer als auf Behaglichkeit angefertigt worden. Die winzigen Gesichter drückten sich ihm ins Kreuz, der geöffnete Mund des größeren Kopfes zwischen seine Schulterblätter.

»Hoffentlich beißen Sie nicht, Doc.« Draußen war es sehr dunkel und still, der Ozean war eine verborgene, atmende Masse unter dem Nebel.

Auf halbem Weg zur Küche hörte Marjorie plötzlich ein Geräusch, hielt inne, drehte sich um und kehrte zum Arbeitszimmer zurück. Als sie hineinspähte, saß Dylan über die Schreibmaschine gebeugt da. Der Stuhl verbarg ihn fast völlig, aber das gewohnte hysterische Geklapper der Maschine verriet deutlich, was er tat.

»Du arbeitest jetzt noch? Ich dachte, du seist erschöpft von der Fahrt.«

Er hielt inne und blickte zu ihr zurück. »Mir ist gerade ein Gedanke gekommen, den ich festhalten muß. Du kennst mich, Marjorie. Wenn ich es nicht gleich tue, vergesse ich alles.« Abgehacktes Gekläff draußen unterbrach ihn. »Diese Hunde! Ich muß noch einmal mit Andrus darüber reden.«

»Andrus ist Anwalt, Schätzchen. Du weißt genau, daß du

dich nicht mit ihm herumstreiten kannst.« Sie drehte sich um und strebte der Küche zu.

Der Kaffee brodelte vor sich hin, es klang fast wie das leise Schnurren einer Katze. Marjorie nahm die altmodische Filterkanne heraus und goß zwei Tassen voll. Dylan kam herein und schloß die Tür vor dem enttäuschten Morgennebel. Mit der Hand hielt er eine Zeitung umklammert. »Heute ist noch immer Nebel draußen, ja? Was ist los?« fragte Marjorie.

Sein Gesicht war ernst, gedankenvoll. »Ich wollte, ich wäre Mark Andrus gegenüber gestern abend nicht so scharf gewesen. Ich bin gerade auf seine Haushälterin gestoßen, Mrs. – Samuels?« Marjorie nickte und wartete. »Andrus ist gestern nacht gestorben.«

»O Dylan – nein!« Er nickte. »Wie ist das passiert?«

Er warf die Zeitung auf den Küchentisch, ohne sie aufzuschlagen. Sie stellte seine Kaffeetasse vor ihn hin, und er nippte kurz daran. Dampf stieg schattenhaft auf, kräuselte sich, ähnlich wie sein Haar.

»Eine Herzattacke, meinte der Arzt. Jedenfalls erzählte mir Mrs. Samuels, das habe man ihr gesagt. Es ist einfach unfair. Er war nicht viel älter als ich.«

»Ist das nicht ungewöhnlich – ich meine, daß er eine Herzattacke gehabt hat? Er war doch noch nicht einmal vierzig.« Sie nahm Zucker und rührte in ihrer Tasse.

Achselzuckend öffnete er nun die Zeitung und legte sie flach auf den Tisch. »Kommt darauf an. Wenn die Männer in einer Familie zu Herzkrankheiten neigen, dann ist das vermutlich ganz natürlich. Weiter oben an der Küste, bei Eureka, hat es ein großes Feuer gegeben.« Er tippte auf die Zeitungsseite. »Wenn wir hier unten nicht bald ordentlichen Regen kriegen ...«

Er hielt inne, starrte ins Nichts. Marjorie kannte diesen geistesabwesenden Blick. Solange er nicht beschloß, sich wieder auf sie zu konzentrieren, konnte sie ebensogut an den Kaffee hinreden.

»Weißt du«, sagte er schließlich zu ihr, so als ob er nicht mehrere Minuten lang geschwiegen hätte, »es ist vielleicht ein bißchen makaber, aber die Sache hat mich zu einer großartigen Idee inspiriert.«

Sie zog hinter dem Herd hervor eine Grimasse, während sie

sich an die Zubereitung der Eier machte. Sie zischten wie ein Sandsturm in der Wüste, als sie in der heißen Pfanne landeten. »Du hast recht, das *ist* makaber.«

»Aber es ist eine grandiose Idee.« Er schob seinen Stuhl vom Tisch zurück und stand auf. »Entschuldige, Süße, ich bin gleich zurück.« Marjorie seufzte und sah ihm nach, als er fast im Laufschritt dem Arbeitszimmer zustrebte. Nun würde sie ihn ein halbes dutzendmal zum Frühstück rufen müssen, und seine Eier würden trotzdem kalt werden. Nicht, daß ihn das stören würde. Vom Fieber eines neuen Einfalls ergriffen, entwickelte er ohnehin keinerlei Geschmackssinn.

Dieses Frühstück war der Anfang. Von da an schien es, als bestünde nur noch das Problem, die Flut seiner Inspirationen schnell genug mit der Schreibmaschine zu Papier zu bringen. Alles, was Dylan in den darauffolgenden Monaten verfaßte, wurde genommen, und die zwei Bücher, die er zustande brachte, verkauften sich glänzend. Es waren nicht ganz Bestseller, aber in Anbetracht der spärlichen Werbung, die der Verlag auf sie verwandte, waren die Bücher tatsächlich ein Erfolg. Er reichte jedenfalls aus, um die Verleger hellhörig zu machen. Wenn er sein drittes Buch fertig hatte, warteten da schon einige nicht uninteressante Angebote auf ihn.

Das alles, wenngleich befriedigend, forderte seinen Zoll. Es kam so, daß er morgens abrupt aufstand und zur Schreibmaschine raste. Ein Tag hysterischen Schreibens ließ ihm kaum noch genügend Kräfte, um langsam sein Abendessen hineinzumampfen und anschließend erschöpft ins Bett zu wanken.

Dylan war früher auch in anderer Hinsicht fantasievoll gewesen, nicht nur, wenn er hinter der Schreibmaschine saß. Was eine Umschreibung dafür ist, daß diese unglaubliche Woge von Kreativität auch von Marjorie einen schweren Zoll forderte.

»He!«

»Hmm?« Dylan blickte noch nicht einmal von der Schreibmaschine auf. Marjorie hatte das Geräusch der elektrischen Maschine noch nie gemocht. Aber in letzter Zeit hatte sie das Gefühl, als ob jeder Anschlag, jeder gedruckte Buchstabe eine winzige, gegen ihr Herz gerichtete Kugel sei.

»Ich habe gesagt, die Haushälterin würde gern mal ein Wort mit dem Hausherrn reden.« Sie stand an den Türrahmen gelehnt da. Ihr Inneres hatte sich in der vergangenen Woche mehr und mehr verkrampft, bis sich ihr Magen winzig und hart wie ein Golfball anfühlte. Grau verhüllte die Aussicht vor dem Fenster des Arbeitszimmers, der unausweichliche Nebel der nordkalifornischen Küste.

»Verdammt, Schatz, ich arbeite.«

»Du arbeitest, und ich sterbe.« Sie bemühte sich, ihre Worte wütend klingen zu lassen, aber sie kamen mit einem Schluchzer heraus.

»Sei nicht al ...« In seinem Kopf klickte etwas, er drehte sich um und starrte sie neugierig an. »Süße, was ist los?«

Sie brauchte sich nicht weiter zu äußern. Er hatte die Frage gestellt. »Was los ist? Was soll denn wohl los sein?« Sie verlor die Selbstbeherrschung. »Ich habe dich seit Monaten weder zu Gesicht bekommen noch mit dir geredet, noch sonst was getan.«

»Ich habe gearbeitet.« Seine Stimme war ruhig, aber nicht freundlich. »Ich arbeite mir die Seele aus dem Leib – für uns. Du weißt, wieviel wir in letzter Zeit verdient haben. Unser Bankkonto ...«

Im allgemeinen war seine Kleiner-Junge-Tour unwiderstehlich. Heute empfand sie sie nur als irritierend. »Zum Teufel mit unserem Bankkonto. Ich möchte meinen Ehemann wiederhaben. Du bist neuerdings einfach besessen von deiner Arbeit, jedenfalls seit wir von Los Angeles zurückgekehrt sind, seit ...« Sie hielt inne und starrte ihn mit offenem Mund an. »Besessen, ja! Seit du diesen scheußlichen Stuhl gekauft hast.«

»Er ist nicht scheußlich. Er ist schön. Das hast du selbst gesagt.«

»Nie habe ich das gesagt, nie! Gut gemacht, vielleicht, aber nie habe ich behauptet, er sei schön. Daran würde ich mich erinnern.«

»Du bist albern, Marj. Wenn überhaupt was, so würde ich sagen, der Stuhl hat mir gutgetan, wenn man überlegt, wieviel und wie gut ich neuerdings arbeite und verdiene.«

»Vielleicht ist das gut für dich, aber nicht für mich. Ich ... Ich möchte, daß du ihn wieder los wirst.«

»Ihn loswerden?« Er sah sie an, als ob sie ihm jetzt, im

November, eine nächtliche Schwimmpartie vorgeschlagen hätte. »Dieser Stuhl gehört zu meinen Lieblingsdingen.« Er lächelte gönnerhaft. »Behaupte bloß nicht, Marj, daß du auf einen Stuhl eifersüchtig bist.«

»Wirst du ihn wegschaffen?« Ihre Stimme klang leise und nervös.

Er blieb einen Augenblick lang still sitzen, dann begann er zu sprechen, ruhig und mit einer Kälte in der Stimme, die sie zittern ließ. »Du bist ein bißchen hysterisch, Marjorie. Ich kann nicht vernünftig mit dir reden, wenn du hysterisch bist. Wir wollen uns später darüber unterhalten. Ich muß heute abend noch zehn Seiten hinter mich bringen.« Er wandte sich wieder der Schreibmaschine zu.

Sie starrte auf seinen Rücken. Tatta-ta-tat-tatta-tatta ... Es war, als ob die Buchstaben auf sie schössen, als ob sich jeder einzelne wie ein Nadelstich in ihr Inneres bohrten. Sie öffnete den Mund, um etwas zu sagen, dann fuhr sie herum und rannte aus dem Arbeitszimmer.

Die Türklingel schrillte gebieterisch. Schweißüberströmt, trotz der Kühle im Zimmer, blickte Dylan beim dritten Klingeln auf. Benommen überblickte er das Werk des Abends. Fast neuntausend Wörter.

Als es erneut klingelte, stand er auf, um die Tür zu öffnen. Vage erinnerte er sich, daß an diesem Abend irgend etwas Unerfreuliches vorgefallen war. Ah ja, er und Marjorie hatten sich gestritten.

Wahrscheinlich war sie es, die klingelte. Wenn sie wütend oder frustriert war, nahm sie häufig den Wagen und fuhr umher. Wahrscheinlich hatte das dumme Schaf den Hausschlüssel vergessen und konnte nun nicht herein. So sehr er darüber nachgrübelte, das Thema ihres Streits war ihm entfallen. Nun ja, er würde sich in jedem Fall entschuldigen, die Verantwortung auf sich nehmen, versprechen, daß es nie wieder vorkäme. Und dann würden sie einander küssen und alles wäre okay.

Er bastelte sich Entschuldigungen zurecht, während er die Tür öffnete. Es war nicht Marjorie.

Statt dessen merkte er, wie er verdutzt auf den großen Fremden in blauer Uniform starrte. Der Mann trug einen weißen Kunststoffhelm und war mit Abzeichen und Schnallen besetzt wie ein kubistischer Kaktus. Er bedachte Dylan mit feierlich starrem Blick, der in keinem Einklang mit seiner halbmilitärischen Erscheinung stand.

Dylan empfand eine plötzliche, heftige Aufwallung widersprechender Gedanken und Empfindungen. Er hörte eine Stimme, fern und verdächtig nach seiner eigenen klingend, fragen: »Was ist, Officer?«

»Mr. McCarey? Dylan McCarey? Das hier ist doch Oakhurst Place sechzehn/neunundvierzig?«

»Marjorie...« Dylan beugte sich vor, in die stahlgraue Nässe hinaus, um einen Blick auf die Garage zu werfen. Die Tür war hochgeklappt. »Hat sie einen Unfall gehabt?«

»Es tut mir leid, Mr. McCarey. Sie ist noch an der Unfallstelle gestorben.«

»Gestorben?« Er schüttelte den Kopf. Er wurde davon nicht klarer. Er lächelte verkrampft. »Marjorie?«

»Anscheinend hat sie im Nebel eine Kurve nicht gesehen. Auf halbem Weg zwischen hier und Goleta.«

»Goleta? Was hat sie bloß dort oben...« Er verstummte und erinnerte sich. Sie hatten gestritten, er hatte sich abgewandt. Marjorie.

»Marjorie.« Er wollte aus der Tür heraus. Eine feste Hand hielt ihn auf, ein Arm versperrte ihm den Weg.

»Es tut mir sehr leid, Mr. McCarey, wirklich. Es ging ganz schnell. Ihr Wagen ist über eine hundert Meter hohe Klippe hinabgestürzt. Man hat mir gesagt, sie sei sofort tot gewesen.«

Dylan starrte an dem Mann vorbei in die von Nebel erfüllte Nacht hinaus. Nichts war zu sehen außer einem schwach erhellten Quadrat an der Zufahrt, über dem ein rotes Licht blinkte. Blut, Nebel, Nacht... Marjorie.

»Ich bin Sergeant Brooks vom San Simeon Revier. Wenn Sie bitte für eine Weile mit dorthin kommen wollen...«

»Später vielleicht. Jetzt nicht«, erwiderte er wie betäubt. »Später.«

»Ist alles in Ordnung mit Ihnen?«

»Ja, ja.« Dylan blickte auf. »Danke, Sergeant. Ich muß mit ein paar Leuten telefonieren, mich mit ihnen in Verbindung setzen.«

»Natürlich. Wir möchten Sie bitten, morgen nach Obispo zu kommen – so früh wie möglich. Zur offiziellen Identifizierung. Es tut mir leid.«

»Natürlich. Ich komme morgen früh. Wenn ich telefoniert habe. Gute Nacht, Sergeant.«

»Gute Nacht, Mr. McCarey.« Brooks betrachtete ihn fachmännisch, kam dann zu einem Entschluß. »Ich gehe jetzt also. Wenn wir irgend etwas für Sie tun können, rufen Sie uns bitte an.«

»Ja. Danke.«

Dylan blieb im Türrahmen stehen, eine schwankende Silhouette im Licht des Korridors. Er sah zu, wie der große Streifenpolizist vom Nebel aufgeschluckt wurde. Eine Wagentür schlug zu, ein Motor sprang dumpf grollend an. Das rote Blinklicht beschrieb einen Kreis und verschwand dann in der Ferne. Dylan starrte ihm nach, bis er nichts mehr sah.

Mechanisch kehrte er ins Arbeitszimmer zurück, zu seinem Schreibtisch. Ein Teil seiner selbst, der ihm wie losgelöst schien, nahm voller Kühle den trostlosen Dialog zwischen Wind und Wellen unterhalb des Fensters wahr. Marjorie, Marjorie – worüber hatten sie nur gestritten, daß sie so blindlings aus dem Haus, von ihm weggerannt war? Diese lächerliche Diskussion über nichts – über einen Stuhl. Über ein verdammtes Möbelstück.

Er drehte sich um und sah ihn an. Ein kleiner Streit, und seine Marjorie wurde ihm für immer genommen. Ein absurder, kleiner...

Er erstarrte, sein Rückgrat vibrierte wie ein unterirdisches Kabel bei einem Erdbeben. Eine unaussprechliche Angst nahm ihm jede Kontrolle über seine Muskeln. Er zitterte haltlos.

Die Vorderseite der Stuhllehne war anders als vorher. Er hätte schwören mögen, schwören können, daß ursprünglich neun Gesichter in die Fläche eingeschnitzt gewesen waren. Nun waren es elf. Mit herausquellenden Augen betrachtete er den einen Kopf näher. Er glich, auch wenn es unmöglich schien, dem eines kürzlich verstorbenen jungen Anwalts und früheren Nachbarn. Mark Andrus. Der andere... O Gott, der andere...

Langes Haar umgab wie eine Federwolke das zartgeschnittene Gesicht. Der winzige Mund war geöffnet, bildete eine tiefe kleine Wunde in dem dunklen Holz, während die starren Miniaturaugen auf etwas Entsetzliches gerichtet waren, das unsichtbar blieb. Der ganze Ausdruck war der einer Person, die sich plötzlichem Grauen ausgeliefert sieht, einem sich in rasender Eile nähernden Zug, einer unter den Füßen aufklaffenden Erde oder...

Oder Felsen, die einem vom Fuß einer Klippe in wahnsinniger Geschwindigkeit entgegenstürzen...

Zitternd, eiskalt in dem geheizten Raum beugte er sich vor und berührte mit dem Zeigefinger unsicher das winzige Köpfchen. »Marjorie?« Seine Stimme klang wie ein Echo.

Das Köpfchen war wärmer als das ihn umgebende Holz.

Dylan prallte zurück, gegen den Schreibtisch, wich weiter nach hinten. Sein Blick haftete unentwegt auf dem Stuhl. Er stieß mit den Beinen gegen etwas – den Papierkorb – und stolperte darüber. Seltsame Geräusche drangen tief aus seiner Kehle, ein leiser stöhnender Laut, so wie ihn jemand von sich geben mochte, der inmitten des tiefsten Schlafs von einem Alptraum gequält wird.

Er stieß gegen eine Wand, warf kostbare Bücher von den Regalen, ohne darauf zu achten. Eine Schale mit Buntnesseln fiel herab, zersplitterte und beschmutzte den grünen Teppich. Irgend etwas anderes, Schweres, stürzte um, schlug mit einem dumpfen Laut auf den Boden auf.

Er blickte hinab. Die Streitaxt lag glatt und sauber zwischen der Erde, den Scherben und gebrochenen Stengeln der zerschmetterten Schale. Langsam bückte er sich, griff nach der Waffe. Ihr Gewicht schien alles andere im Arbeitszimmer zu verdrängen. Roter Nebel benahm ihm die Sicht.

Aufheulend wie ein verwundeter Wolf hob er die Axt mit beiden Händen hoch über den Kopf und stürzte sich auf den Stuhl.

Im letzten Augenblick erhob dieser sich sachte mit seinen vier mit Löwenklauen versehenen Beinen und glitt beiseite.

Die Axt fuhr herab und traf Dylans rechtes Schienbein. Er verlor das Gleichgewicht, fuhr herum, holte erneut mit der Axt aus. Sie fuhr mit einem scharfen Klirren durch das große Aussichtsfenster, und Dylan folgte ihr nach.

Gleich darauf war ein dumpfer, durch die Entfernung gedämpfter Aufschlag auf den Felsen unten zu hören. Dann war es still im Arbeitszimmer. Durch die gezackte Wunde im Fenster begann der Nebel einzudringen, aufsteigend von den leise plätschernden winterlichen Wellen fünfzehn Meter weiter unten. Er formte einen feuchten, klammen Umhang um den Stuhl, der erwartungsvoll dastand, die vier Klauenfüße ein bißchen tiefer als zuvor in den blutbefleckten Teppich gekrallt...

Übersetzt von Rosmarie Kahn-Ackermann

Die Heimkehr

Howard Goldsmith

Die folgende Kurzgeschichte erschien als Erstveröffentlichung in der Zeitschrift Chillers *seligen Angedenkens, und zwar in der Erstausgabe dieses Magazins. Es gab in jenem Heft noch eine zweite Geschichte aus meiner Feder, der Titel war ›Tatantula‹ und das Pseudonym Ward Smith. Die zweite Story lief unter Pseudonym, weil die Herausgeber nicht gern zwei Stories vom gleichen Autor im Heft vorstellen.*

Ich möchte mir kein Urteil darüber erlauben, ob meine beiden Arbeiten den Niedergang von Chillers *verzögert oder beschleunigt haben, die Zeitschrift wurde nach drei Ausgaben eingestellt. Dem Herausgeber hatte ›Tarantula‹ übrigens viel besser gefallen als ›Die Heimkehr‹. So gut, daß er diese Story aufwendig illustrieren ließ, während jene als Bleiwüste das Licht der Welt erblickte. Aber die Meinungen über solche Dinge sind geteilt, wie alles auf der Welt geteilt ist. Als ich später die beiden Geschichten für* The Year's Best Horror Stories X *vorschlug, so hieß ein Auswahlband, der von Karl Edward Wagner herausgegeben wurde, gewann ›Die Heimkehr‹ das Rennen, und ›Tarantula‹ verschwand in der Versenkung, wie es sich für Taranteln gehört.*

Ich vermag mich nicht mehr zu erinnern, wie ich auf die Idee für ›Die Heimkehr‹ gekommen bin. Es gibt kein Zurück. *Dies ist ein Gedanke, den ich nicht selten in meinen Geschichten aufnehme. Ebenso gern schreibe ich Stories, in denen die gegenseitige Durchdringung von Bewußtsein und Zeit sichtbar wird. Das klingt kompliziert, aber es ist einfach. Wenn ein Mensch an seine Kindheit denkt, so spiegeln sich in seinem Bewußtsein Gegenwart und Vergangenheit; es ist das Bewußtsein, das die beiden Ströme zusammenfließen läßt. Wenn ich für den vorliegenden Band von Horrorgeschichten ›Die Heimkehr‹ ausgewählt habe, dann weil in dieser Geschichte beide Themenbereiche berührt werden: hie der Wunsch des Menschen, in seine Vergangenheit einzutauchen, dort die Interpolation der Bewußtseins- und Zeitströme.*

Für alle, die sich der hochgeschlossenen Analyse des Autors nicht anschließen mögen: Jede Kurzgeschichte, auch eine Arbeit wie ›Die Heimkehr‹, lebt aus sich selbst. Jede Story entwickelt ein

Eigenleben, sobald die Worte niedergeschrieben sind. Dieses Leben vollzieht sich unabhängig von den unbewußten Wünschen oder den erklärten Absichten des Verfassers. Ich hoffe ganz einfach, daß Ihnen die Story gefällt.

Eine Kurzgeschichte ist wie ein Haus, sie hat mehrere Ebenen. Der Autor durchwandert das Haus, es ist ihm fremd, obwohl er es selbst geschaffen hat. Es gibt Schriftsteller, die sich auf dem Dachboden zu Hause fühlen, wo sie dem Himmel nahe sind, ihre Geschichten handeln vom Übersinnlichen. Andere bevorzugen das sonnige Zimmer im ersten Stock, wo man auf den Garten blickt. Das Zimmer heißt Humor, und der Schlüssel ist schwer zu finden. Die Menschen zum Lachen zu bringen, ist ein schwieriges Metier, aber noch schwieriger ist es, eine Horrorstory zu schreiben, bei deren Lektüre die Leser nicht in silberhelles Lachen ausbrechen. Und damit sind wir im Keller des Hauses. Es ist verlockend und gefährlich, die düsteren Gewölbe unseres Unterbewußtseins zu durchforschen, und deshalb kann auch kaum ein Autor der Versuchung widerstehen, seine Kräfte an Horrorstories zu erproben, obwohl es sich dabei doch strenggenommen um Trivialliteratur handelt, um Geschichten, die einzig und allein den Zweck verfolgen, dem Leser eine Gänsehaut auf den Rücken zu zaubern.

Meine These ist, daß gute Horrorgeschichten sich im Grenzbereich des Übersinnlichen abspielen sollten, daß sie jene Fragen behandeln sollten, die unsere Existenz berühren. Wir vertiefen uns in eine solche Geschichte, und irgendwann birst die Form, die äußere Welt, die so stark, so fest schien, zerfällt in tausend Stücke, wir werden von unseren Gedanken hinausgetragen in den Bereich des Unwirklichen, in die Schattenwelt, die sich hinter dem Alltäglichen verbirgt. Der Glaube an eine Seinsebene, die sich der Wahrnehmung durch das Bewußtsein entzieht, ist die Bibel aller Mystiker.

Horrorgeschichten aus der Welt des Übersinnlichen leben von der Einsicht, daß der Mensch seit der Vertreibung aus dem Paradies in einer Pattsituation steckt. Es gibt keinen Beweis dafür, daß es jene Gegenwelt gibt, aber auch keinen Beweis, daß es sie nicht *gibt, und so gleiten wir dahin im ewigen Konflikt zwischen Ratio und Seele.*

Ich möchte Sie nun einladen, meiner Romangestalt Mark Sloane bei ihrem Kampf gegen die Mächte der Finsternis über die Schulter zu schauen.

Damals hatte ich ihm den Beinamen ›das traurige Haus‹ verliehen. Als ich nach zwanzig Jahren die verwitterte Fassade betrachtete, kam mir der Spott der Nachbarkinder in Erinnerung.

›Dein Bruder gehört in die Klapsmühle!‹

›Sloane, der verrückte Hund!‹

›Verschwinde! Wir wollen dich hier nicht mehr sehen!‹

Ihre Gesichter waren wieder da, so klar und nahe wie damals, Masken, deren erbarmungsloser Ausdruck sich nie verändern würde. Die Eltern dieser Kinder, die meisten jedenfalls, waren zu höflich gewesen, um in meiner Gegenwart auf meinen Bruder zu sprechen zu kommen. Aber daß sie ihn ablehnten, stand ihnen ins Gesicht geschrieben, ebenso wie die bösartige Neugier, mit der sie uns heimsuchten.

Ich war gewappnet. Ich würde das Haus betreten, in dem ich als kleiner Junge gelebt hatte. Warum auch nicht. Aber jetzt, wo ich auf der Schwelle stand, verlor ich den Mut, ich brachte es nicht fertig, hineinzugehen. Ich machte auf dem Absatz kehrt und floh. Ich ging zur Hauptstraße zurück. Ich suchte und fand das Büro des Sheriffs.

Es war verständlich, daß Sheriff Thomas mich nicht wiedererkannte. Ich war erst zehn Jahre alt gewesen, als Tante Emma mich abholte. Wir waren damals in den Mitternacht-Expreß nach Detroit gestiegen. Unmittelbar nach Mamas Tod war das gewesen. Ich war nie in den Ort zurückgekehrt.

»Mark Sloane?« Er starrte mich an, über die dicken Brillengläser hinweg. »Wie haben Sie denn die Jahre so überstanden, hm?«

»Ganz gut.«

Die zwanzig Jahre hatten tiefe Falten in sein Ledergesicht gegraben, sein Haar war mit silbernen Strähnen durchsetzt. Seine Stimme war rauher, als ich sie in Erinnerung hatte, sein Blick härter, seine Augen zwei schmale Schlitze.

»Mein Beileid zum Tod Ihres Stiefvaters.« Er sagte das, aber er sah nicht so aus, als ob er Leid empfand.

»Wir hatten uns nie viel zu sagen. Seit dem Tod meiner Mutter habe ich meinen Stiefvater nicht mehr gesehen.« Ich fand es schwer, ihm die Befriedigung zu verheimlichen, die ich über den Tod jenes Mannes empfand.

»Ein Stiefvater ist nicht das gleiche wie ein richtiger Vater.«

»So ist es.«

Ich dachte an meinen Stiefbruder Jed, und dann waren die Stimmen der anderen Jungen wieder da.

Dein Bruder gehört in die Klapsmühle!

Sloane, der verrückte Hund!

»Sind Sie schon im Haus gewesen?« fragte Sheriff Thomas.

»Auf dem Weg zu Ihnen, ja.«

»Werden Sie dort einziehen?«

»Weiß noch nicht. Ich muß drüber nachdenken.«

»Lassen Sie sich nicht verrückt machen von dem ganzen Unsinn, den die Leute über Ihren Bruder erzählen.«

Die Bemerkung des Sheriffs bezog sich auf das Gerede der Leute über Jed Sloane, es hieß, er sei ein ›lebender Toter‹. Ich hatte nie viel drauf gegeben, was man so erzählte, das übliche Geschwätz in einem kleinen Ort, aber die Gerüchte wollten nicht verstummen. 1976 war Jed aus einer Haftanstalt für geisteskranke Kriminelle ausgebrochen, zusammen mit zwei anderen Häftlingen. Keiner der drei hatte aus dem schlangenverseuchten Sumpfgebiet um das Newgate Prison herausgefunden. Nach einiger Zeit hatte man die Leichen von zwei Häftlingen, was davon übrig war, aufgefunden. Der Pathologe des Bezirksgerichts hatte die Leichen identifiziert, einer der beiden war Jed Sloane. Von dem dritten Flüchtling nahm man an, daß er in den Sümpfen umgekommen war. Irgendwo dort, bedeckt von vielen Tonnen Schwimmsand, vermoderten seine Gebeine.

Aber das tat den Gerüchten keinen Abbruch. Angeblich erhob sich Jed Sloane allnächtlich aus den Tiefen des Sumpfes, in zerrissener Gefängniskluft, das schmutzige Haar hing ihm in Strähnen bis auf die Schultern, und der Schlamm tropfte ihm aus den leeren Augenhöhlen. Die einen sagten, sie hätten genau gesehen, wie der Schädel des Untoten, den man an einem phosphoreszierenden Leuchten erkennen könnte, durch die Nacht schwebe, andere wollten ein verrücktes, ein grauenhaftes Lachen gehört haben. Tierkadaver wurden gefunden, zerfleischt, zerstückelt, Tiere, denen das Blut abgezapft worden war. Und für die Farmer stand fest, das konnte nur der verrückte Sloane gemacht haben.

Der Sheriff und der Bürgermeister hatten versucht, die Wogen zu glätten, aber dann war die Sache mit dem Liebespaar passiert. Am Egale Point, dem Weg, wo die Jugend des Ortes zum Knutschen hinfuhr, war ein Liebespaar überfallen worden. Der Junge war erwürgt worden, und wie der Untersuchungsrichter sagte, kam als Täter nur ein Mann von ungeheurer Kraft in Frage – der Mörder hatte dem Opfer mit einem einzigen Griff das Genick gebrochen. Dem Mädchen hatte der Täter die Kleider vom Leibe gerissen. Sie überlebte, aber sie war nicht fähig, über den Hergang der Tat Auskunft zu geben. Sie vegetierte in einer Art Dämmerschlaf dahin, aus dem sie nie mehr erwachen würde. Es gehörte nicht viel Fantasie dazu, sich vorzustellen, was der Unbekannte dem armen Geschöpf zugefügt hatte.

Nur ein Landstreicher kam für die Tat in Frage, kein Einheimischer, der Sheriff war da ganz sicher, aber die Leute im Ort wußten es besser. Natürlich hatte Jed Sloane, das Geistwesen aus dem Moor, die Untat begangen. Was in dem kleinen Ort nicht üblich war: man verriegelte jetzt die Türen, wenn man schlafen ging. Aber solche Maßnahmen hatten das nächste Verbrechen nicht zu verhindern vermocht. Die Leiche eines Mädchens wurde gefunden. Das Gesicht war so zugerichtet, daß man die Tote nicht identifizieren konnte.

Ich sah dem Sheriff in die Augen. »Glauben Sie, daß Jed noch lebt?«

»Auf keinen Fall. Niemand kann in den Sümpfen überleben.«

»Sind Sie sicher, daß er einer der beiden war, die man gefunden hat?«

»Der Pathologe sprach von einer Sicherheit von fünfundneunzig Prozent.«

»Warum nicht hundert Prozent?«

»Weil der Kiefer verfault war. Man konnte keine Röntgenaufnahme mehr machen, verstehen Sie.«

»Haben Sie einen Verdacht, wer die Morde begangen haben könnte?«

»Nichts, was vor Gericht standhalten würde. Aber wir überwachen einige Verdächtige.«

»Personen aus dem Ort?«

»Darüber kann ich beim jetzigen Stand der Ermittlungen nichts sagen.«

»Na gut. Ich geh' dann mal zum Anwalt rüber.«

»Ihr Stiefvater hat kein Testament hinterlassen, aber Sie sind der einzige Erbe. Sie können das Haus übernehmen, jederzeit.«

»Vielleicht kann ich's verkaufen«, sagte ich.

Der Sheriff rieb sich die Bartstoppeln. »Nach alledem, denke ich, wird es schwierig sein, einen Käufer für solch ein Haus zu finden.« Er zögerte. Ich spürte, daß er etwas hinzufügen wollte, aber es gab ein Hindernis.

Ich wollte gerade gehen, als er sagte: »Die Leute hier können unterscheiden, Mark. Niemand macht Sie verantwortlich für das, was Ihr Bruder getan hat.«

Ich gab ihm die Hand, und dann ging ich zum Anwalt. Das Haus auf mich zu überschreiben, ging ganz einfach. Wie der Sheriff so war auch Murchison, der Anwalt, der Meinung, daß das Haus schwierig zu verkaufen sein würde, es sei denn, ich fand jemanden, der das Grundstück kaufte und das Haus abriß, um ein neues an seine Stelle zu setzen. Aber da die Einheimischen abergläubische Menschen waren, würde es wenige Interessenten geben. Ich sagte dem Anwalt, ich würde vielleicht selbst in das Haus einziehen. Mein Stiefvater hatte dreitausend Dollar hinterlassen. Ich könnte die Summe benutzen, um die nötigen Reparaturen durchzuführen.

Ich war auf dem Weg zum Haus und dachte darüber nach, wie es wohl wäre, wenn ich dort einzog. Es gab zwei Aspekte. Die Vorstellung, auch nur eine einzige Nacht in dem Haus zu verbringen, bedrückte mich. Auf der anderen Seite wäre es wirtschaftlich vernünftig, wenn ich das Haus bewohnte. Ich dachte an das viele Geld, das ich bisher schon für Miete ausgegeben hatte. Zuerst als Student und später als Lehrer, der mit einem schmalen Gehalt auskommen mußte. Das Haus bot mir die Chance, mietfrei zu wohnen. Es war die finanzielle Atempause, die ich seit langem ersehnte. Es gab sogar eine freie Lehrerstelle im Nachbarort. Und doch ...

Ich war angekommen. Das Haus wuchs vor mir in den Himmel, unheimlich, ein plumper Kasten, eingepackt in gespenstische Stille. Damals, in meiner Kindheit, war es das einzige Haus im Block gewesen, mit gestutzten Bäumen, die nach Platz rangen, umgeben von Feldern mit wucherndem Unkraut. Jetzt gab es links und rechts Häuser, die anderen Grundstücke waren mit hohen Lattenzäunen umgeben.

Es war kurz vor Sonnenuntergang. Besser, wenn ich das Ganze nicht weiter vor mir herschob. Ich drehte den Schlüssel im Schloß. Ein plötzlicher Windstoß riß mir den Türknopf aus der Hand, die Tür schwang auf.

Jetzt habe ich dich, mein kleiner Bruder. Ich habe dich, wo ich dich haben wollte. Hab keine Angst. Komm rein. Du bist willkommen.

Ich überquerte die Schwelle und knipste das Licht an. Drinnen war es ungewöhnlich kühl, im Unterschied zu der milden Außentemperatur.

Viele Jahre sind vergangen. Du bist groß geworden, Mark. Aber du kannst mir immer noch nicht das Wasser reichen. Nicht im geringsten. Weißt du noch, wie ich dir die Hände gebunden und dich an den Haaren gezogen habe, bis du schreiend zu unserer Mutter gerannt bist? Kannst du dich erinnern, Mark?

Die Nerven. Es mußten wohl die Nerven sein. Ich hätte schwören können, daß ich seine Stimme hörte, eine leise, tote Stimme, die aus früheren Jahren herüberklang, und wenn ich ihr nachging, floh sie vor mir wie ein Vogel, der den Störenfried von der Brut fortlocken will.

Während ich von Raum zu Raum ging, kamen die Erinnerungen wieder, wie ein schmerzliches Prickeln der Gedanken. Ich vermeinte Mutter zu hören, ihre Stimme kam aus der Küche: ›Mark, das Essen ist fertig.‹

Vorsichtig öffnete ich die Tür zur Küche. Leer. Ich war enttäuscht. Tote kann man nicht wieder aufwecken. Und doch konnte ich Mutter erkennen, dort stand sie, machte sich am Herd zu schaffen. Ich streckte meine Hand nach ihr aus ...

›Mama, warum bist du weggegangen?‹ Es war die Frage, die ich als Kind tausendmal gestellt hatte, unter Tränen. Das Kind in mir hatte nie verstanden, warum es plötzlich keine Mutter mehr gab.

Du weinst, weil du keine Mutter mehr hast, Mark? Ich werde dir einen echten Grund zum Weinen geben. Warte nur.

Ich betrat das Wohnzimmer. Es war genauso, wie ich es in Erinnerung hatte. Schwere Mahagonimöbel, im Stil von 1940. Ein ausgebleichter Orientteppich. Sogar das alte Grammophon stand noch da, mein Stiefvater hatte es nie für nötig erachtet, es durch ein modernes Gerät zu ersetzen.

Das Grammophon! Ich sah, wie der Tonarm sich hob und die Rille suchte. Ungläubig wurde ich Zeuge, wie sich der Plattenteller zu drehen begann. Die Nadel war auf der Platte angekommen, ein Rauschen war zu hören, ein scharfes, knackendes Geräusch. Und dann:

›I'd like to get you / On a slow boat to China / All by ourselves / All alone / All alone.‹

Der Schlager, von Bing Crosby gesungen.

›All alone / All alone / All alone.‹ Die Rille war kaputt, der Text wiederholte sich. ›All alone / All alone / All ...‹

Ich zerrte an dem Tonarm, wollte ihn hochreißen. Er flog mir aus der Hand. Die nächste Platte fiel auf den Teller. Der Tonarm senkte sich. ›All alone / All alone / All alone ...‹

Ich hielt mir die Ohren zu.

›All alone / All alone ...‹

Der Raum drehte sich um mich ...

›All ...‹

Ein Karussell ...

›Alone ...‹

Mir wurde schwindlig ...

›... alone.‹

Ich ließ meine Faust auf den Plattenteller niedersausen.

Die Nadel machte ein scharfes, kratzendes Geräusch, kreuzte die Rillen. Ich packte den Tonarm und versuchte ihn in der Bewegung aufzuhalten. Es war, als hielte ich den Arm eines Menschen in der Hand. Ein Kampf begann. Ich begann zu schwitzen. Der Tonarm entglitt meinen Fingern, die Nadel wurde in die Rille gedrückt.

›Al slow boat – *klick* – China *klick* / Alone – *klick* / Alone / All alone ...‹

Ich kniete mich vor die Steckdose und riß das Kabel heraus.

›Aloooooouuuueeee ...‹

Bing Crosbys Stimme war um eine Oktave gesungen, hielt den Ton, brach.

Das Karussell kam zum Stillstand. Ich lag auf dem Boden, das Herz schlug mir bis zum Halse. Wie war es möglich, daß das Grammophon zu spielen begonnen hatte. Es mußte eine Erklärung geben. Und dann wußte ich es. Der Tonarm war bereits eingestellt gewesen, die Nadel hatte sich über einer vorbestimmten Rille der Platte befunden. Es bedurfte dann nur noch einer kleinen Erschütterung, etwa meiner Schritte beim Eintreten in das Zimmer, um den Mechanismus in Gang zu setzen. Ich war nicht ganz sicher, daß es sich so verhielt, aber zumindest war das eine plausible Erklärung. Nach und nach gewann ich die Kontrolle über mich selbst zurück. Das Gefühl der Hilflosigkeit wich.

Ich stand auf und ging in den Flur. Mein Blick fiel auf die Kellertür. Jed und ich hatten oft im Keller gespielt. Jed war sechs Jahre älter als ich, aber er benahm sich wie ein Kind, was nicht zu seinem Aussehen paßte, er war groß und stark wie ein Erwachsener. Wenn er wütend war, wirkte er wie das Kind eines Riesen, das die Menschen, seine Spielzeuge, zerschmettern wollte. Mit dreizehn biß Jed seinen Lehrer in den Arm, weil der ihm den Ball nicht geben wollte.

Ich würde den Keller inspizieren. Ich öffnete die Tür zur Kellertreppe, tastete nach dem Lichtschalter. Eine nackte Glühbirne, von einer Staubschicht überzogen, flammte auf. Ein feuchter, muffiger Geruch schlug mir entgegen. Als ich im Kellergang angekommen war, fiel mir das Fenster am Ende des Korridors auf, das früher immer verriegelt gewesen war. Jetzt war es offen. Ich ging hin und verschloß es. Vom Fensterrahmen hingen die Spinnweben wie Fetzen einer uralten Tapete.

In einer Ecke des Kellers stand ein Karton voller Spielzeug. Ich begann zu wühlen. Wie ein Archäologe trug ich die Schichten meiner Kindheit ab. Eine Spielzeugschreibmaschine ›Tom Thumb‹ kam zum Vorschein, ein Hockeyschläger ›Official‹, ein Chemiekasten, ein Baukasten ... Ich fand das Ouijabrett, vor dem Jed und ich viele Stunden verbracht hatten. Wir waren damals fasziniert gewesen von den geheimnisvollen Botschaften, die uns das Spiel überbrachte. Ohne lange nachzudenken, legte ich die Hand auf das Brett. Etwas in mir war auf einmal hellwach, und dann war mir, als sei jemand hinter mich getreten und starrte mir über die Schulter. Ein Schauder lief mir über den Rücken. Ein unsichtbares Wesen hatte seine Hand auf die andere Seite des Ouijabretts gelegt. Plötzlich wurde das Brett wieder freigegeben, die Scheibe begann sich zu drehen, der Pfeil blieb vor dem Buchstaben D stehen.

Meine Hand zitterte, aber ich berührte die Scheibe nicht, ich sah nur, wie sie in die Ausgangsposition zurückkehrte. Nach einer kleinen Pause begann eine neue Drehbewegung, diesmal langsamer. Meine Hand war wie festgeklebt. Unmöglich, den Lauf der Scheibe aufzuhalten. Gebannt wurde ich Zeuge, wie der Zeiger vor dem Buchstaben A zum Stillstand kam. Das nächste war ein N, es folgten drei Buchstaben, dann blieb die Scheibe stehen. Ich fügte die sechs Buchstaben zusammen. DANGER. Gefahr.

War ich es gewesen, der die Scheibe in Bewegung gesetzt

hatte? Führte mir das Unterbewußtsein die Hand? Hatte ich mir selbst eine Warnung zugespielt? Das war die einzige Erklärung. Außer...

»Ist jemand mit mir in diesem Raum?« Ich sprach laut, in den leeren Raum hinein.

Die Scheibe begann sich zu drehen und blieb vor dem Wort YES stehen.

»Bist du mein Stiefvater?«

Diesmal deutete der Pfeil auf NO.

»Mutter?«

Die Scheibe verschob sich. YES.

Ich mußte wirklich den Verstand verloren haben. Jetzt unterhielt ich mich schon mit Geistern! Ich, der ich mich für einen Skeptiker auf dem Gebiet der außersinnlichen Wahrnehmungen hielt. Ich glaubte nicht an ein Leben nach dem Tode, aber tief in mir gab es eine Stimme, die mich glauben hieß. Wie ein Verzweifelter ergriff ich die Möglichkeit, die sich mir bot. Die Möglichkeit, mich mit meiner toten Mutter zu verständigen.

Wieder begann sich die Scheibe zu drehen. Drei Buchstaben: GET. Und dann, nach einer kleinen Pause: OUT. Get out.

Ob ich den Keller verlassen sollte, fragte ich in das Nichts hinein.

Die Scheibe gab die Antwort. HOUSE.

»Ich soll das Haus verlassen?«

YES.

»Bin ich in Gefahr?«

Die Scheibe schrieb ein J, ein E, ein D. JED.

Jed! Meine Kehle war plötzlich wie zugeschnürt. Jed befand sich in diesem Haus.

Von Panik ergriffen, rannte ich die Kellertreppe hoch, wollte die Tür zum Flur aufreißen. Aber die Tür klemmte! Auch das noch! Ich trat einen Schritt zurück und warf mich mit meinem ganzen Gewicht gegen das Türblatt, zweimal, dreimal. Dann barst der Türrahmen, die Tür flog auf.

R-r-r-r-r-ring! Das Telefon läutete. Ich lief zu dem Tischchen, riß den Hörer von der Gabel.

»Wer ist da?«

›I'd like to get you... All by ourselves... All alone. All alone...‹ Wieder der verdammte Crosby-Schlager, der Mann, der mit seiner Geliebten auf einem möglichst langsamen

Schiff nach China segeln wollte. Eine unsägliche Schnulze. Ich ... Der Refrain wurde lauter. ›All alone ...‹

»Wer ist da?« schrie ich. Ich war den Tränen nahe.

›All by ourselves ... All alone ...‹ Nur du und ich ...

Der Hörer entglitt meiner Hand, krachte auf den Boden.

›All alone. All alone ...‹

Eine Kette aus Worten schien sich der Muschel zu entwinden. Ich bückte mich, packte den Hörer und warf ihn auf die Gabel.

»Jed, bist du hier im Haus?« schrie ich, und ich ärgerte mich, als meine Stimme sich überschlug.

Stille.

»Komm her, und zeig dich!«

Stille.

»Wenn du ein Geist bist, dann materialisiere! Spiel deine Rolle bis zu Ende!«

Erwartest du wirklich eine Antwort? Du bist hysterisch. Niemand ist in diesem Haus außer dir.

Aber das Telefon. Wie erklärst du dir die Sache mit dem Telefon?

Ich kann's nicht erklären. Vielleicht will mir jemand einen Streich spielen. Ein Kind in der Nachbarschaft. Vielleicht hat jemand gehört, wie das Grammophon zu spielen begann. Legt die gleiche Platte auf, geht ans Telefon, ruft mich an, läßt die Platte laufen.

Eine sehr wackelige Erklärung. Damit kannst du mich doch nicht auf den Arm nehmen. Anstatt dich mit solchen Lügen aus der Sache rauszuwinden, erkläre mir lieber die Sache mit dem Ouijabrett.

Ich selbst habe die Scheibe gedreht, hab's nur vergessen, so wie man vergißt, ob man den Wagenschlüssel abgezogen hat oder nicht. Das Unterbewußtsein. Die Psychologen wissen sehr genau, wie so was geht. Unbewußte Ängste, Schuldgefühle, die als Fantasien an die Oberfläche gespült werden. Das Kind ist der Vater des Mannes.

Unsinn!

Ich stand an die Wand gelehnt und zitterte. Die Nerven. Aber ich war entschlossen, mich von solchen Hindernissen nicht austricksen zu lassen. Die Jahre im College fielen mir ein. Damals hatte ich eine panische Angst davor gehabt, vor einer größeren Gruppe Menschen zu sprechen. Ich hatte dieser Angst entgegengewirkt, indem ich einen Kursus für

Redner besuchte. Danach hatte ich zwar immer noch Lampenfieber, aber ich konnte mit meinen Ängsten leben.

Und jetzt... Ich spürte, wie meine Beine zur Tür drängten.

GET OUT OF THE HOUSE. Verlasse das Haus.

Fliehen. Das Haus verkaufen. Vielleicht fand sich jemand, der... Aber dann haßte ich mich für die Feigheit, die von mir Besitz ergriffen hatte. Ich würde der Gefahr ins Auge sehen!

Zögernd stieg ich die Treppe zum ersten Stock hoch. Meine Beine waren steif wie Stelzen.

Sehr schön, junger Herr, kommen Sie bitte in den ersten Stock. Herr und Eigentümer dieses Hauses. Ich erwarte Sie seit so vielen Jahren.

Eine Stimme schien mir voranzufliegen, ein unsichtbarer Lindwurm aus Echolauten. Es war das Echo der Vergangenheit, gerade so laut, daß ich es hören mußte, gerade so leise, daß ich die Botschaft nicht verstehen konnte. Ich wußte, daß es eine Stimme war, aber die Bedeutung der Worte blieb mir ein Rätsel. Eine Woge aus Eis kam über mich, die Ahnung von Unglück.

GET OUT OF THE HOUSE. Verlasse das Haus.

Im oberen Flur angekommen, blieb ich stehen. Ich überlegte kurz, dann ging ich auf mein früheres Schlafzimmer zu. Die Tür war geschlossen. Ich öffnete die Tür und knipste das Licht an.

Mein Stiefvater! Entsetzt wich ich zurück. Er schien mich mit Blicken durchbohren zu wollen. Seine Augen waren starr. Er maß mich mit einem schroffen Lächeln. Oder war es eine Drohung!

Es war ein Schock, den alten Herrn wiederzusehen, auch wenn es nur sein Bild war. Das Gemälde hatte vorher nicht in meinem Schlafzimmer gehangen. Wahrscheinlich hatte er mein Zimmer bezogen, nachdem ich das Haus verlassen hatte. Die vergilbten Tapeten rochen immer noch nach dem Pfeifentabak, den er zu rauchen pflegte. Ich ging zu meinem Bett, kniete mich auf die Matratze und drehte das Gemälde mit dem Gesicht zur Wand. Ich öffnete das Fenster, um frische Luft hereinzulassen.

Das Bett war frisch gemacht. Untadelig, sauber, akkurat. Er war immer sehr ordentlich gewesen. Und ein strenger Kritiker aller Menschen, die nicht so ordentlich waren wie er. Ich zog das Bettuch ab und warf es auf den Boden. Dann ließ ich mich auf das Bett fallen. Ich war erschöpft.

Ich wachte auf, als ich eine Stimme rufen hörte. Es war inzwischen stockdunkel geworden. Jemand rief etwas. Oder träumte ich das nur? Ich stützte mich auf und lauschte. Stimmen im Flur, laut und rauh. Am liebsten hätte ich mir die Decke über den Kopf gezogen, wie ich es als Kind getan hatte, wenn ich fremde Stimmen hörte. Statt dessen schrie ich: »Wer ist da?«

Die Stimmen kümmerten sich nicht um mich. Sie setzten ihr unverständliches Geplapper fort. Ich sprang hoch, tastete mich zur Tür, öffnete und sah auf den Flur hinaus. Dort war niemand. Aber die Stimmen waren immer noch zu hören. Sie mußten von oben kommen, vom Dachboden.

Auf Zehenspitzen ging ich den Flur entlang, bis ich unter der Dachluke angelangt war. Ich stieg die Leiter hinauf. Ich stieß die Klappe auf. Ein schriller Schrei. Ich schob meinen Kopf über die Kante. Ein Finger aus Licht kroch auf mich zu, bleich und blau. Und dann sah ich das Fernsehgerät, unseren alten Fernseher, ein Gerät mit rundem Bildschirm, Marke Dumont, das mein Stiefvater im Jahre 1950 gekauft hatte. Ich wußte, daß dieses Gerät vor Jahren durch einen RCA-Fernseher ersetzt worden war, weil es kaputt und irreparabel war. Aber dort stand es, spielte mit voller Lautstärke.

Der Clown auf dem Bildschirm deutete auf einen Kalender. November 1955! »Und was haben wir nächste Woche für einen Feiertag, meine lieben Kinder?«

»Thanksgiving Day!« piepsten die Kinder.

Und dann kam Buffalo Bob Smith und sagte den Kindern, der alte Phineas T. Bluster hätte etwas gegen Kinder, die Thanksgiving Day feierten.

»Buh!« schrie der Zwillingsbruder des Clowns. »Buh!«

Es gab einen dritten Clown namens Clarabell, der in diesem Augenblick entrüstet in sein Horn stieß.

»Möchtet Ihr denn nicht Thanksgiving Day feiern, Kinder?« fragte Buffalo Bob die Kinderschar.

»Doch!«

Der Flubadub kam auf die Bühne, ein Geschöpf mit Hundeohren, Entenkopf, dem Schnurrbart einer Katze, dem Hals einer Giraffe, dem Ringelschwanz eines Wildschweines und dem Federkleid eines Papageis. Der Flubadub biß Phineas T. Bluster in den Hintern.

Die Kinder grölten und lachten.

Ich erinnerte mich daran, diese Sendung gesehen zu haben. Im November 1955. Aber wie...

Ich schaltete auf Kanal 2. Arthur Godfrey und alle kleinen Godfreys erschienen auf dem Bildschirm. Auf Kanal 5 war Art Linkletter dabei, die Handtasche einer Frau zu durchsuchen. Auf Kanal 7 lief ›The Mouseketeers‹, auf Kanal 9 eine Folge von ›Superman‹.

Ich starrte auf den Schirm, wußte genau, daß ich Wirklichkeit erlebte, eine Wirklichkeit, die schlicht unmöglich war, die Bilder der Vergangenheit flimmerten an meinen Augen vorbei, fielen durcheinander wie die Steinchen eines Kaleidoskops. Einige Herzschläge lang war der Schirm dunkel. Dann materialisierte Ralph Edwards auf der Mattscheibe.

»Das ist Ihr Leben, Mark Sloane!« Er hielt ein Fotoalbum ins Bild, auf dem mein Name eingraviert war.

Ich taumelte zurück, schwach, benommen, schwindlig.

»Wie heißt dieses Mädchen, Mark? Es ist eine Stimme, die Sie sehr gut kennen.«

»Tag, Mark. Ich bin das Mädchen mit den blonden Zöpfen, dem du immer so gern die Zopfschwänze ins Tintenfaß gesteckt hast.«

»Marge Gillespie«, rief ich. »Mein Gott!« Ich war rot geworden. Ich schämte mich.

»Es ist Marge Gillespie, Mark, jawohl.«

Ein stämmiges Mädchen von neun Jahren kam auf die Bühne marschiert.

Hinter den Kulissen erklang eine Stimme. »Weißt du, wer ich bin, Mark? Wir haben immer zusammen Äpfel geklaut in Mr. Myers Garten.«

Willie Nelson!

Willie kam hervorgesprungen, winkte in die Kamera. Er war nicht einen Tag älter geworden. »Tag, Mark, wie geht's denn immer?«

Mir verschwamm alles vor den Augen. Und dann... »Hast du deine Schularbeiten schon gemacht?«

Meine Mutter stand in der Küche. Sie stand vor einem kleinen Jungen, der mir den Rücken zukehrte. Als der Junge sich umwandte, stockte mir der Atem. Ich war es selbst, im Alter von zehn Jahren.

»Ich wollte gerade nach oben gehen, Mama«, antwortete ich. Ich ging zur Tür. Ich hörte mich die Treppe hinaufgehen.

Meine Mutter beugte sich über den Herd, sie stand jetzt mit dem Rücken zu mir.

Von rechts kam Jed ins Bild, in einer plötzlichen, geschmeidigen Bewegung. Er war barfuß. Er durchquerte den Raum auf Zehenspitzen. Er hielt ein großes Brotmesser in der Hand. Ich sah, wie er hinter meine Mutter trat und zum Stich ausholte.

»Mama!« schrie ich. »Paß auf! Jed hat ein Messer!«

Aber sie konnte mich nicht hören. Sie war in der Vergangenheit.

»Mama!« Ich kniete vor dem Fernseher, schlug mit meinen Fäusten auf die Mattscheibe.

Ich sah, wie er ihr das Messer in den Rücken rammte. Sie stieß einen Schrei aus, brach über dem Herd zusammen, rutschte zu Boden.

Ich schluchzte. Ich weinte, wie ich damals geweint hatte. Jetzt wußte ich, wie meine Mutter ums Leben gekommen war. Mein Stiefbruder hatte sie ermordet. Die Erwachsenen hatten mir die Wahrheit verheimlicht. Ich hatte geahnt, daß Jed es getan haben könnte, aber nach einiger Zeit hatte ich den Gedanken verdrängt. Noch am Tag der Tat war meine Tante gekommen, sie hatte mich mitgenommen, die folgenden zehn Jahre hatte ich in ihrer Obhut verbracht.

Ich wandte mich wieder dem Geschehen auf der Mattscheibe zu. Jed stand vor Mamas Leiche. Plötzlich lief er zum rückwärtigen Ausgang der Küche und stürzte hinaus. Wenig später kam er, mit einer Axt in der Hand, zurück. Er durchquerte die Küche, lief durch den Flur und hastete die Treppe hinauf.

Er kommt nach oben!

GET OUT OF THE HOUSE. Verlasse das Haus.

Als Jed die ersten Stufen genommen hatte, veränderten sich die Linien seines Gesichts. Falten erschienen auf der Stirn und in den Mundwinkeln. Er alterte vor meinen Augen. Der Jed, der im ersten Stock ankam, war ein erwachsener Mann. Die Axt schwenkend, lief er auf die Leiter zu. Ich sah, wie er die ersten Sprossen erklomm.

Wieder war der Crosby-Song zu hören. ›I'd like to get

you... All by ourselves. All alone...‹ Aber diesmal war es Jed, der die Worte sagte.

Das Stapfen auf der Leiter wurde lauter, und dann sah ich, wie Jed sich durch die Luke schwang. Ein leeres Grinsen entstellte seine Züge. Er schwang die Axt.

»Nein!« schrie ich. »Nein!«

Die Füße versagten mir den Dienst, ich brach zusammen, sah Jed über mir stehen, groß wie ein Riese, mit muskulösen Schultern.

Jetzt mach' ich dich fertig.

»Jed, nicht!« Ich rappelte mich auf.

Ihr habt mir alles genommen, was ich habe. Meinen Vater habt Ihr mir genommen, die Liebe meines Vaters, du und deine Mutter. Und jetzt nimmst du mir das Haus. Mein Haus.

»Du kannst das Haus behalten, Jed. Ich will das Haus nicht haben. Ich gehe weg und komme nie mehr wieder.«

Du lügst. Sie werden mich holen. Sie kommen und holen mich, genau wie damals. Du wirst sie mir auf den Hals hetzen.

»Das werde ich nicht tun, Jed, ich versprech's dir. Und das Haus, das gehört dir. Ich gehe jetzt.«

Du gehst nicht! Du wirst dieses Haus nie mehr verlassen!

Er holte zum Schlag aus. Ich hörte, wie die Axt durch die Luft pfiff. Ich sprang zur Seite, rutschte aus, fiel auf die Knie.

Ich sah die Schneide der Axt näher kommen, und...

Jed taumelte zurück, als sei ein unsichtbarer Zügel angezogen worden. Ich sah, wie er erschrak. Er schrie aus Leibeskräften. Rückwärtsgehend schwankte er auf das alte Fernsehgerät zu.

Auf dem Bildschirm fügte sich das Messer meiner Mutter zusammen. Sie stieß Jed das Messer in den Rücken. Graues Ektoplasma trat aus der Wunde aus, Jed begann zu schrumpfen.

Er schrie, spukte und schlug um sich und wurde doch unaufhaltsam in das Fernsehbild hineingezogen. Seine Schultern waren bereits in der Mattscheibe verschwunden. Ich sah, wie er eine letzte verzweifelte Anstrengung machte, dem Sog zu entgehen. Dann wurde er nach hinten geschleudert, zerbarst in Billiarden Atome aus Licht und Dunkel, und im gleichen Augenblick wurde seine Silhouette vom Bildschirm gewischt.

Sekunden später erschien das Bild der Küche. Jed lag leblos neben der Leiche meiner Mutter.

Ich nahm alle meine Kräfte zusammen und eilte die Treppe hinunter.

Niemand war in der Küche.

Aber auf dem Fußboden lag das Messer.

Übersetzt von Rolf Jurkeit

Endlich die Wahrheit über Frankenstein

Harry Harrison

Ich hatte schon immer ein ungutes Gefühl bei der mechanischen Funktion von Frankenstein oder der Zombies. Auch hier hat mir wieder die alte Geschichte von der Erhaltung der Energie Gedanken gemacht, denn sie drängt uns die Erkenntnis auf, daß eine Ansammlung von gebrauchten Rümpfen, Armen und Beinen, die jemand zusammengenäht hat, auch nicht energischer, stärker oder strapazierfähiger als in ihrem Originalzustand sein kann, als sie noch zu verschiedenen Körpern gehörten. Die gleiche Überlegung sagt uns, daß Tote, die gerade aus dem Grab auferstanden sind, eher schwächer als stärker als zu Lebzeiten sein dürften, von den Problemen, die sich aus dem Fehlen eines Blutkreislaufs oder von Atmung ergeben, ganz zu schweigen. Irgend etwas stimmt da nicht; der ganzen Geschichte haftet ein verdächtiger Geruch an – und zwar nicht nur nach Verwesung.

Ist jedoch eine Methode denkbar, wie diese toten und wieder heraufbeschworenen Körper einigermaßen überzeugend umherlaufen könnten? Ich habe darüber nachgedacht, habe einen gefunden und mußte daher eine Geschichte darüber schreiben.

Viele Jahre später haben sie mir ihren Titel gestohlen und einen Film daraus gemacht, was allerdings nichts beweist, als daß man Titel nicht urheberrechtlich schützen kann.

»Und hier vor Ihren Augen steht genau das Monster, das mein hochverehrter Ururururgroßvater Victor Frankenstein aus Teilen von Leichen, die er aus Anatomien gestohlen oder aus frischen Gräbern ausgegraben hatte, zusammengesetzt hat. Selbst Stücke von Tieren aus dem Schlachthaus hat er verwendet. Sehen Sie selbst!« Der Mann in dem langen Staubmantel auf der Bühne schwenkte theatralisch seinen Arm, und die Köpfe der dichtgedrängten Menge unter ihm fuhren herum und folgten ihm. Die staubigen Vorhänge flatterten zur Seite, und da stand das Monster im Licht eines eitrig-grünen Scheinwerfers. Das Publikum stöhnte wie aus einem Munde auf, und eine Welle von Unruhe durchlief das Zelt.

Dan Bream, der in der vordersten Reihe an das Abgrenzungsseil gedrängt stand, wischte sich das Gesicht mit einem feuchten Taschentuch ab und lächelte. Wenn man bedachte, daß das hier eine billige Jahrmarktsnummer für die Kleinstädte im Süden war, war das Monster eigentlich gar nicht so schlecht. Es hatte eine tote, kalkweiße Haut, auf der trotz der dampfbadähnlichen, feuchtheißen Luft kein Schweiß stand, einen glasigen Blick, Stiche und Nähte, wo das Gesicht zusammengenäht worden war, und aus seinen Schläfen ragten die beiden Metallknöpfe heraus – genau wie im Film.

»Hebe deinen rechten Arm!« befahl Victor Frankenstein V. und verlieh durch seinen harten deutschen Akzent den Worten einen preußischen Befehlston. Der Körper des Monsters rührte sich nicht, aber langsam – mit den ruckartigen Bewegungen einer schlecht funktionierenden Maschine – hob sich sein Arm bis in Schulterhöhe und stockte wieder.

»Dieses Monster, das aus Teilen von toten Menschen gebaut ist, kann nicht sterben, und wenn ein Teil von ihm zu stark beschädigt oder abgenutzt ist, nähe ich nach der geheimen Formel, die ich von meinem Urahn geerbt habe, einfach ein neues Teil an. Es kann nicht sterben, und es kann keinen Schmerz empfinden – wie Sie sehen –«

Diesesmal stöhnte das Publikum noch lauter auf, und manche Zuschauer wandten sich ab, während andere ihm gespannt zusahen. Der Marktschreier hatte eine dreißig Zentimeter lange und gefährlich spitze Nadel hervorgezogen und sie dem Monster durch den Oberarm gestoßen, bis sie auf beiden Seiten aus dem Fleisch herausragte. Es floß kein Blut, und das Monster rührte sich nicht, als habe es nichts davon gemerkt.

»... völlig unempfindlich gegenüber Schmerzen sowie gegenüber stärkster Hitze oder Kälte, und es besitzt die Stärke von zehn erwachsenen Männern ...«

Die Stimme hinter ihm redete noch weiter, aber Dan Bream hatte genug gesehen. Er hatte sich die Vorführung schon dreimal angeschaut, und das war für das, was er wissen wollte, mehr als genug. Wenn er noch eine Minute länger bleiben würde, würde er zerschmelzen. Der Ausgang war direkt in der Nähe, und er drängte sich durch die atemlos gespannte Menge in die feuchtwarme Abenddämmerung hinaus. Draußen war es nicht viel kühler. Am Golf von Mexiko war es im August praktisch unerträglich, und Panama City in Florida war davon keine Ausnahme. Dan rettete sich in die nächste Kneipe mit einer Klima-Anlage und seufzte vor Erleichterung, als die kühle Luft sich um seine praktisch dampfenden Kleider schloß. Die Bierflasche beschlug sich ebenso wie der schwere Glaskrug, den der Wirt gekühlt aus dem Eisschrank geholt hatte. Der erste tiefe Schluck fuhr wie eine kalte Flamme direkt bis zu seinem Magen herunter. Er nahm den Bierkrug zu einem der kleinen Tische mit den Holzbänken davor mit, wischte die Platte mit einer Handvoll Papierhandtücher ab und ließ sich auf die Bank fallen. Aus der Innentasche seines Jacketts zog er einige zusammengefaltete Bögen gelbes Papier, die inzwischen ebenfalls etwas feucht geworden waren, und breitete sie vor sich auf dem Tisch aus. Nachdem er noch einige Zusätze zu seinen hastig hingekritzelten Notizen hinzugefügt hatte, steckte er sie wieder in die Tasche und nahm noch einen tiefen Schluck aus seinem Glas.

Dan hatte seine zweite Flasche halb geleert, als der Marktschreier, der sich Frankenstein der Fünfte nannte, hereinkam. Seine Bühnenpersönlichkeit war zusammen mit seinem langen Mantel und seinem Monokel verschwunden, und der preußische Haarschnitt sah nun wie eine einfache Bürstenfrisur aus.

»Eine tolle Nummer haben Sie da«, rief ihm Dan gut gelaunt zu und winkte den Mann zu sich her. »Hätten Sie Lust, ein Bier mit mir zu trinken?«

»Ich hätte nichts dagegen«, antwortete Frankenstein mit dem nasalen Akzent des geborenen New Yorkers; sein deutscher Akzent war offensichtlich zusammen mit dem Monokel verschwunden. »Und sehen Sie zu, ob Sie nicht ein Schlitz oder ein Budweiser statt dem Gesöff von hier bekommen können.«

Er ließ sich an dem Tisch nieder, während Dan das Bier holte, und stöhnte auf, als er das Etikett auf der Flasche sah.

»Na ja, kalt ist es ja wenigstens«, sagte er und streute etwas Salz in sein Glas, um sein Bier zum Schäumen zu bringen. Dann leerte er den Bierkrug mit einem tiefen Schluck halb aus. »Ich habe Sie während des größten Teils meiner Vorführung heute in der ersten Reihe gesehen. Gefällt Sie Ihnen besonders, oder stehen Sie einfach auf Jahrmarktsvorführungen?«

»Es ist eine gute Nummer. Dan Bream ist mein Name. Ich bin Reporter.«

»Es freut mich immer, wenn ich meine Kontakte zur Presse

pflegen kann, Dan. Wie sagt man doch? Im Showgeschäft ist Werbung das halbe Leben. Ich heiße Stanley Arnold, nennen Sie mich Stan.«

»Dann ist Frankenstein also nur Ihr Bühnenname?«

»Was denn sonst? Für einen Reporter sind Sie aber ziemlich naiv. Sind Sie sicher, ob Sie wirklich –?« Er winkte den Presseausweis zur Seite, den Dan aus seiner Brusttasche zog. »Nein, ich glaube Ihnen, Dan, aber Sie müssen selbst zugeben, daß das eine recht dumme Frage war. Ich wette, Sie glauben, ich hätte auch ein echtes Monster in dem Zelt dort!«

»Na ja, es sieht schon echt aus, das müssen Sie zugeben. Diese zusammengenähte Haut, die Metallknöpfe im Kopf –«

»Mit Gummilösung angeklebt, und die Stickerei ist mit einem Augenbrauenstift aufgemalt. So ist eben das Showgeschäft – Illusionen, sonst nichts. Es freut mich aber zu hören, daß meine Nummer selbst für einen erfahrenen Reporter wie Sie echt ausgesehen hat. Für welche Zeitung arbeiten Sie doch gleich wieder?«

»Nicht für eine Zeitung, sondern für eine Nachrichtenagentur. Ich bin vor ungefähr einem halben Jahr auf Ihre Vorführung gestoßen, und sie hat mich interessiert. Während Ihrer Zeit in Washington habe ich einige Nachforschungen angestellt, und dann bin ich Ihnen hierher gefolgt. Sie wollen doch nicht wirklich, daß ich Sie Stan nenne, oder? Mit Stein kämen wir der Wahrheit schon näher. Auf Ihrem Einwanderungsantrag steht doch schließlich Victor Frankenstein, oder?«

»Sprechen Sie weiter«, sagte Frankenstein. Seine Stimme war plötzlich kalt und gefühllos geworden.

Dan blätterte durch seine gelben Zettel. »Genau ... hier haben wir es ja. Der Auszug aus den offiziellen Akten. Frankenstein, Victor – Geburtsort: Genf, Einreise in die USA 1938, und so weiter.«

»Jetzt werden Sie mir sicher gleich sagen, daß mein Monster *tatsächlich* echt ist!« Frankenstein lächelte, aber nur mit seinem Mund.

»Darauf könnte ich wetten. Mit Yoga-Training oder Hypnose könnten Sie einen Mann niemals so schmerzunempfindlich wie das Ding da machen – und so ungeheuer stark. Ich möchte die ganze Geschichte hören, und zwar zur Abwechslung einmal die Wahrheit!«

»Tatsächlich ...?« fragte Frankenstein mit eiskalter Stimme, und einen langen Augenblick stand Spannung in der Luft. Dann aber lachte er und klatschte dem Reporter auf den Arm. »Also gut, Dan – ich will sie Ihnen erzählen. Sie sind ein hartnäckiger Teufel und ein guter Reporter, und das ist das mindeste, was Sie verdienen. Aber erst einmal müssen Sie uns noch etwas zu trinken holen, und zwar etwas, das deutlich stärker ist als dieses grauenhafte Bier hier.« Sein New Yorker Akzent war ebenso leicht verschwunden wie vorher sein deutscher; er sprach nun ein flüssiges und perfektes Englisch ohne eine erkennbare lokale Färbung.

Dan nahm die leeren Bierkrüge an sich. »Sie werden sich schon mit Bier zufriedengeben müssen – das ist hier ein trockenes County.«

»Unsinn! Wir sind hier in Amerika, dem Land, wo man dem ausländischen Konzept der Doppelbödigkeit gegenüber zwar entsetzt die Hände über dem Kopf zusammenschlägt, es aber zugleich mit einer Effizienz praktiziert, die die Alte Welt beschämt. Das Bay County mag zwar offiziell trocken sein, aber die Gesetzeshüter haben hier eine offene Hand, und unter dieser Theke dort werden Sie einen größeren Vorrat einer hellen Flüssigkeit finden, die unter dem Namen Weißer Muli bekannt ist und angeblich ebenso stark ist wie das Lasttier, das ihr seinen Namen gegeben hat. Wenn Sie mir das nicht glauben wollen, werden Sie an der Wand da eine Lizenz für den Verkauf alkoholischer Getränke finden, mit der auch die Regierung diesem Geschäft ihre freundliche Zustimmung erteilt. Legen Sie einfach eine Fünfdollarnote auf die Theke, verlangen Sie Weißen Muli und erwarten Sie kein Wechselgeld zurück.«

Nachdem sie beide die ersten Schlucke des Maisbranntweins genossen hatten, wurde Victor Frankenstein deutlich freundlicher.

»Nennen Sie mich Vic, Dan. Ich möchte, daß wir Freunde werden. Ich werde Ihnen eine Geschichte erzählen, die noch nicht viele Menschen gehört haben, eine Geschichte, die verblüffend, aber wahr ist. Wahr, verstehen Sie, nicht ein Mischmasch von Verzerrungen und Halbwahrheiten und offensichtlicher Ignoranz, wie zum Beispiel über jenes üble Machwerk von Mary Godwin. Oh, wie hat es mein Vater bereut, daß er diese Frau kennengelernt und ihr in einem

Augenblick der Schwäche das Geheimnis seiner Forschungen anvertraut hat...«

»Augenblick mal«, unterbrach ihn Dan. »Sie haben doch gesagt, Sie wollten mir die Wahrheit aufdecken, aber was Sie mir da auftischen, ist wirklich zuviel. Mary Wollstonecraft Shelley hat *Frankenstein; oder der moderne Prometheus* 1818 geschrieben. Damit wären Sie und Ihr Vater so alt...«

»Bitte, Dan, keine Unterbrechungen. Ich habe die Forschungen meines Vaters erwähnt, und zwar wohlgemerkt im Plural, die alle den Geheimnissen des Lebens galten. Das Monster, als das es dann bekannt wurde, war nur eines seiner Werke. Vor allem aber war er an der Langlebigkeit interessiert, und er ist dann auch sehr, sehr alt geworden, wie das auch mir beschieden sein wird. Ich will hier meine Glaubwürdigkeit bei Ihnen nicht noch mehr strapazieren, indem ich Ihnen mein wahres Alter nenne, sondern lieber weitererzählen. Diese Mary Godwin. Sie hat zu der fraglichen Zeit mit dem Dichter nur zusammengelebt und war noch nicht mit ihm verheiratet. Das hat bei meinem Vater die Hoffnung aufkeimen lassen, daß Mary ihn eines Tages vielleicht nicht unattraktiv finden könnte, weil er von ihr sehr angetan war. Nun ja, Sie können sich sicher leicht vorstellen, wie es ausging. Sie machte sich Notizen von allem, was er ihr erzählte – und dann verstieß sie ihn und benützte ihre Notizen, um ihr verabscheuungswertes Buch zu schreiben. Die Anzahl ihrer Fehler ist Legion. Hören Sie zu...« Er lehnte sich über den Tisch und klatschte Dan wieder herzlich auf die Schulter. Das gefiel dem Reporter zwar nicht besonders, aber er beschwerte sich nicht. Solange sein Gesprächspartner nur weiterredete.

»Erstens einmal hat sie aus Papa einen Schweizer gemacht; allein deshalb hat er sich schon die Haare ausgerauft, weil wir aus einer guten, alten bayerischen Familie mit einem vornehmen und langen Stammbaum kommen. Dann ließ sie ihn die Universität von Ingolstadt in *Ingolstadt* besuchen – wo doch jeder Schuljunge wußte, daß sie 1800 nach Landshut verlegt worden ist. Und die Persönlichkeit meines Vaters, was für Verbrechen sie da begangen hat! Er wird in diesem verleumderischen Buch als weinerlicher Mensch ohne Energie dargestellt, obwohl er in Wirklichkeit stark wie ein Fels und voller Entschlossenheit war. Damit nicht genug: Auch die Bedeutung seiner Experimente hat sie völlig mißverstanden. Ihre lächerliche Vorstellung, er habe aus einer Ansammlung von abgenutzten Leichenteilen einen künstlichen Menschen zusammengesetzt, spricht für sich. Sie hatte den Kopf so voll von den Sagen von Talos und den Golem, daß sie die Arbeit meines Vaters völlig falsch interpretierte und sie diesem alten Muster anpaßte. Vater hat nicht einen künstlichen Menschen konstruiert, sondern einen *toten* Menschen reaktiviert! Damit hat er sein Genie unter Beweis gestellt! Er hat jahrelang die dunkelsten Teile Afrikas bereist und sich mit der Schaffung eines Zombies beschäftigt. Seine Forschungsergebnisse hat er dann in eine geordnete Form gebracht und sie weiter vervollständigt, bis er seine primitiven Lehrer weit hinter sich gelassen hatte. Er konnte die Toten wieder zum Leben erwekken, das war seine Leistung. Zugleich war es aber auch sein Geheimnis – und wie kann es nun auch in Zukunft ein Geheimnis bleiben, Mr. Dan Bream?«

Bei diesen letzten Worten Victor Frankensteins öffneten sich seine Augen ganz weit, und tief in ihnen schien ein plötzlich enthülltes Licht aufzuleuchten. Dan zog sich unwillkürlich zurück, entspannte sich aber dann wieder. Er war in diesem hellerleuchteten Raum voller Menschen nicht in Gefahr.

»Haben Sie Angst, Dan? Das brauchen Sie nicht.« Victor lächelte, streckte eine Hand aus und klopfte Dan wieder auf die Schulter.

»Was war das?« fragte Dan erschreckt; er hatte einen kurzen, scharfen Schmerz an seiner Schulter gespürt.

»Nichts – nichts als das hier.« Wieder lächelte Frankenstein, aber sein Lächeln hatte sich inzwischen leicht verändert und enthielt keinerlei Freundlichkeit mehr. Er öffnete seine Hand und zeigte eine kleine Injektionsspritze, deren Kolben ganz heruntergeschoben und deren Reservoir leer war.

»Bleiben Sie sitzen«, sagte er leise, als Dan sich erheben wollte, und Dans Muskeln entspannten sich, und er sank entsetzt wieder auf die Bank.

»Was haben Sie mit mir gemacht?«

»Nicht viel – die Injektion ist harmlos. Nichts als eine einfache hypnotische Droge, die in wenigen Stunden ihre Wirkung verliert. Bis dahin werden Sie aber keinen eigenen Willen haben. Sie werden sich also jetzt hinsetzen und meine

Geschichte zu Ende hören. Nehmen Sie aber einen Schluck Bier. Sie sollen schließlich keinen Durst leiden.«

Voller Entsetzen beobachtete Dan wie ein hilfloser Zuschauer, wie sich wie von selbst seine Hand mit dem Bierkrug hob und ihm einen Schluck Bier die Kehle hinuntergoß.

»Jetzt konzentrieren Sie sich, Dan, und denken Sie über die Bedeutung meiner Worte nach. Das sogenannte Frankenstein-Monster ist nicht eine zusammengenähte Ansammlung von Leichenteilen, sondern ein guter, ehrlicher Zombie. Ein Toter, der gehen, aber nicht sprechen, gehorchen, aber nicht denken kann. Belebt – aber trotzdem tot. Der arme alte Charly ist einer, die Kreatur, die Sie während meiner Vorführung auf der Bühne gesehen haben. Charlie ist aber jetzt mehr oder weniger ausgeleiert. Weil er tot ist, kann er die Körperzellen nicht ersetzen, die durch die tägliche Abnutzung zerstört werden. Der arme Kerl ist durch meine Vorführungen am ganzen Körper so durchlöchert wie ein Nadelkissen. Und seine Füße – schrecklich! Keine Zeh mehr ist übrig, weil er sie ständig abbricht, wenn er zu schnell geht. Ich glaube, Charley ist allmählich pensionsreif. Er hat ein langes Leben hinter sich, und einen langen Tod. Stehen Sie auf, Dan.«

Obwohl Dan innerlich immer wieder *Nein! Nein!* schrie, erhob er sich langsam.

»Interessiert es Sie nicht, was Charley war, bevor er zu einem Jahrmarktsmonster wurde? Das sollte es aber, Dan. Der gute alte Charley war Reporter – genau wie Sie. Und er ist auf etwas gestoßen, was er für eine gute Story hielt. Wie Ihnen war ihm die Bedeutung seiner Entdeckung nicht klar, und er hat mit mir darüber gesprochen. Ihr Reporter seid eine neugierige Gesellschaft. Ich muß Ihnen bei Gelegenheit einmal meine Sammlung von Presseausweisen zeigen. Bevor Sie sterben, natürlich. Danach hätten Sie nichts mehr davon. Jetzt kommen Sie aber mit.«

Dan ging hinter ihm her in den heißen Abend hinaus und schrie innerlich laut vor namenlosem Entsetzen, ging aber still und friedlich die Straße hinunter.

Übersetzt von Wolfgang Crass

Transfer

Barry N. Malzberg

Die nachfolgende Geschichte habe ich im Jahre 1972 geschrieben. Es war eine Auftragsarbeit, die in einem Sammelband makabrer Stories ihren Platz finden sollte, in einer Anthologie, die das Thema ›Merkwürdige und blutrünstige Bestien‹ behandelte. Der Herausgeber jenes Buches fand die fertige Story dann allerdings zu merkwürdig und zu blutrünstig, er selbst durchlitt gerade eine Phase magischer Scheu, so daß er mir die Arbeit wieder zurückgab. Die Story ist in der Folge von allen einschlägigen Zeitschriften abgelehnt worden, die es damals gab, die Begründung war immer die gleiche. Man bekommt solche Argumente ja auch heute noch zu hören. Man kann einen Mord beschreiben, auch blutige Szenen, aber es darf trotzdem nicht zu *mörderisch und* zu *blutig zugehen, jedenfalls wußte ich mir am Ende jenes Leidensweges nicht anders zu helfen, als meine Story an die ›The White/Sol Cohen penny-a-word Ultimate Publications‹ zur Veröffentlichung im Magazin ›Amazing and Fantastic‹ zu verkaufen. Wie man schon aus dem Namen des Verlegers entnehmen kann, bekam ich sehr wenig Geld, aber ich hatte endlich die Genugtuung, die Sache gedruckt vor mir zu sehen.*

›Transfer‹ ist dann nachher in drei Anthologien erschienen und hat mir ein Vielfaches des Honorars eingebracht, das ich bei der Erstveröffentlichung bekam, und nun erscheint sie sogar in Deutschland.

Was zwei Dinge beweist. Entweder ist die Geschichte gar nicht so mörderisch und blutig, wie mir die ersten Kritiker entgegenhielten, oder aber die Zeit hat mich eingeholt, so daß die Ereignisse, die meinen ursprünglichen Auftraggeber 1972 so schockiert haben, inzwischen als normal empfunden werden.

Ich habe den Feind kennengelernt, ich bin es selbst. Oder er ist ich. Oder ich und er sind wir. Es ist unmöglich, dies in Worte zu fassen. Die so besonders gelagerte, ja peinliche Situation, in der ich mich heute sehe, zeichnet sich durch die Tatsache aus, daß ich überhaupt keine Kontrolle mehr über die Dinge habe, alles strebt auf ein unheilschwangeres Ende zu, und doch bin ich ein Mensch, der an Ordnung glaubt und an die These, daß Leiden in der Transparenz des Wortes seine Erfüllung findet. Es ist das Leiden, das uns *Das Wort* einprägt gleich einem Steinmetz, der den Namen eines noch lebenden Menschen in einen Grabstein einmeißelt. Ich muß die Dinge wieder in eine geregelte Bahn bringen, ich muß mich wieder unter Kontrolle bekommen.

Ich habe den Feind kennengelernt, ich bin es selbst.

Ich starre in den Spiegel und betrachte die geriffelte Oberfläche, jenes Grau, das *Die Wandlung* ankündigt. Ich sehe, wie das Biest Gestalt annimmt. Der Transfer vom Bahnhof meiner Wünsche zum Flugplatz der Erfüllung geschieht immer nachts, mitten in der Nacht, immer noch hoffe ich darauf, daß *Die Wandlung* einmal am Vormittag stattfinden möge oder mittags – etwa beim Lunch in einer Cafeteria. Ich habe mir vorgenommen, in einem solchen Fall so ekelerregend zu werden, daß der versammelten Gemeinde das Essen aus dem Munde fällt. Ich weiß, daß ich bei jedem Transfer rechtens handle, ich erfülle meine Bestimmung. Habe ich mich nicht schon als Kind fremd in meiner Haut gefühlt, ebenso als Heranwachsender und als Erwachsener? Auf der Straße haben mich die Leute angestarrt, sie wußten etwas, das ich nicht wußte. Die Frauen wandten sich ab, wenn ich sie ansprach, ich sah, wie sie ihr Lächeln hinter der Hand zu verbergen suchten. Die Kollegen im Büro behandelten mich mit einer Feierlichkeit, die mir sofort verriet, daß sie im privaten Kreise über mich lachten. Ich weiß, was sie von mir halten.

Ich weiß, was sie von mir halten.

Ich habe mein Leben in Einsamkeit verbracht, und ich habe die Zeit genutzt, um die Reaktionen der Menschen, die ich tagsüber traf, in der Stille des Abends zu gewichten. Ich bin Lichtjahre weit von normalen Menschen entfernt, und ich weiß, daß diese Menschen Lichtjahre von jenen merkwürdigen Verwerfungen und Erschütterungen entfernt sind, von dem Zerfall und der Dunkelheit, aus der sie einst geschaffen wurden. Ich starre in den Spiegel. Ich starre in den Spiegel, und ich sehe.

Ich sehe das Biest, das aus mir geworden ist, ein Wesen mit Fangarmen und Stacheln, mit seltsamen Protuberanzen auf allen Gliedern, meine Glieder sind schlank und furchtbar, trotz der Zerstörungen, die mir widerfahren sind, sie tragen mich durch die schlafende Stadt, und jetzt, wo ich angenommen habe, was aus mir geworden ist, habe ich keine Angst mehr. Ich nehme, was die Nacht mir gibt. Ich wußte immer, daß ich einst so sein würde. Ich wußte, daß in der letzten Nacht, die ich erlebe, ein Spiegel über mich gehalten wird, der mir zeigt, was ich war und warum die Menschen mich mieden. Ich weiß, was ich bin, die ruhigen kalten Augen, die mich aus dem Zentrum des Monsters ansehen, wissen nur zu gut, was ich bin. Wenn ich den Blick vom Spiegel wende und über mein möbliertes Zimmer schweifen lasse, dann spüre ich, wie Energie aus Blitzen und Licht mich durchströmt, eine Kraft so mächtig, daß sie die Welt retten könnte. Das Biest schläft nicht. Im Augenblick der Wandlung werfe ich den Schlaf ab wie einen Mantel aus Verstand, ich eile die Treppen hinunter, auf die Straße, die Stadt schläft, ich sehe niemanden, und ich vertrete niemandem den Weg, das würde ich nie tun, ich gehe downtown, ins Geschäftsviertel der Stadt, wo ich meine abscheulichen, aber notwendigen Aufgaben erfüllen werde.

Das Biest schläft nie. Ich schlafe nie. Die Wandlung geschah zunächst einmal in der Woche, dann zweimal... Aber in den letzten Monaten hat sich der Rhythmus beschleunigt, sechs- oder zehnmal in der Woche ereignet sich das Sakrament, und es ist soweit, daß ich die Wandlung mit meinem Willen herbeizwingen kann. Früher wurde ich Biest, weil mich eine verirrte Kugel traf. Meine Kraft ist gewachsen, meine latenten Eigenschaften, meine Gene haben sich Bahn gebrochen, als ich fünfundzwanzig wurde, mit Demut erklomm ich die ersten Stufen, mit Stolz betrat ich den Tempel, schloß meinen Frieden mit dem Bewußtsein der eigenen Macht.

Ich kann jetzt Biest werden, wann immer ich will.

Es ist nicht das Biest, ich bin es selbst, der sich aus den Laken erhebt in den Stunden der Verzweiflung, ich schleiche mich ins Bad, stehe vor dem einzigen Spiegel, den es dort gibt, ich beschwöre *Die Wandlung* auf mich herab, das Biest tritt mir entgegen, erhebt seine Fühler zum Gruß und zum Ausdruck der Verachtung. Ich springe die Stufen hinunter, verlasse das Haus aus braunem Sandstein, befruchte die Stadt. Im Morgengrauen kehre ich zurück. In der Zwischenzeit...

...reise ich.

Meine Reisen, meine Irrfahrten! Ich gleite über die Kanaldeckel hinweg wie ein heliumgefüllter Ballon, das Biest ist stark, das Biest würde nie aufgeben, ich durchstreife die Straßen der West Side, fliege Stufen hinauf, schwebe durch verlassene Häuser, tauche wieder in die Gosse ein, hinter mir bleibt eine Schneise zurück, ich weiche den Autos aus, verberge mich hinter den Toren der Höfe, damit die Fahrer der Müllautos mich nicht erblicken können, während all der Monate, wo es das Biest gibt, ist ihm niemand auf die Spur gekommen ... Und wenn die Luft rein ist, tue ich, was getan werden muß.

Entschuldigung. Ich bitte um Entschuldigung. Nicht ich tue, was getan werden muß. Das Biest tut, was getan werden muß.

Ich muß Biest und mich auseinanderhalten, denn die beiden sind nicht dasselbe, und ich habe mit dem Biest, wenn ich es recht bedenke, nicht viel zu schaffen, wenngleich ich natürlich das Biest bin und das Biest ich ist.

Ich überfalle sie im Schutz der Dunkelheit.

Ich packte unglückliche Fußgänger oder Betrunkene, die im Morgengrauen durch die Stadt wanken, bei der Kehle, ich stoße mit der Leichtigkeit und Geschicklichkeit eines Raubvogels auf sie hinab, meine Hand ergreift die Gurgel oder das Gemächte, ein sicherer, kundiger Griff, zwinge sie in die Knie, stoße sie in den Rinnstein, bin über ihnen, ich ...

Nun, ich ...

Ist es wichtig, daß ich genau erkläre, was ich dann tue? Jawohl, für mich ist es wichtig. Die Gerüchte und Berichte, die es über das Biest gibt, gipfeln in Lügen, so sind es nicht Scharen von Mördern, die in der Nacht herumlaufen, sondern nur ein einziger. Es gibt auch keinen teuflischen Plan, nach dem die Bürger in Angst und Schrecken versetzt werden sollen, was es gibt, ist das Biest, ein treu ergebenes, hart arbeitendes Biest. Und bevor ich meine Opfer von ihrem Leben, von ihrem Elend befreie, drehe ich sie so, daß sie mich ansehen können, denn es ist wünschenswert, daß sie erfahren, was das Biest ihnen antut, und für mich ist es wesentlich, ihnen in die Augen zu schauen, wenn ihr Herz bricht.

Es gibt noch etwas. Die Menschen mögen, was ich tue. Aus ihren Augen leuchtet ein Frieden, der alle Begriffe übersteigt.

Ich habe Hunderte getötet, nein, ich will nicht übertreiben, das wäre Sünde, ich habe über siebzig Menschen getötet. In der Anfangszeit habe ich meine Irrwege auf einem Stadtplan eingezeichnet, aber als das zweite Dutzend voll war, habe ich verstanden, daß eine solche Buchführung unvernünftig ist, es ist angeberisch, Beweise aufzustapeln, und nach dem neunten oder neunzehnten Mord verspürt man nicht mehr die Befriedigung zu siegen, man erlebt nur noch die Erleichterung, seine Pflicht erfüllt zu haben.

Für das Biest ist Töten Notwendigkeit.

Das Biest muß töten, wie ich atmen muß. Wenn ich ›ich‹ sage, meine ich jene Kreatur in mir, die ständig im Zustand des Werdens ist. Das Biest nun greift nach dem Leben der Menschen mit der gleichen Beiläufigkeit, wie ich nach einem Brötchen greife. Wenn ich Brötchen esse, dann geschieht das meist in der Cafeteria in der Nähe meines Büros, ein Intervall zwischen dem Vormittag und dem Nachmittag, den ich im Kontor verbringe, wo ich Zeit aufhäufe, die nach zwanzig oder dreißig Jahren zu einer Rente auseinanderfällt. Das Biest muß töten, es zieht seine Kraft aus dem Morden, wie ich meine Kraft aus der Nahrung ziehe, und da ich nur Mieter des Biestes bin, ein hilfloser, aber aufmerksamer Altar, der alles sieht, was das Biest tut, kann ich auch nicht die Verantwortung für das übernehmen, was geschieht, ich weise die Verantwortung jenem zu, dem sie gebührt.

Vielleicht hätte ich einen Psychiater aufsuchen sollen, als das alles begann, aber was hätte das genutzt? Der Psychiater hätte mir nie geglaubt, daß ich besessen bin. Er hätte mich als harmlosen Irren eingestuft. *Wenn* er mir aber geglaubt hätte, wäre ich im Gefängnis gelandet.

Heute weiß ich, daß es mir gelungen wäre, den Psychiater von meiner wahren Natur zu überzeugen. Nachdem ich über die Möglichkeit verfüge, *Die Wandlung* zu jedem beliebigen Zeitpunkt herbeizuführen, hätte ich mich vor ihren Augen in das Biest verwandelt; sie hätten mir glauben, hätten auch meine Ängste als Tatsache anerkennen müssen. Aber dann ... Das Biest, maßlos in seiner Begierde, wäre über die unglücklichen Psychiater hergefallen, über die Schwestern und Fürsorger, das Biest hätte ihnen angetan, was es den Menschen nachts auf den Straßen antut, und was dann?

Was dann? Das Biest ist beim Morden so zuverlässig wie ich im Büro beim Ordnen meiner Papiere. Unmöglich, das Biest von seinem Vorsatz, weiterzumorden, abzubringen. Ich könnte nie tun, was das Biest tut. Das Biest und ich, wir sind verurteilt, für die Ewigkeit zusammenzuwohnen, zumindest aber für die Spanne des Lebens. Vielleicht gibt es so etwas wie das Jüngste Gericht, aber damit kann ich mich jetzt nicht befassen. Was hätte ich denn schon zu beichten? Es gehört zu unserer Kultur, daß wir uns einbilden, die Beichte sei auch schon die Buße, aber ich mache eine Ausnahme, ich glaube das nicht. Untaten zu beichten, bedeutet sie in Spiegelungen darzulegen. Lügen sind viel wichtiger als die Wahrheit, wenn die Welt einigermaßen funktionieren soll.

O ja, daran glaube ich wirklich. Daran glaube ich wirklich.

Ich habe versucht, mit dem Biest zu diskutieren. Das ist nicht einfach, aber während der Wandlung gibt es einen Augenblick, wo das Biest seine Rüstung noch nicht angelegt hat, ich würde es das Startfenster zum Universum des Biestes nennen, und in diesem Augenblick kann man dem Biest Fragen stellen. »Warum tust du das?« habe ich gefragt. »Du mordest. Du bringst Menschen um, das ist doch furchtbar.« Ich höre, wie meine Stimme leiser und leiser wird, das Biest steht vor dem Spiegel, wetzt die Widerhaken seiner Tenakeln, streckt die kraftvollen Glieder, und dann sagt es: »Du bist ein Narr, es ist mein Schicksal zu morden, und außerdem bin ich kein Mensch, also geht mich das alles nichts an.«

Darauf gibt es keine Antwort, schon durch die Tatsache des Transfers erübrigt sich die Antwort. Ich kauere im Inneren des Biestes. Das Biest lacht und singt, es macht sich für seine Untaten bereit.

Warum muß das Biest morden? Es unterliegt dem gleichen Zwang wie ich, wenn ich Atem hole. Das Biest ist eine unschuldige Kreatur, unbefleckt empfangen. Es mordet mit der gleichen Selbstverständlichkeit, wie sein Opfer trinkt. Es empfindet keine Skrupel, wenn es einen Menschen stranguliert. Es wendet nie mehr Gewalt an, als notwendig ist. In einigen Nächten hat das Biest zehn Menschen getötet.

Die Opfer! Wie viele von ihnen haben den Tod herbeigesehnt, haben unzählige Male mit dem Tod die Nacht verbracht, so wie ich meine Nächte mit dem Biest verbringe! Ich weiß, das ist der Grund für das Lächeln der Akzeptanz, das in ihren Augen in der Sekunde des Todes aufglüht. Sie alle haben auf ein Ereignis gehofft, das sie in die Lage versetzt, die Verantwortung für ihr Leben an jemand anderen zu delegieren. Indem sie ermordet werden, wird ihnen diese Verantwortung abgenommen. Einige von ihnen haben das Biest umarmt, als es zum letzten Schlag ausholte. Andere haben auf ihre Nacktheit gedeutet. Die Energie dieser Stadt besteht in der Allgegenwart des Todes. Zu sterben heißt einszuwerden mit dem dunklen Herzen einer Stadt, die für den Tod gebaut wurde.

Vergebung. Ich bitte um Vergebung. Ich werde zu philosophisch. Ich will nicht versuchen, mich zu rechtfertigen, denn es gibt keine Rechtfertigung. Die Ereignisse, die geschehen müssen, geschehen. Dies sind Wahrheiten, die mich das Biest gelehrt hat. Heute abend gehen wir ohne Hast durch die Stadt. Zwei Nächte lang ist das Biest nicht vor der Tür gewesen. Es ist vier Uhr morgens, eine kalte Winternacht, die kälteste aller Nächte, das Biest hat gebettelt und gefleht, daß ich es in die Nacht entlasse, und ich habe diesen Bitten bereitwillig nachgegeben. Ich muß gestehen, ich genieße es, dem Biest bei der Jagd über die Schulter zu sehen.

Jetzt rast das Biest über die Gehsteige, sein Atem ist eine Feder aus Feuer, die über das Eis kratzt. An der ersten Kreuzung sehen wir eine junge Frau, sie hält einen Koffer an sich gepreßt, eine Hand ist erhoben, sie winkt einem Taxi, das nie kommen wird. Diese Frau ist schon sehr früh aufgestanden, flüstere ich dem Biest zu, sie hat es eilig, diese Stadt zu verlassen, vielleicht wäre es am besten, wenn man diese Frau leben ließe, sie sieht etwas mager aus, sicher gibt es schmackhaftere Opfer, ich deute hinüber auf die kleinen Seitenstraßen, aber das Biest will nicht hören, es ist nur Kraft, nicht Ohr, es wird tun, was zu tun ist.

Und nun will ich Ihnen sagen, was das Biest tut. Es gleitet in seine Rolle hinein mit einer Geschmeidigkeit, die mich mit Neid erfüllt. Es packt das Mädchen von hinten.

Es packt sie von hinten.

Sie zappelt in seinem Griff wie ein Insekt, das von einer großen, gleichgültigen Hand umschlossen wird, das Mädchen ist nur noch Beine, nur noch Leben, sie greift nach den Tentakeln des Biestes, er tritt ihr den Koffer aus der Hand, schleppt sie in den Durchgang zwischen zwei Häusern, um sie in Ruhe zu inspizieren, der Kopf des Mädchens wird an seine flache, ölglänzende Brust gequetscht, sie zappelt mit den Füßen, mit den kleinen Händen, ihr Weinen ist leise und ohne

Hoffnung, sie weiß, daß niemand sie hören wird. Dann hört das Weinen auf. Wenig später verstummt auch ihr Stöhnen und Ächzen, in einer Eruption aus Willen und Kraft wirft sie sich an seine Brust, schaut das Gesicht des Wesens, von dem sie so oft geträumt hat. Sie sieht das Biest. Das Biest sieht sie.

Ich kenne sie, und ich erkenne sie.

Sie arbeitet in dem gleichen Großraumbüro wie ich, zwei Reihen links, der zwölfte Schreibtisch. Eine hübsche junge Frau, die immer nett zu mir ist, sogar zu mir, sie ist anders als die Nutten, die man an den anderen Schreibtischen sieht. Ihre Augen spotten nicht, wenn sie mich ansieht, sie sind nur traurig. Ich habe nie mit ihr gesprochen, höchstens ein paar scherzhafte Worte, wie man sie zu einem Wesen sagt, das zwei Reihen links, am zwölften Schreibtisch sitzt, aber ich fühle, auch wenn ich *richtig* mit ihr sprechen würde, sie würde mich nicht demütigen.

»Oh«, sage ich und schaue durch die Augen des Biestes, hilflos gefangen in der Schale, die es und mich umschließt. Ich betrachte die junge Frau, die sich in seinen Tentakeln windet. »Oh.«

»Nein«, sagt sie und schaut mir in die Augen. »Das kann nicht wahr sein ... Nicht Sie! Sagen Sie mir, daß es nicht wahr ist! Sagen Sie mir, daß nicht Sie es sind, der mir das antut!« Und ich schaue auf sie hinab mit unendlicher Zärtlichkeit, ich weiß, daß ich ihr nicht helfen kann, und bin erleichtert, daß mir diese Last abgenommen ist, aber ich bin auch traurig. Ich bin traurig, weil das Biest sich zum ersten Mal ein Opfer ausgesucht hat, das ich kenne. Ich spreche zu der Frau, aber ich weiß, daß sie mich nicht hören kann, denn nach dem Transfer bin ich im Inneren des Biestes. »Es tut mir leid«, sage ich, »aber sehen Sie, es geht nicht anders, es muß sein«, und ihre Augen leuchten auf, *ich habe Sie verstanden,* dann werden ihre Augen dunkel, wieder hell, wieder dunkel, und die Düsternis saugt das Wissen auf, das ich ihr so reichlich gespendet habe.

Und als das Mädchen den Druck um ihre Gurgel spürt, die Umarmung der Tentakel, die ihr in zehn Sekunden die Luftröhre zerquetschen und sie töten werden, fließen die Eisfarben der Stadt auf uns herab, wir sind allein und doch nicht allein, unsere Blicke begegnen sich, kreuzen sich, und wir wissen beide, daß es keinen Ausweg gibt. Ihr Leben entflieht, und in jeder, in wirklich jeder, und ich meine tatsächlich in jeder Hinsicht ist sie das schönste und begehrenswerteste Opfer, das sich das Biest je ausgesucht hat. Das schönste von allen.

Übersetzt von Rolf Jurkeit

Der Eindringling

Henry Slesar

Manche Kritiker der Kurzgeschichte mißbilligen die ganze Idee der ›Überraschungsenden‹. Sie glauben, daß ein Schachtelmännchen-Ende aus der Geschichte eher einen Trick, einen Akt der Beschwörung macht als eine Illumination des Lebens. Doch ich gestehe, daß ich *sie* immer *geliebt habe. Die O. Henrys, die ich in jungen Jahren verschlang, waren keine Schokostangen – sie waren die Kurzgeschichten von William Sydney Porter. Ich kam mir so schuldig vor, sie zu lesen, als hätte ich zum Abendessen nichts als Schokolade gegessen; ich wußte bereits, daß man O. Henry für trivial hielt, daß sein Stil nicht mehr in Mode war, daß Geschichten eine ›Bedeutung‹, nicht so sehr eine Überraschung haben sollten.*

In späteren Jahren las ich O. Henrys gesammelte Werke wieder und erkannte eine bedeutsame Wahrheit. Die Geschichten, die mir am besten gefielen, waren vom ersten *Satz an unwiderstehlich, nicht erst im letzten. Die Charaktere waren oberflächlich, aber meine Fantasie ergänzte sie wunderbar; es gab Zufälle im Überfluß (wie im Leben), doch die* Wirkung *des Zufalls war es, die die Geschichte ausmachte. Am allerwichtigsten: Die Enden waren nicht nur ›Überraschungen‹. Sie waren ›Illuminationen‹, wie in einem Zimmer in der Dämmerung eingeschaltete Lampen. Wenn Leute von einer Geschichte sagen, sie habe ein überraschendes Ende, so denke ich dabei stets an eine freudige Überraschung.*

Es ist erfreulich, festzustellen, daß die allgemein bekannte Encyclopedia Britannica *O. Henry freundlich behandelt. Ich wäre glücklich, mit diesem großartigen Mann durch mehr als nur die Übereinstimmung der Namen gleichgesetzt zu werden.*

›Der Eindringling‹ ist eine Geschichte, die ich gern geschrieben habe, besonders da ich wußte, daß der Leser tatsächlich *ein Überraschungsende zu erwarten haben würde. Die Anwesenheit des geheimnisvollen schäbigen Manns inmitten eleganter Umgebungen – nur von der Hauptfigur gesehen – weist deutlich darauf hin, daß den Leser irgendeine Überraschung erwartet.*

Diese Geschichte hat noch eine weitere Besonderheit an sich, eine absichtliche Künstlichkeit des Tons. Bitte üben Sie Nachsicht und – nehmt's leicht, Herrschaften!

Jeffry Dumont zündete sich eine stärkende Pantela an, bevor er bei Margo läutete. Er lauschte den fröhlichen Geräuschen auf der anderen Seite der Tür mit einem Lächeln gequälter Belustigung, da er wußte, daß sein Eintreten ein neues Klang-crescendo zur Folge haben würde. Mit einem halb vergnügten, halb gelangweilten Seufzer – es war die vierte Party, auf der man einen Erfolg von Jeffry Dumont feierte – drückte er einen schlanken braunen Finger auf den Klingelknopf.

»Jeffry! Es ist Jeffry!« Er war sich noch nicht einmal sicher, wessen schrille Schreie seine Ankunft verkündeten. Er lachte, als er rasch von entblößten weißen Schultern und lächelnden roten Mündern umringt wurde, von grinsenden Männern in makellosen Abendanzügen, von weißgekleideten Kellnern, die erpicht darauf waren, ihm teuren Kaviar und den besten Champagner aufzudrängen, als wäre sein Zugriff auf ihre Tabletts eine besondere Ehre.

»Liebling, das Stück war fabelhaft!« sagte einer der lächelnden Münder, und Jeffry konzentrierte sich lang genug, um eine von Amerikas reichsten Frauen zu erkennen. »Ein weiterer Knüller, alter Knabe«, sagte eine tiefe Stimme, und Jeffry fand sich beim Händeschütteln mit Englands führendem Shakespeare-Darsteller. »Wie bringen Sie es bloß fertig, *immer* einen Erfolg zu landen?« sagte eine andere Stimme, nicht ohne einen Anflug von Neid, und Jeffry wußte, daß sie Hollywoods rangerstem Produzenten gehörte, mit dem Jeffry eine Zeitlang über Filmrechte verhandelt hatte.

Er versuchte, sich aus dem Kreis herauszuwinden, doch dieser war zu eng gezogen worden. Mit einem Achselzucken erlag er der unbestreitbar angenehmen Woge von Komplimenten und Lob. Die meisten seiner Bewunderer waren Frauen – Jeffrys gutes Aussehen (er war groß und schlank), seine dichte Haarmähne mit der einzelnen silbergrauen Strähne, seine Miene gelassener Ironie, all das waren Magnete für Frauen –, doch er stellte fest, daß die Auswahl dieses Abends ungewöhnlich reizend war. Die Entzückendste jedoch von ihnen allen sollte noch erscheinen: ihre Gastgeberin und der Star seines neuen Stücks, Margo Meredith.

Er wollte sich gerade nach Margo erkundigen, als er den seltsamen Mann in der schmutzigen grauen Uniform im Gedränge auf- und untertauchen sah. Die gedrungene, schmutzige Gestalt bildete einen derart verblüffenden Kontrast zu den tadellos gekleideten Gästen und sogar zu den übrigen Bediensteten, daß Jeffry entsetzt war, daß man dem Mann erlaubt hatte, die Party zu stören, ganz gleich, welche Entschuldigung von seiten des Service da auch vorlag. Da er sich für Margo schämte, sagte er nichts, doch dann wurde er gewahr, daß der Mann irgendein sonderbares Instrument trug, vielleicht ein Klempnerwerkzeug, das er an einer um seinen breiten Ledergürtel geschlungenen Kette hin und her schwenkte. Der Gegenstand war ein Metallstab mit einem Schaumgummiball an der Spitze, und während er ihn schwang, murmelte der Mann etwas in einer trotz des Geplauders und des Gelächters der Menge hörbaren Stimme.

»Nehmt's leicht, Herrschaften ... Nehmt's einfach leicht ...«

Jeffrys Mund öffnete sich und gab ein leises Lachen ob dieser puren, unverfälschten Frechheit des Mannes von sich. Er war im Begriff, eine Bemerkung darüber zu der Frau an seiner Seite zu machen, aber da war die grauuniformierte Gestalt auch schon verschwunden; weit wichtiger noch, er sah endlich Margo, die in einer Wolke aus Chiffon auf ihn zuschwebte und noch schöner aussah, als sie das vor drei Stunden auf der Bühne getan hatte.

»Jeffry, Liebling!« Sie murmelte die Begrüßung gegen seine Wange. Wie immer pulsierte sein Körper, wenn Margo in der Nähe war, und wühlte Gefühle in ihm auf, die zu erklären er nicht bereit war. Die anderen Gäste waren lärmend dabei, die Aufmerksamkeit ihrer Gastgeberin zu erringen, aber sie verließ ihn nicht, bevor sie ihm nicht eine Einladung ins Ohr geflüstert hatte. »Die Bibliothek, Liebling? Zehn Minuten?«

Als sie schließlich allein waren, wandte Margo die Augen von dem Regisseur ab und blickte in die Flammen des Kamins in der Bibliothek. »Danke, Jeffry«, sagte sie demütig. »Danke für alles.«

»Ich bin derjenige, der sich bei dir bedanken sollte«, sagte Jeffry. »Deine Vorstellung, Margo ...«

»Du bist doch immer noch der galanteste Mann auf Erden, Liebling. *Du* hast aus mir einen Star gemacht, genau wie du es für so viele andere getan hast. Ich bin so schrecklich, schrecklich glücklich.« Die Tränen, die dabei jedoch ihre Augen füllten, schienen keine Tränen des Glücks zu sein.

»Ist irgend etwas nicht in Ordnung?«

»Nicht in Ordnung? Natürlich nicht. Jetzt habe ich alles auf der Welt.« Das letzte Wort ging in einem Schluchzen unter. Besorgt trat Jeffry an ihre Seite. »Was ist, Margo?«

»Ich habe alles auf der Welt, Jeffry. Bis auf das eine, was ich wirklich will.«

»Was ist das?«

»O Jeffry, wie kannst du nur so blind sein? *Du* bist es!«

Jeffrys Ohr kam es vor, als hätte auf einmal ein Sinfonieorchester den Raum mit berauschender Musik erfüllt; er konnte beinahe das Streichen der Geigen hören. Er legte die Hände auf Margos weiche Schultern und schaute ihr tief in die veilchenblauen Augen; dann küßte er sie mit Leidenschaft.

»Darling, Darling!« sagte er.

»Laß mich heute nacht zu dir kommen«, wisperte sie. »Bitte, Liebling! Schick mich nicht fort!«

»Niemals!« sagte Jeffry. »Heute abend – um Mitternacht!« Dann küßte er sie erneut, als wolle er die Abmachung besiegeln.

Gerade als seine Lippen sich zögernd von ihren lösten, sah Jeffry die schlurfende Gestalt des Mannes in der schmutzigen grauen Uniform die Bibliothek durchqueren, wobei er das sonderbare Werkzeug aus Metall und Schaumgummi an der Kette um seinen Gürtel hin und her schwenkte. Margo klammerte sich an Jeffry, doch sein Unmut über dieses ungelegene Eindringen war sogar heftiger als seine Gefühlsregung.

»Nehmt's leicht, Herrschaften«, sagte der Mann soeben und scharrte mit seinen staubigen Schuhen auf dem Teppich.

»Nehmt's jetzt einfach leicht...«

»He! Sie!« rief Jeffry laut.

Margo sah verwirrt drein, aber die Gestalt war bereits aus der Tür der Bibliothek gegangen, als sie sich umdrehte. »Was ist, Liebling? Was ist los?«

»Dieser Diener von dir – in der grauen Uniform...«

»Was für ein Diener?«

»Eine Art Arbeiter oder Mädchen für alles – ist einfach hier hereingekommen...«

»Um Himmels willen«, sagte Margo. Dann sah sie in Jeffrys blasses Gesicht und begann zu lachen. »Du solltest dich sehen! Ich habe keine solche Entrüstung gesehen, seit du diesen Kritiker von der *Times* aus deinem Büro geworfen hast!«

Jeffry blickte finster drein, sah dann jedoch ein, wie komisch das wirklich war. Er fing ebenfalls an zu lachen, und lachend verließen sie die Bibliothek und gesellten sich wieder zur Party.

Er verließ Margos Party um zehn, mit ihrem geflüsterten Versprechen, zwei Stunden später bei ihm zu sein. Zu Hause warteten noch einige geschäftliche Einzelheiten auf ihn, Probleme mit der Inszenierung, mit denen nur Jeffry fertig werden konnte. Er beabsichtigte, Lösungen zu diktieren, kaum als er auf dem Rücksitz der Limousine saß, die am Bordstein wartete.

Sein Chauffeur hatte gerade den Zündschlüssel ins Schloß gesteckt, und Jeffry lehnte sich eben mit dem Mikrofon in der Hand zurück, als er den grauuniformierten Mann vor ihnen die Straße überqueren sah, wobei er das merkwürdige Gerät mit der weichen Spitze hin und her schwenkte. Rasch klopfte er an die Glasscheibe.

»Ja, Sir?« sagte Philip.

»Drehen Sie Ihr Fenster herunter«, befahl Jeffry. »Rufen Sie diesen Mann hierher.«

»Mann, Sir?«

»In der grauen Uniform – ist gerade vor uns über die Straße gegangen.«

»Tut mir leid, Sir, ich sehe ihn jetzt nicht.«

Jeffry spähte aus dem Seitenfenster und sah, daß Philip recht hatte. Der Arbeiter war wieder verschwunden.

»Macht nichts«, sagte er, auf unbestimmte Weise beunruhigt.

»Fahren Sie mich nach Hause.« Er legte das Mikrofon in das verborgene Fach zurück und diktierte nichts auf dem Weg zurück zu seinem Penthouse.

Er fühlte sich wohler, als er die Wohnung betrat. Umfassendes und kostspieliges Dekorieren war notwendig gewesen, um die luxuriöse und dennoch entspannte Atmosphäre dieses Refugiums in luftiger Höhe zu schaffen, doch es war der Mühe wert gewesen. Er ging zum Umkleiden in sein Schlafzimmer, wo das Bett, die Schrankeinheiten, Beleuchtung und Spiegel reibungs- und geräuschlos von einem elektronischen Bedienungsfeld aus betätigt werden konnten, und zog einen seidenen Schlafrock und Slipper aus Lamafell an. Mit einem ungemein trockenen Martini in der Hand schlenderte er auf die Terrasse des Penthouses hinaus und sah auf das Panorama der

Stadt bei Nacht hinab, deren Lichter sich wie Juwelen auf einem Tablett vor ihm ausbreiteten. Tief atmete er die milde Luft ein und verspürte Zufriedenheit und mehr: den Komfort seines Reichtums, die Vorfreude auf befriedigende Arbeit und bald das Versprechen von Margo. Er schaute auf seine elegante Armbanduhr, ein Geschenk von dem Mann, der nun Präsident der Vereinigten Staaten war, und sah, daß es fünf vor zwölf war. Er lächelte und ging ins Wohnzimmer zurück. Der Mann in der schmutzigen grauen Uniform ging gerade auf die Haustür zu.

»Nehmt's leicht, Herrschaften, nehmt's einfach leicht...«

Jeffry war so gelähmt, daß er sich nicht rühren konnte, und der Augenblick, den er zur Erholung brauchte, war lang genug, um dem Mann die Flucht zu ermöglichen. Er rief nach Barclay und erinnerte sich dann, daß er seinem Diener in Anbetracht von Margos Besuch den Abend freigegeben hatte. Er stellte fest, daß er sich fürchtete, und er wußte, daß Furcht seinem Charakter fremd war; hatte er nicht Nashörner in Afrika geschossen, war er nicht für Tapferkeit in zwei Kriegen ausgezeichnet worden, hatte er nicht Stücke am Broadway zur Aufführung gebracht, die, wie andere behaupteten, nie Erfolg haben könnten? Dennoch merkte Jeffry, daß ihm kalt vor Furcht war, als er an der Tür stand und auf dem Gang nach Anzeichen des geheimnisvollen grauuniformierten Eindringlings spähte. Da glitt die Fahrstuhltür auf, und Margo war da, fantastisch anzusehen in einem engsitzenden schwarzen Kleid, und statt Furcht kannte Jeffry eine stärkere Regung – Begierde.

»Liebling! Wenn du wüßtest, wie lang ich mir dies gewünscht habe...«

»Margo! Ich habe nie geträumt...«

»Oh, du Dummkopf, Jeffry! Es hat für mich nie einen anderen Mann außer dir gegeben.«

Im Schlafzimmer berührten seine Finger das Bedienungsfeld, und eine Flut warmen, rosafarbenen Lichts ergoß sich über die Satinlaken des Bettes. Er hörte Margos weiches, heiseres Lachen, und dann entzog sie sich seiner Umarmung. Als sie zurückkehrte, waren die Arme, die ihn umschlangen, glatt und bloß.

»Margo! Mein Engel!«

Er langte nach dem Musiksteuerschalter, und seine Augen

fingen eine Bewegung in dem von der Decke bis zum Boden reichenden Spiegel auf der anderen Seite des Schlafzimmers auf. Der Mann in der schmutzigen grauen Uniform ging soeben über den dicken weißen Teppich, wobei er das widerliche Werkzeug an der um seinen Ledergürtel geschlungenen Kette hin und her schwenkte.

»Nehmt's leicht, Herrschaften ... nehmt's einfach –«

Jeffry schrie. Margo sah entgeistert aus, als er mit tierischem Schreckens- und Wutgebrüll vom Bett sprang. Erneut hatte die uniformierte Gestalt sich für seine Reflexe zu schnell bewegt. Jeffry rannte ins Wohnzimmer und zog den Schlafrock über seine Blöße; der Mann war jedoch fort. Er eilte zur Wohnungstür und riß sie auf; er sah, wie die Fahrstuhltür zuglitt, rannte auf den Gang und drückte verzweifelt auf den Knopf, als könne er den Aufzug in voller Fahrt anhalten. Der zweite Fahrstuhl hielt, und Jeffry fuhr damit zum Parterre, kalt, zitternd, nicht wissend, ob Furcht, Ärger oder Temperatur dafür verantwortlich waren.

»Mr. Dumont!« rief der Türsteher. »Stimmt irgendwas nicht, Sir?«

»Der Mann – in der grauen Uniform ...« Er keuchte.

»Mann, Sir? Colly, hast du irgendeinen Mann gesehen?« Der zweite Türsteher sah sie einfältig an und schüttelte den Kopf.

»Er ist gerade herausgekommen! Mit einer Art Metall – Metallstock in der Hand!«

»Nein, Sir«, sagte Colly, »in den letzten zehn Minuten ist niemand heruntergekommen.«

»Sie gehen besser nicht so hinaus, Mr. Dumont«, sagte der Türsteher. »Sie holen sich vor Kälte ja den Tod.«

Jeffry stürzte auf die Straße los, und der Türsteher war gezwungen, ihn zurückzuziehen. »Nicht, Mr. Dumont, Sie sind praktisch nackt, Mr. Dumont.«

»Lassen Sie mich los!«

»Colly«, sagte der Türsteher, »pack seinen anderen Arm.«

»Lassen Sie mich los!« rief Jeffry. »Muß ihn doch erwischen!«

»Klar, Mr. Dumont, klar. Nun gehen Sie einfach in Ihre Wohnung zurück, und alles wird in Ordnung ...«

»Ihr Narren!« schrie er. »Wißt ihr, wer ich bin?«

»Sicher, sicher doch«, sagte der Türsteher, und zu Jeffrys

Überraschung blinzelte er Colly zu. Als er das Blinzeln sah, wand und drehte Jeffry sich um so fester; er versuchte, ihren Griff zu lockern, und spürte, wie ihm Tränen der Wut das Gesicht hinunterliefen. Dann wurde ihm klar, daß sie nur zu seinem Besten handelten; er war kaum für die Straße angezogen. Er schaute auf seine ausgebeulte Hose hinab und sah die zerrissenen Flicken auf beiden Knien.

»Was ist das?« sagte er und wurde in ihren Armen schlaff. »Ich habe keine Hose angezogen.«

»Klar, Mister«, kicherte der Türsteher; nur als Jeffry ihn wieder ansah, hatte seine Uniform sich seltsam verändert. Sie war blau statt rot, und auf den Schultern waren keine Epauletten. Auf seine Mütze waren zwei große Anfangsbuchstaben genäht, die Jeffry nie zuvor bemerkt hatte: D. T. Dann erkannte er, daß der Mann – in der Tat beide Männer – überhaupt nicht die Türsteher seines Wohnhauses waren.

»Was zum Teufel ist das?« sagte er. »Sie sind nicht meine Türsteher!«

»Nein«, sagte einer von ihnen. »Nein, Kumpel, nicht dein Wohnhaus. In einer Minute wirst du in Ordnung sein; es passiert manchmal, nach einem Traum.«

»Nach einem was?«

»Du wirst in Ordnung sein, ehrlich. Nur eine kleine Reaktion, das ist alles. Passiert einmal in tausend Fällen; nur nicht wieder anfangen zu spinnen, das Theater zu verklagen.«

»Das Theater? Welches Theater?«

»Ob wir wohl den Doktor brauchen?« fragte der zweite Mann mit besorgter Stimme. »Der hier gibt wirklich nicht auf.«

»Die Landstreicher sind am schlimmsten«, sagte der andere und schürzte verächtlich die Lippen. »Sie träumen fest. Wir werden ihn nach draußen bringen; da kommt er schnell wieder zu sich.«

»Nach draußen?« sagte Jeffry, den das Wort mit Schrecken erfüllte. »Was meinen Sie mit draußen?«

Sie legten die Hände unter seine Arme und trugen ihn halb zu einer grünen Tür. ›Draußen‹ erwies sich als nichts anderes als eine Straße in der Stadt. Es gab einige kleine Häuser aus braunem Sandstein, ein Bekleidungsgeschäft, einen Blumenladen und ein Theater, dessen Satz elektrischer Glühbirnen in einem Dutzend Farben aufleuchteten. Über dem Schirmdach standen die aufschlußreichen Wörter:

TRAUMTHEATER
Ihre Träume werden wahr
Elektronisch
Eintritt $ 2,50
Kinder halber Preis

Verständnislos starrte er auf die Wörter und stolperte dann auf die Theaterkasse in Form einer Glaskabine zu, wo eine junge Frau sich mit der Spitze eines Drehbleistiftes lässig am Kopf kratzte. Als er näher kam, sah er eine Reflexion in dem gewölbten Glas: ein dünnes Gesicht, eine geäderte Nase, Bartstoppeln von mindestens einer Woche, ein kahler Kopf.

»Eine?« sagte die Frau mit einem Knacken ihres Kiefers.

»Was?«

»Eine Eintrittskarte?«

»Bitte, ich muß dorthin zurückgehen ...«

»Zwei fünfzig.«

»Was?«

»Zwei fünfzig, soviel kostet es.«

Er klopfte sich auf die Taschen. Etwas trat bauchig hervor. Es war eine abgenutzte Brieftasche mit vier einzelnen Dollarscheinen. Er reichte ihr drei davon, und sie gab ihm eine Münze zurück. Eine gelbe Eintrittskarte glitt auf ihn zu. Er nahm sie und sah sie hilflos an.

»Dort hindurch«, sagte die Frau angewidert.

Er ging durch die Tür.

Als seine Augen sich an die Dunkelheit gewöhnten, sah er einen weiten, offenen, von einem Oberlicht abgeschlossenen Theatersaal. Die Leute auf den Sitzen schliefen. An ihre Handgelenke waren Elektroden festgeklemmt, und Drähte verliefen tief in die elektronischen Herzen der Stühle. Sie schliefen, doch nicht alle waren ruhig. Manche krümmten sich und stöhnten. Andere schrien. Einige lachten mit fröhlicher Hemmungslosigkeit. Hier und dort wand sich einer in besonderer Ekstase, die Drähte um sein Handgelenk straff gespannt.

Dann drehte er sich um, als er den Mann in der schmutzigen grauen Uniform durch die Reihen der Schlafenden gehen sah; hin und wieder stieß er einen übermäßig aktiven Träumer mit der Schaumgummispitze seines Metallstockes an; ging dann weiter durch die träumenden Reihen und murmelte seinen wohlmeinenden Rat.

»Nehmt's leicht, Herrschaften ... nehmt's einfach leicht ...«

Übersetzt von Marion Dill

Die Höllenkatze

Stephen King

Anfang der siebziger Jahre habe ich eine Menge Kurzgeschichten für das Magazin Cavalier *geschrieben, eine Sex-Zeitschrift. Auf den Seiten jenes Magazins fand der geneigte und meist männliche Leser nicht nur leichtbekleidete oder völlig nackte Evatöchter, sondern auch Stories von Ernest Hemingway, Erskine Caldwell und Mickey Spillane und eben von mir. Während meiner ersten Ehe habe ich mich mit Hilfe der Honorare von Cavalier über Wasser gehalten, meine eigentliche Tätigkeit bestand damals im Waschen von Hotelwäsche, ich war bei einer Großwäscherei angestellt.*

Als ich meine beiden ersten Kurzgeschichten an Cavalier *losgeworden war, nahm mich Nye Wilden, der Ressortleiter für* fiction, *beiseite und machte mich mit einem ganz besonders gelagerten Plan der Redaktion vertraut. Es ging um einen Wettbewerb, den* Cavalier *veranstalten wollte. Ich war dazu ausersehen, die ersten 500 Worte einer Kurzgeschichte zu schreiben, die Teilnehmer des Wettbewerbs sollten die Geschichte dann zu Ende bringen, jeder seine eigene Version. Für die beste hatte* Cavalier *500 Dollar ausgesetzt, und natürlich würde die Story des Gewinners auch in der Zeitschrift veröffentlicht werden. Nye gab mir auch das Foto einer Katze, ein wunderschönes Tier, halb schwarz, halb weiß. Mit diesem Bild, so sagte er mir, würde die Geschichte illustriert werden.*

Die Idee war verlockend. Zum ersten Mal war ich, der Autor, in die Rolle des Illustrators versetzt. Das Bild diente nicht dazu, die Geschichte zu illustrieren, sondern die Geschichte mußte um das Bild herumgeschrieben werden. Verlockend war auch, daß bei dieser Arbeit nichts schiefgehen konnte. Ich war der Mühe enthoben, meine losen Enden wieder zusammenzubinden und das Durcheinander, das ich mit den ersten 500 Worten anrichtete, zu einem logischen Ende zu führen.

Nachdem ich zu schreiben begann, fiel mir dann allerdings eine Auflösung für meine Geschichte ein, ich habe mich dabei an Poes Story ›Die schwarze Katze‹ angelehnt. Jedenfalls schrieb ich nicht nur die ersten 500 Worte, sondern die ganze Geschichte, es war mir ziemlich egal, ob das Ende mitveröffentlicht wurde oder nicht.

Cavalier *druckte meine 500 Worte, und als der Gewinner des Wettbewerbs bestimmt worden war, zog die Zeitschrift nach und veröffentlichte seine* und *meine Story in ganzer Länge und im gleichen Heft. Mir macht es heute noch Spaß, die beiden Versionen zu vergleichen, und ich darf hier sagen, daß die andere verdammt gut ist.*

Die Sache mit der Katze war zugleich die einzige Auftragsgeschichte, die ich je geschrieben habe. Vielleicht, weil mir das Foto solche Angst eingejagt hat.

Stephen King ist ein Bestseller-Autor, der mit Romanen wie ›Carrie‹, ›Salem's Lot‹ und ›The Shining‹ bekannt geworden ist. Mindestens ebenso geschätzt sind bei den Lesern seine Kurzgeschichten. Die Story, in der ein Berufskiller und eine Katze die Hauptrollen spielen, ist dafür ein gutes Beispiel.

Halston fand, der alte Mann im Rollstuhl sah krank aus, krank und von Todesangst gezeichnet. Er hatte Erfahrung in solchen Dingen. Tod war Halstons Geschäft, er hatte es in seiner Laufbahn als selbständiger Killer immerhin auf achtzehn männliche und sechs weibliche Opfer gebracht. Er wußte, wie ein Mensch aussah, wenn er den Tod vor Augen hatte.

Das Haus, eine Villa, war kalt und ruhig. Die einzigen Geräusche waren das Knistern des Kaminfeuers und das Heulen des Novemberwinds.

»Ich möchte, daß Sie für mich einen Mord ausführen«, sagte der alte Mann. Seine Stimme klang zittrig und mürrisch, eine hohe, unangenehme Stimme. »Wenn ich richtig informiert bin, ist das Ihr Metier.«

»Mit wem haben Sie gesprochen?« fragte Halston.

»Mit Saul Loggia. Er sagt, Sie kennen ihn.«

Halston nickte. Wenn Loggia der Mittelsmann war, würde es keine Schwierigkeiten geben. Natürlich bestand auch die Möglichkeit, daß der Raum mit Wanzen ausgestattet war. Drogan, so hieß der Alte, konnte ihm eine Falle stellen.

»Wer soll getötet werden?«

Drogan drückte auf einen Knopf an der Armlehne seines Rollstuhls. Mit einem leisen Summen setzte sich der Stuhl in Bewegung. Vor Halston angekommen, hob der Alte den

Finger, der Stuhl blieb stehen. Ein gelber Dunst aus Angst, Alter und Urin wehte zu Halston herüber. Er ließ sich den Ekel, den er empfand, nicht anmerken, sein Gesicht blieb ruhig und weich.

»Ihr Opfer steht hinter Ihnen«, sagte Drogan leise.

Halston vollzog eine blitzschnelle Bewegung. Von guten Reflexen hing sein Leben ab. Er sprang von der Couch, kniete nieder, hatte sich beim Sprung umgedreht und die Hand in seinen maßgeschneiderten Sportanzug schießen lassen, noch ehe er auf dem Boden aufkam, lag der kurzläufige 38er Revolver in seiner Rechten. Er wollte gerade abdrücken, als ihm sein Gehirn meldete, daß sein Gegenüber eine Katze war.

Die beiden starrten sich an. Es war eine ungewöhnliche Situation für Halston, einen Mann, dem man weder abergläubische Anwandlungen noch eine Schwäche für Tiere nachsagen konnte. Als er da kniete, die Waffe auf den Kopf der Katze gerichtet, wußte er, daß er dieses Tier kannte, allerdings erinnerte er sich nicht, wo er es zum ersten Mal gesehen hatte.

Das Gesicht war in eine schwarze und in eine weiße Hälfte geteilt. Die Trennungslinie verlief vom flachen Schädel über die Nase zum Maul, ein feiner, pfeilgerader Strich. Die Augen waren groß, als wollten sie das Halbdunkel des Raums ausfüllen, die nahezu kreisrunden schwarzen Pupillen waren zwei Prismen, in denen sich der Feuerschein brach, glühende, von Haß triefende Kohlen.

Der Gedanke war ein Echo, das zu Halston hinüberflog: *Wir kennen uns.*

Vorbei. Er steckte die Waffe weg und stand auf. »Dafür sollte ich Sie töten, alter Mann. Ich habe keinen Sinn für solche Scherze.«

»Ich mache keine Scherze«, sagte Drogan. »Setzen Sie sich.« Er zog einen prallgefüllten Umschlag unter der Decke hervor, die seine Knie bedeckte. »Für Sie.« Er gab ihm den Umschlag.

Halston setzte sich. Die Katze, die auf der Rückenlehne des Sofas gekauert hatte, sprang in seinen Schoß. Sie wandte den Kopf und sah Halston aus ihren großen schwarzen Augen an, zeigte ihm die grüngoldenen Ringe, mit denen ihre Pupillen eingefaßt waren, duckte sich und schnurrte.

Halston warf Drogan einen fragenden Blick zu.

»Ein Kuscheltier«, sagte Drogan. »Auf den ersten Blick ist sie ein liebes, verwöhntes Kuscheltier. Das süße Kuscheltier hat in dem Haus, in dem Sie sich befinden, drei Menschen umgebracht. Ich bin der einzige, der übriggeblieben ist. Ich bin ein alter, kranker Mann... Aber ich habe trotzdem kein Verlangen danach, von einer Katze umgebracht zu werden. Ich ziehe es vor, an einer natürlichen Todesursache zu sterben – wenn meine Stunde gekommen ist.«

»Ich kann's nicht glauben«, sagte Halston. »Sie wollen mich anheuern, um eine Katze zu töten?«

»Öffnen Sie den Umschlag.«

Halston tat wie geheißen. Der Umschlag enthielt Hunderternoten und Fünfziger, alles in alten Scheinen.

»Wieviel?«

»Sechstausend Dollar. Sie bekommen weitere sechstausend, sobald Sie den Nachweis führen, daß die Katze tot ist. Loggia sagte mir, zwölftausend ist Ihr übliches Honorar.«

Halston nickte. Seine Rechte liebkoste die Katze, eine unwillkürliche Bewegung. Die Katze war eingeschlafen, aber sie schnurrte immer noch. Halston mochte keine Tiere – außer Katzen. Er achtete die Katzen, weil es Tiere waren, die ohne die Hilfe des Menschen auskommen konnten. Gott – wenn es ihn gab – hatte in der Katze eine perfekte Tötungsmaschine geschaffen. Katzen waren die Killer in der Welt der Tiere, Halston verneigte sich vor ihnen.

»Ich hätte es nicht nötig, das Drum und Dran zu erklären«, sagte Drogan. »Ich will's trotzdem tun. Wissen ist Macht, heißt es, und ich möchte nicht, daß Sie mit einem Mangel an Wissen an die Aufgabe herangehen. Ich habe auch das Bedürfnis, mich zu rechtfertigen. Schon weil ich nicht möchte, daß Sie mich für verrückt halten.«

Halston nickte zum zweiten Mal. Er hatte beschlossen, den Auftrag anzunehmen. Die Erklärungen, die Drogan geben würde, waren überflüssig. Anhören würde er sich das trotzdem.

»Zunächst einmal: Wissen Sie, wer ich bin? Woher ich mein Geld habe?«

»Drogan Pharmaceuticals.«

»Ja. Eine der größten pharmazeutischen Firmen der Welt. Und der Eckstein meiner finanziellen Erfolge ist das hier.« Er zog ein Röhrchen mit Tabletten aus der Tasche seines seidenen Morgenrocks und gab es Halston. »Tri-Dormal-Phenobarbin G. Das Mittel wird fast ausschließlich den unheilbar

Kranken verordnet. Es ist in starkem Maße suchterzeugend, wissen Sie. Ein kombiniertes Schmerzmittel, Tranquilizer und Halluzinogen. Es hilft den unheilbaren Kranken, sich mit ihrer Situation abzufinden.«

»Nehmen Sie das Mittel?« kam Halstons Frage.

Drogan ließ die Frage unbeantwortet. »Das Präparat ist auf der ganzen Welt verbreitet. Synthetisch. Entwickelt wurde es in den fünfziger Jahren in unseren Laboratorien in New Jersey. Wir haben das Mittel damals fast ausschließlich an Katzen getestet, wegen der Vorzüge, die das Nervensystem von *Felis domestica* für solche Versuche bietet.«

»Wie viele Katzen haben Sie bei den Versuchen umgebracht?«

Drogan erstarrte. »Die Bezeichnung *umbringen* ist unfair.«

Halston zuckte nur mit den Achseln.

»Während der vierjährigen Testreihe, die dann zur Zulassung des Präparats durch die Food and Drug Administration führte, wurden fünfzehntausend Katzen – ähm – verbraucht.«

Halston priff durch die Zähne. Viertausend Katzen im Jahr. »Und jetzt glauben Sie, dieses Exemplar hat sich bei Ihnen eingefunden, um die anderen zu rächen.«

»Ich fühle mich nicht schuldig«, sagte Drogan. »Nicht im geringsten.« Seine Stimme war einen Grad zittriger, griesgrämiger geworden. »Fünfzehntausend Tiere sind gestorben, um hunderttausend Menschen Erleichterung...«

»Geschenkt«, sagte Halston. Rechtfertigungen langweilten ihn.

»Die Katze ist mir vor sieben Monaten zugelaufen. Ich habe Katzen nie gemocht. Es sind bösartige Tiere, die Krankheiten verbreiten. Sie treiben sich auf den Feldern herum, in dreckigen Scheunen... weiß Gott, was sie alles für Viren und Bakterien mit sich herumtragen... Wenn eine Katze ins Haus kommt, trägt sie regelmäßig ein totes Tier im Maul, einen Maulwurf oder eine Ratte, der die Eingeweide herausquellen, und dann kommt sie auch noch und zeigt einem das... Meine Schwester hat dieses Exemplar ins Haus gelassen. Sie hat für ihren Irrtum mit dem Leben bezahlt.« Sein haßerfüllter Blick war auf die Katze gerichtet.

»Sie sagen, das Tier hat drei Menschen getötet.«

Und Drogan begann zu erzählen. Die Katze wand sich in Halstons Schoß, streckte und reckte sich unter den Liebkosungen des Killers. Wenn ein Ast im Feuer explodierte, strafften sich die Muskeln wie Stahlfedern. Draußen sang der Wind, umfloß das große steinerne Haus in diesem abgelegenen Teil von Connecticut. Der Wind trug den Winter im Rachen. Der alte Mann sprach und sprach.

Vor sieben Monaten waren es noch vier Personen gewesen, die in dem steinernen Haus lebten. Drogan, seine Schwester Amanda, die zwei Jahre älter war als ihr zweiundsiebzigjähriger Bruder, Amandas Lebensgefährtin Carolyn Broadmoor (›vom Westchesterzweig der Familie Broadmoors‹, wie Drogan sagte) und Dick Gage, ein Diener, der seit zwanzig Jahren bei der Familie war. Carolyn Broadmoor litt an Wundgeschwulsten, und das war mit der Grund, warum Gage, der immerhin schon sechzig war, den großen Lincoln Mark IV chauffierte, kochte und den abendlichen Sherry servierte. Es gab eine Tagesfrau, die ins Haus kam. Seit zwei Jahren lebte das Vierergespann zusammen, alte Leute und ihr Diener. Die einzige Zerstreuung der vier bestand in dem Nachdenken über die Frage, wer wen überleben würde.

Dann war die Katze gekommen.

»Gage sah sie zuerst. Er versuchte, sie wegzujagen. Er warf mit Stöcken und Steinen nach ihr, und er hat sie auch ein paarmal getroffen. Aber die Katze ließ sich nicht vertreiben. Sie hatte gerochen, daß es hier was zu fressen gab. Als sie kam, war sie nur Haut und Knochen. Die Leute setzen ihre Katzen auf der Landstraße aus, wenn die Ferien beginnen, wissen Sie. Eine schlimme, eine unmenschliche Methode, so ein Tier loszuwerden.«

»Da ist es schon besser, das Tier bei lebendigem Leibe zu zerschnippeln, wie?«

Drogan ging nicht ein auf den Einwand. Er haßte Katzen. Er hatte sie immer gehaßt. Als dieses ganz spezielle Exemplar sich im steinernen Haus eingenistet hatte, gab Drogan seinem Diener Gage den Auftrag, vergiftetes Futter auszulegen. Große Portionen von Katzenfutter der Marke Calo mit einer herzhaften Dosis Tri-Dormal-G. Die Katze ließ das vergiftete Futter stehen. Und dann hatte Amanda Drogan den Entschluß gefaßt, die Katze bei sich zu behalten. Ihr Bruder hatte leidenschaftlich gegen diesen Plan protestiert, aber Amanda hatte sich durchgesetzt. Sie setzte sich immer durch.

»Aber sie hat dafür bezahlt«, sagte Drogan. »Ich erinnere

mich daran, wie sie die Katze auf ihren Armen ins Haus getragen hat. Das verdammte Ding hat geschnurrt, wie jetzt. Mich hat sie immer gemieden – bis jetzt. Und dann hat Amanda ihr Milch in eine Untertasse geschüttet. Das arme Kätzchen verhungert ja, hat sie gesagt. Sie und Carolyn sind dann nur noch um die Katze herumgesprungen, es war ekelerregend. Deshalb haben sie's ja auch getan, um mich zu ärgern. Sie wollten mich bestrafen, weil ich bei den Testreihen Katzen in den Versuch genommen hatte. Den beiden hat es Spaß gemacht, die Katze vor meinen Augen zu verwöhnen.« Ein harter Ausdruck trat in sein Gesicht. »Aber sie haben dafür bezahlt.«

Es war Mitte Mai, als Gage frühmorgens – er war auf dem Weg in die Küche, wo er das Frühstück für die Familie bereiten wollte – eine tote Amanda Drogan vorfand. Amanda lag am Fuß der Treppe, umgeben von zerbrochenem Geschirr und Katzenfutter. Die Augen waren auf die Decke der Halle gerichtet oder auf das Jenseits, so genau konnte man das nicht sagen. Mund und Nase waren blutverschmiert. Die Wirbelsäule war gebrochen, beide Beine waren gebrochen, und der Halswirbel war zersplittert wie Glas.

»Sie hat die Katze in ihrem Zimmer schlafen lassen«, sagte Drogan. »Sie hat das Miststück wie ein Baby behandelt. *Bist du hungrig, mein kleiner Liebling? Oder möchtest du etwas an die frische Luft und Aa machen?* Es war schon obszön, solche Koseworte aus dem Mund dieser Hexe. Ich kann mir denken, wie's gewesen ist. Die Katze hat sie aufgeweckt, mit ihrem Miauen. Amanda hatte die Angewohnheit, Sam das Fressen aus der Küche zu holen. Sie nannte die Katze Sam, weil es ein Kater ist. Wie auch immer, das Tier konnte nicht irgendwo essen, es mußte in ihrem Schlafzimmer sein. Und dann mußte das Katzenfutter auch noch mit Milch befeuchtet werden, damit Sam es anrührte. Sie wollte runtergehen. Die Katze ging neben ihr, rieb sich an ihren Waden. Meine Schwester war nicht mehr gut zu Fuß. Und weil es so früh war, war sie noch halb am Schlafen. Sie hatte die ersten Stufen hinter sich gebracht, als die Katze ihr zwischen die Füße sprang, sie kam zu Fall, und...«

Ja, so könnte es gewesen sein, dachte Halston. Vor seinem geistigen Auge erstand das Treppenhaus aus Nußbaum, die alte Frau fiel über die Katze, war so erschrocken, daß sie keinen Laut hervorbrachte, die Schüssel mit dem Katzenfutter glitt ihr aus der Hand, sie kam mit dem Kopf auf den Stufen auf, überschlug sich wieder und wieder, kam mit dem Kreuz auf dem Boden auf, die alten Knochen barsten, der Blick wurde starr, Blut schoß aus Nase und Ohren, und dann kam die Katze die Treppe herunter, schnurrte wohlig und schleckte ihr Futter von den Stufen ...

»Was hat der Untersuchungsrichter gesagt?« erkundigte sich Halston.

»Unfall mit Todesfolge natürlich. Aber so war es nicht.«

»Warum haben Sie die Katze nach dem Tod Ihrer Schwester nicht aus dem Haus geschafft?«

Weil Carolyn Broadmoor dann ausgezogen wäre, sagte der Alte, Carolyn sei völlig hysterisch geworden, als er ihr gesagt hatte, er wolle die Katze weggeben. Sie sei eine kranke Frau gewesen, körperlich krank und außerdem noch Spiritistin, ein Medium aus Hartfort hatte ihr für günstige zwanzig Dollar verraten, daß Amandas Seele in die Katze eingezogen war. Wenn die Katze ging, hatte Carolyn gedroht, dann ging auch sie.

Halston verstand die Kunst, zwischen den Zeilen zu lesen, wenn ein Mensch das Buch seines Lebens vor ihm ausbreitete, und so hatte er bald durchschaut, daß Drogan und Carolyn vor Jahr und Tag miteinander im Heu gelegen hatten, oder je nach Alter auch im Bett, jedenfalls wollte der alte Narr seine Carolyn nicht wegen einer schwarzweißen Promenadenmischung ziehen lassen.

»Wenn ich sie hätte gehen lassen, das wäre wie Mord gewesen«, sagte Drogan. »Sie war den Anforderungen des Lebens draußen nicht mehr gewachsen. In ihrer Vorstellung war sie immer noch eine wohlhabende Frau. Sie träumte davon, mit der Katze nach New York zu reisen, nach London oder nach Monte Carlo, aber sie wäre aus eigener Kraft nicht einmal bis ans Gitter des Parks gekommen. Sie war der letzte Sproß einer großen Familie, völlig verarmt nach einigen Fehlinvestitionen in den sechziger Jahren. Sie lebte hier in einem besonders gesicherten, mit Luftbefeuchtern ausgestattetem Raum. Die Frau war siebzig, Mr. Halston. Bis vor zwei Jahren war sie Kettenraucherin, und die Wundgeschwüre wurden von Monat zu Monat schlimmer. Ich wollte, daß sie hierblieb, und wenn ich dazu die Katze behalten mußte ...«

Halston sah auf seine Uhr.

»Gegen Ende Juni ist sie dann gestorben, irgendwann nachts. Der Arzt hat Altersschwäche angenommen... Er kam und schrieb den Totenschein aus, einfach so, und das war's. Aber die Katze war im Zimmer, als sie starb. Gage hat's mir gesagt.«

»Wir alle müssen sterben«, sagte Halston.

»Das hat der Arzt auch gesagt, aber das trifft hier nicht den Kern. Katzen legen sich auf Kleinkinder und alte Menschen, um sie zu ersticken.«

»Das sind Ammenmärchen.«

»Und wie bei allen Märchen gibt es auch hier ein Fünkchen Wahrheit. Katzen lieben weiche Tücher, sie lieben die Wärme, und so legen sie sich in die Krippe eines Kindes, sie legen sich auf die Brust einer alten Frau, und wenn die Frau dann auch noch so schwach ist, daß sie nicht einmal die Hand bewegen kann...«

Drogan verlor sich in Einzelheiten. Halston schaltete ab und dachte nach. Carolyn Broadmoor liegt in ihrem Bett, schläft tief und fest, stöhnt im Schlaf, ihre Atemgeräusche werden von der Luftkühlung und vom Luftbefeuchter übertönt. Die Katze springt auf das Bett, starrt die Schlafende an aus ihren schwarzgrün leuchtenden Augen. Die Katze setzt sich auf die Brust der Schlafenden, schnurrt, streckt sich, der Atem der alten Frau wird langsamer und langsamer, die Katze reibt ihr Näschen am Bettuch, während Carolyn Broadmoor erstickt.

Halston war ein Mensch mit wenig Fantasie, aber bei der Vorstellung, wie sich der Schwanz des Tieres über die starren Augen der Toten legte, schauderte ihn.

»Drogan«, sagte er und kraulte die Katze zwischen den Ohren, »warum geben Sie das Tier nicht einfach zu einem Tierarzt? Zwanzig Dollar, und die Katze lebt nicht mehr.«

Drogan sagte: »Carolyns Beerdigung fand am ersten Juli statt. Ich habe sie in unserem Erbgrab neben meiner Schwester beisetzen lassen, ich glaube, so hätte sie es sich gewünscht. Am dritten Juli rief ich Gage zu mir, es war in diesem Raum, ich gab ihm einen Weidenkorb mit Deckel, so ein Ding, wie man's zum Picknicken mitnimmt, wissen Sie, was ich meine?«

Halston nickte ein drittes Mal.

»Ich sagte ihm, er sollte die Katze in den Korb stecken und

nach Milford zum Tierarzt bringen, um sie dort einschläfern zu lassen. Gage sagte: ›Jawohl, Sir‹, nahm den Korb und ging. Das war so seine Art. Ich habe ihn dann erst wiedergesehen, als er schon tot war. Er hat einen Unfall gehabt auf der Schnellstraße nach Milford, hat meinen Lincoln zu Bruch gefahren, mit sechzig Meilen pro Stunde gegen einen Brükkenpfeiler. Dick Gage war sofort tot. Als sie ihn fanden, hatte er Kratzspuren im Gesicht.«

Halston schwieg. Das Bild formte sich in seinen Gedanken. Es war still in der Wohnhalle, nur das Knistern der Scheite und das Schnurren der Katze, die in seinem Schoß schlummerte, waren zu hören. Ich und die Katze, dachte er, und dann fiel ihm ein Gedicht von Edgar Guest ein:

Die Katze auf meinem Schoß,
Die Wärme des Herdfeuers
Hüllt uns ein, sie und mich,
Müßig zu fragen, ob ich glücklich bin...

Dick Gage sitzt am Steuer des schweren Lincoln, er ist auf der Schnellstraße nach Milford, Gage tritt das Gas durch, der Zeiger zuckt hoch, neben Gage steht der Korb, ein Korb, wie man ihn zum Picknicken mitnimmt. Gage überholt ein Taxi, und natürlich sieht er den Schatten nicht, der aus dem Korb gekrochen kommt, kann ihn auch nicht sehen, weil die Katze auf der ihm abgewandten Seite aus dem Korb klettert. Er überholt einen Sattelschlepper, und das ist der Moment, wo ihm die Katze ins Gesicht springt, sie faucht und kratzt, schlägt ihm ihre Krallen in die Augen, durchbohrt die Netzhaut, blendet ihn. Sechzig Meilen in der Stunde, das brave Brummen des Motors, und die Kralle der Katze gräbt sich ins Nasenbein, zelebriert den Schmerz, und Gage trinkt den Schmerz, der Lincoln ist jetzt führerlos, steuert nach rechts, rammt den Sattelschlepper, dessen Fahrer betätigt das Drucklufthorn, aber Gage kann das Signal nicht hören, weil die Katze so laut jault, wie ein Adler mit ausgebreiteten Flügeln sitzt sie auf seinem Gesicht, krallt sich fest wie eine Spinne, die Ohren sind zurückgelegt, die grünen Augen funkeln wie ein Höllenfeuer, und die Hinterbeine graben sich in den Hals des alten Mannes. Der Lincoln prallt von den mächtigen Radkästen des Sattelschleppers ab, wird auf die andere Seite geschleudert, höher und höher wächst der Brückenpfeiler, der Lincoln, ein schwarzglänzender Torpedo, schießt auf den Pfeiler zu, explodiert wie eine Bombe.

Halston mußte schlucken.

»Und die Katze ist zurückgekommen?«

Drogan nickte. »Nach einer Woche. Übrigens am gleichen Tag, als Dick Gage beerdigt wurde. Wie es in dem alten Lied heißt: Die Katze kehrt zurück.«

»Die Katze soll einen Aufprall bei sechzig Meilen pro Stunde überlebt haben? Kaum zu glauben.«

»Eine Katze hat neun Leben, heißt es. Als ich die Katze durch die Tür kommen sah, da habe ich mich gefragt, ob sie nicht vielleicht eine ...«

»Ob sie nicht vielleicht eine Teufelskatze ist, nicht wahr?«

»Wenn Sie diesen Ausdruck bevorzugen, ja. Ich wollte eigentlich sagen, ob sie nicht vielleicht ein Dämon ist, der aus der anderen Welt ausgesandt wurde ...«

»Um Sie zu bestrafen.«

»Ich weiß es nicht. Aber ich habe Angst. Immerhin, ich gebe der Katze zu fressen. Besser gesagt, ich lasse ihr zu fressen geben, die Tagesfrau macht das. Sie mag die Katze ebensowenig leiden wie ich. Sie sagt, die Katze ist verflucht, weil sie halb weiß, halb schwarz ist. Die Frau kommt vom Dorf, müssen Sie wissen.« Der alte Mann nahm Anlauf zu einem Lächeln. Aber der Sprung geriet zu kurz, und das Lächeln starb. »Ich will, daß Sie die Katze töten. Ich lebe jetzt seit sieben Monaten mit diesem Tier zusammen. Die Katze versteckt sich in den schattigen Ecken der Zimmer. Sie beobachtet mich. Sie lauert, ob sie eine Schwäche bei mir entdecken kann. Jeden Abend schließe ich mich in meinem Schlafzimmer ein, und doch weiß ich, eines Morgens werde ich aufwachen, und die Katze wird auf meiner Brust liegen – und schnurren.«

Der Wind heulte im Kamin. Es klang wie fünfzehntausend Katzen.

»Ich habe mich dann mit Saul Loggia in Verbindung gesetzt. Er sagte mir, Sie arbeiten – allein.«

»So ist es.«

»Er sagte mir auch, Sie sind noch nie verhaftet worden. Sie sind auch noch nie angeklagt oder verhört worden. Loggia sagte, Sie fallen immer wieder auf die Beine – wie eine Katze.«

Halston betrachtete den alten Mann in dem Rollstuhl. Er dachte nach. Seine langfingrigen, muskulösen Hände legten sich um den Hals der Katze.

»Ich kann's gleich erledigen«, sagte er leise. »Ich dreh' ihr einfach den Hals um. Sie wird nicht mal was spüren.«

»Nein!« entfuhr es Drogan. Er holte Luft, schien zu erschaudern. Dann kehrte die Farbe in seine eingefallenen Wangen zurück. »Nein, nicht hier. Bringen Sie die Katze weg... Und dann...«

Ein freudloses Lächeln stand in Halstons Mundwinkeln. Er führte den Daumen gegen das Fell. »Also gut«, sagte er. »Ich übernehme den Auftrag. Soll ich Ihnen den Kadaver ins Haus bringen?«

»Nein, nein. Töten Sie das Tier, und begraben Sie es.« Er hielt inne. Er beugte sich vor. Plötzlich sah er aus wie ein riesiger Bussard. »Bringen Sie mir den Schwanz«, sagte er. »Damit ich ihn ins Feuer werfen kann. Ich möchte zusehen, wie der Schwanz verbrennt.«

Halston fuhr einen 1973er Plymouth mit Spoiler und Breitwandreifen, das Heck war hochgestellt, so daß die Karosserie zur Fahrbahn in einem Winkel von 20 Grad stand. Halston hatte das Differential in Eigenarbeit umgebaut. Der Schalthebel war Pensy, die Kupplung Hearst.

Es war 21 Uhr 30, als er sich von Drogan verabschiedete. Er fuhr unter einem zerfetzten Novemberhimmel dahin, über den Wolken die Sichel des Mondes. Er fuhr mit offenen Fenstern, um den Gestank nach Alter und Angst auszulüften, der während des Gesprächs mit Drogan in seine Kleidung hinübergekrochen war. Der Wind war eisig und wohltuend zugleich. Es war wohltuend zu wissen, daß der Wind den gelben Gestank mit sich forttragen würde.

Auf der Höhe von Placer's Glen bog Halston von der Schnellstraße ab. Er fuhr durch den verlassenen Ort, überquerte die gelbblinkende Ampel mit braven fünfunddreißig Sachen. Am Ortsausgang bog er in die S. R. 34 ein, und dann gab er dem Plymouth Zucker, ließ ihn an der langen Leine laufen. Der hochfrisierte Motor antwortete mit wohligem Schnurren, es war das gleiche Geräusch, wie Halston es bei der Katze gehört hatte, als er sie kraulte. Er mußte grinsen. Er fuhr durch froststarrende Felder, mit siebzig

Meilen in der Stunde, links und rechts die Skelette der Maisstauden.

Die Katze saß in einer doppeltgefütterten Einkaufstasche, die Halston mit einer dicken Schnur zugebunden hatte. Er hatte die Tasche in die Sitzschale des Beifahrersitzes gelegt. Die Katze war schläfrig gewesen, als er sie in die Tasche steckte, sie hatte vor Vergnügen geschnurrt, als er den Bindfaden zuknotete, und sie schnurrte immer noch. Wahrscheinlich spürte sie, daß Halston sie mochte. Sie war ein Wesen von seiner Art.

Merkwürdiger Auftrag, dachte Halston. Er war überrascht, festzustellen, daß er den Auftrag als regelrechten Mord betrachtete. Außergewöhnlich an der Sache war nicht, daß er diesmal ein Tier töten würde. Außergewöhnlich war, daß er dieses Tier gern hatte, daß er sich ihm verwandt fühlte. Diese Katze hatte drei Menschen auf dem Gewissen. Ganz sicher hatte sie den alten Gage umgebracht, der sie nach Milford bringen wollte, wo der Tierarzt, ein Mann mit Streichholzhaaren, sie in eine mit Keramik verblendete Gaskammer von der Größe eines Mikrowellenherdes gesteckt hätte. Jawohl, Halston fühlte so etwas wie Blutsverwandtschaft mit seinem Opfer. Was nicht bedeutete, daß er den Auftrag hinschmeißen würde. Er würde der Katze die Ehre antun, sie schnell und fachgerecht zu töten. Er würde den Wagen scharf rechts ranfahren, würde auf eines der Felder gehen, über die gefrorenen Novemberschollen hinweg, dann würde er die Katze aus der Tasche holen, sie streicheln, ihr das Genick brechen und ihr mit dem Taschenmesser den Schwanz abschneiden. Dem Kadaver würde er ein ehrenhaftes Begräbnis geben, er würde ihn so tief vergraben, daß die Maden nicht drankamen, nur die Würmer.

Über all die Dinge dachte Halston nach, während sein Wagen wie ein dunkelblauer Geist durch die Nacht jagte, und als er zum dritten Mal das Taschenmesser in der Hand hielt, um dem Kadaver den Schwanz abzuschneiden, spazierte die Katze über das Armaturenbrett, mit arrogant erhobenem Schwanz, den schwarzweißen Kopf zu ihm gewandt. Sie schien zu lächeln.

»Ssssst!« machte Halston. Er schielte nach rechts, wo die Tasche stand, und dann sah er das Loch, das die Katze in die Tasche genagt hatte, sie hatte das Loch auf der Seite gemacht, die ihm abgewandt war. Er sah wieder nach vorn. Die Katze hatte eine Pfote erhoben. Sie wollte mit ihm spielen. Die Pfote strich über Halstons Stirn und hinterließ eine feine rote Linie. Er warf sich zur Seite, riß das Steuer herum, der Plymouth kam ins Schleudern.

Halston hieb auf das Armaturenbrett ein, wo die Katze saß. Nicht nur, daß er sie für den Kratzer bestrafen wollte, sie versperrte ihm auch die Sicht auf die Fahrbahn. Sie saß da und fauchte, machte einen Buckel, steckte seine Schläge ein wie ein Watteknäuel, wieder holte er aus, und diesmal blieb sie nicht sitzen, sie sprang ihm auf den Kopf.

Gage, dachte er. *Wie bei Gage.*

Er trat auf die Bremse. Die Katze hatte sich in seinem Haar festgekrallt, ihr weicher Leib benahm ihm die Sicht, sie hieb mit ihren Krallen nach ihm. Halston hielt das Steuer fest umklammert, schlug auf die Katze ein, einmal, zweimal, dreimal. Und dann gab es plötzlich keine Straße mehr, der Plymouth war mit zwei Rädern im Graben, wurde auf- und niedergeschleudert. Dann kam der Aufprall, Halston spürte, wie sich sein Sicherheitsgurt straffte, und das letzte, was er hörte, war das Jaulen der Katze, aber er war nicht mehr sicher, ob es die Katze war oder eine Frau, die vor Schmerzen schrie, oder ein Mädchen, das seinen ersten sexuellen Höhepunkt erlebte.

Er schlug mit der Faust auf die Katze ein, spürte das federnde Geflecht ihrer Muskeln unter seinen Knöcheln.

Dann der zweite Aufprall. Und Düsternis.

Der Mond hing über dem Horizont. Es war eine Stunde vor Sonnenaufgang.

Der Plymouth lag in einer Schlucht, vom wallenden Bodennebel eingehüllt. Im Kühlergrill steckte ein bizarr verbogenes Stück Stacheldraht. Die Motorhaube hatte sich geöffnet. Aus dem leckgeschlagenen Kühler stieg der Wasserdampf hoch und vermählte sich mit dem Nebel.

Kein Gefühl in den Beinen.

Halston sah nach unten. Wo vorher die Beine gewesen waren, war jetzt der Motor.

Der Schrei einer Eule war zu hören. In der Ferne.

Im Wagen das Schnurren der Katze.

Die Katze schien zu grinsen, wie Alices Cheshire-Katze im Buch.

Die Katze war aufgestanden, sie streckte sich. Mit einer Bewegung, leicht wie fließende Seide, sprang sie auf seine Schulter. Halston versuchte die Hand zu heben, um sie fortzujagen.

Seine Arme bewegten sich nicht.

Querschnittslähmung, dachte er. Gelähmt. Vielleicht eine Weile lang gelähmt, wahrscheinlich das ganze Leben.

Ihr Knurren in seinen Ohren war wie Donner.

»Laß mich in Ruhe«, sagte Halston. Seine Stimme klang heiser und trocken. Die Katze straffte sich, sie schien vor ihm zurückzuweichen.

Dann kam der Angriff. Die Krallen gruben sich in Halstons Wangen. Heißer Schmerz rann durch seine Kehle, Schmerz und der warme Brunnen des Blutes.

Schmerz.

Gefühl.

Er gab sich den Befehl, den Kopf zu bewegen, und der Kopf gehorchte. Sekundenlang war sein Gesicht im weichen, trockenen Fell der Katze begraben. Er versuchte sie zu packen. Sie sprang zurück, ein ärgerliches Knurren stieg aus ihrer Kehle. Sie war auf dem Beifahrersitz gelandet. Sie saß neben ihm und starrte ihn wütend an, die Ohren waren zurückgelegt.

»Ich kann mich bewegen, du wunderst dich, was?«

Die Katze riß das Maul auf und fauchte ihn an. Als er in ihr merkwürdiges, schizophrenes Gesicht blickte, begann er Drogan zu verstehen, der von einer Höllenkatze gesprochen hatte. Dieses Biest . . .

Er konnte nicht mehr weiterdenken, weil das Kitzeln in den Armen seinen Geist ausfüllte.

Gefühl. Das Gefühl kam zurück. Nadeln.

Die Katze sprang ihm ins Gesicht, mit ausgestellten Krallen.

Halston schloß die Augen und öffnete den Mund. Er biß der Katze in den Bauch, bekam aber nur das Fell zu packen. Die Krallen hatten sich in seine Ohren gebohrt, drangen mit sorgfältig geführten, zuckenden Bewegungen tiefer und tiefer in die Gehörgänge ein. Der Schmerz war so gewaltig, daß sich eine Ahnung schwarzen Schlafes über Halstons Bewußtsein legte. Er versuchte die Hände zu heben. Die Finger zitterten, aber die Hände blieben in seinem Schoß liegen.

Er beugte sich nach vorn, schüttelte sich wie ein Mann, der den Seifenschaum in seinem Gesicht loswerden will. Die Katze fauchte und kreischte, sie gab ihn nicht frei. Halston spürte, wie das Blut über seine Schläfen strömte. Das Atmen wurde schwer. Der pelzige Körper bedeckte seine Nase. Der Mund war noch frei, aber wenn er durch den Mund atmen wollte, mußte er die Haare der Katze mit einsaugen. Seine Ohren fühlten sich an, als seien sie mit brennendem Benzin gefüllt worden.

Er warf den Kopf zurück und schrie auf vor Schmerz. Beim Aufprall auf das Hindernis mußte er sich wohl eine Halswirbelzerrung zugezogen haben.

Aber der Schmerz hatte sich gelohnt. Die Katze war auf die Bewegung seines Kopfes nicht gefaßt gewesen. Die Krallen verloren den Halt, und Halston hörte, wie das Tier auf dem Rücksitz landete.

Blut rann ihm in die Augen. Er versuchte die Hand zu heben, um das Blut fortzuwischen.

Er sah seine Finger zucken und dachte an den Revolver, der im Halfter in der linken Achselhöhle steckte.

Wenn ich an mein Schießeisen komme, ist es vorbei mit deinen neun Leben.

Das Prickeln in den Fingern war heiß wie Eis geworden. Von den Füßen – er war sicher, daß seine Füße vom Motorblock zermalmt worden waren – flutete der Schmerz zum Gehirn wie ein Wasserfall, der aufgrund allerhöchsten Dispenses von den Regeln der Schwerkraft befreit war, und dann wurde der Schmerz zum Kitzel, das Gefühl, wenn eine eingeschlafene Hand aufwacht. Halston war es inzwischen egal, ob er noch Füße hatte oder nicht. Er wußte jetzt, daß sein Rückgrat unversehrt war. Er würde nicht zwanzig oder fünfzig Jahre lang ein sprechender Kopf sein, an dem ein nutzloser Körper hing.

Vielleicht habe auch ich neun Leben.

Zuerst würde er die Katze töten. Das war das Wichtigste. Dann mußte er versuchen, aus dem Wrack rauszukommen.

Vielleicht kam ein anderer Wagen vorbei. Wenn der Fahrer anhielt und ihn aus dem Wrack zerrte ... Aber es war halb fünf in der Frühe. Unwahrscheinlich, daß ihn um diese Zeit jemand fand. Und ...

Und was machte die Katze dort auf dem Rücksitz?

Es hatte Halston nicht sehr gefallen, wie sie auf seinem Kopf gesessen und seine Ohren mit ihren Krallen bearbeitet hatte. Aber genausowenig gefiel es ihm, daß sie hinter seinem Rücken hockte, wo er sie nicht überwachen konnte. Er versuchte den Rückspiegel, aber das erwies sich als Schuß in den Ofen. Beim Aufprall auf das Hindernis hatte sich der Spiegel verbogen, er zeigte den vom Morgengrauen bestrichenen Ausschnitt einer Wiese.

Hinter ihm ein Geräusch. Leise und scharf. Stoff, der aufgeschlitzt wurde.

Ihr Schnurren.

Die Höllenkatze, ach du große Scheiße. Die Höllenkatze legte sich schlafen.

Und selbst wenn sie nicht schlief, selbst wenn sie ihn zu ermorden plante, wie wollte sie das wohl anstellen? Sie wog vier Pfund, vielleicht ein halbes Pfund mehr, wenn man sie triefend naß aus einem Tümpel zog. Bald. Bald würde er soweit sein, daß er nach seinem Revolver greifen konnte. Ganz sicher.

Halston saß da und wartete. Das Gefühl flutete in seinen Körper zurück, Bataillone marschierender Nadeln, die in Wellen über ein blutgetränktes Schlachtfeld zogen. Als besonders widersinnig empfand er die Erektion, die sich einstellte, als er die beiden Daumen wieder bewegen konnte. *Dürfte schwerfallen, sich nur mit zwei Daumen selbst zu befriedigen, dachte er.*

Die Morgendämmerung stieg auf. Irgendwo begann ein Vogel zu singen.

Halston versuchte die Hände zu heben, er schaffte es bis zur Höhe eines Fingers, dann fielen sie zurück wie zwei Fleischlappen, die nicht ihm gehörten.

Noch nicht. Aber bald.

Das Schlagen ihres Schwanzes auf dem Rücksitz war zu hören, ein warmes, weiches Geräusch. Halston wandte den Kopf und starrte in ein schwarzweißes Gesicht mit glühenden Augen.

Er sprach mit ihr.

»Ich habe noch nie einen Auftrag vergeigt, Kitty. Aber es gibt für alles ein erstes Mal. Vielleicht hast du Glück. Aber du mußt dich vorsehen. In fünf, spätestens in zehn Minuten kann ich wieder meine Hände bewegen. Willst du meinen Rat?

Spring aus dem Fenster. Die Fenster sind alle offen. Spring raus, und nimm deinen Schwanz mit, damit ich ihn dir nicht abschneiden kann.«

Die Katze sah ihm in die Augen.

Halston hob die Hände. Ein Zentimeter. Drei Zentimeter. Dann sanken sie auf den Vordersitz zurück. Er betrachtete sie. Bleiche tropische Spinnen.

Die Katze lächelte ihm zu.

Habe ich einen Fehler gemacht? Er war ein Mensch, der Vorahnungen hatte, und das Gefühl, einen Fehler gemacht zu haben, verband sich mit der Zukunft zu einer Brücke der Gewißheit. Die Katze hatte zum Sprung angesetzt, und noch bevor sie auf ihn zuflog, wußte er, was sie machen würde. Er öffnete den Mund, um zu schreien.

Die Katze landete in Halstons Schoß. Die Krallen waren abgespreizt. Sie hatte kaum Fuß gefaßt, als sie schon zu schaufeln, zu säbeln, zu reißen begann.

In jenem Augenblick wünschte sich Halston, er wäre gelähmt, so furchtbar war der Schmerz. Er hätte sich nie vorstellen können, daß es solch einen Schmerz gab auf der Welt. Die Katze war ein Gehirn mit zwei Pfoten, und die beiden Pfoten hatten nichts anderes zu tun, als Halstons Testikel zu zerfleischen.

Halston schrie, riß den Mund auf, und das war der Moment, wo die Katze seinen Schoß freigab und sich auf seinen Mund stürzte, auf den Mund und in den Mund, und Halston verstand, dieses Wesen war mehr als eine Katze, es war ein bösartiges Wesen, besessen von dem Wunsch, Schmerzen zu bereiten und zu töten.

Ein letztes Mal sah er in das schöne schwarzweiße Gesicht, bestaunte die großen, haßerfüllten Augen. Die Katze hatte drei Menschen umgebracht. Jetzt würde sie John Halston umbringen.

Wie ein ferngesteuertes Projektil glitt sie in seinen Mund hinein. Er begann zu würgen. Die beiden Vorderpfoten waren jetzt eine emsige, stetig drehende Windmühle, deren Flügel seine Zunge zerfleischten. Sein Magen krampfte sich zusammen, er erbrach sich. Das Erbrochene blieb in seinem Hals stecken.

Immer noch gab es den Willen zu überleben, und jetzt, als Halston zu ersticken begann, wurde dieser Wille so stark, daß er die Lähmung überwand. Er hob die Hände, versuchte die Katze zu packen. O my God, dachte er.

Die Katze bahnte sich ihren Weg in seinen Mund, machte sich klein, um den Engpaß seiner Zähne zu überwinden, wand sich wie ein Wurm, er spürte, wie sein Gaumen sich weitete, wie die Kiefer dem wachsenden Druck nachgaben. Sein Mund war bereit, die Katze aufzunehmen.

Er tastete nach ihrem Hals, wollte sie erwürgen, sie auslöschen für alle Zeiten ... Aber er bekam nur ihren Schwanz zu fassen.

Es war der Katze gelungen, ihren ganzen Körper in seinen Mund einzuführen. Er stellte sich vor, daß ihr schwarzweißes Gesicht tief in seiner Kehle steckte.

Sein Hals schwoll an wie ein Gartenschlauch, der unter Druck gesetzt wird.

Sein Körper zuckte, die Hände fielen auf die Schenkel zurück. Die Augen begannen zu glänzen, die Lider schoben sich hoch. Hätte Halston noch etwas sehen können, dann hätte er – durch die unversehrte Windschutzscheibe des Plymouth – den Widerschein der Morgenröte auf den Feldern gesehen.

Aus seinem offenen Mund ragte der Schwanz der Katze, launig in alle Richtungen wedelnd.

Der Schwanz verschwand zwischen den Lippen.

Ein zweiter Vogel antwortete dem ersten. In atemlosem Schweigen ging über den frostbefruchteten Feldern Connecticuts die Sonne auf.

Der Farmer hieß Will Reuss.

Er war auf dem Weg nach Placer's Glen, wo er die Prüfplakette an seinem Lastwagen erneuern lassen wollte, aber er hielt an, weil er in der Schlucht neben der Straße die Stoßstangen eines Autos in der Sonne glitzern sah. Er stieg aus und trat an den Rand der Schlucht. Dort unten lag ein Wagen, schwerfällig und hilflos, wie ein betrunkener Elefant aus Stahl. Stacheldraht ragte aus dem Kühlergrill, die Zunge einer Kobra, im Biß erstarrt.

Der Farmer kletterte den Abhang hinunter. Unten angekommen, biß er die Zähne zusammen. Er sog die Luft ein. »O nein«, murmelte er. »O nein.« Im Licht eines schönen Novembertages saß dort ein Mann hinter dem Steuer eines Plymouth, steif wie ein Rekrut in Westpoint. Dieser Mann würde nie wieder in die Verlegenheit kommen, sich für einen von zwei fantastischen amerikanischen Präsidenten zu entscheiden. Das Gesicht war blutverschmiert. Der Mann trug noch seinen Sicherheitsgurt.

Die Fahrertür war durch den Aufprall verklemmt, aber Will Reuss war ein kräftiger Mann, und so gelang es ihm, die Tür aufzubiegen. Er beugte sich in den Wagen und löste den Sicherheitsgurt des Toten. Er würde sehen, ob sich ein Personalausweis fand. Er hatte die Hand schon in der Brieftasche des Mannes, als eine Falte auf dem Hemd des Toten erschien. Und dann noch eine. Die Falten bewegten sich. Dann hob sich das Hemd. Blut strömte aus, blühte auf wie eine Rose.

Will Reuss ergriff das Hemd an der Knopfleiste und schob es hoch.

Er schaute und schrie.

Ein Fingerbreit über Halstons Bauchnabel war ein blutiges Loch mit zackigen Rändern entstanden, das Loch weitete sich, und das schwarzweiße Gesicht einer Katze erschien, zwei große, grünschwarze Augen, die ihn feindselig musterten.

Reuss taumelte zurück, schrie, schlug die Hände vors Gesicht. Vom nahen Feld flogen die Krähen auf.

Die Katze zwängte sich durch die Öffnung, streckte und reckte sich mit obszöner Lässigkeit.

Dann sprang sie aus dem offenen Wagenfenster. Reuss sah noch, wie sie ins gelbe Gras hineinlief, dann war sie verschwunden.

Sie wirkte, als hätte sie's eilig, sagte der Farmer zu dem Reporter der Lokalzeitung.

Als hätte sie noch was dringendes zu erledigen.

Übersetzt von Rolf Jurkeit

Der Anruf

Josh Pachter

Die meisten Stories in diesem Band befassen sich mit dem Übernatürlichen, mit dem Unerklärbaren. Und leichenfressende Dämone, wenn es welche gibt, sind ja auch übernatürlich, sie entziehen sich unseren Erklärungsversuchen. Es sind furchtbare Kreaturen, genauso schlimm wie Untote und Monstren und Poltergeister.

Zur Beruhigung des Lesers muß ich sagen, daß nur wenige von uns die bluttriefenden Vampire, die wabernden Monster und die gnadenlosen Sendboten des Satans wirklich zu Gesicht bekommen. Den meisten Menschen ist ein ganz normales Leben beschieden, wenn sie zu Lebzeiten irgendwann einmal Angst haben, dann vor ganz natürlichen Dingen.

Als ich ein kleiner Junge war, hatte ich Höhenangst. Als Fünfzehnjähriger hatte ich Angst vor Zurückweisung. Ich habe es nur ganz selten fertiggebracht, ein Mädchen zu fragen, ob sie mit mir ausgehen wollte. Auch wenn ich sie noch so reizend fand, ich kapitulierte vor der Angst, daß sie mir einen Korb geben könnte.

Jetzt, wo ich auf die Vierzig zumarschiere, habe ich Angst vor Einsamkeit. Die Welt um mich herum ist verwirrender denn je, ich fürchte mich davor, mich einmal allein in dieser Welt wiederzufinden. Noch bin ich nicht soweit, daß ich die größte und letzte Angst, die Angst vor dem Tode, empfinde. Was mich allerdings erschaudern läßt, ist das Wissen, daß ich von Wesen bedroht werde, die ich nicht sehen kann. Ich weiß nicht, wo sie sind, aber ich weiß, daß sie jeden meiner Schritte beobachten.

Die Story ›Crank Call‹ habe ich 1972 geschrieben. Es war die erste Geschichte, die ich an Alfred Hitchcock's Mystery Magazine *verkaufen konnte, und das war auch der Grund, warum ich sie an den Anfang meiner Anthologie* Invitation to Murder *stellte. Ich füge die Story den Arbeiten der Autoren hinzu, die ich für diesen Auswahlband gewinnen konnte, weil ich niemandem sonst die Rolle des Schlußlichtes zuweisen möchte. Ganz bewußt habe ich aus meinen Arbeiten eine Geschichte ausgewählt, die nicht an erfundenen Sachverhalten festgemacht ist, sondern an Dingen, die jedem von uns, auch Ihnen, passieren können, irgendwann, heute abend oder heute nacht.*

Sie mögen die Türen verriegeln, Sie mögen die Fenster schließen, das Böse ist stärker, es findet zu Ihnen . . .

Kirby legte ein Blatt Kohlepapier zwischen die weißen Bögen und spannte den Satz in die Walze seiner sanft summenden elektrischen Schreibmaschine ein. *Heule, Wolf,* tippte er. Seine Finger bewegten sich mit der spielerischen Leichtigkeit des Profis. *Seite 7.*

Aber er war es leid. Er war die trostlosen Cafés leid, wo er in aller Hast sein Essen verschlingen mußte. Er war die schlaflosen Nächte in düsteren Hotelzimmern leid, und die ständige Furcht vor . . .

Das Telefon begann zu läuten.

Mit einem Seufzer stand Kirby von seinem Schreibtisch auf. Das Telefon stand in der entferntesten Ecke seiner unaufgeräumten Junggesellenwohnung, auf dem Nachttisch neben dem zerwühlten Bett. Das Apartment war zu klein für einen aktiven Mann in den Dreißigern, aber für eine größere Wohnung fehlte das Geld. Kirby war ein Mensch, der es nicht ausstehen konnte, für irgend jemand zu arbeiten. Und seine Schriftstellerei brachte ihm knapp das Geld fürs Essen und für eine gelegentliche Flasche Scotch, vom billigen. Robin, seine jüngere Schwester, hatte ihn oft gebeten, zu ihr zu ziehen, aber Robin war verheiratet, und Kirby fand, sie hatte mit ihrem Jeff und den Kindern bereits genügend Arbeit am Hals, ohne daß nun auch noch ihr Bruder seine Beine unter den Tisch streckte. Ganz abgesehen von den Hemden, die Robin dann für ihn hätte bügeln müssen.

Außerdem, er brauchte seine Ruhe, wenn er etwas zu Papier bringen wollte – das war jedenfalls das Argument, mit dem er die Vorschläge seiner Schwester abzuwehren verstand. Die Wahrheit war, er war es leid, daß andere sich um ihn sorgten und ihn vor den Fährnissen des Lebens schützten. Gewiß, es war alles andere als schön, in dieser miesen Bude zu wohnen, aber er würde sich schon durchbeißen, es war knapp, sehr knapp, aber er würde es schon schaffen.

Immer noch klingelte das Telefon, und das Geräusch war wie eine Schere, die seine Gedanken zerschnitt.

Er durchquerte den Raum in vier Schritten, stapfte achtlos über die Zeitung von gestern hinweg und vermied es im letzten Augenblick, auf die heutige Ausgabe zu treten, die ungelesen am Boden lag. Er ließ sich auf das ungemachte Bett fallen, streckte die Hand nach dem Telefon aus und bekam den Telefonhörer mitten in einem ›rrring-rrring‹ zu packen.

Er nahm ab. »Ja?«

Zunächst kam nur Schweigen aus der Muschel. Dann begann jemand am anderen Ende sanft und langsam zu atmen. Nicht wie jemand, der nach Luft ringt, auch nicht wie jemand, der verletzt ist. Nur einatmen und ausatmen, einatmen und ausatmen...

»Das ist ja wunderschön«, knurrte Kirby. »Ich bin ganz begeistert, so schön machen Sie das. Und jetzt hören Sie mir mal zu, ich weiß nicht, mit wem Sie sprechen wollten, aber Sie haben eine falsche Nummer gewählt. Bitte, schauen Sie nochmals ins Telefonbuch, und dann wählen Sie neu, ja?« Aber der Anrufer atmete weiter, leise, aber mit rauher Stimme. Kirby schüttelte den Kopf. Er ließ den Hörer auf die Gabel fallen und ging zu seiner Schreibmaschine zurück.

Zehn Minuten waren vergangen, als das Telefon zum zweiten Mal läutete. Er gab sich einen Stoß und schwang sich auf dem Stuhl herum. Er warf dem Telefon einen feindseligen Blick zu, dann stöhnte er auf, ging zum Tischchen und nahm ab. »Hallo?«

Niemand meldete sich, nur das heisere Atmen des Anrufers war zu hören.

Wieder der gleiche, dachte Kirby. Oder aber die Interessengemeinschaft der Anonymen Anrufer Amerikas hatte seine, Kirbys Nummer, in die Monatsmitteilung an die Mitglieder aufgenommen. Nein, das war der gleiche Mann, der da ein- und ausatmete. Kirby war sicher.

»Hören Sie zu, mein Freund«, sagte er geduldig. »Sie machen da einen großen Fehler. Ich bin zweiunddreißig Jahre alt und männlich, und wenn Sie noch so hingebungsvoll an der Muschel hängen und mir was vorschnaufen, bei mir bewegt sich da gar nichts. Ich bin nicht verheiratet, und deshalb kann ich Ihnen nicht einmal meine Frau an den Apparat holen, damit Sie ihr was voratmen, und jetzt sind Sie bitte ein braver kleiner anonymer Anrufer und streichen meine Nummer von Ihrem Block, okay? Machen Sie statt dessen einen kleinen Spaziergang zum Busbahnhof, gehen Sie dort auf die Toilette und schreiben sich die Telefonnummern von den Wänden ab, diese Leute haben es sehr gern, wenn Sie sie anrufen!«

Der Fremde atmete weiter, ohne den Rhythmus zu beschleunigen oder zu verlangsamen.

Kirby donnerte den Hörer auf die Gabel und begab sich wieder zu seiner Schreibmaschine.

Es gab nichts, womit sie ihm den Mord anhängen konnten – er war sehr vorsichtig gewesen. Das Messer, die Handschuhe, die er bei der Tat getragen hatte, die Schuhe, die er mit Vorbedacht eineinhalb Nummern zu groß ausgewählt hatte, all das lag auf dem Grunde des Flusses, eingewickelt in seinen blutbespritzten Mantel, beschwert mit ...

Das Telefon läutete. Kirby stöhnte, war schon aus seinem Sessel aufgestanden, als er es sich anders überlegte, er murmelte ein paar Worte, die ihm aus seiner Zeit bei der Marine im Gedächtnis geblieben waren, ließ sich wieder in den Sessel sinken und tippte weiter.

Aber das Klingeln hielt an. Es hatte zum sechsten Mal geläutet, als Kirby einen Fluch stammelte, aufsprang und zum Nachttisch hastete. Er riß den Hörer von der Gabel. »Hören Sie, mein Freund, ich bin mitten in einer dringenden Arbeit, aber Sie lassen nicht locker, Sie müssen mich stören! Wenn Telefonieren Sie so unheimlich anmacht, warum rufen Sie nicht einfach das Mädchen vom Wetter an und atmen ihr was vor? Na, wie wär' das? Jedenfalls lassen Sie *mich* ab sofort in Frieden, verstanden?«

»Was sagst du da?« ließ sich Kirbys Schwager mit griesgrämiger Stimme vernehmen.

Kirby leitete seine Antwort mit einem kleinen Ächzen ein. »Tut mir leid, Jeff. Seit einer halben Stunde deckt mich so ein Idiot mit anonymen Anrufen ein, ich komme mit dem Schreiben überhaupt nicht weiter. Als es jetzt wieder klingelte, dachte ich ...« Er hockte sich auf das Bett und lehnte sich ans Kopfende.

»Ein anonymer Anruf«, wunderte sich Jeff. »Hast du schon die Polizei verständigt?«

»Noch nicht, aber das werde ich tun, wenn der Typ noch einmal anruft.«

»Das solltest du wirklich, ich meine, du darfst dir so was nicht gefallen lassen. Die Polizei soll sich drum kümmern, dafür werden die Burschen schließlich bezahlt. Tja. Warum ich eigentlich anrufe, ich wollte dich nur noch mal an heute abend erinnern.«

»An heute abend?«

»Du wolltest zu uns zum Abendessen kommen. Dachte mir schon, daß du's vergessen würdest.«

Kirby schloß die Augen. Abendessen mit seiner Schwester und Jeff. Das bedeutete, er mußte sich drei Stunden lang anhören, wieviel einfacher alles doch wäre, wenn er zu ihnen zog. »Hör mal, Jeff«, sagte er. »Ich weiß nicht, ob das heute abend klappt.«

»Jetzt red nicht solch einen Unsinn, du Feigling. Die Kinder freuen sich schon drauf, daß du kommst, die wissen ja schon gar nicht mehr, wie du aussiehst. Ich habe natürlich versucht, ihnen begreiflich zu machen, daß wir froh sein können, wenn jemand wie du *nicht* auftaucht, aber du weißt ja, wie Kinder sind, sie wollen, daß du kommst. Ich sag' dir was, komm zum Abendessen, und ich halte dir Robin vom Leibe.«

Kirby lachte in sich hinein. »Okay, ich komme. Wieviel Uhr?«

»Ach, ich weiß auch nicht genau. Sechs, halb sieben, wie's dir am besten paßt. Du kennst ja die Kochkünste deiner Schwester, wann immer du kommst, fünf Minuten später ist das Essen fertig.«

»Also, bis heute abend.«

»Warte noch, ich muß dir was sagen. Beinahe hätte ich's vergessen. Robin hat gebeten, du sollst ein französisches Weißbrot mitbringen und eine Flasche Salatdressing – verdammt, jetzt hab' ich vergessen, was für ein Dressing sie wollte. Wird mir schon wieder einfallen, ich ruf' dich dann noch an.«

»Einverstanden, Jeff. Bis dann.«

Kirby legte den Hörer auf die Gabel und sah auf seine Armbanduhr. Zwanzig nach drei. Auf dem Wecker, der auf dem Nachttisch stand, war es sogar schon drei Uhr achtundzwanzig. Wie auch immer, er konnte noch ganz schön was wegschaffen, wenn er jetzt konzentriert weiterschrieb. Irgendwann dann würde er sich fürs Abendessen umziehen müssen. Aber bis dahin war noch viel Zeit. Er stand vom Bett auf und ging zum Schreibtisch zurück.

Das Telefon läutete.

Er grinste und nahm ab. »Das ging aber schnell. Na, welches Dressing soll ich mitbringen? Aber ich sag' dir gleich, wenn's ein teures ist, dann war die Marke leider gerade ausverkauft.« Am anderen Ende hatte jemand zu atmen begonnen. Einatmen, ausatmen, einatmen, ausatmen... Kirby ließ den Hörer auf die Gabel niedersausen und schickte einen saftigen Fluch hinterher. Er stürmte an seinen Tisch zurück.

Das Schlimmste war, daß er sich keine Gewißheit verschaffen konnte, tippte er in die Maschine. Er las von den Notizen ab, die auf einen Stenoblock geschrieben waren. Wütend flogen die Finger über die Tasten. *In den Zeitungen stand, die Ermittlungen nach dem Mörder würden auf der örtlichen Ebene geführt. Er befand sich Hunderte von Meilen vom Tatort entfernt, er brauchte sich demnach keine Sorgen zu machen. Er war fein aus dem Schneider. Kein Grund, weiterzufliehen. Aber irgendwo im Hinterkopf blieb ein Zweifel, nagte an seiner Zuversicht...*

Das Telefon läutete. Kirby ballte die Hände zu Fäusten. Ein grimmiges Lächeln stahl sich in seine Mundwinkel. Die Fäuste lösten sich, seine Finger sanken auf die Tastatur der Maschine zurück.

...und es war dieser Zweifel, der ihn weitertrieb. Er...

Wieder läutete das Telefon. Er biß die Zähne zusammen und versuchte über das Geklingel hinwegzuhören. Aber seine Augen, auf die gleichmäßigen Linien des Papiers gerichtet, waren zu Schlitzen geworden, und der Blick war kalt.

...floh weiter, floh mit dem Bus, mit dem Zug, mit dem Flugzeug, und schon jetzt ahnte er, daß...

Wieder ging das Telefon.

...er erst Ruhe finden würde, wenn...

Das Läuten hielt an.

...er viele tausend Meilen zwischen sich...

Das Telefon

...und den Ort seines Verbrechens...

Rrring! Rrring!

Kirby ließ die Faust auf die Schreibtischplatte niedersausen. »Jetzt reicht's mir aber!«

Das Telefon läutete weiter.

Er hielt die Kanten seines Schreibtisches umklammert, bis die Knöchel weiß wurden. Er ließ das Telefon klingeln – noch dreimal, fünfmal, und dann hörte er auf zu zählen. Jedes Läuten schien ihm lauter, härter, bedrohlicher als das vorherige, und dann wurde das Geräusch so schlimm, daß er einen Schrei der Verzweiflung ausstieß, er sprang hoch, warf beim

Losrennen den schweren Drehsessel um und war in zwei Sprüngen am Telefon.

Er riß den Hörer ans Ohr und wollte losschreien, als in der Muschel ein hartes Klicken ertönte. Als nächstes kam das Freizeichen.

Er stand da und rang nach Luft, die Wut war ihm in die Knochen gefahren. Mit einer unendlich langsamen Bewegung ließ er den Hörer auf die Gabel sinken.

Sofort begann das Telefon wieder zu läuten.

Kirby starrte den Apparat an. »Das ist doch unglaublich«, flüsterte er. »Das ist...« Er nahm den Hörer ab. »Hallo! Hallo! Wer ist da?«

Der Anrufer begann zu atmen, ruhig und rhythmisch, wie bei den ersten Anrufen.

»Wer ist dort, bitte?«

Die Atemgeräusche gingen weiter, langsam und regelmäßig, ein Geräusch, das einen zur Weißglut treiben könnte, es hörte sich an, als sei es diesem Menschen gar nicht bewußt, daß jemand ihm zuhörte...

»Also gut«, sagte Kirby, und in seiner Stimme klang etwas wie Arglist durch. »Also gut, mein Freund, du willst es nicht anders. Ich verständige jetzt die Polizei. Ich warne dich, sofort wenn du aufgelegt hast, verständige ich die Polizei!«

Aber der Fremde legte nicht auf, das Geräusch ging weiter, einatmen, ausatmen, einatmen, ausatmen...

Kirby tippte auf die Gabel und unterbrach die Verbindung. Er gab die Gabel wieder frei, wartete das Freizeichen ab und wählte die Null.

»Hier Vermittlung«, näselte die Frauenstimme. »Was wünschen Sie bitte?«

»Verbinden Sie mich mit der Polizei.«

»Ist das ein Notruf, Sir?«

»Yeah«, sagte Kirby, nachdem er eine Sekunde nachgedacht hatte. »Dies ist ein Notruf, yeah.«

»Einen Augenblick, bitte.«

Es dauerte mehr als einen Augenblick. Eine tiefe Männerstimme meldete sich. »Fünftes Revier, Sergeant Dellosso, Sie wünschen?«

»Ich möchte eine Anzeige erstatten, Sergeant. Jemand...«

»Ihr Name und Ihre Adresse, bitte«, sagte der Mann, der sich Delosso nannte. Es klang nicht sonderlich interessiert.

Kirby gab ihm die verlangten Daten durch. »Ich erstatte Anzeige gegen einen anonymen Anrufer«, sagte er dann. »Der Mann ruft mich immer wieder an und atmet in die Muschel.«

»Hm. Hat der Anrufer eine Drohung gegen Sie ausgesprochen, Mr. Kirby?«

»Das nicht, er hat nur...«

»Hat er Sie mit obszönen Redensarten belästigt?«

»Nein, aber...«

»Sehen Sie mal, Mr. Kirby«, sagte der Polizist und unterdrückte ein Gähnen, »wir können nichts machen, es sei denn, der Anrufer hat Sie bedroht oder mit obszönen Reden belästigt.«

»Was heißt das, Sie können nichts tun!« brachte Kirby hervor. »Sie sind doch die Polizei, oder?«

»Es tut mir leid, Mr. Kirby. Wir können gegen diesen Anrufer nicht vorgehen, es sei denn, er verstößt gegen das Gesetz, und es gibt kein Gesetz, das einem Mann das Atmen verbietet.«

»Und wie soll ich diesen Perversen wieder loswerden? Wie stellen Sie sich das vor?«

»Warum rufen Sie nicht die Telefongesellschaft an? Dort ist man vielleicht in der Lage, festzustellen, von welchem Anschluß Sie angerufen werden.«

»Okay«, sagte Kirby gequetscht. »Das werde ich tun.« Er beendete die Verbindung, indem er auf die Gabel drückte, wartete das Freizeichen ab und wählte erneut die Null.

»Hier Vermittlung.«

»Vermittlung? Ich möchte mich über einen anonymen Anrufer beschweren. Bei wem kann ich meine Beschwerde vorbringen?«

»Sie können Beschwerden wegen bösartiger oder obszöner Anrufe beim örtlichen Servicebeauftragten unserer Gesellschaft vorbringen, Sir.«

»Würden Sie mich bitte mit ihm verbinden?«

»Sie können die Nummer selbst anwählen, Sir.«

»Und was ist das für eine Nummer?«

»Sie können die Nummer bei der Auskunft erfragen, Sir.«

»Vermittlung! Verbinden Sie mich jetzt verdammt noch mal mit dem zuständigen Servicebeauftragten, sonst passiert was!«

»Jawohl, *Sir.*« Die Näselstimme war beleidigt.

Ein metallisches Klicken kam aus der Muschel, dann ein Summen, es knackte und tickte, Kirby stand da, den Hörer in der Hand, und kaute auf seinem Daumennagel herum, und dann meldete sich eine neue warme Stimme, eine Frau mittleren Alters, eine Mitarbeiterin von dem Typ, der weiß, wo die Glocken hängen. »Kundendienst«, stellte sie sich vor. »Mein Name ist Miß Gaylord.«

»Miß Gaylord«, sagte Kirby, »ich hoffe sehr, Sie können mir helfen. Irgendein Irrer sucht mich seit heute mittag mit anonymen Anrufen heim, und ich möchte, daß das aufhört!«

»Haben Sie schon die Polizei verständigt?«

»Jawohl, ich habe die Polizei verständigt, und die Polizei hat mich an Sie verwiesen.«

»Ich verstehe. Der Anrufer hat Sie also nicht bedroht, er hat auch keine obszönen Worte benutzt. Habe ich recht?«

»Der Anrufer hat keine obszönen Worte benutzt«, fauchte Kirby. »Aber er hat obszön *geatmet.*«

Die Frau verband ihre Antwort mit einem gemütlichen Lachen. »Ein Anrufer, der atmet. Ich verstehe. Es ist nicht das erste Mal, daß wir mit einem solchen Fall befaßt werden. Was ich nicht verstehe ist, warum die Teilnehmer das Telefon für dergleichen destruktive Anrufe mißbrauchen, es gibt doch soviel andere Möglichkeiten, um ...«

»Miß Gaylord«, unterbrach Kirby ihren Redeschwall, »es tut mir leid, daß ich Ihnen ins Wort falle, aber ich bin verzweifelt. Dieser Mann macht mich mit seinen Anrufen noch ganz verrückt!«

Die Servicebeauftragte der Telefongesellschaft nahm das mit einem sympathischen Schnalzen auf. »Nun«, sagte sie, »ich will Ihnen nichts versprechen, aber wir werden versuchen, Ihnen zu helfen. Wenn Sie mir nur Ihre Telefonnummer geben würden, Mr. ...«

»Kirby.«

»Mr. Kirby, ich werde eine Fangschaltung für Ihren Anschluß einrichten lassen. Sobald wir wissen, von welcher Nummer die Anrufe kommen, können Sie die nötigen Maßnahmen ergreifen.«

»Was für Maßnahmen?«

»Sehen Sie, es ist so, die Gesetze dieses Staates verbieten es, einen Menschen mit Anrufen zu belästigen. Wenn wir erst einmal den Namen des Mannes haben, der Sie auf diese Weise heimsucht, können Sie ihn verklagen und ...«

»Aber ich will ihn nicht verklagen!« tobte Kirby. »Ich will nur, daß er mit diesen Anrufen aufhört!«

»Ich verstehe«, sagte Miß Gaylord. Sie war, wie es schien, nicht aus der Ruhe zu bringen. »Wenn wir herausfinden, welchen Anschluß der Anrufer benutzt, könnten wir seinen Anschluß abschalten. Wie fänden Sie das?«

»Yeah. Yeah, das fände ich gut.«

»Da ist nur eines, Mr. Kirby, Sie müssen die Verbindung mit dem Anrufer mindestens eine Minute aufrechterhalten, sonst können unsere Leute die Verbindung nicht bis zum Ursprung zurückverfolgen, wir brauchen eine Minute, um den Anrufer festzustellen.«

»Eine Minute, hm.«

»Es kommt drauf an. Mindestens eine Minute. Wenn er von einem öffentlichen Fernsprecher aus anruft, auch länger.«

»Also mindestens eine Minute«, sagte Kirby. Er gab der Servicebeauftragten seine Telefonnummer, brachte ein Dankeschön zustande und legte auf.

Eine Weile lang knabberte er an seiner Unterlippe herum. Dann kehrte er an seine Schreibmaschine zurück, aber die Worte, die er sich auf den Stenoblock notiert hatte, schienen ihm auf einmal merkwürdig zusammenhanglos. Er begann mit einem blauen Filzstift Worte auszustreichen, dann ganze Sätze, und zum Schluß ertappte er sich dabei, wie er die durchstrichenen Sätze Wort für Wort wieder auf den Block schrieb.

Das oberste Blatt des Blocks war ein richtiger Friedhof aus Wörtern geworden, als das Telefon läutete. Noch bevor das erste Klingeln verklungen war, hielt Kirby den Hörer in der Hand. Er spürte, wie seine Kehle trocken wurde. *So, mein Herr,* dachte er. *Sie machen jetzt den letzten anonymen Anruf Ihres Lebens.* Er legte den Filzstift auf den Nachttisch, dann meldete er sich.

»Hallo?« Er hob die linke Hand, so daß er das Zifferblatt der Armbanduhr beobachten konnte.

Der Anrufer begann zu atmen.

»Ach so, Sie sind es«, sagte Kirby. Er sprach betont locker. »Ich hatte mir schon Sorgen gemacht, ich würde nie wieder was von Ihnen hören. Ich meine, wenn Sie zum Beispiel Ihre

Telefonrechnung nicht bezahlt haben, kommt die Gesellschaft und klemmt Ihnen den Draht ab. Und dann? Was machen Sie dann? Dann können Sie keine anonymen Anrufe mehr machen, dann müssen Sie anonyme Postkarten verschicken!«

Der Anrufer hatte zu atmen aufgehört.

Kirbys Kinnladen klappte herunter.

Der Anrufer ließ ein stillvergnügtes Lachen hören und legte auf.

Kirby sah auf seine Uhr. Achtundzwanzig Sekunden. Das Ziel von einer Minute hatte er weit verfehlt!

Er versuchte zum Schreibtisch zurückzugehen, aber seine Beine gehorchten ihm nicht. Als wenige Minuten später das Telefon läutete, saß er auf der Bettkante. Er nahm ab. »Hören Sie, wer immer Sie sind, ich möchte Ihnen helfen!«

Das Atmen begann. Der Mann atmete ein, er atmete aus, langsam und regelmäßig...

»Sie sind ein kranker Mensch«, sagte Kirby. »Vielleicht wissen Sie das gar nicht, aber Sie sind krank. Ich meine, es ist doch nicht normal, daß Sie die Leute in dieser Weise belästigen.«

Dreißig Sekunden.

»Ich habe einen Freund, der ist Psychiater von Beruf. Ich werde Ihnen jetzt seine Adresse durchsagen, und ich empfehle Ihnen...«

Klick.

Achtunddreißig Sekunden. Nicht gut genug.

Das Telefon läutete wieder. Kirby streckte die Hand nach dem Hörer aus, im letzten Augenblick hielt er inne. Er ballte die Hand zur Faust und zog sie zurück. Er würde den Mann zappeln lassen. Der sollte denken, er würde sich überhaupt nicht mehr melden.

Er ließ den Apparat läuten, bis er es nicht mehr aushalten konnte.

»Es ist doch nichts dabei, wenn Sie einen Psychiater aufsuchen. Sie brauchen dem Mann nicht einmal Ihren Namen...«

»Ich bin's«, sagte die Stimme seines Schwagers. »Hat dieser Irre wieder versucht...«

»Ich kann jetzt nicht mit dir reden, Jeff«, sagte Kirby schrill. »Ruf mich später noch mal an.«

Er warf den Hörer auf die Gabel, und sofort begann das

Telefon wieder zu läuten. Als er abnahm, tönte das heisere Atmen aus der Muschel.

»Hören Sie mir doch bitte einmal zu!« flehte er den Unbekannten an. »Ich will Ihnen doch nur *helfen*! Wollen Sie denn nicht, daß man Ihnen hilft? Sie brauchen ja nicht zu *meinem* Psychiater zu gehen, Sie können sich ja einen aus dem Telefonbuch heraussuchen. Ich könnte mir vorstellen, daß Sie im Heraussuchen von Nummern Erfahrung haben.«

Fünfundzwanzig Sekunden.

»Was haben Sie davon, wenn Sie mich in dieser Weise belästigen? Jetzt sagen Sie doch endlich etwas! Was wollen Sie von mir? Wollen Sie Geld? Steckt das dahinter? Sehen Sie, ich bin bereit zu zahlen. Sagen Sie mir, wieviel Sie haben wollen!«

Einatmen, ausatmen, einatmen, ausatmen...

»Ich flehe Sie an! Lassen Sie mich in Ruhe! Rufen Sie mich nicht mehr an!«

Vierzig Sekunden. Noch zwanzig...

»Hören Sie mit diesen Anrufen auf!«

Fünfundvierzig Sekunden! Der Mann war immer noch zu hören, er atmete ein, er atmete aus...

Klick!

»Nein!« stöhnte Kirby. *»Nein!«*

Das Telefon läutete.

»Legen Sie nicht gleich wieder auf, Sie verdammter Kerl!« schrie er in den Hörer. Er zitterte am ganzen Körper. »Können Sie nicht eine lausige Minute lang am Apparat bleiben?«

Er bat und bettelte, er schmeichelte und schmierte dem Anrufer Honig ums Maul. Er stand da und sagte alles, was ihm einfiel, um die Verbindung aufrechtzuerhalten. Der kalte Schweiß rann ihm die Stirn hinunter, kroch über seine Brauen und vereinigte sich mit dem salzigen Film, der sich auf seinen Lidern zu bilden begann, und während der ganzen Zeit starrte Kirby auf den tickenden Sekundenzeiger seiner Uhr und lauschte den sanften rhythmischen Atemzügen im Telefonhörer.

Dreißig Sekunden, fünfunddreißig, vierzig Sekunden...

»Legen Sie nicht auf, bitte, legen Sie nicht auf!«

Fünfundvierzig, fünfzig, fünfundfünfzig, siebenundfünfzig...

»Auf Wiederhören«, flüsterte die Stimme am anderen Ende. Es klickte.

Kirby sank auf seinem Bett zusammen. Er brach in Tränen aus.

Das Telefon hatte wieder zu läuten begonnen, aber Kirby hörte kaum noch hin, er ließ es läuten. Nach einer Weile setzte er sich auf die Bettkante, wischte sich mit dem Handrücken die Tränen aus den Augen und lächelte. Er wußte jetzt, was er zu tun hatte.

Er nahm ab und hielt sich den Hörer an die Ohrmuschel.

»Mr. Kirby?« sagte eine weiche, angenehme Stimme. »Hier spricht Miß Gaylord von der Telefongesellschaft. Mr. Kirby, ich muß Ihnen sagen, wenn Sie wollen, daß wir den Anrufer feststellen, dann müssen Sie die Verbindung länger als vorhin aufrechterhalten. Wir brauchen mindestens eineinhalb Minuten, um festzustellen, von welchem Anschluß der Mann Sie anruft. Glauben Sie, daß Sie ihn beim nächsten Mal so lange hinhalten können, Mr. Kirby? Mr. Kirby, sind Sie noch dran? Mr. Kirby!«

Kirby hielt die harte, kalte Muschel vor seine Lippen. Langsam, mit heiserer Stimme begann er zu atmen, in einem sanften, ruhigen Rhythmus ...

Übersetzt von Rolf Jurkeit

Quellennachweis

Joan Aiken, Die Kraft und die Herrlichkeit
Copyright © 1984 by Wilhelm Heyne Verlag GmbH & Co. KG., München
Das Original erschien 1969 unter dem Titel ›Power Cut‹, © 1969 by Joan Aiken

Michael Avallone, Veilchen
Copyright © 1984 by Wilhelm Heyne Verlag GmbH & Co. KG., München
Das Original erschien 1962 unter dem Titel ›Sweet Violets‹, © 1962 by Michael Avallone

Michael Bishop, Zeit zu glauben
Copyright © 1984 by Wilhelm Heyne Verlag GmbH & Co. KG., München
Das Original erschien 1979 unter dem Titel ›Seasons Of Belief‹, © 1979 by Charles L. Grant

Robert Bloch, Das Meisterwerk
Copyright © 1984 by Wilhelm Heyne Verlag GmbH & Co. KG., München
Das Original erschien 1960 unter dem Titel ›The Masterpiece‹, © 1960 by Greenleaf Publishing Company

Ray Bradbury, Der Sendbote
Copyright © 1984 by Wilhelm Heyne Verlag GmbH & Co. KG., München
Das Original erschien 1947 unter dem Titel ›The Emissary‹, © 1947 Ray Bradbury

Marion Zimmer-Bradley, Kreuz des Bösen
Copyright © 1984 by Wilhelm Heyne Verlag GmbH & Co. KG., München
Das Original erschien 1962 unter dem Titel ›Treason Of The Blood‹, © 1962 by Candar Publ. Corp.

Gary Brandner, Julians Hand
Copyright © 1984 by Wilhelm Heyne Verlag GmbH & Co. KG., München
Das Original erschien 1974 unter dem Titel ›Julian's Hand‹, © 1974 by HSD Publications, Inc.

John Brunner, Der letzte Einsame
Copyright © 1984 by Wilhelm Heyne Verlag GmbH & Co. KG; München
Das Original erschien 1964 unter dem Titel ›The Last Lonely Man‹, © 1964 by John Brunner

Ramsey Campbell, Mackintosh Willy
Copyright © 1984 by Wilhelm Heyne Verlag GmbH & Co. KG., München
Das Original erschien 1979 unter dem Titel ›Mackintosh Willy‹, © 1979 by Ramsey Campbell

Richard Deming, Zu finster für Pushkin
Copyright © 1984 by Wilhelm Heyne Verlag GmbH & Co. KG., München
Das Original erschien 1953 unter dem Titel ›Too Gloomy For Private Pushkin‹, © 1953 by Future Publications, Inc.

Thomas M. Disch, Der Fötus
Copyright © 1984 by Wilhelm Heyne Verlag GmbH & Co. KG., München
Das Original erschien 1980 unter dem Titel ›The Foetus‹, © 1980 by Thomas M. Disch

Stanley Ellin, Die Hausparty
Copyright © 1984 by Wilhelm Heyne Verlag GmbH & Co. KG., München
Das Original erschien 1954 unter dem Titel ›The House Party‹, © 1954 by Stanley Ellin

David Ely, Stets daheim
Copyright © 1984 by Wilhelm Heyne Verlag GmbH & Co. KG., München
Das Original erschien 1975 unter dem Titel ›Always Home‹, © 1975 by David Ely

DIE UNHEIMLICHEN BÜCHER

HEYNE BÜCHER

Romane aus den Grenzbereichen Horror Okkultes Schwarze Magie

11/1 - DM 6,80

11/2 - DM 7,80

11/3 - DM 7,80

11/4 - DM 5,80

11/5 - DM 6,80

11/6 - DM 6,80

11/7 - DM 6,80

11/8 - DM 6,80

TOP-THRILLER

HEYNE BÜCHER

Wer Spannung sagt, meint Heyne-Taschenbücher

01/6240 - DM 9,80

01/5314 - DM 6,80

01/5360 - DM 6,80

01/5519 - DM 6,80

01/5631 - DM 6,80

01/6312 - DM 7,80

01/6132 - DM 7,80

01/6210 - DM 7,80

Ray Bradbury
im Diogenes Verlag

Die Mars-Chroniken
Roman in Erzählungen
Aus dem Amerikanischen von Thomas Schlück
detebe 20863

Der illustrierte Mann
Erzählungen. Deutsch von Peter Naujack
detebe 20365

Fahrenheit 451
Roman. Deutsch von Fritz Güttinger
detebe 20862

Die goldenen Äpfel der Sonne
Erzählungen. Deutsch von Margarete Bormann
detebe 20864

Medizin für Melancholie
Erzählungen. Deutsch von Margarete Bormann
detebe 20865

Das Böse kommt auf leisen Sohlen
Roman. Deutsch von Norbert Wölfl
detebe 20866

Löwenzahnwein
Roman. Deutsch von Alexander Schmitz
detebe 21045

Das Kind von morgen
Erzählungen. Deutsch von Hans-Joachim Hartstein
detebe 21205

Die Mechanismen der Freude
Erzählungen. Deutsch von Peter Naujack
detebe 21242

Henry Slesar im Diogenes Verlag

Die besten Geschichten von Henry Slesar
Herausgegeben von Anne Schmucke
Diogenes Evergreens

Coole Geschichten für clevere Leser
Aus dem Amerikanischen von Thomas Schlück
detebe 21046

Fiese Geschichten für fixe Leser
Deutsch von Thomas Schlück
detebe 21125

Schlimme Geschichten für schlaue Leser
Deutsch von Thomas Schlück
detebe 21036

Das graue distinguierte Leichentuch
Roman. Deutsch von Paul Baudisch und Thomas Bodmer
detebe 20139

Vorhang auf, wir spielen Mord!
Roman. Deutsch von Thomas Schlück
detebe 20216

Erlesene Verbrechen und makellose Morde
Geschichten. Deutsch von Günter Eichel. Vorwort von Alfred Hitchcock. Zeichnungen von Tomi Ungerer
detebe 20225

Ein Bündel Geschichten für lüsterne Leser
Deutsch von Günter Eichel. Vorwort von Alfred Hitchcock
Zeichnungen von Tomi Ungerer
detebe 20275

Hinter der Tür
Roman. Deutsch von Thomas Schlück
detebe 20540

Aktion Löwenbrücke
Roman. Deutsch von Günter Eichel
detebe 20656

Ruby Martinson
Geschichten vom größten erfolglosen Verbrecher der Welt
Deutsch von Helmut Degner
detebe 20657

Böse Geschichten für brave Leser
Deutsch von Christa Hotz und Thomas Schlück
detebe 21248